BASTEI
LÜBBE

ED McBAIN
im Bastei-Lübbe Taschenbuchprogramm

Romane um das legendäre 87. Polizeirevier
13 595 Graffiti
13 616 Blutschestern
13 650 Solange ihr zwei noch lebt
13 716 Lange nicht gesehen
13 773 Romanze
13 853 Hitze
13 872 Eis

Romane um den Staranwalt Metthew Hope
13 668 Mary, Mary
13 735 ›Es war einmal ein kleines Mädchen …‹

Ed McBain

Eis

Kriminalroman
aus dem
87. Polizeirevier

Ins Deutsche übertragen
von Christian Quatmann
Neu bearbeitet
von Uwe Anton

BASTEI
LÜBBE

BASTEI-LÜBBE-TASCHENBUCH
Band 13 872

Erste Auflage: Mai 1997

Deutsche Lizenzausgabe 1997
Bastei-Verlag Gustav H. Lübbe GmbH & Co.,
Bergisch Gladbach
Originaltitel: Eis
Lektorat: Iris Schmidt
Titelbild: Horst Gerlach, Köln
Umschlaggestaltung: Horst Gerlach, Köln
Satz: KCS GmbH, Buchholz/Hamburg
Druck und Verarbeitung: Brodard & Taupin,
La Flèche, Frankreich
Printed in France
ISBN 3-404-13872-4

Der Preis dieses Bandes versteht sich einschließlich der
gesetzlichen Mehrwertsteuer.

Die hier geschilderte Stadt existiert nicht. Die Personen und Schauplätze sind frei erfunden. Die Darstellung der Polizeiarbeit allerdings basiert auf authentischen Ermittlungsmethoden.

1. KAPITEL

Es schneite noch immer sehr stark, als sie das Theater verließ. Als sie auf die kleine Gasse hinaustrat und die Tür zum Bühneneingang hinter sich zuzog, peitschte ihr der scharfe Wind den Schnee ins Gesicht. Sie blickte nach oben, schüttelte den Kopf, als wolle sie Gott Vorwürfe machen, und starrte mit einem zur Grimasse verzogenen Gesicht in das von einer über der Tür hängenden Lampe erleuchtete Treiben der Myriaden winziger Pfeile aus Schnee. Nachdenklich schlug sie den Mantelkragen hoch, zog den Schal aus dem Mantel und schlug ihn sich wie ein Tuch um den Kopf. Dann ging sie zu der Straße am Ende der Gasse hinüber, wobei sie die Enden des Schals unter dem Kinn zusammenhielt.

In dieser Stadt gab es nur zwei angenehme Jahreszeiten, und selbst die waren gelegentlich schlimm genug. Den Winter und den Sommer konnte man gleich vergessen; da war es entweder zu heiß oder zu kalt. Wie zum Beispiel in diesem Jahr, da der Winter schon im November angefangen hatte. London war ihrer Meinung nach noch schlimmer. Nein, London war besser. Jedenfalls war London berechenbar; das Wetter dort war *immer* lausig. Also, genaugenommen stimmte das nun auch wieder nicht. Sie konnte sich an Tage erinnern, als sie damals dort gelebt hatte – oh, jene milden, warmen Sommertage, da sie, neunzehn Jahre jung, über den Piccadilly Circus geschlendert war; damals hatten noch Welten vor ihr gelegen. Sommer in London.

Der Schnee auf dem Gehsteig war fast einen halben Meter hoch.

Glücklicherweise hatte sie Stiefel angezogen, bevor sie an diesem Abend vor der Vorstellung ihre Wohnung verlassen hatte. Sie hatte zwar keinen Schnee erwartet – zu schneien hatte es erst angefangen, als der Vorhang sich schon gehoben hatte –, aber es war so verdammt *kalt* gewesen. Die Stiefel boten ihr zumindest ein wenig Schutz. Sie waren halbhoch, und sie hatte die Jeans und die Beinwärmer in sie hineingesteckt; der lange, graue Kavallerieoffiziersmantel reichte fast bis auf die Schäfte hinab. Weit und breit kein Taxi in Sicht. Natürlich nicht, in dieser Stadt. Sie hatte sich beim Abschminken in der Garderobe zu viel Zeit gelassen; war dann ganz gemächlich aus dem mit Silberpailletten verzierten Kostüm geschlüpft, das alle Tänzer im Finale trugen, und hatte dann ihren Pullover, die Jeans, Strümpfe, Beinwärmer und Stiefel angezogen. Ihr großer Fehler war gewesen, daß sie Molly so lange zugehört hatte, Molly hatte mal wieder Schwierigkeiten mit ihrem Mann. Mollys Mann war ein arbeitsloser Schauspieler, der es seiner Frau anscheinend übelnahm, daß sie in einem äußert erfolgreichen Musical ein Engagement bekommen hatte, während er in der ganzen Stadt Klinken putzen ging. Dabei vergaß er sogar, daß sie von Mollys Wochengage die Mietkosten und den Lebensunterhalt bestritten. Er vergaß dabei ebenfalls, daß Molly – wie übrigens alle in der Show mitwirkenden Tänzerinnen – sich an sechs Abenden der Woche total verausgabte, einmal ganz abgesehen von den Mittwoch- und Samstagnachmittagsvorstellungen. Mollys Ehemann setzte seine Ausfälle gegen sie trotzdem fort, und Molly ihrerseits wiederholte in der Garderobe seine wütenden Tiraden, und wenn man nicht sehr gut aufpaßte, gelang es einem kaum, sich vor elf von ihr loszumachen. Inzwischen war es zwanzig nach elf; Molly war gar nicht zu bremsen gewesen.

Nach dem Ende der Vorstellungen der zahlreichen Theater, die die Straße säumten, hatten die Zuschauer die Taxis geradezu gestürmt, so daß jetzt weit und breit keins mehr zu sehen war. Sie konnte also entweder nach Norden in Richtung Lassiter gehen, um dort an der Ecke vielleicht einen Bus zu erwischen, oder in südlicher Richtung zum Stem und dann von dort aus vier Blocks weiter zur nächsten U-Bahn-Station. Die auf der Nordseite des Theaters entlangführende Straße war wegen der Prostituierten und Zuhälter, von denen es dort rund um die Uhr nur so wimmelte, besonders nach Einbruch der Dunkelheit die vielleicht gefährlichste Gegend der ganzen Stadt. Würden im übrigen bei diesem Schneetreiben die Busse denn überhaupt fahrplanmäßig verkehren? Nein, die U-Bahn war am sichersten.

Als sie zum hellerleuchteten Stem kam, war sie überrascht, daß dort trotz des miserablen Wetters noch so viele Menschen unterwegs waren. Sie stand einen Augenblick lang an der Ecke und überlegte, ob sie nicht lieber zu Fuß nach Hause gehen solle. Wenn sie die U-Bahn nahm, mußte sie noch vier Blocks weit zur nächsten Station laufen und dann von der ihrer Wohnung am nächsten gelegenen Haltestelle aus noch einmal einen Block weit. Würde es abgesehen davon um diese Tageszeit in der U-Bahn sicherer sein als hier am Stem?

Sie beschloß, zu Fuß zu gehen.

Sie machten sich in dem für Tänzer so typischen Watschelgang auf den Weg. Sie tanzte schon seit ihrem neunten Lebensjahr – inzwischen also schon sechzehn Jahre, davon hatte sie vier Jahre bei Sadler's Wells in London studiert. Damals hatte sie mit einem Oboisten zusammengelebt, einem jungen Mann, der nie begreifen konnte, warum Tänzer auf der Bühne immer so elegant wirkten, privat hingegen so unbeholfen. Während sie so dahinwatschelte, lächelte sie über diese Erinnerungen und dachte wieder an London und sehnte sich plötzlich idiotischerweise nach dem feuchten und düsteren Winter dort – einem Winter, der nicht so streng war wie die klirrende Kälte hier, welche die ganze Stadt während endlos scheinender Monate mit eisigen Fingern umklammerte. Jetzt war Februar. Der Frühling war nur noch wenig mehr als einen Monat entfernt. Aber wo war er nur? Zum Schutz gegen Wind und Schnee hatte sie den Kopf eingezogen und stapfte nun den Gehsteig entlang: noch *so* viele Schritte bis zur nächsten Ecke, dann so viele bis zur übernächsten, dort an der Ampel warten – fünf, sechs, sieben, acht –, dann weiter. Ihr grauer Mantel flatterte im Wind, um sie herum Schneegestöber und auf den Dächern im Wirbel der Schneeflocken das gedämpfte Licht der Leuchtreklamen.

Um zehn Minuten vor Mitternacht erreichte sie schließlich die Ecke ihres Wohnblocks.

Sie bog an der ihr vertrauten Telefonzelle nach links ein und ging auf das in der Mitte des Blocks gelegene Haus zu, wo sie wohnte.

In dieser Stadt veränderten sich die einzelnen Viertel sehr rasch. Zehn Blocks weiter in Richtung Stadtzentrum wäre es um diese Tageszeit äußerst gefährlich gewesen, an einer Straßenecke auf einen Bus zu warten. Aber hier, nur eine halbe Meile vom Theater entfernt, war das zwischen Stem und Lassiter gelegene Wohnviertel eine in sich abgeschlossene Enklave aus Sandsteingebäuden, Hochhäusern und kleinen Läden. Vor den Läden waren zu dieser Tageszeit die Gitter heruntergelassen, und alles war dunkel. Sie ging an einer Straßenlampe vorüber, die nicht mehr weit von ihrem Haus entfernt war, und näherte sich schon dem Eingang, als ein Mann aus dem dunklen Zugang zur Hausmeisterwohnung trat.

Um ihre Augen vor dem Schneetreiben zu schützen, ging sie noch immer mit gesenktem Kopf; zunächst *spürte* sie seine Gegenwart nur. Sie blieb stehen. Er hielt eine Waffe in der Hand. Sie wurde von Panik erfaßt. Sie öffnete den Mund, um zu schreien oder ihn anzuflehen oder um Hilfe zu rufen, aber die Waffe ging los, und sie spürte einen brennenden Schmerz unterhalb der linken Brust und stürzte dann rücklings auf den Gehsteig in den Schnee; Blut sickerte aus der Wunde und durchtränkte den grauen Offiziersmantel.

Er stand über ihr.

Er blickte sich kurz um.

Er richtete die Pistole auf ihren Kopf und feuerte dann zwei Schüsse direkt in ihr Gesicht.

Das Mädchen lag durchnäßt und grau und blutüberströmt im weißen Schnee.

Noch immer schneite es. Am Randstein hielt ein Streifenwagen. Das rote Alarmlicht zuckte über den blutbesudelten Schnee. Die beiden Detectives vom Polizeidistrikt Midtown East sahen auf das tote Mädchen herab. Hinter ihnen errichteten die beiden Streifenbeamten, die nach dem Telefonanruf als erste am Tatort gewesen waren, eine Polizeisperre. Einer der Detectives hieß Henry Levine, und er war schon seit seinem einundzwanzigsten Lebensjahr bei der Polizei. Inzwischen war er sechsundvierzig. Er sah, ohne mit der Wimper zu zucken, in das entstellte Gesicht des Mädchens. Sein Kollege war achtundzwanzig Jahre alt. Er war seit sechs Jahren bei der Polizei und erst kürzlich zum Detective Third Grade aufgestiegen. Auf einem in eine Plastikfolie eingeschweißten Kärtchen, das am Revers seines Mantels befestigt war, stand: Ralph Coombes. Auf dem dazugehörigen Farbfoto sah er aus wie ein Teenager.

»So etwas habe ich in meinem ganzen Leben noch nicht gesehen«, sagte er.

»Hm«, sagte Levine.

»Du schon mal?«

»Hm«, sagte Levine. Er blickte zu den beiden Streifenbeamten hinüber, die mit der Errichtung der Sperre beschäftigt waren. Die Beamten kamen mit der Sperre nicht zurecht und fluchten.

»Braucht ihr dazu die ganze Nacht?« fragte Levine.

»Das Ding hier paßt nicht richtig«, sagte einer der Beamten.

»Das ganze Gesicht weggeschossen«, sagte Coombes und schüttelte den Kopf.

»Hören Sie schon damit auf«, sagte Levine zu den Beamten. »Können Sie mal kurz hier rüberkommen, bitte?«

Der gewichtigere der beiden Beamten ließ seinen Kollegen an der Planke stehen. Er kam durch den Schnee herübergestapft und stützte seine Hände in die Hüften.

»Wer hat es gemeldet?« fragte Levine.

»'n Typ, der gerade von der Arbeit nach Hause gekommen ist. Wohnt hier in dem Gebäude.«

»Wie heißt er?«

»Ich kenne seinen Namen nicht. Frank!« rief er zu seinem Kollegen hinüber. »Weißt du, wie der Typ heißt?«

»Welcher Typ?« schrie sein Kollege zurück. Es war ihm

endgültig gelungen, die Sperre zum Stehen zu bringen. Während er sich den Schmutz von den Handschuhen klopfte, kam er zu seinem Kollegen herüber, der immer noch, die Hände in den Hüften, neben Levine stand. »Welchen Typ meinst du denn?« fragte er.

»Den Typ, der es gemeldet hat«, sagte Levine.

»Ach so, das hab' ich mir notiert. Moment mal.« Er zog einen Handschuh aus und blätterte in seinem Notizbuch herum. »Ich find' ihn nicht«, sagte er. »Was zum Teufel hab' ich denn nur damit angestellt?«

»Aber er wohnt in dem gleichen Haus wie das Mädchen, was?« fragte Levine und seufzte.

»Genau.«

»Und er hat die Sache auch gemeldet, nicht?«

»Genau. Warum fragen Sie ihn nicht selbst? Er ist da drinnen mit den Heinis vom Morddezernat.«

Levine schien überrascht. »Die vom Morddezernat sind schon hier?«

»Sind schon vor Ihnen hier gewesen.«

»Und wieso?«

»Die sind Streife gefahren und haben den Funkspruch mitgekriegt.«

»Also dann, gehen wir«, sagte Levine zu seinem Partner.

Die beiden Detectives vom Morddezernat standen mit einem Mann in der Halle des Apartmenthauses. Er trug einen kurzen karierten Mantel und eine blaue Wollmütze. Der Mann war groß und dünn und wirkte verängstigt. Die beiden Beamten von der Mordkommission waren groß und kräftig und wirkten ziemlich selbstbewußt. Sie rahmten den dünnen, verängstigten Mann wie zwei bösartige Buchstützen ein.

»Wann war das?« fragte einer der beiden Beamten vom Morddezernat. Sein Name war Monoghan.

»Gegen halb eins«, sagte der Mann.

»Null Uhr dreißig?« fragte der andere Detective vom Morddezernat. Sein Name war Monroe.

»Ja, Sir.«

»Und wie haben Sie sie gefunden?« fragte Monoghan.

»Ich kam gerade von der Arbeit zurück, von der U-Bahn.«

»Sie wohnen hier in dem Gebäude?« fragte Monroe.

»Ja, Sir.«

»Und Sie kamen gerade nach Hause?« fragte Monoghan.

»Ja, Sir.«

»Was arbeiten Sie denn, wenn Sie so spät nach Hause kommen?«

»Ich bin Wachmann in einer Bank«, sagte der Mann.

»Kommen Sie jede Nacht um diese Zeit nach Hause?« fragte Monoghan.

»Ja, Sir. Ich hab' um zwölf Feierabend und brauch' dann mit der U-Bahn eine halbe Stunde bis nach Haus. Die U-Bahn-Station ist von hier einen Block entfernt. Von der U-Bahn aus geh' ich immer zu Fuß.«

»Und dabei haben Sie das Mädchen gefunden?« fragte Monoghan.

»Auf dem Weg von der U-Bahn hierher?« fragte Monroe.

»Ja, Sir.«

»Schau mal, wer da ist«, sagte Monoghan, als Levine auf sie zukam.

Monroe sah auf die Uhr. »Weshalb habt ihr denn so lange gebraucht, Henry?«

»Wir haben gerade 'ne Kaffeepause eingelegt«, sagte Levine trocken. »Und da wollten wir uns nicht übereilen.«

»Und wer ist das?« fragte Monoghan.

»Mein Partner. Ralph Coombes.«

»Siehst noch 'n bißchen grün hinter den Ohren aus, Coombes«, sagte Monroe.

»Und 'n bißchen irisch hinter den Ohren siehst du auch aus«,sagte Monoghan.

»Das hier ist Dominick Bonaccio«, sagte Monoghan. »Der Mann, der die Leiche gefunden hat. Er kam gerade von der Arbeit nach Haus.«

»Von der U-Bahn-Station«, sagte Monroe.

»Stimmt's, Bonaccio?« fragte Monoghan.

»Ja, Sir«, sagte Bonaccio. Jetzt, da die beiden andern Detectives dazugestoßen waren, wirkte er noch verängstigter.

»Meinst du, du kannst das hier jetzt übernehmen?« fragte Monoghan Levine. »Offiziell ist das hier ja dein Fall, stimmt's nicht?«

»Doch das stimmt«, sagte Levine.

»Okay, Jungs«, sagte Monoghan. »Der Fall hier gehört euch. Und haltet uns auf dem laufenden. Am besten in dreifacher Ausführung, wenn's recht ist.«

»Wir halten euch auf dem laufenden«, sagte Levine.

Die Detectives vom Morddezernat nickten. Zunächst nickte Monoghan, und dann nickte Monroe. Sie sahen sich an, sahen dann die beiden anderen Detectives an, sahen dann Bonaccio an und sahen sich schließlich wieder gegenseitig an.

»Okay dann«, sagte Monoghan, und die beiden Polizisten verließen das Gebäude.

Coombes hielt schon sein Notizbuch in der Hand.

»Wissen Sie, wer das Mädchen ist?« fragte Levine Bonaccio.

»Ja, Sir.«

»Wie denn das? Ihr Gesicht ist doch nicht mehr da.«

»Ich hab' den Mantel wiedererkannt, Sir.«

»So, so«, sagte Levine.

»Der Mantel ist neu. An dem Tag, als sie ihn gekauft hat, hab ich sie im Aufzug getroffen. Sie hat mir erzählt, daß er sehr preiswert gewesen ist.«

Coombes machte sich Notizen.

»Wie heißt sie?« fragte Levine.

»Sally. Ihren Nachnamen weiß ich nicht.«

»Wohnt hier im Haus, oder?«

»Ja, Sir. Dritter Stock. Jedenfalls steigt sie immer im dritten Stock ein beziehungsweise aus.«

»Wissen Sie zufällig, welches Apartment ...?«

»Nein, Sir. Tut mir leid.«

Levine seufzte. »Und in welchem Apartment wohnen Sie, Sir?«

»Sechs B.«

»Okay, legen Sie sich schlafen. Falls wir Sie brauchen, melden wir uns. Wissen Sie vielleicht, in welchem Apartment der Hausmeister wohnt?«

»Im Erdgeschoß, Sir. In der Nähe des Aufzugs.«

»In Ordnung, vielen Dank. Also dann«, sagte er zu Coombes. Der Rest war Routinesache.

Sie weckten den Hausmeister und entlockten ihm die Information, daß das tote Mädchen Sally Anderson hieß. Sie warteten auf den Polizeiarzt, der den Totenschein ausstellen mußte, dann warteten sie, bis die Jungs von der Spurensicherung ihre Fotos gemacht und Fingerabdrücke sichergestellt hatten. Als alle anderen fertig waren, durchsuchten sie die Umhängetasche des Mädchens. Dabei fanden sie ein Adreßbuch, einen Lippenstift, Tempotaschentücher, einen Augenbrauenstift, zwei Kaugummis und eine Brieftasche mit diversen Fotos, dann dreiundzwanzig Dollar in Fünf- und Eindollarscheinen und einen Mitgliedsausweis von der Bühnengewerkschaft. Ein Krankenwagen fuhr sie ins Leichenschauhaus hinüber, während die beiden Detectives eine Skizze vom Tatort anfertigten.

Detective Steve Carella und das 87. Revier wurden erst einige Stunden später zu dem Fall zugezogen.

2. KAPITEL

Na also, da ist es ja, dachte Carella. Das gute alte Revier. Hat sich nicht im geringsten verändert, seit ich angefangen habe, hier zu arbeiten. Wird sich wahrscheinlich auch nichts verändern, wenn ich mal tot bin. So ein vergammeltes altes Revier. Er kam von der U-Bahn zu Fuß die Grover Avenue hinauf und näherte sich dem Revier von Westen her. Normalerweise fuhr er mit dem Wagen zur Arbeit, aber als er heute morgen aufgewacht war, hatte der Schneepflug die Straßen in Riverhead noch nicht geräumt, deshalb glaubte er, mit der U-Bahn würde es schneller gehen. Dann stellte sich jedoch heraus, daß, kurz bevor der Zug an der Lindblad Avenue in den Untergrund fuhr, eine Weiche eingefroren war, und er hatte gemeinsam mit hundert andern vor Kälte zitternden Fahrgästen warten müssen, bis der Fehler behoben war. Es war jetzt ungefähr neun Uhr, und Carella kam eine Stunde und fünfzehn Minuten zu spät.

Es war bitter kalt. Er verstand vollauf, wie bei diesem Wetter eine Weiche einfrieren konnte. *Seine* Weiche fühlte sich zusammengeschrumpft und schlaff in der Hose an, obwohl er lange wollene Unterhosen trug. Kurz vor Weihnachten hatte seine Frau gemeint, er brauche einen Schnibbelwärmer. Er hatte noch nie gehört, daß sie Schnibbel dazu gesagt hatte, und sie gefragt, woher sie den Ausdruck habe. Sie sagte, ihr Onkel habe zum Pipi ihres Vetters immer Schnibbel gesagt. Das sah ihm ähnlich. Bevor er sie geheiratet hatte, war sie Theodora Franklin gewesen, vier Fünftel Irisch mit (wie sie gern sagte) einem Schuß Scotch darin. Also hatte ihr Vetter natürlich einen ›Pipi‹, und natürlich sagte ihr Onkel ›Schnibbel‹ dazu, wie die Iren es nun mal taten, und natürlich hatte sie kurz vor Weihnachten vorgeschlagen, daß ein netter italienischer Junge wie Carella einen schönen Schnibbelwärmer aus Nerz unter dem Weihnachtsbaum finden solle. Carella hatte erwidert, er *habe* bereits einen Schnibbelwärmer, und der sei besser als Nerz. Teddy war rot angelaufen.

Er stieg die Stufen zum Eingang des Reviers hinauf. Die Eingangstür wurde von zwei grünen Kugeln flankiert, auf denen jeweils in Weiß eine 87 geschrieben stand. Der Türknauf war aus Messing und so alt wie das ganze Gebäude, das kurz nach der Jahrhundertwende errichtet worden sein mußte. Weil ständig so viele Hände ihn berührten, glänzte er wie die Zehen einer gewissen Bronzeskulptur im Petersdom. Carella faßte den Knauf und drehte ihn, öffnete dann die Tür und trat in den riesigen Appellraum, wo es immer kälter war als irgendwo sonst in dem Gebäude. An diesem Morgen wirkte der Raum jedoch, verglichen mit dem draußen herrschenden Eiszeitwetter, geradezu heimelig warm.

Der hohe Empfangsschalter befand sich auf der rechten Seite des halbdunklen Raumes und wirkte beinah wie das altarähnliche Podium eines Richters mit Ausnahme des etwa hüfthohen Geländers, das ihn vom übrigen Raum abtrennte. Auch Sergeant Dave Murchison, der hinter dem Schalter saß, wollte nicht ganz zu der allgemeinen Feierlichkeit passen. Rechts von ihm hing ein Schild, auf dem alle Besucher aufgefordert wurden, Auskunft über den Grund ihres Besuches zu geben, und links befand sich ein offener Schrank mit Akten über sämtliche Kriminelle, die Tag und Nacht hier vorbeikamen. Im Augenblick hatte Murchison nichts zu tun und trank eine Tasse Kaffee. Er hielt den Becher in seinen kräftigen Händen, und der Dampf stieg zu seinem Doppelkinn hinauf. Murchison war etwa Mitte Fünfzig und ein wenig gedrungen, der dicke Pullover, den er – unerlaubterweise – trug, ließ ihn jedoch noch runder erscheinen, als er es in Wirklichkeit schon war. Er sah auf, als Carella an ihm vorüberging.

»Kommst du heute nur halbtags?« fragte er.

»Morgen, Dave«, sagte Carella. »Wie läuft's so?«

»Hier unten ist es ruhig«, sagte Murchison. »Aber warte nur, bis du nach oben kommst.«

»Und was gibt's sonst Neues?« fragte Carella, seufzte tief und ging dann zum vielleicht zehntausendstenmal an dem unscheinbaren dreckigen weißen Schild mit der Aufschrift Detectives vorbei, das mit ungelenken handgeschriebenen Buchstaben alle Besucher auf die Treppe zum ersten Stock wies. Die Metalltreppe, die nach oben führte, war eng und peinlich sauber. Sie verfügte über sechzehn Stufen, dann kam eine Brüstung, dann folgten weitere sechzehn Stufen. Als er oben angekommen war, wandte er sich mechanisch nach rechts in den schwachbeleuchteten Korridor. Er öffnete die erste Tür zu dem Garderobenraum, ging direkt zu seinem Spind hinüber, stellte am Schloß seine Kombination ein, öffnete die Tür und hängte Mantel und Schal hinein. Er überlegte, ob er die lange Unterhose ausziehen solle, und entschied sich dagegen. Nein, an einem Tag wie heute würde es im Dienstraum kalt sein.

Er verließ den Garderobenraum, ging an einer linker Hand stehenden Bank vorbei, wobei er sich zum tausendstenmal überlegte, von wem die von einem Herzen eingefaßten, in die Armlehne geritzten Initialen C. J. wohl stammen mochten, passierte rechts einen versiegelten Schacht, in dem früher einmal ein Lift gefahren war, ging dann an einer Tür auf der rechten Seite mit der Aufschrift HERREN vorbei und an einer anderen Tür linker Hand mit der Aufschrift BÜRO. Das Dienstzimmer der Detectives lag am Ende des Ganges.

Als erstes fiel ihm die hölzerne Schwingschranke ins Auge. Dahinter sah er Schreibtische, Telefone und ein Anschlagbrett mit diversen Fotografien und Notizen daran und eine von der Decke hängende Kugellampe und dahinter wieder Schreibtische und die vergitterten Fenster, die auf die Straße hinausgingen. Von den Aktivitäten, die sich rechts von der Schwingschranke abspielten, weil die Schreibtische auf dieser Seite des Zimmers von zwei riesigen Aktenschränken begrenzt wurden, konnte er nichts sehen. Aber die Geräuschkulisse hinter diesem Hindernis sagte ihm, daß es an diesem Morgen auf dem Revier wie im Zoo zuging.

Aus dem Kofferradio von Detective Richard Genero, das auf der Ecke von dessen Schreibtisch stand, dröhnte Rockmusik in das ohnehin schon chaotische Stimmengewirr. Generos kleine Symphonie war ein Beweis dafür, daß der Lieutenant noch nicht da war. Carella ging direkt zu Generos Schreibtisch hinüber und schaltete das Radio aus. Das half zwar, allerdings nicht viel. Die Geräuschkulisse dieses Raumes war ebenso sehr Teil seines Arbeitstages wie das Mobiliar und die allgemeine Atmosphäre. Manchmal hatte er das Gefühl, daß er mit diesem heruntergekommenen, lärmerfüllten Raum vertrauter war als mit seinem eigenen Wohnzimmer.

Seine Kollegen fanden immer, daß Carella in einem Rollkragenpullover klein wirkte, dabei war er gar nicht klein. Er war knapp einsachtzig groß mit den breiten Schultern, schmalen Hüften und sehnigen Bewegungen des geborenen

Athleten – was er nun auch wieder nicht war. Seine braunen, leicht mandelförmigen Augen gaben ihm ein leicht asiatisches Aussehen, was einige Witzbolde auf dem Revier zu der Behauptung veranlaßte, er müsse entfernt mit Takashi Fujiwara, dem einzigen Detective japanischer Herkunft auf dem Revier, verwandt sein. Tack sagte, das sei tatsächlich richtig; Carella und er seien wirklich Cousins – eine himmelschreiende Lüge. Aber Tack war noch sehr jung, und er bewunderte Carella sehr, und er mochte ihn lieber als die meisten seiner wirklichen Cousins. Carella konnte auf japanisch ›guten Morgen‹ sagen. Egal, wann Tack den Dienstraum betrat – ob morgens, mittags oder abends –, sagte Carella: »Oh-hi-oh.« Darauf antwortete Tack: »Hallo, Cousin.«

Carella trug an diesem Samstagmorgen einen leichten Rollkragenpullover unter dem Sportjackett. Meyer Meyer sagte als erstes zu ihm: »In den Dingern siehst du klein aus.«

»Sie halten mich warm«, sagte Carella.

»Was ist besser – wenn einem warm ist oder wenn man groß erscheint?« fragte Meyer philosophisch und tippte weiter.

Schon unter normalen Umständen hatte er etwas gegen das Tippen. An diesem Tag hatte Meyer wegen der hochschwangeren Lady auf der andern Seite des Raumes, die die Welt im allgemeinen sowie Detective Cotton Hawes und einen dankbaren Reigen von frühmorgendlichen Alkoholikern insbesondere mit einem Schwall spanischer Obszönitäten bedachte, besondere Schwierigkeiten, sich auf die Tastatur vor seiner Nase zu konzentrieren. Geduldig und schicksalergeben hämmerte er in die Tasten, während die schwangere Lady lauthals die Rechtmäßigkeit von Cotton Hawes' Vorgehen in Frage stellte.

Meyers Geduld war eine erworbene Fertigkeit; aufgrund jahrelanger Pflege hatte er sie bis zu einer seltenen Vollkommenheit entwickelt. Ganz gewiß war seine Geduld nicht angeboren. Allerdings war er mit all jenen Eigenschaften auf die Welt gekommen, die in seinem späteren Leben Geduld zu einer Überlebensfrage hatten werden lassen. Meyers Vater war ein sehr lustiger Mann gewesen. Anläßlich der *Briss,* der traditionellen Beschneidung seines Sohnes, hatte er eine Ankündigung gemacht. Die Ankündigung betraf den Namen seines Sprößlings. Der Junge sollte Meyer Meyer heißen. Meyers Vater fand das ausgesprochen komisch. Der *Moile* hingegen fand es weniger komisch. Als er die Ankündigung hörte, wäre ihm fast die Hand ausgerutscht. In jenem Augenblick hätte er Meyer beinahe noch um etwas anderes gebracht als nur einen normalen Namen. Glücklicherweise hatte Meyer das Zeremoniell unbeschadet überstanden.

Es gab für einen orthodoxen Juden in einem nicht-jüdischen Wohnviertel ohnehin schon so manche kleine Neckereien zu ertragen, auch wenn man nicht gerade Meyer Meyer hieß. Aber zu alledem hatte er auch noch in jungen Jahren Haarausfall bekommen. Inzwischen hatte er eine Vollglatze und war ein großer, stämmiger Mann mit blauen Augen, ein wenig größer als Carella – und zwar auch, wenn Carella *keinen* Rollkragenpullover trug. Während er tippte, rauchte er eine Zigarre und wünschte, er hätte eine Zigarette. Er hatte letztes Jahr am Vatertag angefangen, Zigarren zu rauchen. Damals hatte seine Tochter in dem Versuch, ihn vom Zigarettenrauchen abzubringen, ihm eine Packung sehr teurer Zigarren geschenkt. Er genehmigte sich auch jetzt noch hin und wieder eine Zigarette, war jedoch entschlossen, unwiderruflich damit aufzuhören. An einem solchen Tag wie heute, da das Revier schon am frühen Morgen kopfstand, war seine Geduld schon ein wenig strapaziert, und seine Entschlossenheit geriet ein wenig ins Wanken.

Auf der anderen Seite des Zimmers schrie die schwangere Lady in einer Mischung aus Gossenenglisch und Prostituiertenspanisch: »Und warum, *pendego,* hältst du mich hier fest, wo ich doch in meinem Zustand nicht mal einen *Blinden* glücklich machen könnte?«

Ihr Zustand war bedrohlich. Vielleicht fanden die vier Betrunkenen in dem Ausnüchterungskäfig in der Ecke des Raumes sie deshalb so komisch. Vielleicht lag das aber auch daran, daß sie unter ihrem schwarzen Mantel nichts weiter als einen knappen Slip trug. Der Mantel stand weit offen, und der Bauch der schwangeren Lady wölbte sich oberhalb ihres pfirsichfarbenen Slips mächtig nach außen. Weiter oben tanzten ihre von der bevorstehenden Geburt prallen nackten Brüste unwillig und ziemlich lebhaft im Takt zu ihrem Redeschwall; was wiederum die Betrunkenen äußerst lustig fanden.

»Sag mir, *hijo de la gran puta*«, sagte sie majestätisch zu Hawes und grinste, offensichtlich zufrieden mit ihrem dankbaren Publikum, zu dem Ausnüchterungskäfig hinüber. »Würdest du Geld hinlegen für eine, die aussieht wie ich?«, und dabei umfaßte sie ihre lebhaft hin- und herschwankenden Brüste mit den Händen und preßte sie, wobei die Brustwarzen zwischen Zeige- und Mittelfinger hervortraten. »Würdest du das? Hah?«

»Ja!« rief einer der Betrunkenen in dem Käfig.

»Der Beamte, der Sie festgenommen hat, behauptet, Sie hätte sich ihm angeboten«, sagte Hawes müde.

»Und wo ist der Beamte jetzt?« fragte die Frau.

»Ja, wo ist er?« schrie einer der Betrunkenen in dem Käfig.

»Kurz mal rausgegangen«, sagte Hawes.

Der besagte Beamte war Genero. Genero war ein Vollidiot. Kein halbwegs normaler Polizist hätte eine hochschwangere Hure festgenommen. Kein halbwegs normaler Polizist hätte an einem Samstagmorgen um halb neun den Ausnüchterungskäfig mit ein paar Vollalkoholikern vollgestopft. Am Abend, wenn die Stadt verrückt spielte und der Käfig *dringend* benötigt wurde, war er dann mit abgestandenem Erbrochenen besudelt. Genero hatte zunächst die Betrunkenen angeschleppt, und zwar einen nach dem anderen, und dann die schwangere Hure. Genero befand sich auf einem Kreuzzug. Er war ein Einzelkämpfer für die Werte der schweigenden Mehrheit. Aber vielleicht stellte er ja auch ganz allein diese schweigende Mehrheit dar.

»Setzen Sie sich, und halten Sie den Mund«, sagte Hawes zu der Hure.

»Nein, bleib stehen«, rief einer der Betrunkenen in dem Käfig.

»Dreh dich hierher, Süße«, schrie ein anderer. »Zeig sie uns noch mal!«

»Muy linda, verdad?« fragte die Hure und zeigte den Betrunkenen noch einmal ihre Brüste.

Hawes schüttelte den Kopf. Auf einem Revier, auf dem ein unausgesprochenes Gesetz der Fairneß herrschte, erzeugte es Aggressionen, daß Genero eine schwangere Prostituierte hereingeschleppt hatte. Den Käfig voller Betrunkener konnte man ihm – vielleicht – noch verzeihen, aber eine schwangere Hure? Selbst Hawes' Vater, ein tief religiöser Mann, hätte wohl in einem solchen Fall beiseite gesehen, und Jeremiah Hawes war ein äußerst religiöser Mann und der Ansicht gewesen, daß Cotton Mather der größte der Puritanerpriester gewesen war, und zu Ehren des gottesfürchtigen Hexenjägers aus der Kolonialzeit, der bei seiner Berufung vor keiner Greueltat zurückgeschreckt war, hatte er seinen Sohn Cotton genannt. Hawes' Vater hatte die Hexenprozesse von Salem als persönliche Rache einer Stadt abgetan, die sich an ihren ureigenen Ängsten rächte, und damit Cotton Mather und die Rolle, die der Priester gespielt hatte, als er den Wahn zu seinem fiebrigen Höhepunkt geführt hatte, praktisch entschuldigt. Hätte sein Vater, lebte er noch, auch Generos Eifer so einfach abgetan? Hawes bezweifelte es.

Die Frau kam wieder zu seinem Schreibtisch hinüber.

»Was sagst du also?« fragte sie.

»Wozu?«

»Du läßt mich jetzt gehen, okay?«

»Kann ich nicht«, sagte Hawes.

»Im Augenblick hab' ich gerade was im Rohr«, sagte die Frau und legte ihre Hände auf den Bauch. »Aber ich werde mich später revanchieren, okay? Wenn das hier vorbei ist, okay?« Sie zwinkerte ihm zu. »Komm schon, laß mich gehn«, sagte sie. »Du bist wirklich süß, weißt du. Wir könnten uns später sehr gut miteinander amüsieren, okay?«

»Süß?« rief einer der Betrunkenen im Käfig beleidigt. »Heiland, ausgerechnet der.«

»Ist sogar 'n *sehr* hübscher Junge, der kleine *muchacho*«, sagte die Frau und kraulte Hawes wie einen zu dick geratenen zehnjährigen Jungen unter dem Kinn. Eigentlich war er jedoch einsfünfundachtzig groß, und seit er sich nicht mehr allzu streng an seine Diät hielt, brachte er fast zweihundert Pfund auf die Waage; ansonsten hatte er fast ein wenig verwirrend hellblaue Augen und flammend rotes Haar mit einem weißen Streifen oberhalb der linken Schläfe – das Ergebnis eines ziemlich seltsamen Unfalls während seiner Zeit als Detective Third Grade im 30. Revier im Stadtzentrum. Er war damals zu einem Einbruch gerufen worden und das Opfer einer hysterischen Frau geworden, die ihm zur Begrüßung schreiend aus der Wohnung entgegengestürzt war. Der Hausmeister des Gebäudes war zugleich mit einem Messer angerannt gekommen und hatte, als er ihn sah, Hawes mit dem Einbrecher verwechselt, der schon über alle Berge war, und sich mit dem Messer auf das arme Opfer gestürzt und ihm eine große Schnittwunde am Kopf beigebracht. Die Ärzte hatten, um besser an die Wunde zu kommen, das Haar an jener Stelle abrasiert, und als es nachwuchs, war es weiß gewesen – in exakter Übereinstimmung mit Hawes' damaliger Todesangst.

Der Streifen in seinem Haar hatte auf seiten der verschiedensten Frauen die unterschiedlichsten Reaktionen ausgelöst – aber keine von ihnen war auf die Idee gekommen, ihn ›süß‹ zu finden. Während er so die nackten Brüste der Hure und ihre fragenden Augen ansah, dachte er, daß er ja vielleicht wirklich ein hübscher Junge sei. Er dachte auch, daß es vielleicht keine so schlechte Idee sei, sie laufen zu lassen und später irgendwann einmal auf ihr nettes Angebot zurückzukommen. Sie war eine gutaussehende Frau von – wie er schätzte – Mitte Dreißig, die zwar im Augenblick ihr Kind wie einen Sperrballon vor sich hertrug, ansonsten jedoch einen gutgebauten, schlanken Körper und wohlgeformte Beine hatte. Ihre momentan fast zum Zerplatzen angeschwollenen Brüste waren wirklich schön, und sie gewährte ihm auch äußerst offenherzigen Einblick, während sie mit ihrem offenen Mantel vor seinem Schreibtisch auf und ab stolzierte, wobei sich ihre Brüste und ihr Bauch wie die Segel eines seetüchtigen Schoners blähten. Die Betrunkenen applaudierten.

Wenn er sie allerdings laufen ließ, würde Genero ihn wegen einem Verstoß gegen die Dienstvorschriften oder einem anderen Quatsch melden. Hawes dachte gerade über die Unannehmlichkeiten nach, die es mit sich brachte, wenn man mit jemandem wie Genero zusammenarbeiten mußte, als Hal Willis hereingestürmt kam und zwei mit Handschellen zusammengekettete Gestalten hineinzerrte. Hawes hätte nicht sagen können, ob es sich um Männer oder Frauen handelte; denn beide trugen Desingerjeans und wollene Skimasken. Die Betrunkenen im Käfig jauchzten wieder vor Freude, diesmal, um das maskierte Pärchen zu begrüßen. Willis machte eine Verbeugung, bemerkte dann die schwangere Hure mit dem offenen Mantel und sagte zu ihr: »Machen Sie den Mantel zu, Lady, sonst erfrieren noch Ihre beiden süßen kleinen Lieblinge.« Dann wandte er sich an die beiden maskierten Gestalten in den Designerjeans und Skimasken. »Nur herein, meine Herren«, sagte er zu ihnen, und dann zu Carella: »Hallo, Steve, fängt heute ja schon ziemlich früh an, was? Wer sind die denn da im Käfig. Sehen aus wie ein Mormonengesangverein.«

Die Betrunkenen fanden das fast genauso lustig wie die schwangere Hure. Sie hatten sich noch nie in ihrem Leben so wohl gefühlt. Zuerst eine Oben-ohne-Show und jetzt auch noch ein Komiker mit zwei Typen in lustigen Kostümen. Sie wären am liebsten für *immer* dageblieben.

»Wen bringst du uns denn da?« fragte Carella.

»Zwei maskierte Banditen«, sagte Willis und drehte sich zu ihnen um. »Setzt euch, Jungs«, sagte er. »Du wirst es mir nicht glauben«, sagte er zu Carella, und wandte sich dann zu Meyer, der noch immer an seiner Schreibmaschine saß. »Du wirst es mir nicht glauben, Meyer.«

»*Was* werde ich dir nicht glauben?« fragte Meyer, und seine Worte schienen auf der Stelle die allgemeine Aufmerksamkeit auf sich zu ziehen – wie ein Zirkusdirektor, der mit der Peitsche knallt, um die Stars des Morgens zu präsentieren, den kleinen Hal Willis und die zwei Maskierten. Die schwangere Hure drehte sich um und sah sie an und machte sogar ihren Mantel zu, damit ihre Prachtstücke nicht von der Hauptattraktion im Ring ablenkten. Die Betrunkenen preßten die Gesichter gegen die Gitter des Ausnüchterungskäfigs wie Todeskandidaten in einem zweitklassigen Film, die einen Leidensgenossen auf dem letzten Gang beobachteten. Hawes blickte gespannt, Carella blickte gespannt, Meyer blickte gespannt, alle blickten gespannt.

Willis, der das Rampenlicht nicht scheute, wies auf die beiden maskierten und zusammengeketteten Banditen und sagte: »Ich war auf dem Weg zur Arbeit, wißt ihr? Die Winterreifen hatte ich im Kofferraum, weil ich sie in einer Werkstatt Ecke Ainsley und Third montieren lassen wollte, klar? Ich halte dort also an und bitte den Mechaniker, die Reifen aufzuziehen – fragt mich nicht, warum ich damit bis Februar gewartet habe, klar? Der *Farmer's Almanac* hatte einen strengen Winter prophezeit. Er fährt also den Wagen auf die Hebebühne, und ich nehm mir den Schlüssel für die Toilette und geh' raus, um mir das Wasser abzuschlagen – entschuldigen Sie, gnädige Frau.«

»*De nada*«, sagte die schwangere Hure.

»Und als ich zurückkommt, stehen diese beiden Typen mit Kanonen in der Hand vor dem Mechaniker, der die Hosen schon gestrichen voll hatte, und schreien ihn an, er soll den Safe aufmachen. Der Mechaniker stammelt, er kennt die Kombination nicht, und diese zwei Helden hier schnauzen ihn an, er soll sich die Kombination möglichst schnell einfallen lassen, weil sie ihm nämlich sonst das Gehirn wegpusten, entschuldigen Sie, Gnädigste. Da komm ich gerade vom Klo und mach mir den Reißverschluß zu.«

»Und was dann?« fragte einer der Betrunkenen atemlos und mit aufrichtigem Interesse. Der Morgen wurde wirklich immer toller. Erst die Oben-ohne-Einlage, dann der Komiker, der sich zunehmend als professioneller Schauspieler mit einem hochentwickelten Sinn für Dramaturgie erwies, und dann noch die phantastisch besetzten Rollen der zwei Maskierten – es war wie eine Vorstellung im traditionellen japanischen No-Theater.

»Muß ich ausgerechnet morgens um neun in einen bewaffneten Raubüberfall hineingeraten?« wollte Willis von den Betrunkenen im Käfig wissen. »Muß ich überhaupt zu *irgendeiner* Tageszeit in so etwas hineingeraten?« fragte er die schwangere Hure. »Ich fahr' in eine Werkstatt, um die Reifen wechseln zu lassen, geh aufs Klo und stehe plötzlich vor diesen zwei Kreaturen hier.«

»Und was hast du dann gemacht?« bohrte der Betrunkene weiter. Die Spannung war für ihn unerträglich, und das ganze Gerede über das Wasserabschlagen verstärkte nur seinen Wunsch, sich die Blase ebenfalls zu erleichtern.

»Ich wär beinahe abgehauen«, sagte Willis. »Was hättest du gemacht?« fragte er Hawes. »Da macht man sich gerade die Hose zu, und da stehen plötzlich zwei Typen mit Knarren in der Hand vor dir?«

»Ich wär' abgehauen«, sagte Hawes und nickte feierlich.

»Na klar«, sagte Willis. »Jeder halbwegs vernünftige Polizist wäre abgehauen.«

»Ich wär' auch abgehauen«, sagte Carella und nickte.

»Ich auch«, sagte Meyer.

»Ganz ohne Frage«, sagte Willis.

Das Ganze fing an, ihm Spaß zu machen. Er hoffte, der Betrunkene würde weiter danach fragen, was in der Werkstatt geschehen war. Wie jeden guten Schauspieler stimulierte ihn die Reaktion des Publikums. Mit einsachtundsechzig hatte Willis nur knapp die von der Polizei in dieser Stadt verlangte Mindestgröße erfüllt – wenigstens, als er damals in den Polizeidienst eingetreten war. Seither hatte sich einiges geändert; mittlerweile gab es uniformierte Polizisten und sogar einige Detectives, die eher einem Feuerhydranten als einem Gesetzeshüter glichen. Aber bis vor kurzem war Willis ganz gewiß der kleinste Detective gewesen, den man in dieser Stadt je zu Gesicht bekommen hatte. Mit seinen zarten Knochen und dem quirligen Cocker-Spaniel-Aussehen war er fast eine jüngere Kopie von Fred Astaire, nur daß er statt eines

Stocks eine .38er Detective's Special mit sich herumtrug und Türen eintrat, statt Treppen hinaufzutanzen. Willis war im Judo genauso firm wie in den Bestimmungen des Strafgesetzes, und er konnte einen Dieb schneller aufs Kreuz legen, als sechs Männer mit ihren Fäusten es fertiggebracht hätten. Im Augenblick überlegte er gerade, ob er nicht mal kurz einen der Maskierten über seine Schulter schleudern sollte, nur um ein bißchen Stimmung in den Laden zu bringen. Er entschied sich statt dessen dafür zu erzählen, was sich in der Werkstatt abgespielt hatte.

»Ich zog also meine Waffe«, sagte er und zog zur Veranschaulichung die .38er aus dem Schulterhalfter und fuchtelte damit in der Luft herum. »Diese beiden Helden da jammern sofort: ›Nicht schießen!‹ Wollt ihr wissen, warum? Weil ihre Kanonen gar nicht geladen waren! Könnt ihr euch das vorstellen? Gehn da rein, um den Laden hochzunehmen, und haben ungeladene Kanonen dabei.«

»Die Geschichte ist *doch* nicht so gut«, sagte der vorher so ungemein interessierte Betrunkene.

»Dann verlang doch dein Geld zurück«, sagte Willis. »Setzt euch hin, ihr Kanaillen«, sagte er zu den maskierten Männern.

»Wir sind doch zusammengekettet, wie sollen wir uns dann setzen?« fragte einer von ihnen.

»Auf zwei Stühle«, sagte Willis. »Wie siamesische Zwillinge. Nehmt die blöden Masken ab.«

»Tu's nicht«, sagte einer der beiden zu seinem Komplizen.

»Warum nicht?« fragte der andere.

»Niemand kann uns dazu zwingen«, sagte der erste. »Wir kennen unsere Grundrechte«, sagte er zu Willis.

»Ich pfeife auf eure Rechte«, sagte Willis. »Ich hätte erschossen werden können, ist euch das klar?«

»Wie denn?« sagte Meyer. »Du hast uns doch gerade erzählt, die Waffen ...«

»Ich meine, wenn sie geladen gewesen wären«, sagte er, und in diesem Augenblick kam Genero von der Toilette zurück. Er fragte: »Wer hat das Radio ausgestellt?«, sah sich nach der schwangeren Hure um, die als einzige seiner Gefangenen nicht in den Käfig eingesperrt war, entdeckte sie, wie sie auf der Kante von Hawes' Schreibtisch saß, ging rasch auf sie zu und sagte: »Alles klar, Schwester, jetzt wollen wir mal ...«, als sie plötzlich anfing, ihn anzukreischen. Ihr Kreischen brachte Genero fast um den Verstand. Er zog den Kopf ein und schützte ihn mit den Händen, als hätte ihm jemand eine Schrotladung verpaßt. Das Kreischen erschreckte die Betrunkenen im Käfig ebenfalls. Um sich zu verteidigen, fingen sie gleichfalls zu schreien an, als ob aus sämtlichen Ritzen Mäuse gekrochen kämen und Vampire im Raum herumschwebten, um sie auszusaugen.

Die nachdrücklichen Anstrengungen der Frau, ihr durchdringendes, unaufhörliches Kreischen in den höchsten Tönen zerbrach – abgesehen von sämtlichen Fensterscheiben im Umkreis von acht Meilen – auch noch etwas anderes. Während die Detectives und die Betrunkenen und die zwei maskierten Männer erstaunt dem Auftritt zusahen, wurden sie Zeugen, wie plötzlich ein enormer Schwall Wasser zwischen den Beinen der schwangeren Hure hervorschoß. Die Betrunkenen glaubten, sie hätte in die Hose gemacht. Willis und Hawes, beide Junggesellen, dachten das gleiche. Carella und Meyer allerdings, zwei erfahrene Ehemänner, wußten daß die Fruchtblase der Frau zerplatzt war und die Wehen jeden Augenblick einsetzen konnten. Genero, der immer noch mit erhobenen Armen dastand, glaubte, er habe etwas Schlimmes angerichtet, und war ganz sicher, er werde zur Strafe ohne Abendbrot ins Bett gesteckt.

»*Madre de dios*«, sagte die Frau schockiert und hielt ihren Leib mit beiden Händen.

»Ruf den Notarzt!« rief Meyer Hawes zu.

Hawes nahm den Hörer ab und wählte die Nummer.

»Mein Baby kommt«, sagte die Frau ganz sanft, fast ehrfürchtig und legte sich dann neben Meyers Schreibtisch ganz ruhig auf den Boden.

»Dave«, sagte Hawes ins Telefon, »wir brauchten 'nen Rettungswagen, und zwar schnell. Wir haben hier oben eine schwangere Frau, die schon kreißt.«

»Weißt du, wie man es macht?« fragte Meyer Carella.

»Nein. Du?«

»Helft mir«, sagte die Frau in würdevoller Gefaßtheit.

»Um Gottes willen, helft ihr«, sagte Hawes und hängte den Hörer ein.

»Ich?« fragte Willis.

»Irgendwer«, sagte Hawes.

Die Frau stöhnte. Der Schmerz schoß aus ihrem von Wehen geschüttelten Unterleib in ihr Gesicht.

»Holt warmes Wasser oder so was«, sagte Carella.

»Woher?« fragte Willis.

»Aus dem Büro von Miscolo«, sagte Carella.

»Helft mir doch«, sagte die Frau wieder, und Meyer kniete neben ihr nieder, als das Telefon auf Carellas Schreibtisch läutete. Er nahm den Hörer ab.

»Siebenundachtzigstes Revier, Carella«, sagte er.

»Augenblick, bitte«, sagte die Stimme am anderen Ende. »Ralph, nimmst du mal bitte den Hörer ab.«

Die Betrunkenen in dem Ausnüchterungskäfig waren plötzlich mucksmäuschenstill. Sie preßten sich gegen die Maschen. Sie beobachteten Meyer, der sich über die schwangere Frau gebeugt hatte. Sie versuchten, seine geflüsterten Worte zu verstehen. Die Frau schrie wieder, doch diesmal fand ihr Schrei kein Echo. Diesmal war es kein Wutschrei. Das hier war etwas völlig anderes. Sie lauschten dem Schrei voll Ehrfurcht und verstummten. »Entschuldigung«, sagte die Stimme am Telefon, »aber die telefonieren uns hier heute die Drähte heiß. Hier spricht Levine, Midtown East. Wir hatten hier letzte Nacht einen Mord an einem Mädchen; sie hieß ...«

»Hören Sie«, sagte Carella. »Können Sie nicht etwas später noch mal anrufen? Wir haben hier eine Art Notfall.«

»Es handelt sich um *Mord*«, sagte Levine, als ob allein dieses Wort ausreichte, um eine Mobilmachung zu veranlassen und jeden, der es hörte, alles stehen und liegen zu lassen, um zu den Waffen zu eilen. Levine hatte recht.

»Schießen Sie los«, sagte Carella.

»Hieß Sally Anderson, das Mädchen«, sagte Levine. »Sagt Ihnen das was?«

»Gar nichts«, sagte Carella und blickte quer durch den Raum. Willis war inzwischen mit warmem Wasser aus dem Büro zurückgekommen. Er hatte Miscolo gleich mitgebracht. Miscolo kniete jetzt auf der anderen Seite neben der Frau auf dem Boden. Plötzlich begriff Carella, daß Miscolo und Meyer vorhatten, die Frau von dem Kind zu entbinden.

»Weshalb ich anrufe«, sage Levine. »Sieht aus, es besteht zwischen dieser Sache und einer Geschichte, an der ihr arbeitet, ein Zusammenhang.«

Carella schob seinen Notizblock in Position und nahm einen Stift in die Hand. Er konnte seine Augen nicht von dem Geschehen auf der anderen Seite des Raumes abwenden.

»Vor zehn Minuten hat mich das Ballistische Institut angerufen«, sagte Levine. »Ein Bursche namens Dorfsman, kluger und aufmerksamer Junge. Wegen der Kugeln, die sie in Kopf und Brust des Mädchens gefunden haben. Arbeiten Sie an einem Fall, in dem eine achtunddreißiger Smith and Wesson eine Rolle spielt?«

»Ja, und?« sagte Carella.

»Ist doch ein Mord, woran Sie arbeiten, oder? Und Sie haben die Projektile an Dorsman geschickt, nicht wahr?«

»Ja, und?« sagte Carella.

Er machte sich noch immer Notizen.

»Sie stimmen genau mit denen überein, mit denen das Mädchen abgeknallt worden ist.«

»Sind Sie da ganz sicher?«

»Absolut. Dorfsman täuscht sich nicht. In beiden Fällen wurde dieselbe Waffe benutzt.«

»So, so«, sagte Carella.

Im Hintergrund sagte Miscolo: »Pressen.«

»Stärker«, sagte Meyer.

»Wie Sie es am besten können«, sagte Miscolo.

»Ich möchte also wissen, wer den Fall übernimmt«, sagte Levine.

»Sind Sie sicher, daß es sich um dieselbe Waffe handelt?«

»Definitiv. Dorfsman hat sich die Kugeln wohl ein dutzendmal unter dem Mikroskop angesehen. Irrtum ausgeschlossen. Dieselbe achtunddreißiger Smith and Wesson.«

»Midtown East ist ganz schön weit weg von hier«, sagte Carella.

»Das weiß ich. Und ich hab' nicht die Absicht, euch da was aufzuhalsen, glauben Sie mir. Ich weiß nur nicht, welche Vorschriften für einen solchen Fall gelten.«

»Wenn es einen Zusammenhang gibt, nehm' ich an ...«

»Es gibt einen Zusammenhang, alles klar. Aber gehört der Fall euch oder uns, darum geht es. Aber ich meine, Sie waren zuerst auf die Sache angesetzt.«

»Ich muß erst mit dem Lieutenant sprechen«, sagte Carella. »Sobald er kommt.«

»Ich hab' das mit meinem hier schon abgeklärt. Er meint, ich soll euch den Fall übergeben. Das hat nichts mit Arbeitsüberlastung zu tun, Carella. Noch 'ne Leiche mehr wird uns hier auch nicht umbringen. Aber wahrscheinlich haben Sie ja schon 'ne Menge Vorarbeiten geleistet ...«

»Ja, das stimmt«, sagte Carella.

»Und ich weiß nicht, ob Sie nicht schon eine Spur haben ...«

»Eigentlich nicht«, sagte Carella. »Unser Opfer hier war ein kleiner Dealer.«

»Also, das Mädchen ist Tänzerin, ich meine unser Opfer hier.«

»Hatte sie mit Drogen zu tun?«

»Ich hab' noch gar nichts, Carella. Deshalb ruf' ich Sie an. Wenn ich erst mal loslege, dann auch richtig. Wenn Sie die Sache übernehmen, halt' ich mich da raus.«

»So ist's gut«, sagte Meyer. »Sehr gut.«

»Wir können den Kopf schon sehen«, sagte Miscolo. »Jetzt können Sie ein wenig stärker pressen.«

»So ist's gut«, sagte Meyer wieder.

»Ich sprech' mit dem Lieutenant und melde mich dann bei Ihnen«, sagte Carella. »Können Sie mir inzwischen eine schriftliche Mitteilung in der Sache machen?«

»Selbstredend. Ich brauche Ihnen ja nicht zu sagen ...«

»... daß die ersten vierundzwanzig Stunden die entscheidenden sind«, sagte Carella mechanisch.

»Wenn überhaupt, dann müssen Sie heute also schon anfangen.«

»Verstanden«, sagte Carella. »Ich ruf' Sie zurück.«

»Pressen«, sagte Miscolo.

»Pressen«, sagte Meyer.

»Großer Gott«, sagte die Frau.

»Hier kommt es, hier kommt es«, sagte Meyer.

»Großer Gott, großer Gott«, frohlockte die Frau.

»Ein richtiges Prachtbaby«, sagte Miscolo.

Meyer hob das blutverschmierte Kind in die Luft und gab ihm einen Klaps auf den Po. Ein triumphierender Schrei erklang in dem totenstillen Dienstraum.

»Ist es ein Junge oder ein Mädchen?« flüsterte einer der Betrunkenen.

3. KAPITEL

Carella rief Levine erst um zehn nach elf wieder an, weil es so lange dauerte, die Zuständigkeiten zu klären. Um diese Zeit war es auf dem Revier erheblich ruhiger geworden. Die nicht mehr schwangere Prostituierte und ihre quicklebendige kleine Tochter waren von einem Krankenwagen in ein Hospital gebracht worden, und die vier Alkoholiker hatten eine Anzeige wegen Trunkenheit in der Öffentlichkeit erhalten, und ein triumphierender Detective Genero hatte sie aus dem Revier zu einem draußen wartenden Kleinbus geleitet. Ihm war offensichtlich der Unterschied zwischen einer Ordnungswidrigkeit, einem Vergehen und einem Verbrechen nicht ganz klar, und auf Trunkenheit in der Öffentlichkeit standen als Höchststrafe vierzehn Tage Haft. An jenem herrlichen

Februarmorgen gab es auf dem ganzen Revier weder einen Mann noch eine Frau, der beziehungsweise die nicht der Meinung gewesen wäre, daß Genero Zeit und Geld verschwendete, indem er diese Betrunkenen einem Richter vorführen ließ, der sie ohne jeden Zweifel auf der Stelle freilassen würde, da er wußte, daß jeder verfügbare Quadratmeter Zellenraum für gefährlichere Gesetzesbrecher als ein Quartett seliger Zecher gebraucht wurde. Dessenungeachtet ging Genero seinen Weg. Die Männer – und die Frau, die an jenem Samstag um elf Uhr auf dem Revier eingetroffen war, gerade als Genero seine Gefangenenprozession hinausgeleitete – schüttelten einstimmig den Kopf und beschäftigten sich mit dringenderen und ernsthafteren Angelegenheiten.

Die Frau war ein Detective Second Grade aus dem Hauptquartier und wurde nur von Fall zu Fall für Spezialeinsätze ausgeliehen. Sie hieß Eileen Bruke und arbeitete nur sporadisch für das Siebenundachtzigste, gewöhnlich, wenn man dort einen weiblichen Lockvogel brauchte. Das hieß, daß Eileen, wann immer sie hier in der Gegend arbeitete, allein als Köder für einen wahnsinnigen Sexualverbrecher oder sonst einen heruntergekommenen Menschen in den Straßen herumging. Eileen hatte rotes Haar und grüne Augen; Eileen hatte lange, weiche und glatte Beine mit schönen Waden und schlanken Fesseln; Eileen hatte gute Brüste und aufregend geschwungene Hüften, und Eileen war einssiebzig groß, was zusammengenommen einem Menschen, dem der Sinn nach Vergewaltigung stand, unmöglich entgehen konnte. Aber Eileen hatte auch schon mal in einem Fall von Handtaschenraub hier in der Gegend gearbeitet, wobei Hal Willis ihren Schutzengel gespielt hatte, und zufälligerweise hatte sie noch in einem andern Fall mit Hal Willis zusammengearbeitet. Dabei hatten die beiden im Park zusammen in einem Schlafsack gelegen und ein feuriges Liebespaar gespielt. Bei dieser getarnten Aktion hatten auch die Detectives Meyer und Kling mitgewirkt, die als Nonnen verkleidet auf einer Parkbank in der Nähe saßen.

Später konnte sich Eileen an den Anlaß der Aktion nicht

mehr erinnern. Sie hatte jedoch nicht vergessen, daß Willis ihren Hintern gar nicht mehr losgelassen hatte, während sie versuchte, eine dritte Bank im Auge zu behalten, auf der ein Lunchpaket lag, in dem fünfzigtausend Dollar hätten sein sollen, während in Wirklichkeit fünfzigtausend Papierschnipsel darin waren. Willis küßte sie – in seiner Rolle als glühender Liebhaber – unaufhörlich, während sie sich an diesem bitterkalten Tag im Schlafsack zusammendrängten. Ihre Liebkosungen fanden damals ein abruptes Ende, als ein junger Mann den Lunchpaket-Köder an sich genommen hatte und damit auf die Bank zugegangen war, auf der Genero als Blinder verkleidet saß. Der sprang daraufhin auf die Füße, nahm die dunkle Brille ab, öffnete, wie er es im Fernsehen häufig Polizisten hatten tun sehen, den dritten Mantelknopf, langte nach seinem Revolver und schoß sich ins Bein. Willis gelang es irgendwie, das Sprechfunkgerät im Schlafsack zwischen Eileens Brüste zu schieben und Hawes, der in einem Zivilwagen in der Grover Avenue wartete, mitzuteilen, daß der Gangster in seine Richtung lief. Es macht immer 'ne Menge Spaß, für das Siebenundachtzigste zu arbeiten, dachte Eileen jetzt. Außerdem fand sie es schade, daß sie Willis nur hin und wieder zu Gesicht bekam. Beiläufig dachte sie darüber nach, ob Willis wohl verheiratet sei. Beiläufig fragte sie sich, warum sie in den vergangenen Tagen wohl so häufig über das Heiraten nachgedacht habe. Lag es vielleicht daran, daß diesmal am Valentinstag niemand an sie gedacht hatte?

Nachdem Genero und seine diversen Häftlinge (die junge Mutter hatte sich wenigstens vorerst seinem Zugriff entziehen können) ihrer Wege gegangen waren, kehrte eine gewisse Ruhe auf dem Revier ein. Cotton Hawes nahm an seinem Schreibtisch die Beschwerde eines fetten Schwarzen entgegen, der sich darüber beklagte, daß seine Frau ihn jedesmal, wenn er zu spät nach Hause kam, mit heißer Hafergrütze bombardierte, weil sie glaubte, daß er sich irgendwo mit anderen Frauen amüsierte. Hal Willis' war schon nach unten gegangen, um von den beiden Jugendlichen eine Akte anzulegen, und führte sie dann zu dem draußen wartenden Kleinbus, in dem die Betrunkenen schon ihres Abtransports zum Untersuchungsgefängnis harrten. Die Jugendlichen weigerten sich noch immer, die Masken abzunehmen. Einer der Betrunkenen in dem Wagen fragte sie, ob sie zu einer Party gingen. Als Willis sie dem uniformierten Polizisten übergab, der die Wagentür hinter ihnen zuschlug, machte Eileen Burke es sich gerade auf der Kante von Willis Schreibtisch im ersten Stock bequem, schlug ihre erstklassigen Beine übereinander, sah dann auf die Uhr und zündete sich eine Zigarette an.

»Hallo, Eileen«, sagte Hawes zu ihr, während er den dicken schwarzen Mann hinausgeleitete, wahrscheinlich, um sich die Grütze schleudernde Ehefrau einmal in den heiligen Gemächern ihres friedlichen Heims vorzuknöpfen. Eileen beobachtete Hawes, wie er weiter hinten auf dem Korridor verschwand. Er hatte rotes, ihrem eigenen gar nicht so unähnliches Haar. Sie dachte beiläufig darüber nach, ob die Kinder zweier rothaariger Leute wohl ebenfalls rothaarig sein würden. Sie fragte sich beiläufig, ob Hawes wohl verheiratet sei. Sie fing an, mit dem einen Fuß zu wippen.

Ungefähr einen Meter von der mit dem Fuß wippenden und ihre Zigarette rauchenden Eileen entfernt telefonierte Meyer mit seiner Frau und erzählte ihr, daß er mitten im Dienstraum eine Entbindung vorgenommen habe, allerdings mit Alf Miscolos – unbedeutender – Unterstützung. Der Genannte war gerade in sein Büro hinübergegangen, um, da im Augenblick keine weitere Niederkunft zu erwarten war, eine Kanne Kaffee zu kochen. An einem anderen Telefon an seinem Schreibtisch rief Carella endlich – wie versprochen – Levine zurück und entschuldigte sich dafür, daß es so lange gedauert habe.

Der Grund dafür war, daß die Polizei wie eine kleine Armee organisiert ist und ein Mord die Bedeutung einer großen Schlacht in einem endlosen Krieg hat. In großen Armeen werden selbst kleine Schlachten nicht auf die leichte Schulter genommen. In einer kleinen Armee, wie beispielsweise einem Polizeiapparat, verlangt eine so unbedeutende Schlacht wie ein Mordfall die Aufmerksamkeit und Mitwirkung einer großen Zahl von Leuten quer durch sämtliche Zuständigkeiten. In der Stadt, für die diese Männer arbeiteten, wurde in der Regel jener Kriminalbeamte auf einen Mord angesetzt, der als erster damit zu tun gehabt hatte. Sein Assistent war normalerweise irgendein Mitglied des Teams, das zu diesem Zeitpunkt gerade frei war. Sobald ein Detective sagte: »Ich hab's« oder »Bin schon auf Achse« oder einen ähnlichen vieldeutigen Ausspruch tat, gehörte der Fall offiziell ihm, und man erwartete von ihm, daß er an der Sache dranblieb, bis er sie gelöst oder geklärt hatte (was nicht heißt, daß der Fall auch gelöst ist) oder ganz einfach verzweifelt die Hände über dem Kopf zusammenschlug. Da jedoch Mord eine so große Geschichte war, gab es innerhalb des Polizeiapparates noch andere Leute, die ein brennendes Interesse an den Aktivitäten der Kriminalbeamten hatten. Wenn also ein Beamter einen großen Fall übernahm, mußte er eine ganze Reihe von Vorgesetzten und übergeordneten Instanzen informieren:

1. Den Polizeichef
2. Den Chief der Detectives
3. Den Bezirkschef der Detectives
4. Mordkommission Ost oder West, je nachdem, wo die Leiche gefunden worden war
5. Den leitenden Beamten des Reviers, in dem die Leiche gefunden worden war
6. Den Leichenbeschauer
7. Den Bezirksstaatsanwalt
8. Die Funkzentrale im Hauptquartier
9. Das Polizeilabor
10. Den Polizeifotografen.

Nicht alle diese Leute mußten an diesem Samstagmorgen hinzugezogen werden, doch die durch Levines Anruf ausgelöste Verwirrung wegen der diversen Zuständigkeiten war immerhin so groß, daß sie Lieutenant Byrnes, den Chef der Abteilung Zivilfahndung des siebenundachtzigsten Reviers, zu einem Stirnrunzeln und einem anschließenden Telefonanruf bei Captain Frick veranlaßte, der seinerseits oberster Chef des gesamten Siebenundachtzigsten war. Der wiederum räusperte sich und druckste herum und sagte dann vage: »Also, Pete, das ist eine Frage der Zuständigkeit.« Er riet Byrnes deshalb, sich an eine höhere Stelle zu wenden, und das hieß, an den Chief of Detectives, was Byrnes gerade hatte vermeiden wollen, damit sein Vorgesetzter nicht den Eindruck bekam, daß er die neuesten Vorschriften noch nicht kannte. Der Chief of Detectives kratzte sich am Kopf und ließ Byrnes wissen, daß eine solche Situation schon seit Jahren nicht mehr vorgekommen sei, und weil sich die Vorschriften und Dienstanweisungen bei der Polizei ständig veränderten, müsse er sich zunächst über die augenblicklich geltende Verfahrensweise informieren, und danach werde er Byrnes zurückrufen. Byrnes, der begierig war, seinem Vorgesetzten unter die Weste zu jubeln, was für gewissenhafte Gesetzeshüter die Männer vom Siebenundachtzigsten doch seien, erwähnte beiläufig, daß es sich um zwei Morde handelte und daß zwei Beamte in zwei verschiedenen Teilen der Stadt darauf warteten, sich auf die zweite und frischeste der beiden Spuren zu stürzen (was nicht ganz stimmte, da weder Levine noch Carella besonders heiß auf die Sache waren), weshalb er seinem Vorgesetzten dankbar wäre, wenn dieser die Angelegenheit so schnell wie möglich klären könnte. Der Chief of Detectives rief erst gegen kurz vor elf zurück, nachdem er seinerseits mit dem Chief of Operations gesprochen hatte, dessen Büro sich im Präsidium zwei Stockwerke oberhalb seines eigenen befand. Er ließ Byrnes wissen, daß nach Ansicht des Chief of Operations dem *ersten* Mord Vorrang vor dem *zweiten* zukomme; daher solle derjenige Beamte, der auch die erste Spur verfolgt hatte, wann immer das gewesen sein mochte, nun auch den neuen Fall übernehmen. Byrnes wußte auch nicht, wann das gewesen war. Deshalb sagte er: »Ja, wann immer das gewesen ist, und vielen Dank, Chef« und hängte ein. Dann ließ er Carella in sein Büro kommen und sagte: »Er gehört uns«, was nicht heißen sollte, daß der Fall *ihnen* gehörte (obwohl in einem weiteren Sinn auch das zutraf), sondern *ihm,* Carella. Als Carella dies alles Levine erzählte, sagte Levine: »Viel Glück« und schaffte es auch noch, in diesen zwei Wörtern seine gesammelte Erleichterung zum Ausdruck zu bringen.

Hal Willis kam ungefähr fünf Minuten später zurück in den Dienstraum, gerade als ein windzerzauster, halb erfrorener Streifenbeamter aus Midtown East den von Levine in seinem ersten Telefongespräch am Morgen versprochenen Bericht ablieferte. Willis entdeckte Eileen auf der Kante seines Schreibtisches, lächelte und tänzelte auf sie zu. Grinsend sagte er zu ihr: »Hey, dich haben sie also geschickt, was?«

»Hier ist das Zeug von Levine«, sagte Carella zu Meyer.

»Hast du etwa Raquel Welch erwartet?« fragte Eileen.

»Niemand hat sich beklagt«, sagte Willis.

»Wer hat diesmal wen vergewaltigt?« fragte Eileen.

»Keine Obszönitäten«, sagte Meyer und zwinkerte Carella schelmisch zu.

»Sieht ziemlich dünn aus«, sagte Carella und wog das braune Kuvert, dessen Empfang er soeben quittiert hatte, in der Hand. »Ist das alles?« fragte der Uniformierte und rieb sich die Hände.

»Ja«, sagte Carella.

»Gibt's hier irgendwo 'ne Tasse Kaffee?« fragte der Streifenbeamte.

»Im Gang steht ein Automat«, sagte Carella.

»Hab' kein Kleingeld«, sagte der Beamte.

»Ach so, der alte Hab'-kein-Kleingeld-Trick«, sagte Meyer.

»Was?« fragte der Polizist.

»Versuchen Sie's mal im Büro«, sagte Carella.

»Ich hoffe, Sie haben 'ne hohe Lebensversicherung«, sagte Meyer.

»Was?« sagte der Streifenbeamte, zuckte mit den Achseln und schob ab.

»Wo soll ich dich in den Fall einweisen?« fragte Willis Eileen.

»Ah ja, der alte Gehen-wir-zu-mir-oder-zu-dir-Trick«, sagte Meyer. Er fühlte sich großartig. Er war gerade bei einer

Entbindung dabeigewesen. Um einen Mann in Hochstimmung zu versetzen, gibt es nichts Besseres, als ihn an einem Schöpfungsakt teilnehmen zu lassen.

»Geht es um die Waschsalongeschichte?« fragte er Willis.

»Genau«, sagte Willis.

»Ein Sexualverbrecher in einem *Waschsalon*?« fragte Eileen und drückte ihre Zigarette aus.

»Nein, ein Kerl, der spätabends Waschsalons ausraubt. Wir haben uns gedacht, wie postieren dich in dem Salon, den er als nächstes hochnehmen wird.«

»Woher wißt ihr, welchen er als nächsten hochnehmen wird?« fragte Eileen.

»Wir haben da so unsere Vermutungen«, sagte Willis. »Es gibt da nämlich gewisse Regelmäßigkeiten.«

»So, so, der alte Modus-operandi-Trick«, sagte Meyer und platzte beinahe vor Lachen. Carella sah ihn an. Meyer zuckte die Achseln und hörte auf zu lachen.

»Richte dich wie eine Hausfrau mit schmutziger Wäsche her«, sagte Willis.

»Klingt gut«, sagte Eileen. »Und du paßt auf mich auf, oder?«

»Ganz genau.«

»Und wo wirst du sein?«

»In einem Schlafsack draußen vor dem Laden«, sagte Willis und grinste.

»Na klar«, sagte sie und grinste zurück.

»Weißt du noch?« fragte er.

»Ich hab' das Gedächtnis eines Richters«, sagte sie.

»Wir lassen euch zwei jetzt allein, damit ihr eure Strategie entwickeln könnt«, sagte Meyer. »Komm schon, Steve, wir gehen in das Verhörzimmer.«

»Wann geht die Sache los?« frage Eileen und zundete sich eine neue Zigarette an.

»Heute abend?« erwiderte Willis fragend.

Im Verhörzimmer am Ende des Gangs lasen Meyer und Carella gemeinsam den Inhalt des Schreibens durch, das Levine ihnen in dem Kuvert hatte zukommen lassen.

Der Zeuge Dominick Bonaccio entdeckte das rücklings im Schnee liegende Opfer um 0 Uhr 30 auf dem Heimweg von der Arbeit. Er erkannte sie an ihrem Mantel. Fuhr in seine Wohnung hinauf, benachrichtigte Polizei, fuhr wieder nach unten, um auf die Polizei zu warten (P. O. Frank O'Neal, P. O. Peter Nelson, Midtown East, Charlie Car.). Opfer bei Ankunft des Streifenwagens tot. Officer O'Neal rief Zentrale an und bat um Unterstützung durch Kriminalbeamte (siehe Ermittlungsbericht 375-61-0230). Morddezernatbeamte (Monoghan und Monroe) waren in der Gegend im Streifenwagen unterwegs, meldeten sich bei Zentrale und erreichten Tatort vor den Midtown East Detectives Henry Levine und Ralph Coombes.

Opfer als Sally Anderson identifiziert (weibl. weiß, 25 Jahre) Haar: blond. Augen: blau; Größe etwa einssiebzig; Gewicht: ungefähr sechzig Kilo. Die genauen Zahlen muß noch die Autopsie ergeben. Polizeiarzt David Lowenby hat noch am Tatort den Totenschein ausgestellt. Offensichtliche Todesursache: Schußverletzungen. Vorbehaltlich möglicher Korrekturen durch den Autopsiebericht scheint es sich um drei Schußverletzungen zu handeln: eine auf der linken Brustseite, zwei in Gesicht und Kopf: Leere Patronenhülsen wurden am Tatort nicht gefunden. Inhalt der Handtasche des Mädchens: Lippenstift, Augenbrauenstift, zwei Streifen Kaugummi, Adreßbuch, Tempotaschentücher, Brieftasche mit drei Fotografien, dreiundzwanzig US-Dollar, Mitgliedsausweis der Bühnengewerkschaft. Befragung der Mieter des Anwesens 637 North Campbell deutet darauf hin, daß es keine direkten Augenzeugen gibt; angeblich hat Opfer jedoch als Tänzerin in einem Musical mit dem Titel ›Fatback‹ mitgewirkt (Wales Theater, 1143 North Adderley).

Opfer zum Leichenschauhaus im Haley Hospital überführt. Die persönlichen Gegenstände wurden von Midtown East aus ins Laboratorium überführt. Die im Körper des Opfers gefundenen Kugeln an das Ballistische Institut geschickt und vorrangige Bearbeitung erbeten.

Henry Levine
Detective (1st/Gr) Henry Levine
Dienstmarke 27842 Midtown East

»Kann gut tippen«, sagte Meyer.

»Bringt allerdings nicht viel«, sagte Carella.

»Hat er wahrscheinlich geschrieben, bevor ihn Dorfsman angerufen hat, was?«

»Hat den Ballistikern offenbar ziemlich eingeheizt«, sagte Carella.«

»Wollen mal sehen, was wir über den andern Fall haben«, sagte Meyer.

Im Büro war Alf Miscolo gerade dabei, den schlechtesten Kaffee der ganzen Stadt zusammenzubrauen. Das Aroma tat ihnen fast in der Nase weh, als sie den Raum betraten.

»Manchmal hab' ich das Gefühl, daß du deinen Kaffee aus Kröten und Fröschen zusammenbraust«, sagte Meyer.

»Haha«, machte Miscolo. »Wenn du ihn nicht magst, mußt du ihn ja nicht trinken.« Er schnüffelte in der Luft herum. »Das ist 'ne neue kolumbianische Mischung«, sagte er und verdrehte dabei die Augen genießerisch.

»Dein Kaffee riecht genau wie Meyers Zigarren«, sagte Carella.

»Ich geb' ihm ja auch immer die alten Stummel«, sagte Meyer und bemerkte dann, daß seine Zigarren angegriffen wurden. »Was soll das heißen?« fragte er. »Was habt ihr denn gegen meine Zigarren einzuwenden?«

»Seid ihr hier reingekommen, um mir die Zeit zu stehlen oder was?« fragte Miscolo.

»Wir brauchen die Akte über Paco Lopez«, sagte Carella.

»Das war erst vor ein paar Tagen, nicht?«

»Die Leiche vom Culver«, sagte Carella nickend. »Dienstagabend.«

»Darüber hab' ich noch keine Akte angelegt«, sagte Miscolo.

»Und wo ist der Bericht?«

»Hier irgendwo auf meinem Schreibtisch«, sagte Miscolo und zeigte auf das Chaos auf seinem Schreibtisch.

»Kannst du ihn für uns ausgraben?« fragte Carella.

Miscolo schwieg. Er saß in dem Drehstuhl hinter seinem Schreibtisch und sah die diversen Berichte durch. »Meine

Frau hat mir den Kaffee zum Valentinstag geschenkt«, sagte er schmollend.

»Sie muß dich aber wirklich sehr lieben«, sagte Meyer.

»Was hat deine Frau dir denn geschenkt?«

»Valentinstag ist erst morgen.«

»Vielleicht schenkt sie dir ja welche von den komischen Zigarren, die du ständig rauchst«, sagte Carella.

»Hier hab' ich einen *Gofredo* Lopez, meint ihr den?«

»Paco«, sagte Carella.

»Gegen meine Zigarren gibt es gar nichts einzuwenden«, sagte Meyer.

»Wißt ihr eigentlich, wie viele Lopez' wir hier im Siebenundachtzigsten haben?« fragte Miscolo. »Lopez ist hier bei uns ungefähr das gleiche wie in der *wirklichen* Welt Jones oder Smith.«

»Aber nur *ein* Lopez ist letzten Dienstag erschossen worden.«

»Manchmal wünsche ich, sie alle würden dieses Schicksal erleiden«, sagte Miscolo.

»Gib ihnen statt dessen einen Schluck von deinem Kaffee«, sagte Meyer. »Das erledigt sie so sicher wie 'ne abgesägte Schrotflinte.«

»Haha«, sagte Miscolo. »Paco, wo zum Teufel steckt Paco nur?«

»Wie lange brauchst du eigentlich noch, um dieses ganze Zeug hier aktenmäßig zu erfassen?« fragte Meyer.

»So lange ich halt dazu brauche«, sagte Miscolo. »Wenn alle eure ehrenwerten Bürger da draußen aufhören würden, sich gegenseitig zu erschießen, zu berauben und zu erstechen ...«

»Wärst du deinen Job los«, sagte Carella.

»Hör auf mit dem Job«, sagte Miscolo. »Der Job steht mir bis hier. Noch drei Jahre, und ich geh' in Pension, noch drei Jahre, und ich leb' in Miami.«

»Da unten in Miami gibt es ja auch Gott sei Dank keine Kriminellen«, sagte Meyer.

»Jedenfalls kümmert *mich* das nicht«, sagte Miscolo. »Ich werd' in meinem Boot sitzen und angeln.«

»Vergiß aber nicht, 'ne Kanne Kaffee mitzunehmen«, sagte Meyer.

»Hier ist er«, sagte Miscolo. »Paco Lopez. Wenn ihr ihn durchgesehen habt, bringt ihn mir bitte zurück.«

»Damit du nächsten Freitag 'ne Akte darüber anlegen kannst«, sagte Meyer.

»Haha«, sagte Miscolo. In der Ruhe des späten Vormittags arbeiteten sie im Dienstraum die Papiere über Paco Lopez durch. Er war in der Nacht des vergangenen Dienstag erschossen worden, etwas mehr als dreiundsiebzig Stunden, bevor Sally Anderson in einem völlig andern Teil der Stadt mit derselben Waffe getötet worden war. Die Leiche des Mädchens war um 0 Uhr 30 am frühen Morgen des 13. gefunden worden; Paco Lopez hatte es am 9. um 23 Uhr erwischt. Das tote Mädchen war fünfundzwanzig Jahre alt gewesen und hatte gut verdient. Lopez, ein junger Mann mit lateinamerikanischem Hintergrund, war neunzehn gewesen und einmal wegen Kleindealerei verhaftet worden; er war jedoch mit Bewährung davongekommen, weil er damals erst fünfzehn gewesen war. Bei der Durchsuchung seiner Taschen hatten sie Dienstag nacht sechs Gramm Kokain und ein von einem Gummiband zusammengehaltenes Bündel Hundertdollarscheine gefunden, insgesamt elfhundert Dollar. Zwischen den beiden Opfern war kaum ein Zusammenhang zu erkennen. Aber beide Morde waren mit *einer* Waffe ausgeführt worden.

Die ergänzenden Berichte über Lopez bestätigten, daß er nach seiner ersten Festnahme weiterhin gedealt hatte. Die Leute in seiner Nachbarschaft stimmten alle darin überein, daß Paco Lopez ein niederträchtiges Stück Dreck gewesen war und den Tod verdient hatte. Viele von ihnen hätten es sogar lieber gesehen, wenn er langsamer und qualvoller gestorben wäre und nicht durch aus unmittelbarer Nähe abgegebene Schüsse aus einer .38er. Eine seiner früheren Freundinnen entblößte sogar vor den Detectives ihren Oberkörper, um ihnen die Brandnarben zu zeigen, die er auf ihren Brüsten zurückgelassen hatte. Selbst seine Mutter schien der

Ansicht zu sein (obwohl sie sich bekreuzigte, als sie es zugab), daß die Welt auf Leute wie ihren Sohn nur allzugut verzichten könne.

Ein Verhör einer Reihe aktenkundiger Kleindealer hatte ergeben, daß Lopez nur ein kleiner Fisch gewesen war, in der Hierarchie der Kokaindealer ein wenig höher stehend als ein ›Muli‹, wie einer der Dealer sich euphemistisch ausdrückte. Lopez hatte auf bescheidener Basis einen kleinen Kundenkreis beliefert, und wenn er zehn, zwölf Hunderter in der Woche gemacht hatte, dann war das schon viel gewesen. Während sie sich all dies anhörten, fragten sich Meyer und Carella, die im *Monat* je zwanzig Hunderter nach Hause brachten, ob sie nicht vielleicht den falschen Beruf gewählt hätten. Alle diese erfolgreichen Dealer stimmten darin überein, daß Lopez nicht einmal so wichtig gewesen war, als daß es sich gelohnt hätte, ihn umzulegen. Er stellte mit seiner Kleindealerei für niemanden eine ernsthafte Bedrohung dar. Sie glaubten alle, daß irgendein wütender Kokser ihn umgelegt habe. Vielleicht war Lopez ein bißchen ausgeflippt und hatte seinen Stoff gestreckt, um einen größeren Profit zu machen, und vielleicht war ein Kunde durchgedreht und hatte ihm 'ne Ladung verpaßt. So einfach war das. Aber was hatte ein Kokainmord mit Sally Anderson zu tun?

»Weißt du, was ich mir wünsche?« fragte Carella.

»Was denn?«

»Daß wir diese Geschichte nicht geerbt hätten.« Aber genau das hatten sie.

Der Hausmeister des Gebäudes in der North Campbell Street, wo Sally Anderson gewohnt hatte, freute sich nicht gerade über ihren Besuch. Er war schon gegen ein Uhr nachts von den beiden andern Detectives geweckt und vernommen worden, und er hatte bis halb vier nicht mehr einschlafen können, und dann hatte er um sechs aufstehen müssen, um die Mülltonnen für die Müllabfuhr nach draußen zu stellen, und dann hatte er vor dem Gebäude den Schnee räumen müssen, und jetzt war es zehn vor zwölf, und er hatte Hunger, und er wollte zu Mittag essen, und er wollte nicht noch mit zwei ihm völlig unbekannten Detectives reden, wo er doch gar nicht gesehen hatte, was passiert war, und kaum wußte, wie das Mädchen überhaupt aussah.

»Ich weiß nur, daß sie hier im Haus wohnt«, sagte er. »Sie heißt Sally Anderson und wohnt in Apartment 3 a.« Aber er sprach von ihr nur in der Gegenwartsform, so als ob ihr Tod gar nicht geschehen sei, und falls doch, so war es ihm offensichtlich ziemlich egal.

»Hat sie hier allein gelebt?« fragte Carella.

»Soweit ich weiß.«

»Was soll das heißen?«

»Diese Mädchen heutzutage, wer weiß schon, mit wem die zusammenleben? Mit einem Mann, *zwei* Männern, einem anderen Mädchen, einer Katze, einem Hund, einem Goldfisch – wer weiß das schon, und wen kümmert es?«

»Aber soweit Sie wissen«, wiederholte Meyer geduldig, »hat sie hier allein gelebt?«

»Soweit ich weiß, schon«, sagte der Hausmeister. Er war ein hagerer, ergrauender Mann, der sein ganzes Leben in dieser Stadt verbracht hatte. In dem Haus kam es Tag und Nacht zu Einbrüchen, und in allen andern Gebäuden, in denen er im Laufe der Jahre gearbeitet hatte, war es genauso gewesen. Für ihn war Gewalt nichts Ungewöhnliches, und die Einzelheiten solcher Vorfälle langweilten ihn nur.

»Haben Sie was dagegen, wenn wir uns das Apartment mal ansehen?« fragte Carella.

»Ist mir egal«, sagte der Hausmeister, führte sie nach oben und schloß ihnen die Tür auf.

Das Apartment war klein und mit Möbeln aller Stilrichtungen ausgestattet; moderne und alte Stücke standen wahllos nebeneinander, Kissen lagen auf dem schwarzen Ledersofa und auf dem Fußboden verstreut, und an den Wänden hing eine ganze Reihe gerahmter Theaterzettel von zahlreichen Shows, darunter auch das augenblickliche Erfolgsmusical

Fatback. An der Wand außerhalb des Bads hingen verschiedene Fotos, auf denen das Mädchen im Trainingsdreß in verschiedenen Ballettposen zu sehen war. Dann hing noch ein für Sadler's Wells Ballett werbendes Poster an der Wand. Auf der Arbeitsfläche in der Küche stand eine Flasche Weißwein. Auf dem Nachttisch neben dem französischen Bett im Schlafzimmer direkt neben dem Telefon fanden sie den Terminkalender des Mädchens.

»Hast du mit der Spurensicherung gesprochen?« fragte Meyer. »Die sind hier fertig«, sagte Carella nickend und nahm den Terminkalender auf. Eine große, orangefarbene Büroklammer aus Plastik war so an dem Kalender angebracht, daß man automatisch die Seite für den zwölften Februar aufschlug. Meyer holte sein Notizbuch heraus und fing an, sämtliche Termine des Mädchens seit Anfang Februar aufzuschreiben. Er war bis Donnerstag, den 4. Februar, gekommen, als es an der Tür klingelte. Die beiden Detectives sahen sich an. Carella ging zur Tür und war darauf gefaßt, der Hausmeister würde draußen stehen und nach einem Durchsuchungsbefehl oder so was fragen.

Das Mädchen an der Tür blickte Carella an und sagte: »Oh.« Sie sah noch einmal auf die Nummer an der Tür, als hätte sie sich versehen, und runzelte dann die Stirn. Sie war ein großes, geschmeidiges Mädchen mit asiatischem Aussehen, vielleicht einszweiundsiebzig oder einsfünfundsiebzig groß mit tiefschwarzem Haar und mandelförmigen, lehmfarbenen Augen. Sie trug einen schwarzen Skiparka über Bluejeans, die oben in die schwarzen, kniehohen Stiefel gesteckt waren. Ihre gelbe Schirmmütze hatte sie lässig und ein wenig schräg in die Stirn gezogen. Um den Hals hatte sie einen langen gelb-schwarzen Schal geschlungen, der frei über dem Parka hing.

»Kenne ich Sie?« fragte sie.

»Glaub' ich nicht«, sagte Carella.

»Wo ist Sally?« fragte sie und blinzelte an ihm vorbei in die Wohnung. Meyer kam aus dem Schlafzimmer und stand jetzt im Wohnzimmer, so daß sie ihn sehen konnte. Beide Männer hatten noch ihre Mäntel an. Sie blickte kurz Meyer an und dann wieder Carella.

»Was soll das Ganze?« fragte sie. »Was ist hier eigentlich los?«

Sie trat einen Schritt zurück und warf dann einen Blick über die Schulter zum Lift hinüber. Carella wußte genau, was sie dachte. Zwei Fremde in Mänteln, keine Spur von ihrer Freundin Sally – sie hatte einen Einbruch gestört. Bevor ihre Panik die Überhand bekam, sagte er: »Wir sind von der Polizei.«

»Oh, wirklich?« sagte sie skeptisch und blickte noch einmal zum Fahrstuhl hinüber.

Die ist von hier, dachte Carella und hätte beinahe gelächelt.

Er zog ein kleines Lederetui aus der Tasche und öffnete es, um ihr seine Polizeimarke und seinen Ausweis zu zeigen. »Detective Carella«, sagte er, »siebenundachtzigstes Revier. Das hier ist mein Partner, Detective Meyer.«

Das Mädchen beugte sich vor, um die Marke zu inspizieren. Dabei knickte sie in der Hüfte ein, und ihr Rücken und ihre Beine blieben kerzengerade. Eine Tänzerin, dachte er. Sie richtete sich wieder auf und sah ihm direkt in die Augen.

»Was ist los?« fragte sie. »Wo ist Sally?«

»Würden Sie uns verraten, wer *Sie* sind, bitte?« sagte Carella.

»Tina Wong. Wo ist Sally?«

Carella zögerte.

»Was tun Sie hier, Miss Wong?« fragte er.

»Wo ist Sally?« fragte sie wieder und schob sich an ihm vorbei in die Wohnung. Offenbar kannte sie sich in dem Apartment gut aus; sie ging zuerst in die Küche, dann in das Schlafzimmer und kam schließlich zurück ins Wohnzimmer, wo die beiden Detectives auf sie warteten. »Wo ist sie?« fragte sie.

»Hat sie Sie erwartet, Miss Wong?« fragte Carella.

Das Mädchen gab keine Antwort. In ihren Augen war zu erkennen, daß sie spürte, daß etwas nicht in Ordnung war. Sie blickte nervös hin und her und sah immer wieder von einem der beiden Detectives zum andern. Carella wollte ihr – noch

– nicht erzählen, daß Sally Anderson tot war. In den Morgenzeitungen hatte die Geschichte noch nicht gestanden, aber die Nachmittagsausgaben, die jetzt ausgeliefert wurden, würden bestimmt von dem Fall berichten. Falls sie schon von Sallys Tod wußte, dann wollte Carella, daß sie selbst damit herausrückte.

»Hat sie Sie erwartet?« fragte er wieder.

Das Mädchen sah auf die Uhr. »Ich bin fünf Minuten zu früh dran«, sagte sie. »Würden Sie mir jetzt bitte sagen, was hier eigentlich los ist? Hat man sie beraubt oder so was?«

Die ist ganz sicher von hier, dachte er. In dieser Stadt wurden immer alle Arten von Gewaltverbrechen mit Raub gleichgesetzt – außer von der Polizei. Der Polizei bereitete es nur Schwierigkeiten, die verschiedenen Arten von Gewaltverbrechen zu klassifizieren.

»Was hatten Sie vor?« fragte Carella.

»Vor?«

»Mit Miss Anderson.«

»Mittag essen und dann ins Theater«, sagte Tina. »Wir haben heute nachmittag eine Vorstellung. Sie pflanzte sich vor ihnen auf, stützte die Hände in die Hüften und fragte noch einmal: »Wo ist sie?«

»Tot«, sagte Carella und beobachtete ihre Augen.

Dort zeigte sich jedoch nur Ungläubigkeit; weder Schock noch Schmerz, nur Ungläubigkeit. Sie zögerte kurz und sagte dann: »Sie nehmen mich auf den Arm.«

»Ich wünschte, es wäre so.«

»Was soll das heißen, *tot*?« sagte Tina. »Ich hab' sie gestern abend doch noch gesehen. *Tot*?«

»Sie wurde um 0 Uhr 30 tot aufgefunden«, sagte Carella.

In ihren Augen dämmerte etwas auf: Glauben. Und dann: Betroffenheit. Und dann so etwas wie Angst.

»Wer hat das getan?« fragte sie.

»Das wissen wir noch nicht.«

»Wie? Und wo?«

»Hier vor dem Haus«, sagte Carella. »Jemand hat sie erschossen.«

»Erschossen?«

Und plötzlich brach sie in Tränen aus. Die Detectives beobachteten sie. Sie suchte in ihrer Handtasche nach einem Papiertaschentuch, wischte sich die Augen ab, fing wieder zu weinen an, putzte sich die Nase und weinte dann weiter. Sie sahen ihr schweigend zu. Sie kamen sich angesichts ihrer Tränen beide übermäßig groß und unbeholfen vor.

»Tut mir leid«, sagte sie und putzte sich wieder die Nase und sah sich nach einem Aschenbecher um, in den sie das zusammengeknüllte Taschentuch legen konnte. Sie zog ein weiteres Tempo aus ihrer Tasche und betupfte sich damit die Augen. »Tut mir leid«, murmelte sie.

»Wie gut haben Sie sie gekannt?« fragte Meyer sanft.

»Wir sind sehr gute ...« Sie verstummte und verbesserte sich, da sie bemerkte, daß sie über Sally Anderson sprach, als lebte ihre Freundin noch. »Wir waren sehr eng befreundet«, sagte sie leise.

»Seit wann kannten Sie sie?«

»Seit *Fatback.*«

»Sind Sie ebenfalls Tänzerin, Miss Wong?«

Sie nickte wieder.

»Und Sie kannten sie seit der Premiere?«

»Seit den Proben. Eigentlich sogar noch länger. Wir haben gemeinsam vorgetanzt.«

»Wann war das, Miss Wong?« fragte Meyer.

»Letztes Jahr im Juni.«

»Und seither waren sie eng befreundet?«

»Sie war meine *beste* Freundin.« Sie schüttelte den Kopf. »Ich kann das alles gar nicht glauben.«

»Sie sagen, Sie haben sie gestern abend zuletzt gesehen ...«

»Ja.«

»Wann war die Vorstellung zu Ende?«

»Gegen Viertel vor elf. Wir haben gestern abend ein bißchen überzogen. Joey – er ist unser Komiker, ich weiß nicht, ob Sie die Show kennen ...«

»Nein«, sagte Carella.

»Nein«, sagte Meyer.

Das Mädchen wirkte überrascht. Sie zuckte mit den Achseln und überging die Ignoranz der beiden Detectives und sagte dann: »Joey Hart. Er hat im zweiten Akt das Haus zum Rasen gebracht und hat die Situation voll ausgekostet. Deshalb haben wir um fünfzehn Minuten überzogen.«

»Normalerweise fällt der Vorhang um 22 Uhr 30, ist das richtig?« fragte Meyer.

»Mehr oder weniger. Das kommt darauf an. Das hängt vom Publikum ab.«

»Jedenfalls haben Sie bei der Gelegenheit Sally Anderson zuletzt lebend gesehen.«

»Anschließend in der Garderobe«, sagte Tina.

»Wer war sonst noch in der Garderobe?«

»Alle Zigeuner. Die Mädchen jedenfalls.«

»Zigeuner?«

»Die Tänzerinnen.«

»Wie viele sind das?«

»Insgesamt sind wir sechzehn, Jungs und Mädchen zusammengenommen. Wir waren zu acht in der Frauengarderobe. Fünf Blondinen, zwei Schwarze und eine Chinesin – nämlich *ich.*«

Sie legte eine Pause ein. »Jamie mag Blondinen.«

»Jamie?«

»Unser Choreograph. Jamie Atkins.«

»Sie waren also in der Garderobe ...«

»Ja, alle acht, um uns abzuschminken und umzuziehen ... und so was.«

»Wann haben Sie die Garderobe verlassen, Miss Wong?«

»Ich bin so schnell wie möglich abgehauen.« Sie machte wieder eine Pause. »Ich hatte 'ne Verabredung.«

»Wer war noch in der Garderobe, als Sie gingen?«

»Nur Sally und Molly.«

»Molly?«

»Maguire.« Sie schwieg einen Augenblick. »Sie hat ihren Namen geändert. Früher hieß sie Molly Materasso, kein besonders theatertauglicher Name.« Carella fand den Namen auch nicht gerade sehr originell. »Eigentlich bedeutet das

Matratze.« Carella wußte, daß es Matratze bedeutete. »Das war allerdings ihr Mädchenname. Jetzt ist sie verheiratet, und ihr richtiger Name lautet jetzt Molly Boyd, aber auf der Bühne benutzt sie immer noch Molly Maguire. Der Name ist ziemlich gut. Wegen der Molly Maguires, wissen Sie?« Carella sah sie verständnislos an. »Das war in den vierziger Jahren des neunzehnten Jahrhunderts eine Geheimgesellschaft in Irland«, sagte sie. Carella sah sie noch immer verständnislos an. »Und später in Pennsylvania«, sagte sie. »Ist ja auch egal, sobald man den Namen hört, hat man das Gefühl, sie von irgendwoher zu kennen. Mit Hilfe des Namens bekommt sie 'ne Menge Engagements, weil die Regisseure und Produzenten denken: ›Mensch, Molly Maguire, die kenn' ich doch irgendwie.‹ Eigentlich ist sie 'ne ziemlich schlechte Tänzerin.«

»Aber sie war allein mit Sally in der Garderobe, als Sie weggingen?« sagte Meyer.

»Ja.«

»Wie spät war das?«

»Ungefähr gegen fünf nach elf.«

»Und worüber haben die zwei gesprochen, wissen Sie das?«

»Das Reden hat Molly immer allein besorgt.«

»Und worüber hat sie gesprochen?«

»Über Geoffrey, ihren Mann. Deshalb bin ich auch so schnell abgehauen. Eigentlich war ich nämlich erst um zwölf verabredet.«

»Das versteh' ich nicht«, sagte Meyer.

»Na ja, Molly zieht ständig über ihren Mann her, und das geht einem ganz schön auf den Zeiger. Sie sollte entweder den Mund halten oder sich von ihm scheiden lassen.«

»Hey, hey«, sagte Meyer.

»Und dort haben Sie Sally zuletzt gesehen, ist das richtig?« fragte Carella.

»Genau, das ist richtig. Ich kann das alles immer noch nicht glauben. Ich meine ... O Gott! Wir haben noch gestern abend vor Beginn der Vorstellung eine Tasse Kaffee getrunken.«

»Und worüber haben Sie sich da unterhalten, Miss Wong?

»Frauengeschichten«, sagte Tina und zuckte mit den Schultern.

»Männer?« fragte Carella.

»Natürlich Männer«, sagte Tina und zuckte wieder mit den Achseln.

»Lebte sie mit jemandem zusammen?« fragte Meyer.

»Nicht direkt.«

»Was heißt das?«

»Sie hatte ihre Sachen hier und er seine bei sich.«

»Und wer ist *er?«* fragte Carella.

»Timmy.«

»Ist er ihr Freund oder so was?« fragte Meyer.

»Oder so was«, sagte Tina.

»Timmy, und weiter?« fragte Carella.

»Moore.«

»Steht Timmy für Timothy?«

»Glaub' schon.«

»Timothy Moore«, sagte Meyer und notierte sich den Namen.

»Wissen Sie, wo er wohnt?«

»Irgendwo im Zentrum. Er studiert an der Ramsey-Uni Medizin. Sein Apartment liegt irgendwo in der Nähe der Uni.«

»Sie wissen nicht zufällig seine Adresse?«

»Leider nicht«, sagte Tina.

»Was heißt ›oder so was‹?« fragte Carella.

»Na ja, die beiden waren ziemlich lose liiert.«

»Aber sie hatten eine romantische Beziehung?«

»Wollen Sie wissen, ob sie zusammen geschlafen haben?«

»Ja, genau das mein' ich.«

»Ja, sie haben zusammen geschlafen«, sagte Tina. »Tun das nicht alle?«

»Vermutlich«, sagte Carella. »Hat sie je von einem Mann namens Paco Lopez gesprochen?«

»Nein. Wer ist dieser Paco Lopez? Ist er im Showgeschäft?«

Carella zögerte und fragte dann: »Hatte Sally was mit Drogen zu tun?«

»Glaub' ich nicht.«

»Hat sie Ihnen gegenüber nie von Drogen gesprochen?«

»Meinen Sie, ob sie hin und wieder 'n bißchen Gras geraucht hat oder was?«

»Ich rede über harte Drogen, Heroin«, sagte er und machte eine Pause. »Kokain«, sagte er dann und beobachtete sie genau.

»Sally hat Gras geraucht«, sagte Tina. »Wer tut das nicht? Aber von etwas anderem weiß ich nichts.«

»Sind Sie sich da ganz sicher?«

»Ich könnte es nicht vor Gericht beschwören, wenn Sie das meinen. Aber normalerweise bekommt man bei der Arbeit an einer Show ziemlich genau mit, wer was treibt, und ich glaube nicht, daß Sally irgend etwas mit harten Drogen zu tun hatte.«

»Wollen Sie damit andeuten, daß einige Mitglieder der Truppe ...«

»Ja, natürlich.«

»So, so«, sagte Carella.

»Kein Heroin«, sagte Tina. »So blöde ist doch heute niemand mehr. Aber hin und wieder 'n bißchen Koks, na klar.«

»Sally aber nicht?«

»Meines Wissens nicht. *Ich* auch nicht, wenn das Ihre nächste Frage sein sollte.«

»Das war nicht meine nächste Frage«, sagte Carella und lächelte. »Hat Sally je irgendwelche Drohbriefe oder -telefonanrufe erwähnt?«

»Niemals.«

»War sie Ihres Wissens jemandem Geld schuldig?«

»Nicht daß ich wüßte.«

»Hatte sie irgendeinen Kummer?«

»Nein. Eigentlich doch.«

»Und was war das?«

»Nichts Schlimmes.«

»Was denn?«

»Sie hätte gerne wieder Gesangsunterricht genommen und wußte nicht, wie sie es zeitlich einrichten sollte. Sie mußte jeden Tag trainieren, wissen Sie, und sie ging dreimal pro Woche zum Psychiater.«

»Und andere Probleme hatte sie nicht?«

»Jedenfalls hat sie mir gegenüber sonst nichts erwähnt.«

»Kennen Sie zufällig den Namen ihres Psychiaters?«

»Tut mir leid, nein.«

»Wie kam sie mit dem Rest der Truppe zurecht?«

»Gut.«

»Und mit der Theaterleitung?«

»Wen meinen Sie damit? Allan?«

»Wer ist Allan?«

»Unser Produzent, Allan Carter. Ich meine, wen meinen Sie mit Theaterleitung? Den Chef des Ensembles? Den Direktor?«

»Eigentlich alle. Wie ist sie mit den Leuten zurechtgekommen, die die Show aufgezogen haben?«

»Soweit ich weiß, gut«, sagte Tina und zuckte die Achseln. »Wenn eine solche Show erst einmal angelaufen ist, sieht man diese Leute kaum noch. Also in unserem Fall – weil wir ein solcher Erfolg sind – kommt Freddie ein-, zweimal die Woche vorbei, um sich zu vergewissern, daß wir nicht abschlaffen. Aber sonst ...«

»Freddie?«

»Unser Regisseur. Freddie Carlisle.«

»Wie schreibt man das?« fragte Meyer und fing wieder an, Notizen zu machen.

»Mit i und s«, sagte Tina. »C a r l i s l e.«

»Und Sie sagten, Ihr Produzent heißt ...«

»Allan Carter. Mit Doppel-l und a.«

»Und wer ist Chef der Ballett-Truppe?«

»Danny Epstein.«

»Und Direktor?«

»Lew Eberhart.«

»Sonst noch jemand, dessen Namen wir kennen sollten?« fragte Carella.

Tina zuckte die Achseln. »Vielleicht die Inspizienten? Davon gibt es drei.« Sie zuckte wieder mit den Achseln. »Ich meine, das Ensemble allein besteht schon aus achtunddreißig

Mitgliedern, und Gott weiß, wie viele Musiker und Beleuchter und Schreiner und Requisiteure und ...«

»Sind davon welche lateinamerikanischer Herkunft?«

»Vom Bühnenstab, meinen Sie? Ich glaube schon. Ich kenne nicht allzu viele von ihnen. Außer, daß ich ständig halb nackt an ihnen vorbeilaufe.«

Plötzlich breitete sich ein strahlendes Lächeln über ihr Gesicht aus, bis sie sich an den Anlaß ihrer Unterhaltung erinnerte. Das Lächeln verschwand von ihrem Gesicht.

»Und was ist mit dem Ensemble? Gibt es dort auch Künstler lateinamerikanischer Herkunft?« fragte Carella.

»Zwei von den Tänzern«, sagte Tina.

»Könnten Sie uns bitte die Namen nennen«, sagte Meyer.

»Tony Asensio und Mike Roldan. Roldan klingt nicht gerade spanisch, ist es aber dennoch. Eigentlich heißt er *Miguel* Roldan.«

»War Sally mit einem von ihnen besonders eng befreundet?«

»Die Tänzer lernen sich in einer Show gewöhnlich ziemlich gut kennen«, sagte Tina.

»Wie gut kannte sie diese beiden Männer?« fragte Carella.

»So gut wie alle andern auch«, sagte Tina.

»Hat sie sich mit einem von ihnen mal privat verabredet?«

»Die sind beide schwul«, sagte Tina. »Sie leben sogar zusammen.« Als habe sie das Gespräch über die Show plötzlich an die Nachmittagsvorstellung erinnert, sah sie rasch auf ihre Uhr. »Großer Gott«, sagte sie. »Ich muß sofort gehen, sonst komm ich zu spät.« Und plötzlich überschattete der Ausdruck eines Selbstvorwurfs ihr Gesicht, und es sah aus, als würde sie wieder in Tränen ausbrechen. »Die Show muß immer weitergehen, nicht?« sagte sie bitter und schüttelte den Kopf. »Ich mach' mir Gedanken über die gottverdammte Show, und Sally ist tot.«

4. KAPITEL

Von ihrem Platz in dem auf dem Randstreifen geparkten Wagen aus erschien es den beiden Streifenbeamten ganz klar, daß der Priester den Kampf gewinnen würde. Sie hatten keinerlei Verlangen, aus dem Wagen zu steigen und den Kampf zu beenden, nicht bei dieser Kälte, und im übrigen schien der Priester den Kampf ja ohnehin zu gewinnen. Außerdem gefiel es ihnen ganz gut, wie der Priester mit dem kleinen Latino geradezu die Straße kehrte.

Im Siebenundachtzigsten ließen sich die Latinos (Lateinamerikaner hießen sie offiziell) manchmal kaum von Weißen unterscheiden, weil manche von ihnen auch europäisches Blut in sich hatten und kaum anders aussahen als Durchschnittsbürger. Nach Einschätzung der Beamten war der Priester ebenfalls ein Latino, aber er war sehr hellhäutig und größer als die meisten der Kanaken hier in der Gegend. Die Polizisten saßen gemütlich in ihrem geheizten Streifenwagen und stellten Mutmaßungen über seine Größe an. Er war vielleicht einsachtundachtzig, einsneunzig oder so ähnlich und wog vermutlich gute hundert Kilo. Seine Religionszugehörigkeit konnten sie allerdings nicht erraten. Keine der Kirchen hier in der Gegend hatte Priester, die gekleidet waren wie er, aber vielleicht war er ja auch zu Besuch aus Kalifornien – dort schmückte man sich mit solchen Gewändern in den Missionen, die es dort überall in Napa Valley gab. Der Priester trug ein braunes Wollgewand, und auf dem Kopf hatte er eine Tonsur, die den ansonsten glatt rasierten Kopf wie ein Kranz einfaßte. Der eine Polizist in dem Auto fragte den anderen, wie dieses braune Ding hieß, das der Priester trug: »Du weißt schon, dieses komische Gewand?« Der andere Beamte sagte: »Es heißt *Stola,* Blödmann«, und der erste Polizist sagte: »O ja, genau.« Sie waren beide noch neu hier und arbeiteten erst seit zwei Wochen im Siebenundachtzigsten, sonst hätten sie gewußt, daß der Priester überhaupt kein Priester war, auch wenn er in der Gegend als Bruder Anthony bekannt war.

Es war ganz unübersehbar, daß Bruder Anthony den Mann windelweich schlug. Der Mann war ein kleiner puertoricanischer Billardhai, der den schwerwiegenden Fehler begangen und versucht hatte, Bruder Anthony hereinzulegen. Daraufhin hatte dieser den kleinen Gauner aus dem Billardsalon gezerrt, ihn sich geschnappt und an die Hauswand geschleudert, um ihn kampfunfähig zu machen. Dann hatte er mit einem Billardstock nach seinen Kniescheiben geschlagen, um sie zu zerbrechen, wobei statt dessen jedoch der Billardstock zerbrochen war, und jetzt schlug er ihm mit seinen Riesenfäusten die Seele aus dem Leib, während die beiden Polizisten von ihrem bequemen Streifenwagen aus zusahen. Bruder Anthony war zwar ziemlich schwer, aber er hatte im Gefängnis Gewichte gehoben, und er hatte kein Gramm Fett am Körper. Manchmal forderte er Leute auf, ihn mit aller Kraft in den Bauch zu schlagen, und lachte vor Vergnügen, wenn der Betreffende dann sagte, wie muskulös und stark er doch sei. Während des ganzen Jahres, selbst in den heißen Sommermonaten, trug er die braune Wollsoutane. Im Sommer trug er, allerdings nichts darunter. Er hob dann gelegentlich den Saum der Soutane hoch und zeigte den Huren des Viertels seine Sandalen. »Seht mal«, sagte er dann. »Das ist alles, was ich unter dem Ding anhabe.« Die Huren fingen dann zu lachen und juchzen an und versuchten, seine Soutane noch höher zu heben; dabei taten sie so, als glaubten sie nicht, daß er darunter nackt war. Für seine Größe war Bruder Anthony in solchen Situationen sehr leutselig. In der Regel tänzelte er dann lachend davon, ja, er konnte geradezu ausgelassen tanzen.

Im Winter trug er anstelle der Sandalen Kampfstiefel von der Armee. Mit diesen Stiefeln trat er nun den kleinen puertoricanischen Gauner geradezu in das gefrorene Pflaster. Die beiden Polizisten in dem Streifenwagen debattierten währenddessen darüber, ob sie nicht doch aussteigen und dem Kampf ein Ende setzen sollten, bevor Anthony das Gehirn des kleinen Latino auf dem Gehsteig plattwalzte. Die Entscheidung wurde ihnen abgenommen, weil sie über Funk abgerufen wurden. Sie brausten davon, gerade als sich Bruder Anthony über den hilf- und bewußtlos daliegenden kleinen Falschspieler beugte, um ihm die Brieftasche aus der Jacke zu ziehen. Der Kleine hatte ihn zwar nur um zehn Dollar erleichtert, aber Bruder Anthony war der Meinung, angesichts des Ärgers, den der Puertoricaner ihm bereitet hatte, könne er auch gleich das ganze Geld an sich nehmen. Er leerte gerade die Brieftasche, als Emma um die Ecke bog.

Emma war im ganzen Viertel als Fat Lady bekannt, und die meisten Leute hier machten einen weiten Bogen um sie, weil allgemein bekannt war, daß sie ein aufbrausendes Temperament besaß und in einer Tasche, die von ihrer linken Schulter herabhing, ein äußerst scharfes Rasiermesser mit sich herumtrug; so konnte sie leicht mit der rechten Hand in ihre Tasche hineingreifen, das Rasiermesser blitzschnell aufklappen, einem zufällig vorbeikommenden Touristen das Ohr abschneiden, sein Gesicht oder seine Hände aufschlitzen oder manchmal, wenn sie Geld brauchte, einem Opfer mit einem präzisen Schnitt Kehle und Halsschlagader durchtrennen. Niemand legte sich gerne mit der Fat Lady an, was wahrscheinlich auch der Grund dafür war, daß sich der Menschenauflauf, sobald sie um die Ecke kam, zerstreute. Andererseits hätte sich die Menge vielleicht auch so aufgelöst, nachdem der Kampf vorüber war. Besonders in diesem Viertel stand niemand gerne an einem kalten Tag nur so herum, denn irgendwie schien es nirgendwo in der Stadt so kalt zu sein wie in dieser Gegend. Das Viertel hätte genausogut in Moskau liegen können. Der angrenzende Park hätte auch der Gorkipark sein können. Vielleicht war er das ja sogar. Oder umgekehrt.

»Hallo Bruder«, sagte die Fat Lady.

»Hallo Emma«, sagte er und sah vom Pflaster auf, auf dem er kniete, über den kleinen bewußtlosen Gauner gebeugt. Er hatte den Mann so richtig gründlich zusammengeschlagen. Ein dünnes Blutrinnsal gefror langsam auf dem vereisten Pflaster neben dem Kopf des blöden kleinen Latinos. Sein Gesicht war ganz blau. Bruder Anthony schleuderte die leere Brieftasche nach rückwärts über die Schulter, erhob sich zu seiner vollen Größe und schob die fünfhundert Dollar in eine Tasche auf der Vorderseite seiner Soutane. Er setzte sich in Bewegung, und Emma watschelte neben ihm her.

Emma war vielleicht zweiunddreißig oder dreiunddreißig Jahre alt, jedenfalls gut sechs oder sieben Jahre älter als Bruder Anthony. Mit vollem Namen hieß sie Emma Forbes, ein Name, den sie seit ihrer Ehe mit einem inzwischen verstorbenen Schwarzen namens Jimmy Forbes trug. Er war unglücklicherweise bei einem Banküberfall erschossen worden. Der Schütze, der Emmas Mann getötet hatte, war ein Wachmann der Bank gewesen, ein pensionierter Polizist, der damals dreiundsechzig Jahre alt gewesen war. Er war nie vierundsechzig geworden, denn Emma machte ihn einen Monat nach dem Begräbnis ihres Mannes ausfindig und schnitt ihm in einer schönen Aprilnacht, als die Forsythien gerade zu knospen anfingen, die Kehle von einem Ohr zum andern durch. Emma konnte Leute nicht ausstehen, die ihr oder ihren Lieben etwas vorenthielten, das sie oder ihre Freunde für sich haben wollten. Emma sagte gerne: »Die Oper ist erst zu Ende, wenn Fat Lady singt«, eine Redensart, die dazu herhalten mußte, ihre häufigen rachsüchtigen Übergriffe zu rechtfertigen. Es war ungewiß, ob die Redensart ihrem Beinamen zeitlich vorausgegangen war oder umgekehrt. Wenn jemand mit einsfünfundsechzig achtzig Kilo auf die Waage brachte, dann war es – besonders in diesem Viertel – nur allzu natürlich, daß früher oder später irgendwer anfangen würde, eine solche Frau Fat Lady zu nennen, auch ohne von ihrer musikalischen Anspielung gehört zu haben.

Bruder Anthony gehörte zu den wenigen Leuten, die wußten, daß an ihrem Briefkasten Emma Forbes stand und daß sie eine geborene Emma Goldberg war. Bruder Anthony war auch einer von den wenigen, die sie Emma nannten, während die andern Leute in der Gegend sie entweder mit *Lady* ansprachen (und es nicht wagten, das ihrem Namen ansonsten vorangestellte Adjektiv zu benutzen) oder jede Namensnennung vermieden, damit sie nicht an einer falschen Betonung einer Silbe Anstoß nahm und plötzlich ihr Rasiermesser zückte. Bruder Anthony war im ganzen Viertel, ja vielleicht sogar auf der ganzen Welt, der einzige Mensch, der Emma Forbes beziehungsweise Fat Lady außerordentlich schön und darüber hinaus sogar sexy fand.

»Hör mal, über Geschmack läßt sich streiten«, hatte ein ehemaliger Bekannter einmal zu Bruder Anthony gesagt, als der sich gerade über Emmas Schönheit und Sex-Appeal ausgelassen hatte. Er hatte diesen gedankenlosen Satz kaum ausgesprochen, als Bruder Anthony ihn schon von seinem Barhocker gehoben und in den Spiegel auf der Rückseite der Bar geschleudert hatte, an der sie bis dahin friedlich zusammengesessen hatten. Bruder Anthony konnte Leute nicht ausstehen, die an seinen Gefühlen für Emma herummäkelten. Bruder Anthony sah sie völlig anders als die meisten Leute. Die meisten Leute sahen in ihr nur eine gedrungene kleine Wasserstoffblondine in einem schwarzen Mantel mit schwarzen Baumwollstrümpfen, blauen Turnschuhen und einer schwarzen Umhängetasche, worin sie ein äußerst scharfes Rasiermesser mit einem Elfenbeingriff aufbewahrte. Bruder Anthony sah in ihr – obwohl ihre ganze Erscheinung das Gegenteil bewies – eine Naturblondine mit Ringellöckchen, die ein Madonnengesicht mit herrlichen blauen Augen einrahmten; Bruder Anthony sah Brüste wie Wassermelonen und ein Hinterteil wie bei einem Brauereipferd; Bruder Anthony sah üppige weiße Schenkel und Weidegründe wogenden Fleisches; Bruder Anthony sah einen scheuen, verängstigten, verletzlichen süßen kleinen Wonneproppen, gefangen im Wirbelwind einer feindlichen Gesellschaft – jemanden zum Ankuscheln, Liebkosen und Trösten.

Während er nur so neben ihr dahinging, hatte er schon eine Erektion, aber das war vielleicht auch auf den Umstand zurückzuführen, daß er gerade den kleinen Billardgauner auf ungefähr die Hälfte seiner ursprünglichen Größe reduziert hatte; manchmal war es gar nicht so einfach, die diversen Gefühle fein säuberlich zu trennen und einzuordnen, besonders dann nicht, wenn es draußen so kalt war. Er nahm

Emmas Arm und führte sie zu einer in der Mason Avenue inmitten einer besonders heruntergekommenen Häuserzeile gelegenen Bar. Früher hatten hier Iren gelebt, dann Schwarze. Unter puertoricanischem Einfluß hatte die Straße zwar die Sprache gewechselt, nicht jedoch ihre Haupteinnahmequelle. Die Puertoricaner nannten sie *La Via de Putas.* Die Polizisten hatten sie früher, bevor das Wort *Nutte* in Mode kam, Hurenstraße genannt. Jetzt hieß sie bei ihnen Nuttenparadies. Aber ansonsten zahlte man unabhängig von der Muttersprache sein Geld und konnte dann seine Wahl treffen.

Vor noch nicht allzu langer Zeit hatten die Bordellwirtinnen hier in der Gegend Mama-so-und-so geheißen. Zu jener Zeit war Mama Theresas Puff der bekannteste in der Straße gewesen, und Mama Carmens der schmuddeligste. Mama Luz' Etablissement war wegen der ein wenig exotischen Vorgänge hinter seinen abbröckelnden Mauern am häufigsten Ziel von Polizeirazzien gewesen. Aber diese Zeit war endgültig vorbei. Die Einrichtung des Bordells gehörte unwiederbringlich der Vergangenheit an, war nur noch eine verblassende Erinnerung. Heutzutage hatten die Prostituierten ihre Stützpunkte in den Bars und Massagesalons, welche die Straße säumten, und übten ihre Kunst in den Stundenhotels aus, deren kaltes Neonlicht die Nacht erhellte. Die von Bruder Anthony ausgesuchte Bar war ein Nuttentreff namens Sandy's, aber um zwei Uhr nachmittags schliefen die Prostituierten der Gegend noch ihre sinnlosen Körperübungen vom Vorabend aus. Nur ein schwarzes Mädchen mit einer blonden Perücke saß an der Bar..

»Hallo, Bruder Anthony«, sagte sie. »Hallo, Lady.«

»Dominus vobiscum«, sagte Bruder Anthony und spaltete die Luft mit einer nach unten gerichteten Bewegung seiner rechten Hand, um dann mit einer horizontalen Handbewegung das Kreuzzeichen zu vollenden. Er hatte keine Ahnung von der Bedeutung der lateinischen Worte. Er wußte nur, daß sie jenes Bild unterstrichen, das er ganz systematisch von sich geschaffen hatte. »Alles ist nur Schein«, erzählte er Emma gelegentlich und ließ dabei die Worte zuckersüß von seiner

Zunge gleiten, mit tiefer, volltönender Stimme, »alles ist Illusion.«

»Was darf's sein?« fragte der Barmann.

»Einen kleinen Rotwein bitte«, sagte Bruder Anthony. »Und du, Emma?«

»Gin mit Eis«, sagte Emma.

»Fragen Sie die Lady da drüben, was sie trinken möchte«, sagte Bruder Anthony und zeigte auf die schwarz-blonde Nutte. Er fühlte sich auf der Höhe. Seine Begegnung mit dem kleinen Falschspieler hatte ihm fünfhundert Dollar Reingewinn eingebracht. Er bat den Barmann um ein paar Münzen, ging zur Musikbox hinüber und drückte einige Rock-'n'-Roll-Nummern. Er liebte Rock-'n'-Roll. Besonders mochte er Rock-'n'-Roll-Gruppen, die sich auf der Bühne verkleideten, so daß man sie später auf der Straße nicht wiedererkannte. Die schwarz-blonde Nutte erklärte dem Barmann, sie hätte gerne noch einen Scotch mit Soda. Als Bruder Anthony zu seinem Hocker an der Theke zurückging, sagte sie: »Danke, Bruder Anthony.«

Der Barmann, dem der Laden gleichzeitig gehörte, war nicht gerade glücklich über Bruder Anthonys Besuch. Es bereitete ihm kein besonderes Vergnügen, jedesmal wenn Bruder Anthony es sich in den Kopf gesetzt hatte, wegen irgendeiner Bemerkung eines Anwesenden beleidigt zu sein, den Spiegel hinter der Bar durch einen neuen ersetzen zu müssen. Glücklicherweise war heute neben Bruder Anthony und seiner fetten Braut die wasserstoffblonde schwarze Schlampe am Ende der Theke der einzige Gast, und Bruder Anthony hatte ihr gerade einen Drink spendiert, deshalb würde vielleicht heute nachmittag alles gutgehen. Jedenfalls hoffte er das. Heute war Samstag. Auf jeden Fall würde es abends noch genügend Ärger geben, ob es ihm nun paßte oder nicht.

In diesem Viertel, und besonders hier in der Straße, war der Samstagabend auf keinen Fall der einsamste Abend der Woche, auch wenn ein bekanntes Lied das Gegenteil behauptete. In diesem Viertel, und besonders hier in der

Straße, brauchte Samstag abend niemand allein zu sein, jedenfalls nicht, wenn er den Wochenscheck vom Vortag noch in der Tasche hatte. So gegen zehn Uhr abends würden hier mehr Nutten ihre Dienste anbieten, als es auf den benachbarten Trümmergrundstücken Ratten gab – Nutten aller Hautfarben, Blondinen, Brünette und Rothaarige, manche sogar mit lila oder rosa Haaren, Männer und Frauen und sogar ein paar Zwitter. Paarweise betraten sie das schwankende Schiff, krummbeinige Dutzendhuren, die interessierte Kunden schon für zwanzig Dollar oral bedienten, oder rassige Rennpferde, die der Meinung waren, sie sollten eigentlich für 'nen Hunderter in der Stunde irgendwo in einer reichen Gegend im Zentrum ihre Gunst versilbern. Paarweise betraten sie die Bar und wurden von Sandy, dem Inhaber, willkommen geheißen. Er wußte sehr wohl, daß all die Männer an der Bar des Fleisches und nicht seiner geistigen Getränke wegen hier waren, und er steckte von all jenen Schönen der Nacht, denen es gestattet war, hier ihrem Gewerbe nachzugehen, eine nette Provision ein als Entschädigung dafür (das jedenfalls erzählte er ihnen), daß er die Bullen und auch den Sergeant, der hin und wieder in der Bar vorbeischaute, mit Geld besänftigen mußte. Eigentlich konnte Sandy mit dem Geschäft sehr zufrieden sein, außer wenn es am Wochenende übermäßig viel Ärger gab. Er hatte Angst vor den Wochenenden, obwohl nur die Wochenenden den Bestand der Bar auch an einfachen Wochentage garantieren konnten.

»Das geht auf meine Kosten«, sagte er zu Bruder Anthony in der Hoffnung, diese kleine Bestechung würde Bruder Anthony am Abend fernhalten. Dann geriet er jedoch plötzlich bei der Vorstellung in Panik, daß Bruder Anthony an seiner Gastfreundschaft Gefallen finden und abends vielleicht wiederkommen könnte, um sie noch einmal in Anspruch zu nehmen.

»Ich zahle meine Zeche selbst«, sagte Bruder Anthony, zog ein Bündel Geldscheine aus der Tasche auf der Vorderseite seiner Soutane und blätterte von dem Geld, das er dem kleinen Puertoricaner abgenommen hatte, einen Zehner auf die Theke.

»Trotzdem ...«, wollte Sandy fortfahren, aber Bruder Anthony machte das Kreuzzeichen in der Luft, und Sandy dachte bei sich: Wie komme ich denn dazu, mich mit einem Gesandten Gottes herumzustreiten? Er nahm den Zehner, rechnete die Zeche zusammen und legte dann den Restbetrag vor Bruder Anthony auf die Theke. Am andern Ende der Bar erhob die schwarze Nutte mit der blonden Kraushaarperücke ihr Glas und sagte: »Zum Wohl, Bruder Anthony.«

»Dominus vobiscum«, sagte Bruder Anthony und erhob sein Glas.

Emma legte ihre fleischige Hand auf sein Knie.

»Hast du sonst noch was gehört?« flüsterte sie.

»Nein«, sagte er kopfschüttelnd. »Und du?«

»Nur daß er elf Hunderter in der Tasche hatte, als es ihn erwischt hat.«

»Elf Hunderter«, flüsterte Bruder Anthony.

»Und auch, daß es 'ne Achtunddreißger war, die Knarre.«

»Wer hat dir das erzählt?«

»Ich hab' zwei Bullen in 'nem kleinen Lokal belauscht.«

»'ne Achtunddreißiger«, sagte Bruder Anthony. »Und elf Hunderter.«

»Da siehst du mal, wieviel Kohle man mit Kokain machen kann.«

Bruder Anthony ließ die Augen an der Theke entlangwandern, um sicherzugehen, daß weder der Barmann noch die schwarze Nutte etwas mitbekamen. Der Barmann hatte sich über die Theke gelehnt und war flüsternd mit der Nutte in ein Gespräch vertieft. Seine Fingerspitzen wanderten über ihren Brustansatz und beschäftigten sich mit dem Spalt zwischen ihren prallen Brüsten. Bruder Anthony lächelte.

»Der kleine Schwanz hat 'ne Lücke hinterlassen«, sagte Emma.

»So ist es«, sagte Bruder Anthony.

»'n Teil seiner Kundschaft sitzt jetzt bestimmt auf dem trockenen«, sagte Emma.

»So ist es«, sagte Bruder Anthony.

»Es wäre schön, wenn *wir* die Lücke *schließen* könnten«, sagte Emma. »Als seine Erben sozusagen. Wir müssen rausfinden, wen der Kerl bedient hat, und die entsprechenden Leute dann mit Stoff versorgen.«

»Es gibt Leute, denen das vielleicht nicht paßt«, sagte Bruder Anthony.

»Da bin ich anderer Meinung. Ich glaub' nicht, daß der kleine Pisser aus geschäftlichen Gründen gestorben ist. Nein, mein Lieber. Da bin ich ganz und gar nicht deiner Meinung.«

»Warum dann?«

»Warum er umgelegt worden ist? Willst du mein erfahrenes Urteil dazu hören?«

»Ich bitte darum«, sagte Bruder Anthony.

»Weil er ein blöder Kerl war, der es sich mit einem seiner Kunden verdorben hatte. Das ist meine Vermutung, Bruder. Aber, mein Lieber, wenn *wir* erst mal das Nasenpuder unter die Leute bringen, das wird 'ne ganz andre Geschichte. Wir werden die nettesten Dealer der Welt sein, Herr und Frau Wundervoll.«

»Aber woher beziehen wir den Stoff?« fragte Bruder Anthony.

»Alles der Reihe nach«, sagte Emma. »Zuerst besorgen wir uns die Kundschaft und dann das Schleckerzeug.«

»Wie viele Kunden hatte er deiner Meinung nach?« fragte Bruder Anthony.

»Hunderte«, sagte Emma. »Vielleicht sogar Tausende. Wir werden reich sein, mein Lieber. Wir werden Gott jeden Tag danken, daß irgend jemand Paco Lopez ausgeschaltet hat.«

»Dominus vobiscum«, sagte Bruder Anthony und machte das Zeichen des Kreuzes.

Timothy Moore kam knapp zehn Minuten, nachdem ein uniformierter Beamter vom Midtown-East-Revier ein Päckchen mit Sally Andersons persönlichen Habseligkeiten abgegeben hatte, in den Dienstraum der Detectives vom 87. In einem

Begleitschreiben erwähnte Detective Levine, daß er mit dem Freund des toten Mädchens gesprochen habe und sie auf dessen Besuch gefaßt sein müßten. Nun war er also da und stellte sich Genero vor, der sofort sagte: »Das ist nicht mein Fall.«

»Kommen Sie hier herüber, Sir«, sagte Meyer und winkte Moore zu. Er war ein großer athletischer junger Mann mit gelbblondem Haar und braunen Augen. Der Trenchcoat, den er anhatte, wirkte ein wenig zu leicht für die Temperaturen draußen, aber vielleicht stellten ja der lange gestreifte Schal, den er um den Hals gewickelt hatte, und die warmen Stiefel an seinen Füßen ein gewisses Gegengewicht dazu dar. Seine Augen hinter der Fliegerbrille wirkten ziemlich feierlich. Er drückte Meyers ausgestreckte Hand und sagte: »Detective Carella?«

»Ich bin Detective Meyer. Das hier ist Detective Carella.«

»Angenehm«, sagte Carella, stand von seinem Schreibtisch auf und reichte Moore die Hand. Der war nur ein wenig größer als Carella; ihre Augen lagen fast auf gleicher Ebene.

»Detective Levine hat ...«

»Ja, Sir.«

»Hat mir erzählt, Sie hätten den Fall übernommen.«

»Das ist richtig«, sagte Carella.

»Ich bin gleich dorthin gefahren, als ich das mit Sally erfahren habe.«

»Wann war das, Sir?«

»Heute morgen. Ich habe es heute morgen erfahren.«

»Setzen Sie sich doch bitte. Möchten Sie einen Kaffee?«

»Nein danke. Ich bin sofort hingefahren, gegen zehn muß das gewesen sein, gleich nachdem ich im Radio die Nachrichten gehört hatte.«

»Und wo war das, Mr. Moore?«

»In meiner Wohnung.«

»Und wo ist die?«

»Am Chelsea Place, nicht weit von der Ramsay-Universität entfernt.«

»Unseres Wissens studieren Sie dort Medizin«, sagte Carella.

»Ja.« Er schien überrascht, daß sie schon soviel wußten, ging jedoch nicht darauf ein. »Ich bin dann vor 'ner Weile hinübergefahren.«

»Hinübergefahren?«

»Zur Polizei in Midtowns East, und Mr. Levine hat mir erzählt, Sie hätten den Fall übernommen. Ich dachte, ich sollte mich vielleicht mit Ihnen in Verbindung setzen, um herauszufinden, ob ich irgendwie von Nutzen sein kann.«

»Das ist sehr freundlich von Ihnen«, sagte Carella.

»Wie lange kannten Sie Miss Anderson schon?« fragte Meyer.

»Seit Juli letzten Jahres. Ich hab' sie kurz nach dem Tod meines Vaters kennengelernt.«

»Und wie haben Sie sie kennengelernt?«

»Auf einer Party hat es gefunkt. Sie ... als ich sie gesehen habe ...« Er sah seine Hände an. Die Finger waren lang und schlank und die Fingernägel gepflegt wie bei einem Chirurgen. »Sie war ... sehr schön. Ich ...war vom ersten Augenblick an von ihr fasziniert.«

»Und so fing alles zwischen Ihnen an ...«

»Ja ...«

»Letzten Juli.«

»Ja. Sie war gerade für *Fatback* engagiert worden.«

»Aber Sie haben nicht zusammengewohnt oder so was?« fragte Meyer. »Oder doch?«

»Nicht offiziell. Das heißt, wir haben nicht eine Wohnung geteilt«, sagte Moore. »Aber wir waren praktisch jede Nacht zusammen. Ich muß immer daran denken ...« Er schüttelte den Kopf. Die Detectives warteten. »Ich muß immer daran denken, wenn ich gestern abend doch nur bei ihr gewesen wäre ...« Er schüttelte wieder den Kopf. »Normalerweise hab' ich sie nach der Show immer abgeholt. Gestern abend ...« Wieder schüttelte er den Kopf. Die Detectives warteten. Er sagte nichts mehr.

»Gestern abend ...«, drängte Carella.

»Es ist idiotisch, wie die Sachen manchmal laufen, finden Sie nicht auch?« sagte Moore. »Ich hatte in letzter Zeit im Studium ziemlich nachgelassen. Zuviel auf Achse. Also gut. Ich habe zum neuen Jahr den Vorsatz gefaßt, am Wochenende wenigstens einen Abend zu Hause zu bleiben und zu arbeiten. Entweder freitags, samstags oder sonntags. Diese Woche war der Freitag dran.«

»Wollen Sie damit sagen ...«

»Damit will ich sagen ... sehen Sie, ich weiß zwar nicht, wer ihr das angetan hat, aber wahrscheinlich war es doch ein Wahnsinniger, dem sie über den Weg gelaufen ist, oder etwa nicht? Hat sie gesehen und umgebracht, oder etwa nicht? Ein Zufallsopfer.«

»Möglich«, sagte Carella.

»Was ich also sagen will, ist folgendes: Letzte Woche hab' ich sie am Freitagabend abgeholt. Weil ich letzte Woche am Sonntagabend zu Hause geblieben bin, um zu arbeiten. Sie wollte mich am Sonntag mit auf eine Party schleppen, und ich hab' nein gesagt, weil ich mir vorgenommen hatte zu arbeiten. In der Woche davor war es der Samstag. Ich will damit sagen, warum mußte es ausgerechnet der Freitag dieser Woche sein, warum war ich ausgerechnet gestern abend nicht da, um sie vom Theater abzuholen?«

»Mr. Moore«, sagte Meyer. »Für den Fall, daß es sich nicht um einen Wahnsinnigen handelt ...«

»Es bleibt doch gar nichts anderes übrig«, sagte Moore.

»Also gut«, sagte Meyer und blickte Carella an, um von dessen Gesicht abzulesen, ob es klug wäre, von Paco Lopez zu sprechen. Carellas Gesicht blieb ausdruckslos, was soviel wie eine abschlägige Antwort bedeutete. »Aber wir müssen alle Möglichkeiten in Betracht ziehen«, sagte Meyer. »Deshalb mögen Ihnen manche unserer Fragen unwichtig erscheinen, und trotzdem müssen wir sie stellen.«

»Verstehe«, sagte Moore.

»Als der Mensch, der Miss Anderson am nächsten stand ...«

»Also, ihre Mutter lebt auch noch, wissen Sie?« sagte Moore.

»Lebt sie hier in der Stadt?«

»Nein, sie wohnt in San Francisco.«
»Hatte Miss Anderson noch Geschwister?«
»Nein.«
»Dann sind Sie also ...«
»Ja, vermutlich stand ich ihr am nächsten.«
»Ich nehme an, daß Sie sich gegenseitig bestimmte Dinge anvertraut haben.«
»Ja.«
»War zwischen Ihnen je von Drohbriefen oder -anrufen die Rede?«
»Nein.«
»Hat jemand sie verfolgt?«
»Nein.«
»Jemand, der vor ihrem Haus herumgelungert hätte?«
»Nein.«
»Hat *sie* jemandem Geld geschuldet?«
»Nein.«
»Schuldete *ihr* jemand Geld?«
»Das weiß ich nicht.«
»Hatte sie mit Drogen zu tun?«
»Nein.«
»War sie in illegale Aktivitäten verwickelt?«
»Nein.«
»Hat sie in letzter Zeit Geschenke von Fremden erhalten?« fragte Carella.
»Das versteh ich nicht.«
»Im Theater«, sagte Carella. »Blumen ... oder Konfekt? Von unbekannten Bewunderern?«
»Davon hat sie nie etwas gesagt.«
»Hatte sie je Schwierigkeiten am Bühnenausgang?«
»Was für Schwierigkeiten?«
»Zum Beispiel jemand, der auf sie gewartet hat und mit ihr sprechen oder sie anfassen wollte ...«
»Meinen Sie Autogrammjäger?«
»Jemand, der übermäßig aggressiv gewesen wäre.«
»Nein.«
»Oder den sie zurückgewiesen hätte?«

»Nein.«

»Sie haben nichts dergleichen gesehen, und sie hat auch nichts erwähnt?«

»Nein, gar nichts.«

»Mr. Moore«, sagte Carella. »Wir haben Miss Andersons Terminkalender durchgesehen und von jedem einzelnen Tag dieses Monats eine Abschrift gemacht. Gerade ist uns ihr Adreßbuch zugesandt worden, und wir möchten die darin enthaltenen Eintragungen mit denen in ihrem Terminkalender vergleichen. Wir könnten eine Menge Zeit sparen, wenn Sie uns behilflich sein ...«

»Sehr gerne«, sagte Moore.

Carella öffnete die oberste Schublade seines Schreibtisches und zog mehrere Kopien der Blätter heraus, die Miscolo nach ihren handschriftlichen Aufzeichnungen abgetippt hatte. Er gab Meyer und Moore je eine Kopie.

Montag, 1. Februar

10.00	Training
12.00	Mittagessen Herbie Genelli
16.00	Kaplan
18.00	Einkaufen
19.30	Theater

»Kaplan ist ihr Seelendoktor«, sagte Moore. »Sie ist immer montags, donnerstags und freitags um 16 Uhr zu ihm gegangen.«

»Wissen Sie zufällig seinen Vornamen?«

»Ich glaub', Maurice.«

»Und wo ist seine Praxis?«

»Am Jefferson Square. Ich hab' sie dort mal abgeholt.«

»Und wer ist dieser Herbie, mit dem sie zu Mittag gegessen hat?«

»Herb Gotlieb, ihr Agent.«

»Und wo hat der sein Büro?«

»Irgendwo im Zentrum, nicht weit vom Theater entfernt.«

Dienstag, 2. Februar

10.00	Training
14.00	Vortanzen
	Théâtre des Étoiles
16.30	Mutter M. anrufen
19.30	Theater

»Um die Zeit mußte sie im Theater sein«, sagte Moore.»Die Vorstellung beginnt immer um zwanzig Uhr, die Tagesvorstellungen um vierzehn Uhr. Die Mitwirkenden müssen jeweils seine halbe Stunde vor Beginn der Vorstellung im Theater sein.«

»Dieses Vortanzen um vierzehn Uhr, was bedeutet das?« fragte Carella. »Tanzen sie auch noch woanders vor, wenn sie schon für ein Erfolgsstück engagiert sind?«

»Natürlich, da gibt es keine Pause«, sage Moore.

»Wir haben festgestellt, daß sie zweimal pro Woche mit ›Mutter M.‹ telefoniert hat«, sagte Meyer. »Handelt es sich dabei um *ihre* in San Francisco?«

»Nein«, sagte Moore. »Das ist *meine* Mutter in Miami.«

»Dann hat sie also zweimal in der Woche *Ihre* Mutter angerufen?«

»Jede Woche. Sally hat sich mit ihrer eigenen Mutter nicht besonders verstanden. Sie ist schon früh von zu Hause weg und nach London gegangen, um Ballettänzerin zu werden. Danach ist es nie mehr so geworden wie früher.«

»Dann war Ihre Mutter ... so eine Art Ersatz, was?«

»Ja, eine Ersatzmutter, wenn Sie so wollen.«

»Mutter M., steht das für ...«

»Mutter Moore, ja.«

»Dann hat sie also Ihre Mutter so genannt?«

»Ja. Wir haben manchmal darüber gelacht. Weil es sich so anhörte, als wäre meine Mutter eine Nonne oder so was.« Er machte eine Pause. »Ist Mrs. Anderson schon benachrichtigt worden? Sicher möchte sie gerne wissen, was passiert ist. Nehm' ich jedenfalls an.«

»Wissen Sie ihren Vornamen?« fragte Carella.

»Ja, sie heißt Phyllis. Ihre Nummer steht wahrscheinlich in Sallys Telefonbuch. Sie sagten doch, daß Mr. Levine ...«

»Ja, wir haben es hier, und auch ihren andern persönlichen Besitz, soweit die Spurensicherung damit fertig ist.«

»Wonach suchen die von der Spurensicherung denn eigentlich?« fragte Moore.

»Was weiß ich, wonach die suchen?« sagte Carella und lächelte. Er wußte verdammt genau, wonach sie suchten. Sie suchten nach etwas, das wenigstens ein wenig Licht auf den Täter oder das Opfer warf. Der Mörder war schließlich immer noch frei, und je länger er frei herumlief, um so schwieriger würde es werden, ihn zu fassen. Was das Opfer betraf, so war es häufig leichter zu verstehen, warum jemand Interesse an dessen Ende gehabt hatte, wenn man wußte, was für ein Mensch der oder die Ermordete gewesen war.

»Aber ganz gewiß«, sagte Moore, »werden Sie in Sallys persönlichen Habseligkeiten nicht den geringsten Hinweis auf den Wahnsinnigen finden, dem sie zum Opfer gefallen ist.«

Auch jetzt sagte keiner der beiden Detectives etwas davon, daß der ›Wahnsinnige‹ drei Tage, bevor er Sally umgebracht hatte, einen jungen Kokaindealer namens Paco Lopez ins Jenseits befördert hatte. Statt dessen sahen beide die Terminaufstellungen an, die sie in den Händen hielten. Moore verstand den Hinweis und blickte ebenfalls auf sein Blatt.

Mittwoch, 3. Februar

10.00	Training
12.00	Antoine
13.30	Theater
17.00	Herbie, Sands' Bar
19.30	Theater

»Mittwochs und samstags gibt es je zwei Vorstellungen«, sagte Moore.

»Wer ist Antoine?« fragte Carella.

»Ihr Friseur«, sagte Moore. »Sein Laden ist am South Arundel, nur ein paar Straßen von ihrer Wohnung entfernt.«

»Und da ist Herbie schon wieder«, sagte Meyer.

»Ja, sie hat ihn häufig getroffen«, sagte Moore. »Ein Agent ist sehr wichtig für die Karriere eines Künstlers, wissen Sie?«

Die Aufzeichnungen für die verbleibenden neun Tage zwischen Mittwoch, dem 3. Februar, und Freitag, dem 12., dem Tag, an dem sie dann spät abends ermordet wurde, folgten alle dem gleichen Muster. Von montags bis freitags morgens um zehn Training. Dreimal pro Woche um 16 Uhr Kaplan. Zwei Anrufe in der Woche bei Moores Mutter in Miami. Mindestens zwei Treffen pro Woche mit ihrem Agenten Herbie, manchmal auch häufiger. Die einzige Eintragung für Sonntag, den 7. Februar, lautete D-li ohne besondere Zeitangabe, und dann folgten die Worte ›20 Uhr Party bei Lonnie‹.

»Sie ist eine der beiden schwarzen Tänzerinnen in der Show«, sagte Moore. »Lonnie Cooper. Das ist die Party, auf die Sally mich letzte Woche schleifen wollte.«

»Und wofür steht D-li?« fragte Carella.

»D-li?«

»Genau da auf dem Blatt«, sagte Carella. »D-li ohne Zeit- oder Ortsangabe. Nur D-li.«

»D-li? Oh«, sagte Moore. »Natürlich.«

»Wer ist er oder sie?«

»Weder noch«, sagte Moore und lächelte. »Das steht für Delikatessen.«

»Delikatessen?« sagte Meyer.

»Cohens Delikatessenladen«, sagte Moore. »Ecke Stem und North Rogers. Sally ist dort jeden Sonntag vorbeigegangen, um Beygel und Lachs, Käse und dergleichen einzukaufen.«

»Und das hat sie extra im Terminkalender eingetragen?«

»Ja, sie hat sich wirklich *alles* notiert.«

»Und sie ist jeden Sonntag dort vorbeigegangen?«

»Ja.«

»Wie spät?«

»Unterschiedlich.«

»So, so«, sagte Carella und sah wieder auf das Blatt vor sich. Am Donnerstag, dem 11. Februar, war Sally wieder beim Friseur gewesen, und später am Tag hatte sie einen Termin bei einem Mann namens Samuel Lang von der Twentieth Century Fox gehabt. Am Tag vor ihrer Ermordung war sie mittags um eins mit ihrer Katze beim Tierarzt gewesen. Natürlich gab es auch noch Eintragungen für die Wochen nach ihrer Ermordung, denn selbst in dieser Stadt ging niemand davon aus, daß mitten in der Nacht plötzlich eine Waffe losgehen würde. Sie hatte beispielsweise peinlich genau für jeden Wochentag im Februar um 10 Uhr morgens »Training« notiert und auch ihre Termine mit Kaplan festgehalten, die zweimal wöchentlichen Telefonate mit Moores Mutter und wann sie jeweils im Theater sein mußte. Für Montag, den 15. Februar, hatte sie sich notiert, daß sie um 15.00 die Katze abholen müsse.

»Mr. Moore«, sagte Carella. »Ich hoffe, Sie haben nichts dagegen, wenn wir einige Fragen an Sie richten ...«

»Zu Ihrer Verfügung«, sagte Moore.

»Allerdings persönlicher Art«, sagte Carella.

»Schießen Sie los.«

»Also ... können Sie mir sagen, ob es in Miss Andersons Leben noch einen anderen Mann gab? Außer Ihnen. Jemand, der vielleicht wegen ihrer Beziehung zu Ihnen eifersüchtig war? Jemand, den sie schon vor Ihnen gekannt hat?«

»Nicht, daß ich wüßte.«

»Oder eine andere Frau?«

»Nein, natürlich nicht.«

»Niemand, der vielleicht ...«

»Niemand.«

»Und was ist mit ihrem Agenten, Herb Gotlieb? Wie alt ist der Mann?«

»Warum?«

»Ich dachte nur so«, sagte Carella.

»Dachten was?«

»Na ja, sie hat ihn ziemlich oft getroffen ...«

»Er war ihr Agent; natürlich hat sie ihn häufig getroffen.«

»Ich will damit auch gar nicht andeuten ...«

»Genau das tun Sie aber«, sagte Moore. »Erst fragen Sie mich, ob es noch einen andern Mann – oder sogar eine andere Frau, mein Gott noch mal – in Sallys Leben gegeben hat, und dann machen Sie Anspielungen auf Herb Gotlieb, der *mindestens* fünfundfünfzig Jahre alt sein muß! Wie können Sie nur annehmen, Herb hätte ...«

»Bisher nehme ich noch gar nichts an«, sagte Carella. »Ich spiele nur die verschiedenen Möglichkeiten durch.«

Und eine dieser Möglichkeiten war, wie ihm erst jetzt klar wurde, daß Timothy Moore – wenigstens für den Mord an Sally Anderson – selbst ein potentieller Verdächtiger war. Schon seit langer Zeit wußte Carella, daß etwa dreißig Prozent aller Todesfälle infolge Gewaltanwendung auf die Familiensituation zurückzuführen waren und zwanzig Prozent letzten Endes durch Streitereien zwischen Liebespaaren ausgelöst wurden. Nach seinem eigenen Eingeständnis war Timothy Moore Sally Andersons Geliebter gewesen, und daran änderte auch die Tatsache nicht, daß er freiwillig aufs Revier – genaugenommen sogar auf zwei Reviere – gekommen war.

»Wenn Sie es genau wissen wollen«, sagte Moore. »Herb interessiert sich ausschließlich für Geld. Selbst wenn sie nackt vor ihm getanzt hätte, wäre ihm das gar nicht aufgefallen, es sei denn, sie hätte gleichzeitig Goldstücke in die Luft geworfen.«

Carella beschloß mitzuspielen.

»Aber das hätte sie doch nie getan, oder?« sagte er.

»*Was* getan?«

»Nackt für Herb Gotlieb oder jemand anderen getanzt.«

»Ist das eine Frage?«

»Ja, das ist eine Frage.«

»Die Antwort lautet: *nein.*«

»Und Sie sind sich da ganz sicher?«

»Hundertprozentig.«

»Es gab auch keinen andern Mann oder eine andere Frau in ihrem Leben?«

»Nein.«

»Wissen Sie das von ihr selbst?«

»Das brauchte sie mir nicht erst zu sagen, das wußte ich auch so.«

»Und was ist mit Ihnen?«

»Mit mir?«

»Gab es in Ihrem Leben andere Frauen?«

»Nein.«

»Oder Männer?«

»Nein.«

»Dann war die Sache zwischen Ihnen beiden also ziemlich ernst, nicht wahr?«

»Jedenfalls ernst genug.«

»Wie ernst heißt *ernst* in diesem Fall?«

»Das ist mir zu hoch«, sagte Moore.

»Was ist Ihnen zu hoch?«

»Ich bin hierhergekommen, um Ihnen meine Hilfe ...«

»Ja, und dafür sind wir Ihnen aufrichtig dankbar.«

»Mir kommen Sie nicht gerade dankbar vor«, sagte Moore.

»Und was wollen Sie als nächstes von mir wissen? Wo ich gestern abend war, als Sally umgebracht wurde?«

»Nein, danach wollte ich Sie nicht fragen, Mr. Moore«, sagte Carella. »Sie haben uns doch erzählt, daß Sie zu Hause gearbeitet haben.«

»Waren Sie tatsächlich zu Hause?« fragte Meyer.

»Danach wollten Sie also nicht fragen, was? Ja, ich war zu Hause.«

»Die ganze Nacht?«

»So läuft das hier also«, sagte Moore und verdrehte die Augen.

»Sie waren schließlich ihr Freund«, sagte Meyer unbeirrt.

»Und deshalb hab' ich sie umgebracht, was?« sagte Moore.

»Offenbar stellen Sie hier die Fragen und liefern auch gleichzeitig die Antworten«, sagte Meyer. »Waren Sie die ganze Nacht zu Hause?«

»Ja, die ganze Nacht.«

»War jemand bei Ihnen?«

»Nicht so richtig.«

»Was soll das heißen, nicht so richtig? Entweder war jemand bei Ihnen, oder Sie waren allein. Waren Sie allein?«

»Ich war allein. Aber ich habe mindestens ein dutzendmal mit einem Freund telefoniert.«

»Weshalb?«

»Wegen bestimmter medizinischer Fragen.«

»Studiert er auch Medizin, der Freund, mit dem Sie telefoniert haben?«

»Ja.«

»Wie heißt er?«

»Karl Loeb.«

»Wo wohnt er?«

»Im Quarter.«

»Wissen Sie seine Adresse?«

»Nein, aber die steht sicher im Telefonbuch.«

»Wann haben Sie mit ihm gesprochen?«

»Immer wieder, fast die ganze Nacht.«

»Haben Sie auch um Mitternacht herum mit ihm gesprochen?«

»Weiß ich nicht mehr.«

»Hat *er* Sie letzte Nacht auch angerufen?«

»Ein paarmal.«

»Wann haben Sie zuletzt mit ihm gesprochen?«

»Direkt bevor ich ins Bett gegangen bin. Zunächst hab' ich Sally angerufen, jedenfalls hab' ich es versucht ...«

»Hatten Sie schon früher versucht, sie anzurufen?«

»Immer wieder, ja.«

»Wir reden von gestern nacht.«

»Ja, gestern nacht. Ich hab' verschiedentlich versucht, sie anzurufen.«

»Haben Sie sich keine Sorgen gemacht, als sie sich nicht gemeldet hat?«

»Nein.«

»Wieso nicht? Wann haben Sie es zuletzt versucht?«

»Gegen drei Uhr morgens. Kurz bevor ich das letzte Mal mit Karl Loeb gesprochen habe.«

»Und sie hat sich nicht gemeldet?«

»Nein.«

»Und Sie haben sich keine Sorgen gemacht? Um drei Uhr morgens ... und sie meldet sich nicht ...«

»Wir reden hier über Theaterleute«, sagte Moore. »Nachtmenschen. Drei Uhr ist für die nicht sehr spät. Egal, sie wußte, daß ich arbeite. Ich hab' mir gedacht, daß sie vielleicht umdisponiert hat.«

»Hat sie Ihnen gesagt, was sie vorhatte?«

»Nein, hat sie nicht.«

»Wann haben Sie dann das nächste Mal wieder bei ihr angerufen?«

»Überhaupt nicht. Als ich aufwachte ... hab' ich das Radio eingeschaltet, und da hab' ich ... gehört ... daß ...«

Plötzlich vergrub er das Gesicht in den Händen und fing an zu weinen. Die Detectives ließen ihn nicht aus den Augen. Carella fand, daß sie ihn zu hart hergenommen hatten. Meyer fand das auch.

Aber warum war er hier aufgetaucht? überlegte Carella.

Meyer stellte die gleiche Überlegung an. Und warum hatte Moore als Medizinstudent keine Ahnung davon gehabt, welche Art von Beweismaterial Sallys persönlichem Besitz anhaften konnte? Lernten zukünftige Ärzte an der Universität heutzutage nichts mehr über Blutflecken? Oder Samenspuren? Oder abgekratzte Haut? Oder all die kleinen Überreste, die später eine präzise Identifizierung ermöglichen konnten? Moore schluchzte noch immer.

»Alles in Ordnung?« fragte Carella.

Moore nickte. Er suchte in der Hosentasche nach einem Taschentuch; dabei öffnete sich sein Trenchcoat. In seiner rechten Jackentasche steckte ein Stethoskop. Schließlich fand er das Taschentuch, putzte sich die Nase und trocknete dann seine Augen.

»Ich habe sie geliebt«, sagte er.

Die beiden Detectives schwiegen.

»Und sie hat mich geliebt«, sagte er.

Sie schwiegen immer noch.

»Ich weiß, daß Sie jeden zunächst einmal verdächtigen

müssen, aber ich habe mit ihrer Ermordung nichts zu tun. Ich bin hier nur aufgetaucht, weil ich Ihnen behilflich sein wollte ... Sie täten besser daran, das Schwein zu suchen, das es *getan* hat, statt ...«

»Tut mir leid, Mr. Moore«, sagte Carella.

»Davon bin ich überzeugt«, sagte Moore. Er schob das Taschentuch wieder in die Tasche. Dann sah er zur Wanduhr hinauf. Er erhob sich und knöpfte den Trenchcoat zu. »Ich muß gehen«, sagte er. »Meine Nummer finden Sie hier in Sallys Buch. Dort können sie mich abends erreichen. Tagsüber bin ich an der Uni.«

»Vielen Dank für Ihre Hilfe«, sagte Meyer.

»Schon in Ordnung«, sagte Moore und verließ das Zimmer.

Die beiden Männer sahen sich an.

»Was hältst du davon?« fragte Carella.

»Von der Idee oder von der Ausführung?«

»Ja, ich weiß schon, es hat nicht geklappt, aber die Idee?«

»Nicht schlecht.«

»Ich dachte anfangs wirklich an einen Dritten ...«

»Aber andersrum, nicht?«

»Genau. Irgendein Knabe ...«

»Oder eine Freundin ...«

»Der oder die sauer war, weil Sally Anderson was mit Moore ...«

»Ja, genau.«

»Und der oder die ihr deshalb 'ne Ladung verpaßt hat.«

»Möglich«, sagte Meyer.

»Aber dann dreht Moore durch ...«

»Ich konnte dein Gehirn geradezu arbeiten sehen, Steve.«

»Du meinst, als ich den Spieß umgedreht habe.«

»Ja, genau da. Du hast gedacht: ›Hey, vielleicht war Moore ja auch selbst eifersüchtig und hat sie umgebracht!‹«

»So ungefähr. Aber es hat nicht geklappt.«

»Wer weiß, vielleicht wird er jetzt 'n bißchen nervös. Wir müssen noch zwei Dinge rausfinden, Steve ...«

»Ja, erstens, wann genau er mit diesem Loeb telefoniert hat ...«

»Mit diesem Medizinstudenten.«

»Und wo er am Dienstagabend war, als es Lopez erwischt hat.«

»Du dachtest, es wäre besser, Lopez nicht zu erwähnen, was?«

»Ich wollte wissen, ob Moore sich auch gleich für Dienstag 'n Alibi zurechtlegen würde.«

»Paß mal auf«, sagte Meyer. »Wer sagt denn, daß dieselbe Waffe auch denselben Mörder bedeutet?«

»Was?« sagte Carella.

»*Ich* leg' Dienstagabend jemand mit 'ner Knarre um. Ich schmeiß die Puste weg. Jemand findet sie, und sie landet auf dem Schwarzmarkt. *Du* kommst daher und kaufst das Ding, um es Freitag nacht zu benutzen. Nicht die geringste Verbindung zwischen den beiden Morden, verstehst du?«

»Kapiert«, sagte Carella. »Und du machst das Leben noch komplizierter.«

»Nur weil ich nicht die geringste Verbindung zwischen Paco Lopez und Sally Anderson sehe.«

»Montag ist Feiertag, nicht?« fragte Carella unvermittelt.

»He?«

»Montag.«

»Was ist damit?«

»Ist doch Washingtons Geburtstag, nicht?«

»Nee, der ist am zweiundzwanzigsten.«

»Aber gefeiert wird er am fünfzehnten. Der sogenannte President's Day.«

»Was hat das mit Moore zu tun?«

»Gar nichts. Ich dachte gerade an die Katze.«

»Was für 'ne Katze?«

»Sallys Katze. Sie sollte sie doch am Montag abholen. Ob der Tierarzt am Montag arbeitet?«

»Wenn sie es sich notiert hat ...«

»Sie sollte um drei Uhr nachmittags dort sein.«

»Dann arbeitet er wahrscheinlich.«

»Und wer holt jetzt die Katze ab?« fragte Carella.

»*Ich* jedenfalls nicht«, sagte Meyer sofort.

»Vielleicht hätte Sarah gern eine Katze«, sagte Carella.

»Sarah mag keine Katzen«, sagte Meyer. Seine Frau mochte *überhaupt* keine Tiere.

»Vielleicht möchte die Mutter des Mädchens die Katze gern haben«, sagte Carella sehr ernst.

»Die Mutter des Mädchens wohnt in San Francisco«, sagte Meyer und blickte ihn an.

»Wer nimmt also die verdammte Katze?« fragte Carella. Er hatte selbst einmal einen Blindenhund mit nach Hause gebracht, der ihm gleichsam bei der Arbeit zugefallen war. Fanny, die Haushälterin der Carellas, hatte den Hund nicht gemocht. Ganz und gar nicht. Der Hund lebte nun schon lange nicht mehr in dem großen alten Haus in Riverhead. Meyer sah ihn immer noch an.

»Ich hasse einfach die Vorstellung, daß die Katze dasitzt und *wartet*«, sagte Carella, und das Telefon läutete. Er nahm ab.

»Siebenundachtzigstes Revier, Carella«, sagte er.

»Hier spricht Allan Carter«, sagte die Stimme am andern Ende.

»Ah, Mr. Carter, sehr gut«, sagte Carella. »Ich hab' schon versucht, Sie zu erreichen. Vielen Dank, daß Sie zurückrufen.«

»Geht es um Sally Anderson?« fragte Carter.

»Genau, Sir.«

»Ich weiß nicht das geringste über ihren Tod.«

»Wir würden trotzdem gern mit Ihnen reden, Sir«, sagte Carella. »Als ihr Arbeitgeber ...«

»So habe ich es noch nie umschrieben gehört«, sagte Carter.

»Wie bitte?«

»Ich habe für einen *Produzenten* noch nie die Umschreibung *Arbeitgeber* gehört«, sagte Carter und sprach dabei lau ter, als hätte ihn Carella beim ersten Mal nicht richtig gehört. »Jedenfalls war ich letzte Nacht in Philadelphia. Ihr Tod war für mich eine totale Überraschung.«

»Ja, Sir. Das glaub' ich Ihnen gern.« Er legte eine Pause ein.

»Wir würden aber trotzdem gern mit Ihnen sprechen, Mr. Carter.«

»Wir reden doch schon miteinander«, sagte Carter.

»Persönlich, Mr. Carter.«

Es entstand ein Schweigen. Carella beendete es.

»Könnten wir uns um drei Uhr treffen? fragte er. »Es wird nicht lange dauern.«

»Um drei Uhr hab ich einen Termin«, sagte Carter.

»Und wann *haben* Sie Zeit, Sir?«

»Heute ist Samstag«, sagte Carter. »Ich bin gerade aus Philadelphia zurückgekommen, ich ruf' Sie von zu Hause aus an. Morgen ist Sonntag, und Montag ist ein Feiertag. Könnten wir uns vielleicht irgendwann Dienstag treffen? Oder Mittwoch? Ich werde erst Mittwochabend wieder nach Philadelphia fahren.«

»Nein, Sir«, sagte Carella. »Ich fürchte, das geht nicht.«

»Warum nicht?« fragte Carter.

»Weil ein fünfundzwanzigjähriges Mädchen ermordet worden ist«, sagte Carella, »und wir gern *heute* mit Ihnen sprechen würden, Sir – wenn es Ihnen genehm ist.«

Carter schwieg ein paar Sekunden.

Dann sagte er: »Vier Uhr«, nannte Carella die Adresse und hängte wortlos ein.

5. KAPITEL

Allan Carter wohnte in einem inmitten einer Reihe von Luxushotels errichteten Apartmenthochhaus mit Blick auf den westlichen Teil des Grover-Parks. Weil die Straßen erst zum Teil vom Schnee geräumt waren, brauchten die Detectives für den normalerweise etwa zehn Minuten langen Weg vom Revier zu Carters Wohnung fast eine halbe Stunde. Wenn der für den folgenden Tag angekündigte Schnee tatsächlich fallen würde, leistete der Räumungsdienst eigentlich sinnlose Arbeit. Der Tag war düster und bitter kalt. Der Schnee war festgefroren und kaum von der Stelle zu bewegen. Als die Detectives vor dem Apartmenthaus vorfuhren, war ein uniformierter Angestellter gerade damit beschäftigt, die Eisschicht zu entfernen, die nach der Räumung des Schnees auf dem Gehsteig vor dem Gebäude zurückgeblieben war. Er arbeitete mit einem langstieligen scharfen Instrument, das auch eine gute Waffe abgegeben hätte.

Ein weiterer uniformierter Mann saß in der Halle hinter einem Schreibtisch. Carella und Meyer wiesen sich aus, und der Mann nahm den Telefonhörer von der Gabel und sagte: »Mr. Carella und Mr. Meyer sind hier, Sir.« Dann legte er auf und sagte: »Sie können gleich hochfahren, es ist Nummer siebenunddreißig.«

Der uniformierte Liftführer sagte: »Angeblich soll es morgen wieder schneien.«

Meyer sah Carella an.

Im dritten Stock stiegen sie aus, gingen einen langen, mit Teppichfußboden ausgelegten Gang entlang zu Carters Wohnung, drückten auf die Klingel, hörten den Gong drinnen läuten und dann eine Stimme, die sagte: »Kommen Sie herein, es ist offen.«

Carella öffnete die Tür und wäre beinahe über ein braunes Ledergepäckstück in der Diele gestolpert. Er machte einen Bogen um die Tasche, bedeutete Meyer, vorsichtig zu sein, und ging dann vom Foyer aus in ein riesiges Wohnzimmer, dessen dem Park zugewandte Seite ganz aus Glas bestand. Die nackten Bäume im Hintergrund waren mit Schnee beladen und der Himmel grau und trübe. Allan Carter saß auf einem langen, hellgrün bezogenen Sofa. Er hatte einen Telefonhörer am Ohr. Über einem zitronengelben Hemd trug er einen braunen Geschäftsanzug. Seine Manschetten wurden von goldenen Knöpfen zusammengehalten. Über seiner ausladenden Brust hing eine am Hals gelockerte, schokoladenbraune Krawatte. Der oberste Hemdknopf stand offen. Während er seinem unbekannten

Gesprächspartner am anderen Ende der Leitung zuhörte, winkte er die Detectives herein.

»Ja, das versteh ich«, sagte er ins Telefon. »Aber Dave …« Er hörte ungeduldig zu, seufzte, verzog das Gesicht und spielte zugleich mit einer Locke seines dichten, weißen Haares. Nach Carellas Empfinden war er für das weiße Haar noch zu jung. Carter schien Anfang Vierzig zu sein. Seine Augen waren durchdringend blau und reflektierten das fahle, verbleichende Licht des Winternachmittags. Er war sonnengebräunt. Carella überlegte, ob das Wetter in Philadelphia besser sei als hier in der Stadt. Plötzlich fielen ihm sämtliche Philadelphiawitze ein, die er je gehört hatte. Er war allerdings noch nie in Philadelphia gewesen.

»Ja, und was hat *Annie* eingespielt?« fragte Carter in den Apparat. Er hörte zu und sagte dann: »Genau das mein' ich, Dave. Dies hier ist aber ein größerer Hit, als es *Annie* je war. Es tut mir ja wirklich leid, aber das Geschäft wird immer härter. Sag Orion, an der Gage ist nicht zu rütteln, und wenn sie nicht soviel zahlen können, sollen sie aussteigen, die verplempern sonst nur unsere Zeit. Ich weiß, ich rede Klartext, Dave. Ich bin ja schließlich nicht von der Heilsarmee. Sag ihnen das.«

Er hängte wortlos ein.

»Entschuldigen Sie«, sagte er, erhob sich und kam mit ausgestreckter Hand auf die beiden Detectives zu. »Ich bin Allan Carter, kann ich Ihnen mit einem Drink dienlich sein?«

»Nein, danke«, sagte Carella.

»Danke«, sagte Meyer und schüttelte den Kopf.

»Also«, sagte Carter. »Das ist ja 'ne böse Geschichte, was?«

»Ja, Sir«, sagte Carella.

»Wissen Sie schon, wer der Täter ist?«

»Nein, Sir.«

»Irgendein Wahnsinniger«, sagte Carter kopfschüttelnd und ging zur Bar hinüber. Er hielt eine Flasche in die Luft. »Sind Sie ganz sicher?« fragte er. »Nein?« Er zuckte die Achseln, goß sich zwei Fingerbreit Whisky in ein niedriges Glas, gab einen Eiswürfel dazu, sagte: »Zum Wohl«, trank das Glas in einem Zug aus und goß sich gleich nach. »Philadelphia«, sagte er kopfschüttelnd, als ob schon allein die Erwähnung dieser Stadt sein Bedürfnis nach einer alkoholischen Stärkung erklärte.

»Wann haben Sie von ihrem Tod erfahren, Mr. Carter?« fragte Carella.

»Als ich aus dem Zug stieg. Ich hab' mir am Bahnhof eine Zeitung gekauft.«

»Weshalb waren Sie in Philadelphia?«

»Um dort ein neues Stück anzuprobieren.«

»Auch ein Musical?« fragte Meyer.

»Nein, ein Sprechstück. Bereitet mir 'ne Menge Kopfzerbrechen«, sagte Carter. »Es ist ein Kriminalstück ... haben Sie *Deathtrap* gesehen?«

»Nein «, sagte Meyer.

»Nein«, sagte Carella.

»Es ist ähnlich wie *Deathtrap*. Außer das es beschissen ist. Ich weiß nicht, wie ich mich dazu habe überreden lassen können. Es ist das erste Mal, daß ich ein Sprechstück produziere.« Er zuckte mit den Achseln. »Wird wahrscheinlich gleich den Bach runtergehn, wenn es hier rauskommt. Falls es überhaupt hier rauskommt.«

»Sie haben also erst aus der Zeitung von dem Mord an Miss Anderson erfahren«, drängte Carella.

»Ja«, sagte Carter.

»Wie haben Sie reagiert?«

»Wie hätte ich reagieren sollen, in dieser Stadt?« sagte er kopfschüttelnd.

»Wie gut kannten Sie sie?« fragte Carella.

»Kaum. Sie war schließlich nur eine von den Tänzerinnen, verstehn Sie? In der Show machen insgesamt sechzehn Tänzer und Tänzerinnen mit. Haben Sie die Show schon gesehen?«

»Nein«, sagte Meyer.

»Nein«, sagte Carella.

»Dann werde ich Ihnen zwei Karten besorgen«, sagte Carter. »Die Show ist gut. Der größte Erfolg hier in der Stadt seit langem.«

»Wer hat sie engagiert, Mr. Carter?«

»Was? Ach so, das Mädchen. Das war eine Kollektiventscheidung.«

»Wessen?«

»Von mir, Jamie und …«

»Jamie?«

»Unser Choreograph. Jamie Atkins. Aber … wollen Sie wissen, wer im einzelnen bei der Auswahl der Tänzer dabei war?«

»Ja.«

»Also, wie gesagt – ich spreche jetzt von der Endauswahl, verstehen Sie –, ich war dabei und Freddie Carlisle, unser Regisseur, und Jamie und sein Assistent und der musikalische Leiter und ein Gewerkschaftsmann, glaub' ich, und … warten Sie … zwei Bühnenmeister waren auch dabei und unser Presseagent, glaub ich, und natürlich ein Pianist und natürlich der Komponist, der Songschreiber und der Verfasser des Buches.«

»Der Verfasser des Buches?«

»Der Librettist. Ich glaub', das war's dann. Das Ganze ist schon lange her. Die Proben waren letztes Jahr im August, wissen Sie? Die endgültige Besetzungsliste stand irgendwann Ende Juli.«

»'ne ganze Menge Leute«, sagte Carella.

»O ja, eine Kollektiventscheidung«, sagte Carter und lächelte. »Aber wenn man bedenkt, daß so ein Musical zwischen zwei und drei Millionen Dollar kostet – na ja, dann muß man höllisch aufpassen.«

»Dann sind also all diese Leute zusammengekommen und haben … ja, was haben sie denn eigentlich getan?« fragte Carella. »Abgestimmt?«

»Eigentlich nicht. Es handelt sich dabei eher um ein allgemeines Einverständnis hinsichtlich der Kandidaten, wobei natürlich der Choreograph das letzte Wort hat, verstehen Sie?«

»Wie viele Tänzer sind abgelehnt worden?«

»Tausende. Wenn man die gewerkschaftlich organisierten und all die anderen addiert ... dann gewiß so viele. Ich glaube, wir müssen alle arbeitslosen Tänzer der Stadt gesehen haben.«

»Dann muß Miss Anderson aber eine wirklich gute Tänzerin gewesen sein«, sagte Meyer.

»Ja, ganz gewiß. Schließlich war sie ja auch für diese Rolle engagiert.«

»Wie ist sie mit den andern Mitgliedern der Truppe zurechtgekommen?«

»Da müssen Sie entweder Freddie oder Jamie fragen.«

»Ihren Regisseur und den Choreographen?«

»Ja. Aber ich bin ganz sicher, daß es keine Reibereien gegeben hat ... außer den üblichen bei den Proben immer auftauchenden Spannungen. Was ich damit sagen will, ist ... lassen Sie es mich Ihnen erklären.«

»Bitte«, sagte Carella.

»Das Ensemble muß in einer Show, besonders jedoch in einem Musical, als absolute Einheit funktionieren. Ich bin ganz sicher, hätte es zwischen Miss Anderson und einem anderen Mitglied der Truppe Reibereien gegeben, dann hätte Jamie sich die Dame einmal vorgeknöpft. Wenn zweieinhalb Millionen auf dem Spiel stehen, dann wird mit künstlerischen Temperamentsausbrüchen nicht viel Federlesens gemacht.«

»Sind das die Produktionskosten von *Fatback*?«

»Mehr oder weniger.«

»Wie lange haben die Proben gedauert, Mr. Carter?«

»Sechs Wochen. Allerdings ohne die Testvorstellungen. Wir haben zwei Wochen lang Testvorstellungen gemacht, bevor wir uns den Kritikern gestellt haben.«

»Waren Sie bei allen Proben dabei?«

»Nicht bei allen. Aber nachdem ein Gutteil der Show einstudiert war, ja. Gewöhnlich läßt man den künstlerischen Mitarbeitern am Anfang freie Hand. Wenn dann jedoch die Durchläufe beginnen, versucht ein Produzent – jedenfalls *dieser* Produzent hier –, bei allen Proben dabeizusein.«

»Dann wäre es Ihnen also aufgefallen, wenn es zwischen

Miss Anderson und irgendeinem Mitglied der Truppe Reibereien gegeben hätte.«

»Ich habe keine solche Reibereien bemerkt. Meine Herren, ich würde Ihnen wirklich gern helfen, glauben Sie mir. Aber ich habe das Mädchen kaum gekannt. Ich muß Ihnen etwas gestehen. Als ich in der Zeitung über sie gelesen habe, konnte ich mich kaum daran erinnern, welche der Tänzerinnen sie überhaupt gewesen ist.«

»Verstehe«, sagte Carella.

»So 'ne kleine Rothaarige, nicht wahr?«

»Wir haben die Leiche noch nicht gesehen, Sir«, sagte Carella.

»Was?« sagte Carter.

»Wir waren nicht am Tatort, Sir«, sagte Carella.

»Die Leiche wurde in einem anderen Polizeibezirk gefunden«, fügte Meyer sofort hinzu.

»Sir«, sagte Carella. »Es wäre uns eine große Hilfe, wenn wir eine Liste mit den Namen, Adressen und Telefonnummern aller Ensemble- und sonstigen Teammitglieder sowie überhaupt aller Leute, die irgendwie mit Miss Anderson in Kontakt gestanden haben, bekommen können.«

»Die wollen Sie doch nicht etwa alle besuchen?« fragte Carter.

»Eigentlich ... schon«, sagte Carella.

Carter lächelte. »Vielleicht sollte ich Sie darauf hinweisen, worauf Sie sich da einlassen«, sagte er. »*Fatback* ist eine sehr große Show. Wir haben sechs Haupt- und fünf Nebenrollen, sechzehn Tänzer und Tänzerinnen plus zwölf Chormitgliedern, achtzehn Bühnenarbeiter, sechsundzwanzig Musiker, drei Inspizienten, drei Requisiteure, fünfzehn Mitarbeiter in der Garderobe, drei Beleuchter, zwei Schreiner, einen Tonregisseur, drei Leute zur Bedienung der Punktscheinwerfer, eine Maskenbildnerin und zwei Ersatztänzer.«

Carella blickte Meyer an.

»Das macht zusammen hundertundvierzehn Personen«, sagte Carter.

»Verstehe«, sagte Carella. Er legte eine Pause ein. Dann

fragte er: »Aber es gibt eine Liste, auf der all diese Leute verzeichnet sind?«

»Ja, die gibt es; eigentlich sogar mehrere Listen. Unser Direktor hat eine und der Ensemblemanager und die Produktionssekretärin ... übrigens bin ich ganz sicher, daß es im Theater auch eine solche Liste gibt. In der Nähe des Telefons neben dem Bühneneingang. Dort sollten Sie's am besten versuchen. Wenn Sie im Theater vorbeifahren könnten ...«

»Ja, Sir, das machen wir.«

»Da fällt mir ein, warum schlagen Sie nicht gleich zwei Fliegen mit einer Klappe?« sagte Carter.

»Wie bitte?« fragte Carella.

»Ich meine, wenn Sie ohnehin schon im Theater sind.«

Die Detectives sahen ihn ratlos an.

»Ich hab' zwei Karten für einen Freund zurücklegen lassen, aber auf meinem Telex hab ich eine Nachricht gefunden, daß er wegen der Witterungsverhältnisse heute abend nicht in die Stadt kommen kann.« Carter sah in ihre verdutzten Gesichter. »Ich spreche von der Show«, sagte er. »Würden Sie sie nicht gern einmal sehen? An der Kasse sind zwei Karten für den Hausbedarf reserviert.«

»Oh«, sagte Carella.

»Oh«, sagte Meyer.

»Was halten Sie davon?« fragte Carter.

»Also, vielen Dank«, sagte Meyer. »Aber meine Frau und ich sind heute abend mit Freunden verabredet.«

»Und was ist mit Ihnen?«

»Na ja ...«, sagte Carella.

»Es wird Ihnen gefallen, glauben Sie mir.«

»Also ...«

Er zögerte, weil er nicht genau wußte, was für den ›Hausbedarf‹ reservierte Karten eigentlich genau waren, aber er hatte irgendwie das Gefühl, daß es sich dabei um Freikarten handelte, und er war unter keinen Umständen bereit, von einem Mann, der angeblich ein einssiebzig großes blondes Mordopfer für eine ›kleine Rothaarige‹ hielt, ein Geschenk anzunehmen. Carella hatte schon recht früh in seiner Laufbahn gelernt, daß man, wenn man als Polizist überleben wollte, entweder gar nichts annahm oder alles mitgehen ließ, was nicht niet- und nagelfest war. Wenn man von dem Typen in der Eckkneipe eine Tasse Kaffee annahm – gut –, dann konnte man auch gleich ein Bestechungsgeld von dem freundlichen Hehler in der Nachbarschaft annehmen, der jeden Sonntagmorgen seine gestohlenen Waren feilbot. Ein bißchen bestechlich zu sein war das gleiche, wie ein bißchen schwanger zu sein.

»Wie teuer sind diese Karten denn?« fragte er.

»Vergessen Sie es«, sagte Carter und wischte die Frage beiseite, und Carella wußte, daß der andere glaubte, er könnte ihn – Carella – schmieren; immerhin war er ja in dieser schönen Stadt Polizist, und Polizisten konnte man schmieren, wann und wo immer man gerade wollte.

»Sind für den Hausbedarf reservierte Karten Freikarten?« fragte Carella.

»Nein, nein, die Karten müssen schon bezahlt werden, wir können nicht Karten für ein Erfolgsstück einfach so verschenken«, sagte Carter. »Aber die Karten, um die es sich hier handelt, sind reserviert, machen Sie sich darüber keine Sorgen.«

»Aber sie sind noch nicht bezahlt, oder?«

»Nein, noch nicht.«

»Dann zahle ich sie, Sir«, sagte Carella.

»Aber ...«

»Ich würde die Show gerne sehen, Sir, aber die Karten möchte ich bezahlen.«

»Gut, wie Sie wollen. Sie sind an der Abendkasse auf den Namen meines Freundes reserviert. Er heißt Robert Harrington. Sie können sie jederzeit vor der Abendvorstellung abholen.«

»Danke«, sagte Carella.

»Ich werd' in der Zwischenzeit am Bühneneingang anrufen und Bescheid geben, daß Sie wegen der Liste dort vorbeischauen.«

»Danke.«

»Ich verstehe noch immer nicht, was eigentlich Karten für den Hausbedarf sind«, sagte Meyer.

»Es wird für jede Vorstellung ein gewisses Kontingent an solchen Karten beiseite gelegt«, sagte Carter. »Für den Produzenten, den Regisseur, den Choreographen, prominente Leute halt ...«

»Beiseite gelegt?«

»Reserviert«, sagte Carter nickend. »Auf Vertragsbasis. Soundso viele Karten für jede Vorstellung. Je höher man in der Hackordnung steht, um so mehr Karten kann man sich zurücklegen lassen. Wenn man sie jedoch nicht in Anspruch nimmt, gehen sie wieder in den normalen Verkauf.«

»Man lernt nie aus«, sagte Meyer und lächelte.

»Ja«, sagte Carter und sah auf die Uhr.

»Sonst noch was?« wandte sich Carella an Meyer.

»Nicht, daß ich wüßte«, sagte Meyer.

»Dann vielen Dank, Sir«, sagte Carella. »Und vielen Dank, daß Sie mir die Karten zugänglich gemacht haben.«

»War mir ein Vergnügen«, sagte Carter.

Als die beiden Detectives mit dem Lift nach unten fuhren, schwiegen sie. Der Fahrstuhlführer, der sie vorhin mit dem neuen Wetterbericht vertraut gemacht hatte, schien sonst nichts zu sagen zu haben. Der Himmel wirkte noch bedrohlicher, als sie jetzt ins Freie kamen. Die Dunkelheit brach gerade herein. Die Nacht würde mondlos sein.

»Ich möchte mich nur vergewissern, daß ich sie richtig verstanden habe«, sagte Meyer.

»Meinst du Tina Wong?«

»Genau. Sie hat doch gesagt, fünf Blondinen, zwei Schwarze und eine Chinesin, nicht wahr?«

»Ja, das hat sie gesagt.«

»Wie kommt Carter also darauf, daß Sally Anderson rothaarig gewesen ist?«

»Vielleicht ist eine von den Ersatztänzerinnen rothaarig.«

»Vielleicht bin ich ja auch rothaarig«, sagte Meyer. »Hat Carter nicht gesagt, daß er bei sämtlichen Durchläufen dabeigewesen ist?«

»Ja, das hat er gesagt.«

»Dann kennt er also die verdammte Show. Wie kann er sich dann nur einbilden, daß eine Rothaarige auf der Bühne war?«

»Vielleicht ist er ja farbenblind.«

»Dir ist das doch auch aufgefallen, oder nicht ?«

»Ja, mir ist es auch aufgefallen.«

»Ich hab' mich gewundert, daß du nicht darauf eingegangen bist.«

»Er ist ja nicht mehr weiter darauf herumgeritten. Er hat es einfach fallenlassen.«

»Vielleicht war es ja auch nur ein Versuchsballon.«

»Um seine Behauptung zu untermauern, daß er kaum wußte, wie sie aussah. Nur eins dieser Mädchen. Irgendein Gesicht in der Menge.«

»Was ja auch stimmen kann, Meyer. Schließlich gehören achtunddreißig Leute zum Ensemble. Man kann schließlich von niemandem erwarten, daß er sich die Gesichter von achtunddreißig Leuten ...«

»Was sind denn schon achtunddreißig Leute, eine Massenansammlung?« sagte Meyer. »Zu unserem Revier gehören ungefähr zweihundert Polizisten, und die kenne ich alle, ausnahmslos – jedenfalls die Gesichter.«

»Du bist halt von Berufs wegen Beobachter«, sagte Carella lächelnd.

»Wie lange braucht man mit dem Zug von Philadelphia nach hier?« fragte Meyer.

»Etwa anderthalb Stunden.«

»Dann kann man ohne größere Probleme ziemlich schnell hin- und zurückfahren«, sagte Meyer. »Da bliebe genug Zeit übrig, um zu tun, was in diesem Fall getan werden mußte. Falls jemand hier etwas zu tun gehabt hätte.«

»Ja«, sagte Carella.

»Jamie mag Blondinen, weißt du noch?« sagte Meyer. »Hat uns das nicht Tina erzählt? Daß der Choreograph auf Blondinen steht. Wie kommt es also, daß alle es wissen, nur Carter nicht? Er war dabei, als die Tänzer ausgesucht wurden. Kollektiventscheidung, weißt du noch? Wieso kann er sich nun plötzlich nicht mehr an ihre Haarfarbe erinnern? Kleine Rothaarige nennt er sie. Ganz plötzlich hat sein Choreograph, der eigentlich Blondinen bevorzugt, 'ne Rothaarige in der Truppe. Steve, das stinkt. Ich sag' dir, da stinkt etwas. Kaufst du ihm das ab?«

»Nein«, sagte Carella.

Der Kauf der Eintrittskarten bereitete Carella eine unangenehme Überraschung.

Er hatte schon ziemlich lange keine Erfolgsshow mehr gesehen und war hinsichtlich der Eintrittspreise nicht mehr so ganz auf dem laufenden. Als die Frau an der Kasse ihm das kleine weiße Kuvert durch den Schalter zuschob, sah Carella auf den gelben Karten, die aus dem Umschlag herausstanden, den Preis. Er glaubte, er müsse sich geirrt haben, bekam jedoch die mündliche Bestätigung für die Richtigkeit seiner Wahrnehmung, als die Dame sagte: »Das macht achtzig Dollar, bitte.« Carella runzelte die Stirn. Achtzig geteilt durch zwei ergab pro Platz vierzig Dollar. »Zahlen Sie bar oder mit Kreditkarte?« fragte die Frau.

Carella besaß keine Kreditkarte. Er kannte auch sonst keinen Polizisten, der mit Kreditkarte gezahlt hätte. Einen Augenblick lang geriet er in Panik. Hatte er überhaupt achtzig Dollar in bar bei sich? Wie sich herausstellte, hatte er zweiundneunzig Dollar in der Tasche, und das hieß, daß er zu Hause anrufen mußte, um Teddy zu sagen, sie möchte abends Bargeld mitbringen. Er trennte sich nur widerwillig von dem Geld. Dafür müssen die aber 'ne Menge bieten, dachte er bei sich und ging zum Münzsprecher im Foyer hinüber. Beim vierten Läuten nahm Fanny, die Haushälterin der Carellas, den Hörer ab.

»Bei Carella«, sagte sie.

»Fanny, hallo, ich bin's«, sagte er. »Können Sie Teddy etwas ausrichten? Sagen Sie ihr bitte, daß ich Karten für ein Musical mit dem Titel *Fatback* habe und daß ich dachte, wir könnten heute abend vor der Show hier in der Stadt irgendwo essen gehen. Sagen Sie ihr bitte weiter, daß wir uns um halb sieben bei O'Malley treffen; sie weiß dann schon Bescheid. Außerdem soll sie genügend Bargeld mitbringen, ich bin fast pleite.«

»Das sind ja drei Nachrichten auf einmal«, sagte Fanny. »Wieviel Bargeld brauchen Sie denn?«

»Genug fürs Abendessen.«

»Ich wollte eigentlich Schweinerippchen machen«, sagte Fanny.

»Tut mir leid«, sagte er. »Das hat sich ganz plötzlich so ergeben.«

»Mm«, sagte Fanny.

Er sah sie geradezu bildhaft vor sich, wie sie im Wohnzimmer am Telefon stand. Fanny Knowles war um die Fünfzig. Ihr Haar war blau; sie trug einen Zwicker auf der Nase und wog annähernd hundertvierzig Pfund. Seit dem Tag, da sie vor zehn Jahren erstmals das Haus betreten hatte, regierte sie den Haushalt mit eiserner Faust. Fanny war ausgebildete Krankenschwester und hatte ursprünglich nur für einen Monat bei den Carellas bleiben sollen, um Teddy nach der Geburt der Zwillinge zur Hand zu gehen. Fanny selbst hatte dann vorgeschlagen, sie würde gern noch ein wenig länger bleiben, und zwar gegen ein relativ geringes Gehalt. Als Begründung gab sie an, sie wolle nie wieder ein Thermometer in einen sterbenden alten Mann hineinstecken. Jetzt war sie noch immer da. Ihr Schweigen am Telefon hatte etwas Bedrohliches.

»Fanny, tut mir wirklich leid«, sagte er. »Die ganze Aktion hat sozusagen geschäftliche Gründe.«

»Und was mache ich mit dem Dutzend Schweinerippchen?« fragte sie.

»Machen Sie doch ein Cassoulet daraus«, sagte er.

»Was zum Teufel ist ein Cassoulet?« fragte sie.

»Da müssen Sie nachschaun«, sagte er. »Werden Sie Teddy ausrichten, was ich gesagt habe?«

»Sobald sie nach Hause kommt«, sagte Fanny, »was eigentlich jeden Augenblick der Fall sein müßte. Sie wird sich ohnehin ganz schön beeilen müssen, wenn sie noch rechtzeitig bis halb sieben dort sein will.«

»Aber Sie richten es ihr bitte aus, nicht wahr?«

»Ja«, sagte Fanny und legte auf.

Er hängte ein, verließ das Theater, ging hintenherum zum Bühneneingang und klopfte dort an die Tür.

Ein alter Mann öffnete und musterte ihn.

»Die Kasse ist vorn«, sagte er.

Carella hielt ihm die Polizeimarke und seinen Dienstausweis entgegen. »Ich soll hier eine Liste abholen«, sagte er.

»Was für 'ne Liste?«

»Eine Liste mit den Namen des gesamten Ensembles.«

»Ach ja, Mr. Carter hat deswegen schon angerufen. Kommen Sie doch herein. Ich hab' da eine Liste, aber die kann ich Ihnen nicht geben, weil ich nur diese eine hier habe.« Der alte Mann legte eine Pause ein. »Sie können sie abschreiben, wenn Sie wollen.«

Carella ging zu der Liste hinüber, die in der Nähe des Telefons an der Wand hing. Vier Schreibmaschinenseiten. Er sah auf die Uhr.

»Kann ich sie nicht kurz mit rausnehmen und fotokopieren?« fragte er.

»Da geht nix«, sagte der alte Mann. »Ist die einzige, die ich hab'.«

»Ich dachte ...«

»Und wie sollen wir die Mitwirkenden erreichen, wenn jemand beispielsweise nicht vereinbarungsgemäß eine halbe Stunde vor Vorstellungsbeginn hier erscheint? Wie sollen wir ohne die Liste Ersatz bestellen, wenn es nötig sein sollte? Die Liste muß genau da bleiben, wo sie ist.« Der alte Mann machte eine Pause. »Soll ich Ihnen einen Rat geben ...?«

Carella seufzte, setzte sich auf den Hocker neben dem Wandtelefon und schrieb die Namen und Adressen in sein Notizbuch.

Der Waschsalon lag an der Ecke Culver/Tenth, in einem Viertel, in dem lange Zeit ausschließlich Iren gelebt hatten. Inzwischen gab es hier jedoch ein buntes Völkergemisch aus Iren,

Schwarzen und Puertoricanern. Obwohl all diese Nationalitäten und Rassen in denselben Supermärkten einkauften, an denselben Tankstellen ihre Autos volltankten, dieselben U-Bahnen benutzten, ihre Kleider in denselben Waschsalons wuschen und ihre Hamburger Seite an Seite in denselben schmierigen Stehhallen aßen, so wußten sie doch alle, daß private Kontakte nur zwischen Iren und Iren, Schwarzen und Schwarzen und Puertoricanern und Puertoricanern akzeptiert wurden, und das trotz des ganzen weltumschließenden Wir-sind-ja-alle-Brüder-Unsinns.

Eileen Burke hätte mit ihrem pfirsichfarbenen Teint, ihrem roten Haar und den grünen Augen hier in der Gegend jederzeit als Tochter Irlands durchgehen können – was sie natürlich auch hoffte. Es wäre ja auch nicht gerade Sinn der Sache gewesen, wenn der Höschengangster, wie die Jungs vom Siebenundachtzigsten ihn so geistreich getauft hatten, mit seiner 375er Magnum in den Waschsalon hereingeschneit wäre, Eileen gleich als Polizistin erkannt und ihr ein Loch von der Größe einer Bowlingkugel in ihre reichlich entwickelte Brust geschossen hätte. Nein, nein, Eileen Burke wollte keine tote Heldin werden. Eileen Burke wollte der erste weiblich Chief of Detecives der Stadt werden, allerdings nicht gerade über ihre eigene Leiche. Für ihren Job an diesem Abend hatte sie sich wesentlich dezenter zurechtgemacht, als es der Fall war, wenn sie irgendwo auf der Straße einen Sexualverbrecher anlocken sollte. Ihr rotes Haar hatte sie nach hinten gebunden und unter einem grauen Kopftuch verborgen. Sie trug einen Mantel, der farblich dem Kopftuch entsprach, und kniehohe, braune Strümpfe und braune Gummistiefel und saß auf einem gelben Plastikstuhl in dem eiskalten Waschsalon und betrachtete ihre schmutzige Wäsche (beziehungsweise, die vom Siebenundachtzigsten gestellte Wäsche), wie sie sich wieder und wieder in einer der Waschmaschinen drehte, während im Fenster des Salons abwechselnd WASCHSALON in Orange und LAVANDERIA in Grün aufleuchtete. In der offenen Handtasche auf ihrem Schoß hatte sie unter einem Päckchen Tempotaschentüchern eine .38er versteckt.

Der Geschäftsführer des Ladens wußte nicht, daß Eileen Polizistin war. Er hatte die Spätschicht von sechzehn Uhr bis Mitternacht. Danach schloß er den Laden ab und ging nach Haus. Morgens kam dann immer der Besitzer des Waschsalon, leerte die Münzbehälter der Waschmaschinen in zwei große graue Säcke aus und brachte die Einnahmen auf die Bank. Das war die Aufgabe des Besitzers: die Münzen einsammeln. Der Besitzer hatte im gesamten Stadtgebiet siebenunddreißig Waschsalons, und er wohnte in einer sehr guten Gegend in Majesta. Er leerte die Maschinen nicht nach Ladenschluß, weil er befürchtete, das könne gefährlich sein, was wohl auch tatsächlich der Fall gewesen war. Ihm war es lieber, wenn seine siebenunddreißig Angestellten in allen Teilen der Stadt abends nur die Tür abschlossen, die Alarmanlage einschalteten und dann nach Hause gingen. Das gehörte zum Job seiner Angestellten. Ansonsten war es noch ihre Aufgabe, den Kundinnen Geld zu wechseln, den Reparaturdienst zu benachrichtigen, wenn eine Waschmaschinen nicht mehr funktionierte, und auch dafür zu sorgen, daß niemand die billigen Plastikmöbel aus den diversen Waschsalons mitgehen ließ, obwohl das dem Besitzer ziemlich egal war, weil er das Zeug von seinem Schwager ohnehin billiger bekam. Hin und wieder fiel dem Besitzer ein, daß seine siebenunddreißig Spätdienstmitarbeiter alle über einen Schlüssel verfügten, der zu allen siebenunddreißig Alarmanlagen paßte, und wenn einer von ihnen sich dazu entschließen sollte, sich mit einem der Wahnsinnigen der Stadt zusammenzutun, dann konnte er ohne weiteres in sämtliche Waschsalons eindringen und die Münzbehälter aufbrechen – ja und? Er gab sich jedoch gern dem Gedanken hin, alle seine Angestellten seien rein und unschuldig.

Detective Hal Willis wußte verdammt genau, daß der Geschäftsführer in dem Waschsalon Ecke Culver/Tenth hinsichtlich Eileen Burkes wahrer Identität tatsächlich so rein und unschuldig war wie frisch gefallener Schnee. Der Angestellte wußte nicht, daß sie Polizistin war, noch wußte er, daß Willis, der in einem direkt vor der an den Waschsalon angrenzenden

Bar geparkten grünen Toronado-Zivilwagen saß, *auch* ein Polizist war. Genaugenommen hatte der Angestellte auch nicht die geringste Ahnung davon, daß das Siebenundachtzigste, von der Annahme ausgehend, daß der Höschengangster dort als nächstes zuschlagen würde, ausgerechnet sein hübsches kleines Etablissement ausgesucht hatte, um den Verbrecher dort zu stellen. Die Annahme basierte auf ziemlich eindeutigen Hinweisen. Der Mann hatte sich in den vergangenen drei Wochen die Culver Avenue hinuntergearbeitet und Waschsalons auf beiden Seiten der Straße überfallen; dabei hatte er sich unerbittlich immer mehr dem Stadtzentrum genähert. Zuletzt hatte er vor drei Tagen einen Salon auf der Südseite der Avenue überfallen. Der Waschsalon, den die Detectives für heute abend ausgesucht hatten, befand sich noch ein Stück weiter stadteinwärts auf der nördlichen Seite der Avenue.

Der Höschengangster war kein kleiner Fisch, o nein. Während der zwei Monate, da er ungestraft entlang der Culver Avenue sein Unwesen getrieben hatte, hatte er immerhin – jedenfalls liefen die auf den Aussagen der betroffenen Frauen basierenden Schätzungen auf diesen Betrag hinaus – sechshundert Dollar in bar, zwölf goldene Eheringe, vier Goldmedaillons, einen goldenen Verlobungsring mit einem einkarätigen Diamanten darin und insgesamt zweiundzwanzig Höschen erbeutet. Diese Höschen hatte er jedoch nicht aus den Wäschekörben seiner weibliche Opfer gestohlen. Statt dessen hatte der Höschengangster – und diesem Umstand verdankt er seinen Namen – all jene unglücklichen Waschsalonladys gebeten, doch bitte ihr Höschen auszuziehen, was sie alle angesichts seiner ziemlich eindrucksvollen 357er Magnum auch getan hatten. Er hatte allerdings – bis jetzt – noch keine der Frauen vergewaltigt. Bisher war auch noch niemand verletzt worden. Und wenn das Verhalten eines bewaffneten Räubers, der die Höschen seiner weiblichen Opfer mit nach Hause nahm, auch einer gewissen obskuren Komik nicht entbehrte, so hatte wenigstens die Durchschlagskraft einer 357er Magnum absolut nichts Komisches an sich. Während er draußen vor der Bar in seinem Auto saß, war sich Willis des Kalibers der Waffe, die der Waschsalonräuber bei sich trug, nur zu deutlich bewußt. Eileen Burke, die, links von einer puertoricanischen und rechts von einer schwarzen Frau flankiert, in dem Waschsalon saß, war sich der furchtbaren Kraft jener Waffe nur noch um so deutlicher bewußt.

Sie sah zur Wanduhr hinauf.

Es war erst 22 Uhr 15, und der Laden würde erst um Mitternacht schließen.

Ein dem Programmheft beigelegter Handzettel informierte die Zuschauer darüber, daß ein Mädchen namens Allison Greer an diesem Abend für Sally Anderson tanzen würde. Keine der Tänzerinnen in der Show verkörperte jedoch eine bestimmte Rolle, und mit Ausnahme der beiden schwarzen Mädchen (die ihrerseits kaum zu unterscheiden waren) und Tina Wong, die niemandem sonst in der Truppe ähnelte, sahen fast alle Mädchen gleich aus. Die Blondinen waren praktisch nicht voneinander zu unterscheiden. Sie waren hochgewachsen, mit langen Beinen und hatte nach Carellas Empfinden für Tänzerinnen ein wenig zu große Brüste. Sie hatten ausnahmslos ein strahlendes Lächeln aufgesetzt. Ihre an den Hüften hochgeschnittenen Kostüme unterstrichen ihre Ähnlichkeit noch. In ihrer spärlichen Bekleidung sollten sie typische junge leichtbekleidete Mädchen aus dem Sumpfland der Südstaaten darstellen, wo *Fatback* angeblich spielte. Als Carella die Mädchen und das Bühnenbild zur ersten Szene gesehen hatte, befürchtete er schon das Schlimmste. Als der Vorhang sich gehoben hatte, blickte man gleichsam in einen vorweltlichen Sumpf, der nebelverhangen war und aus dem moosbewachsene, triefende Urbäume aufragten. Carella drehte sich nach rechts, um Teddy anzuschauen. Auch sie sah ihn an. Das würde mal wieder ein gutes Beispiel für die Kunst der Kritiker abgeben, eine schwachsinnige Show in den Himmel zu loben und dabei Stroh in Gold zu verwandeln – jedenfalls für die *Geldgeber.*

Teddy Carella war taubstumm.

Im Theater hatte sie häufig Schwierigkeiten. Natürlich konnte sie keinen der Darsteller hören, und gewöhnlich saßen Carella und sie zu weit hinten, als daß sie das Gesprochene von den Lippen der Darsteller hätte ablesen können. Im Laufe der Jahre hatten sie ein System entwickelt, wobei er ihr – um die hinter ihnen Sitzenden nicht zu stören – mit in Brusthöhe erhobenen Händen den Dialog vorn auf der Bühne in Zeichensprache übersetzte. Dabei wandte sie den Blick immer abwechselnd von der Bühne auf seine in ständiger Bewegung befindlichen Finger. Musicals waren im allgemeinen für sie ein wenig leichter zu verfolgen. Wenn ein Sänger ein Lied schmetterte, präsentierte er dem Publikum in der Regel seine Breitseite, und im übrigen waren dabei auch die Mundbewegungen deutlicher als bei einem Sprechstück. Ihre Lieblingsunterhaltung war jedoch Ballett, und sie war hier hingerissen, als sich – keine zehn Sekunden, nachdem der Vorhang den Blick auf jenen ominösen Sumpf freigegeben hatte – die gesamte Bühne mit springenden, stampfenden, herumwirbelnden und vor Energie überschäumenden Tänzern anfüllte, die sich von den Bäumen herabschwangen und den dampfenden Sumpf in die frechste, erotischste und atemberaubendste Eröffnungsnummer verwandelte, die Teddy in ihrem ganzen Leben gesehen hatte. Verzaubert saß sie während der ungefähr zehnminütigen tänzerischen Exposition neben Carella und drückte seine Hand, und ihre dunklen Augen leuchteten, während sie, ohne einen Laut zu hören, das Geschehen auf der Bühne verfolgte. Carella saß grinsend neben ihr. Als die Eröffnungsnummer zu Ende war, brach das Haus in tumultuarischen Beifall aus. Er setzte sich in Position, um Teddy den weiteren Verlauf des ersten Aktes zu übersetzen, aber sie winkte nur ungeduldig ab, da sie das meiste, was auf der Bühne gesprochen wurde, von ihrem Platz in der sechsten Reihe aus direkt von den Lippen der Darsteller ablesen konnte.

In der Pause stellte sie ihm einige Fragen. Sie trug ein schwarzes Wollkleid mit einer einfach geschnittenen Kamée auf der Brust, dazu schwarze Lederstiefel und am Handgelenk ein goldenes Armband. Ihr langes schwarzes Haar hatte sie am Hinterkopf zu einem Knoten zusammengefaßt. Außer Augenbrauenstift, Lidschatten und Lippenstift trug sie kein Make-up. Das hatte sie auch nicht nötig; sie war die schönste Frau, der Carella in seinem Leben begegnet war. Er betrachtete ihre Hände, beobachtete ihr lebendiges Mienenspiel. Sie wollte wissen, ob die schöne Schmugglerin und der Trapper früher einmal eine Affäre gehabt hatten und sich nun zum ersten Mal wieder sahen. Nein? Und was sollten dann die Umarmungen und Küsse? Carella erklärte ihr mit Hilfe von Mundbewegungen und Fingerzeichen, was auf der Bühne los war (und wie immer gab es unter den übrigen Zuschauern welche, die sich gegenseitig anstießen – hey, schau mal, Charlie, siehst du den erwachsenen Mann dort drüben, wie er mit dem Dummchen spricht), und sie beobachtete seine Lippen und Hände und signalisierte ihm dann; *Für Cousin und Cousine sind die aber ganz schön verknallt,* und er erklärte ihr, die zwei da oben seien nur zweiten Grades miteinander verwandt, und sie deutete an. *Wird Inzest dadurch etwa legal?*

Als Carella auf die Uhr sah, waren schon fast fünfundvierzig Minuten im zweiten Akt vorüber, und er hatte das Gefühl, daß die Show bald zu Ende sein würde, und genau das wollte er nicht. Er amüsierte sich bestens.

Eileen Burke amüsierte sich bestens, während sie zusah, wie ihre Wäsche sich immerzu im Kreis drehte. Der Geschäftsführer hielt sie für leicht meschugge, aber wer in dieser Stadt war das schließlich nicht. Sie hatte ihre Wäsche inzwischen schon fünfmal immer von neuem gewaschen. Dabei hatte sie permanent der unaufhörlich kreisenden Wäsche zugesehen. Dem Geschäftsführer war allerdings entgangen, daß sie zugleich die Eingangstür im Auge behielt und immer wieder kurz aus dem Fenster starrte, wenn ein Auto vorfuhr. Der glänzende Fußboden des Waschsalons reflektierte abwechselnd orange oder grün LAVANDERIA ...

WASCHSALON … LAVANDERIA … WASCHSALON …, und in den Maschinen kreiste unaufhörlich die Wäsche.

Eine Frau, die sich ihr Baby auf den Rücken gebunden hatte, füllte gerade eine der Maschinen nach. Eileen schätzte sie auf höchstens neunzehn oder zwanzig; sie war eine schlanke, attraktive Blondine mit blauen Augen und redete mit sanfter Stimme pausenlos nach rückwärts auf ihr halb schlafendes Baby ein. Die Frau auf dem gelben Plastikstuhl neben Eileen las in einem Magazin. Sie war eine stämmige schwarze Frau und nach Eileens Schätzung Ende Dreißig, Anfang Vierzig und trug über ihren Bluejeans einen weiten Pullover und an den Füßen Gummischuhe. Hin und wieder blätterte sie um, warf einen Blick auf die Waschmaschinen und blätterte wieder um. Eine dritte Frau betrat den Waschsalon, sah sich einen Augenblick lang verwirrt um, war offenbar erleichtert, als sie die vielen freien Maschinen sah, schoß wieder nach draußen und kam kurz darauf mit einem Wäscheberg zurück, der eine ganze Woche lang für ein ganzes russisches Regiment ausgereicht hätte. Sie bat den Geschäftsführer, ihr einen Fünfdollarschein zu wechseln. Er trug wie ein Straßenbahnschaffner eine Geldtasche an seinem Gürtel, die auf Knopfdruck das gewünschte Kleingeld ausspuckte. Eileen beobachtete, wie er zu einem am Boden festgeschraubten Safe hinüberging und den Schein durch einen Einwurfschlitz oben hineingleiten ließ. Auf einem Schild an der Wand stand zu lesen: GESCHÄFTSFÜHRER KENNT DIE KOMBINATION DES SAFES *NICHT*: GESCHÄFTSFÜHRER KANN NUR SCHEINE BIS FÜNF DOLLAR WECHSELN. Eileen fragte sich beiläufig, was der Geschäftsführer wohl tat, wenn ihm das Kleingeld ausging. Lief er dann in die Bar nebenan und bat den Barmann um Wechselgeld? Hatte der Barmann nebenan wohl ebenfalls eine solche Geldtasche an seinem Gürtel? Beiläufig dachte Eileen darüber nach, warum sie über solche Dinge eigentlich nachdachte. Und dann dachte sie, ob sie wohl je einen Mann treffen würde, der über die gleichen Dinge nachdachte, über die auch sie nachdachte. In diesem Augenblick betrat der Höschengangster den Waschsalon.

Eileen erkannte ihn sofort anhand der Polizeizeichnungen, die Willis ihr auf dem Revier gezeigt hatte. Er war ein kleiner, schlanker Weißer. Er trug eine Wollmütze und über dunkelbraunen, weit geschnittenen Kordhosen und braunen Wildlederschuhen einen Matrosenmantel. Er hatte stechende braune Augen, und unter seiner ausgesprochen schmalen Nase trug er einen ebenso schmalen Oberlippenbart. Seine rechte Augenbraue wurde von einer Narbe durchzogen. Die Glocke über der Tür klingelte, als er hereinkam. Während er mit der linken Hand die Tür schloß, glitt Eileens Rechte in die Tasche auf ihrem Schoß. Sie umschloß gerade mit ihren Fingern den Griff der .38er, als der Mann die rechte Hand aus der Manteltasche zug. Die Magnum hätte in jedem Fall gewaltig gewirkt. Aber angesichts der schwächlichen Konstitution des Mannes erschien sie geradezu wie ein Artilleriegeschütz. Die Hand des Mannes zitterte. Er konnte die Waffe kaum kontrolliert halten.

Eileen sah die Magnum an, sah die Augen des Mannes und spürte zugleich den Griff ihrer Pistole in ihrer sich schließenden Hand. Wenn sie die Waffe jetzt zog, stand die Chance dreißig zu siebzig, ihn außer Gefecht zu setzen, bevor er mit Kugeln um sich schießen konnte, die stark genug waren, einem Menschen den Kopf vom Rumpf zu reißen. Abgesehen von ihr selbst und dem Räuber befanden sich noch fünf andere Menschen in dem Laden, davon drei Frauen und ein Säugling. Ihre Hand am Griff der Pistole erstarrte.

»Alle mal herhören«, sagte der Mann mit einer dünnen, fast mädchenhaften Stimme. »Wenn ihr tut, was ich sage, passiert keinem was.« Seine Augen blitzten. Seine Hand zitterte noch immer. Plötzlich fing er zu kichern an. Sein Kichern machte Eileen größere Angst als die Waffe in seiner Hand. Sein Kichern war schrill und nervös und hatte einen leichten Beiklang von Wahnsinn, der Eileen innerlich erschauern ließ. Ihre Hand am Griff der .38er fing plötzlich zu schwitzen an.

»Ich will nur euer Geld, euer ganzes Geld«, sagte der Mann. »Und eure ...«

»Ich kenne die Kombination für den Safe nicht«, sagte der Geschäftsführer.

»Wer hat *Sie* überhaupt gefragt?« sagte der Mann und wandte sich dem Geschäftsführer zu. »*Sie* halten den Mund, verstanden?«

»Ja, Sir«, sagte der Geschäftsführer.

»Verstanden?«

»Ja, Sir.«

»Ich rede mit den Damen hier, nicht mit Ihnen, verstanden?«

»Ja, Sir.«

»Dann halten Sie gefälligst den Mund.«

»Ja, Sir.«

»Sie da?« sagte der Mann und wandte sich an die Frau mit dem Baby auf dem Rücken; dabei richtete er die Waffe auf sie und bewegte sich unkoordiniert mal nach rechts, dann wieder nach links wie ein Schauspieler, der sich an das ganze Publikum wendet. Die Frau mit dem Baby machte jede seiner Bewegungen mit, um mit ihrem Körper dem Baby auf ihrem Rücken einen ständigen Schutz zu bieten. Die weiß nicht, dachte Eileen, daß eine Kugel aus der Kanone da leicht sie selbst, das Baby und auch noch die Wand hinter ihnen durchschlagen kann.

»Das Geld her!« sagte der Mann. »Los, machen Sie schon. Die Ringe auch. Geben Sie schon die Ringe her.«

»Nicht schießen«, sagte die Frau.

»Halten Sie den Mund, und geben Sie mir Ihr Höschen.«

»Was?«

»Ihr Höschen, ziehen Sie schon Ihr Höschen aus und geben Sie es mir.«

Die Frau starrte ihn an.

»Sind Sie taub?« sagte er, tänzelte zu ihr hinüber und fuchtelte mit der Pistole vor ihrer Nase herum. Die Frau hielt schon ein Bündel Dollarscheine in einer Hand und in der anderen ihren Hochzeitsring und stand verunsichert da, weil sie nicht wußte, ob sie ihm zuerst das Geld oder den Schmuck geben sollte.

»Los, machen Sie schon!« sagte er. »Ziehen Sie es schon aus, aber schnell.«

Die Frau gab ihm rasch das Geld und den Ring, faßte dann unter ihren Rock, streifte ihr Höschen ab und ließ es auf den Boden fallen. Dann machte sie einen Schritt zur Seite, hob das Höschen auf, reichte es ihm und zog sich dann eilig zurück, während er es in die Tasche schob.

»Sie alle«, sagte er, und seine Stimme überschlug sich fast. »Ziehen Sie alle Ihre Höschen aus! Geben Sie mir Ihr Geld, Ihr ganzes Geld, und Ihre Ringe. Und Ihre Höschen, los, beeilen sie sich!«

Die schwarze Frau auf dem Stuhl neben Eileen starrte den Mann immer noch ungläubig an und folgte mit weit aufgerissenen Augen jeder seiner Bewegungen. Dabei schüttelte sie nur immer wieder ungläubig den Kopf.

»Sie da«, sagte er und tänzelte zu ihr hinüber. »Geben Sie mir Ihr Medaillon, los, beeilen Sie sich!«

»Die Kette ist unecht«, sagte sie ruhig.

»Dann geben Sie mir Ihr Geld!«

»Hab' nur eineinviertel Dollar bei mir«, sagte die Frau.

»Dann her damit«, sagte er und streckte ihr die linke Hand entgegen.

Die Frau kramte in ihrer Tasche herum. Sie holte ihre Geldbörse heraus. Ohne den Mann oder den Revolver direkt vor ihrer Nase auch nur zu beachten, öffnete sie die Geldbörse, faßte hinein und holte die Münzen einzeln heraus und legte sie auf die Handfläche ihrer linken Hand. Als sämtliche Münzen beisammen waren, schloß sie die Hand zur Faust, hielt die Faust über die geöffnete Hand des Mannes und ließ die Münzen (nach Eileens Empfinden verächtlich) in seine Hand fallen.

»Und jetzt das Höschen«, sagte er.

»Ganz sicher nicht.«

»Ziehen Sie Ihr Höschen aus«, sagte er.

»Kommt nicht in Frage«, sagte die Frau.

»Was?«

»Kommt nicht in Frage. Das geht bei mir nicht so einfach

wie bei der Dame mit dem Baby. Ich müßte erst meine Gummischuhe und die Jeans ausziehen, und ich habe nicht die geringste Absicht, hier nackt vor zwei Männern zu stehen, die ich noch nie in meinem Leben gesehen habe, darauf können Sie sich verlassen.«

Der Mann winkte mit seiner Waffe.

»Tun Sie, was ich Ihnen sage«, stieß er hervor.

»Auf keinen Fall«, sagte die Frau.

Eileen war hellwach.

Sie überlegte, ob sie jetzt in die Offensive gehen sollte; eine unangenehme Situation konnte nur unangenehmer werden, hatte man ihr auf der Polizeischule beigebracht, und nach dieser Devise hatte sie während ihrer ganzen Dienstzeit gelebt und überlebt. Heute abend hatte sie diese Regel jedoch ein wenig außer acht gelassen, als dieser lächerliche kleine Scheißer hier durch die Tür hereinspaziert war und die Kanone aus der Tasche gezogen hatte. Eine unangenehme Situation kann nur unangenehmer werden, also tu etwas, jetzt *sofort*. Und sie fragte sich, ob er wohl auf *sie* schießen würde, wenn sie jetzt ihre Pistole aus der Handtasche zog, oder auf die schwarze Frau, die lieber ihr Leben aufs Spiel setzte, als in Gegenwart eines zitternden Geschäftsführers und eines bewaffneten Gangsters, der möglicherweise nicht ganz dicht war, ihre Jeans und ihr Höschen auszuziehen. Tu es jetzt, hör auf zu denken und zu überlegen – wenn aber nun das Baby erschossen wird?

In ihr tauchte der Gedanke auf, daß es der Schwarzen ja möglicherweise gelingen könnte, den kleinen Mann mit der Vorliebe für Damenunterwäsche in Grund und Boden zu starren, ihn so weit zu bringen, daß er aufgab und zur Tür hinüberrannte, in die Kälte und in die geöffneten Arme von Detective Hal Willis – was mich daran erinnert, wo zum Teufel steckst du, Willis? Es hätte nicht gerade schaden können, wenn mein Partner direkt hinter dem Kerl hier hereingekommen wäre, ebensowenig würde es schaden können, wenn du seine Aufmerksamkeit auf dich lenken würdest, zwei Waffen gegen eine, die Anständigen gegen die Unanständigen, wo zum Teufel steckst du? Der kleine Mann zitterte jetzt am ganzen Körper. Er kämpfte so sehr mit sich selbst, daß er den Eindruck erweckte, er werde gleich in tausend Stücke zerspringen – er ist ein Wäschefetischist, dachte sie plötzlich, der Mann ist ein Höschenfetischist.

Der Gedanke drängte sich ihr mit überwältigender Klarheit auf. Sie wußte jetzt oder glaubte jedenfalls zu wissen, warum er in der ganzen Stadt ausgerechnet Waschsalons überfiel. Er überfiel Waschsalons, weil in Waschsalons Frauen anzutreffen waren, und er wollte sehen, wie diese Frauen ihre Höschen auszogen. Die Überfälle hatten mit Geld und Schmuck nicht das geringste zu tun, der Mann war hinter *Höschen* her! Die Ringe und Armbänder und das Geld dienten ihm zur Tarnung, der Mann wollte die Höschen von Frauen, der Mann suchte das Aroma von Frauen, der Mann war ein Höschenfetischist, und mit Perversen kannte sie sich aus, ganz gewiß hatte sie es in ihrem Leben schon mit genügend Sexualverbrechern zu tun gehabt, aber gewöhnlich allein in einem Park, dabei hatte immer nur ihr eigenes Leben auf dem Spiel gestanden – tu es jetzt, dachte sie. Los, mach schon!

»Hey, Sie«, sagte sie scharf.

Der Mann wandte sich ihı zu. Die Waffe war jetzt auf sie gerichtet.

»Nehmen Sie meins«, sagte sie.

»Was?« fragte er.

»Lassen Sie sie in Ruhe, nehmen Sie *mein* Höschen.«

»Was?«

»Fassen sie unter meinen Rock«, flüsterte sie. »Reißen Sie mir das Höschen herunter.«

In einer kurzen Anwandlung von Panik dachte sie, sie habe einen furchtbaren Fehler gemacht. Sein Gesicht verzerrte sich zu einer Grimasse des Zorns, und die Waffe in seiner Hand zitterte noch stärker als zuvor. O Gott, dachte sie, ich hab' ihm die Maske vom Gesicht gezogen, ich habe ihn gezwungen, sich zu sehen, wie er ist, die Waffe in seiner Hand ist sein Schwanz, so sicher wie ich hier sitze, und er wird sie innerhalb der nächsten zehn Sekunden direkt in mein Gesicht abfeuern! Aber dann ging etwas Eigenartiges in seinem Gesicht vor, ein eigenartiges Lächeln trat an die Stelle der Wut, ein eigenartiges, geheimnisvolles Lächeln spielte um seine Mundwinkel, ein geheimnisvolles Einverständnis leuchtete in seinen Augen auf: Sie teilten ein Geheimnis, *ihr* Geheimnis; er senkte den Revolver und kam näher.

»Polizei!« schrie sie, und im Aufstehen zog sie die .38er aus der Tasche und rammte ihm den Lauf ihrer Pistole gegen die Kehle und sagte so leise, daß nur er es hören konnte: »*Denken* Sie nicht einmal daran, oder ich erschieße Sie!« Und sie konnte sich auch sehr viel später noch ganz deutlich daran erinnern, wie das Wort ›Polizei‹ das Geheimnis in seinen Augen erschüttert hatte, ihr gemeinsames Geheimnis, und sie fragte sich auch später noch häufig, ob nicht die Art und Weise, wie sie ihn entwaffnet hatte, ganz besonders grausam und ungerecht gewesen sei.

Sie legte ihm die Handschellen an und bückte sich dann, um die Magnum aufzuheben, die er auf den Fußboden des Waschsalons hatte fallen lassen.

6. KAPITEL

Carella konnte nicht einschlafen.

Es waren einfach zu viele Leute in den Fall verwickelt. Selbst wenn der Lieutenant bereit sein sollte, noch einen dritten Mann auf den Fall anzusetzen, würde es immer noch mindestens eine Woche dauern, bis sie alle Mitglieder des Ensembles verhört haben würden, das hieß, wenn der Lieutenant überhaupt bereit war, ihm einen weiteren Mann zuzuweisen. Der Tod von Paco Lopez hatte wenig Aufsehen erregt, es waren nicht sonderlich viele Leute daran interessiert, ob irgendein kleiner Dealer nun ins Gras biß oder nicht – »Ungeziefer verdient es nicht anders«, hatte Carellas Mutter immer gesagt, als er noch ein Junge war, der sich in der Stadt durchschlug, die er liebte. Er fragte sich oft, wo seine Mutter die Redewendungen aufgeschnappt hatte, die sie so gern zum besten gab. »Ike und Mike, die sind gleik«, sagte sie oft zu ihm und seinem Vater. Oder, wann immer Carella es gelang, auf dem Eßtisch ein Glas Milch umzustoßen: »Sehr gut, Eddie.« Oder über seine Tante Clara, die Carella sehr mochte: »Sie zieht sich an wie das Pferd von nebenan.« Oder (da wir schon von Pferden sprechen) wenn jemand wegen der einen oder anderen Sache beleidigt war: »Da sitzt er jetzt auf seinem hohen Roß.« Waren Ike und Mike Figuren aus einem Comic strip? Verdammt noch mal, wer war Eddie? Und ein hohes Roß hatte nichts damit zu tun, daß man *beleidigt* war.

Paco Lopez war ganz gewiß Ungeziefer gewesen, und niemand hatte ihm eine Träne nachgeweint. Aber der Tod von Sally Anderson war in den Nachmittagsausgaben der Zeitungen in den Schlagzeilen gewesen, und die gnadenlosen Journalisten von der Sensationspresse zeterten schon nach einer sofortigen Festnahme des ›Wahnsinnsmörders‹. Vielleicht würde der Lieutenant also Carella einen zusätzlichen Mann zugestehen, vielleicht bekam ja Pete auch selbst ein bißchen Druck von oben.

Die Zeitungen hatten noch keinen Wind davon bekommen, und Carella hatte auch nicht die Absicht, es ihnen zu erzählen, daß ein gewisser Paco Lopez, dessen Tod unbeachtet geblieben war, mit derselben Waffe getötet worden war wie das Mädchen. Nichts wäre den Journalisten nämlich lieber gewesen als die Möglichkeit einer romantischen Verbindung (eine Möglichkeit, die Carella sich auch schon durch den Kopf hatte gehen lassen) zwischen einer jungen blonden Tänzerin und einem puertoricanischen Rauschgifthändler. Nach einer solchen Geschichte würden sich selbst die Nachrichtenleute vom *Fernsehen* die Finger lecken. Immerhin gab es in der Show ja auch zwei puertoricanische Tänzer – genaugenommen brauchten sie nicht unbedingt Puertoricaner zu sein, Carella hatte nur gefragt, ob auch Lateinamerikaner in der Show mitwirkten, und Tina Wong hatte gesagt, daß es dort zwei gebe, folglich konnten sie alles sein: Puertoricaner, Kubaner, Dominikaner, Kolumbier, in dieser Stadt gab es nichts, was es nicht gab. Sie waren beide schwul. Carella fragte sich, ob sie sich vielleicht die Nase puderten. Carella fragte sich, ob sie vielleicht Paco Lopez gekannt hatten. Das war das verdammte Problem. Hundertundvierzehn Leute arbeiteten für die Show, von denen eine oder mehrere Personen die Verbindung zwischen Sally Anderson und Paco Lopez sein konnten, wenn es, abgesehen von der Waffe, deren Opfer sie beide geworden waren, zwischen ihnen überhaupt eine Verbindung gab.

Laß es bitte keinen Wahnsinnigen sein, dachte er.

Laß es bitte einen netten, geistig intakten Mörder sein, der diese beiden Menschen aus einem sehr plausiblen Grund umgebracht hat.

Er starrte noch immer die Decke an.

Es sind einfach zu viele Leute in diesen Fall verwickelt, dachte er.

Willis war gerade dabei zu erklären, warum er den Höschengangster nicht bemerkt hatte, als dieser den Waschsalon betreten hatte. Sie hatten unten eine Pizza bestellt und saßen nun um ein Uhr nachts in dem relativ ruhigen Dienstraum und aßen Papa Joes wirklich delikate Kombination aus Anchovis und Salami; dazu tranken sie Miscolos scheußlich schmeckenden kolumbianischen Kaffee. Detective Bert Kling saß bei ihnen, aber weder aß noch redete er besonders viel.

Eileen hatte ihn als einen Mann mit einem Riesenappetit in Erinnerung, und sie überlegte, ob er vielleicht abnehmen wolle. Er sah dünner aus als früher – das war allerdings auch schon ein paar Jahre her –, und er wirkte auch ein wenig mitgenommen und blaß, eigentlich sogar ungepflegt. Sein glattes blondes Haar wuchs ihm schon über den Kragen und über die Ohren, und der Kragen selbst sah ein wenig zerfranst aus und sein Anzug ungebügelt, und auf seiner Krawatte waren

Flecken. Eileen dachte, er komme vielleicht gerade von einer getarnten Aktion zurück. Vielleicht mußte er dabei ja ein wenig heruntergekommen aussehen. Und vielleicht gehörten ja auch die dunklen Ränder unter seinen Augen zu der Rolle, die er draußen auf der Straße gespielt hatte. Falls diese Vermutung stimmte, dann hätte er für seinen Aufzug und sein Auftreten zumindest den Oscar verdient.

Willis entschuldigte sich ununterbrochen.

»Ich sag' dir die Wahrheit«, sagte er. »Ich hatte absolut nicht mehr damit gerechnet, daß der Kerl noch auftauchen würde. Weil ... die andern Läden hat er immer so zwischen zehn und halb elf überfallen, und es war schon fast elf, als dieser komische Typ aus der Bar gerannt kam.«

»Augenblick mal«, sagte Eileen. »Welcher Typ?«

»Der kam aus der Bar im Nachbarhaus herausgestürzt«, sagte Willis. »Bert, möchtest du nichts hiervon?«

»Danke«, sagte Kling und schüttelte den Kopf.

»... und schrie die ganze Zeit: ›Polizei, Polizei‹«, sagte Willis.

»Wann war das?« fragte Eileen.

»Hab' ich doch schon gesagt, um kurz vor elf«, sagte Willis. »Trotzdem, wenn ich es nur im geringsten für möglich gehalten hätte, daß unser Typ noch auftaucht, hätte ich gesagt: ›Scheiß drauf, soll sich doch 'n anderer Polizist um die Sache in der Bar kümmern.‹ Aber ganz ehrlich, Eileen, ich dachte, daß die Sache für heute gestorben wäre.«

»Dann bist du also in die Bar gegangen?«

»Nein, beziehungsweise ja. Aber nicht gleich, nein. Ich bin aus dem Wagen gestiegen und hab' den Schreihals gefragt, was denn los ist, und er fragte mich, ob ich irgendwo einen Polizisten gesehen hätte, weil jemand in der Bar ein Messer hätte, und ich sagte zu ihm, daß ich von der Polizei bin, und er sagte, dann soll ich reingehen und das Messer an mich nehmen, bevor jemand zu Schaden kommt.«

»Da bist du natürlich gleich reingegangen«, sagte Eileen und zwinkerte Kling zu. Kling reagierte nicht, er nahm nur seine Kaffeetasse und trank. Offenbar hörte er Willis überhaupt nicht zu. Er schien völlig weggetreten. Eileen fragte sich, was ihm fehle.

»Nein, ich hab' erst noch 'n bißchen drüber nachgedacht«, sagte Willis. »Natürlich wär ich auf der Stelle rein ...«

»Natürlich«, sagte Eileen.

»Um dem Typen das Messer wegzunehmen ... der im übrigen ein Mädchen war ... ich hab' mir deinetwegen Sorgen gemacht, weil du allein in dem Waschsalon warst, und falls Mr. Schlüpfer doch noch auftauchen sollte.«

»Mr. Schlüpfer«, sagte Eileen und fing lauthals zu lachen an. Sie war wegen der erfolgreichen Festnahme noch immer in Hochstimmung, und sie hätte sich gewünscht, Kling würde nicht dasitzen wie ein Zombie, sondern sich der allgemeinen Post-mortem-Feier anschließen.

»Ich schau also durchs Fenster«, sagte Willis.

»In die Bar?«

»Nein, in den Waschsalon. Und sah, daß alles noch ruhig war. Du hast neben einer Lady gesessen, die in einem Magazin gelesen hat, und diese andere Tante schleppte gerade etwa sieben Tonnen Wäsche in den Laden, deshalb dachte ich, daß du für die nächsten ein, zwei Minuten in Sicherheit wärst, während ich kurz die Sache mit dem Messer in Ordnung bringen würde, *insbesondere* deshalb, weil ich fest davon überzeugt war, daß unser Kandidat ohnehin nicht mehr auftauchen würde. Ich ging also in die Bar, und da sitzt diese sehr schön angezogene gutbürgerliche Lady mit einer Brille auf der Nase und nach oben frisierten Haaren an der Bar; vor sich auf der Theke hat sie eine Aktentasche, und sie wirkt eher wie eine Anwältin oder so was, die auf dem Heimweg von der Arbeit noch kurz irgendwo ein Gläschen trinken möchte, und hat ein Riesenstilett in der Hand, mit dem sie vor sich in der Luft rumfuchtelt, verstehst du, und ich bin anfangs ganz überrascht, weil sie 'ne Frau ist, und dann, daß sie 'n Stilett in der Hand hält, was ja nicht gerade eine Damenwaffe ist. Und außerdem will ich auch nicht geschnitten werden.«

»Natürlich«, sagte Eileen.

»Natürlich«, sagte Willis. »Eigentlich denk ich gerade, daß

es besser ist, wieder mal nach dir zu sehen, um sicherzugehen, daß der Höschensammler nicht schließlich doch noch aufgetaucht ist, da sagt der Typ, der draußen ›Polizei, Polizei‹ geschrien hat, zu der verrückten Lady mit dem Stilett: ›Ich hab' dich ja gewarnt, Grace, der Mann hier ist Polizist.‹ Das heißt, jetzt muß ich Gesetz und Ordnung vertreten, was wirklich das letzte ist, was ich tun möchte.«

»Und dann?« fragte Eileen.

Die Sache interessierte sie inzwischen wirklich. Sie hatte noch nie mit einer Frau zu tun gehabt, die mit einer gefährlichen Waffe herumfuchtelte, ihre Spezialität war eine ganz besondere Kategorie von Männern. Gewöhnlich richtete sie ihre Waffe auf die Weichteile ihrer Möchtegernvergewaltiger, jene Körperregion, die für solche Männer die wichtigste zu sein schien. Heute abend hatte sie ihre Waffe einem Mann an die Kehle gepreßt. Der Lauf der Waffe hatte dort sogar eine Quetschung verursacht; sie hatte die Quetschung gesehen, als sie ihm die Handschellen anlegte. Aber wie fing man es an, einer wütenden *Frau* ein Messer wegzunehmen? Man konnte ihr ja schließlich nicht damit drohen, sie in die Eier zu schießen.

»Ich bin zu ihr rübergegangen und hab' gesagt: ›Grace, das ist aber wirklich ein eindrucksvolles Messer, das Sie da haben. Würden Sie es mir jetzt bitte geben.‹«

»Das war ein Fehler«, sagte Eileen. »Vielleicht hätte sie es dir ja gegeben, möglicherweise hätte sie dir es aber ja auch *richtig* gegeben.«

»Hat sie aber nicht«, sagte Willis. »Statt dessen wandte sie sich an den Typen, der aus der Bar gerannt gekommen war ...«

»Der ›Polizei, Polizei‹-Typ?«

»Ja. Und sie sagte: ›Harry‹ oder wie immer der Kerl auch hieß, ›Harry, wie kannst du mich nur immer wieder so betrügen?‹, und dann brach sie in Tränen aus und gab nicht mir, sondern dem Barmann das Messer, und Harry nahm sie in die Arme ...«

»Entschuldigt mich«, sagte Kling, stand von seinem Schreibtisch auf und ging aus dem Dienstraum.

»O Gott«, sagte Willis.

»Was?« fragte Eileen.

»Das hab' ich ganz vergessen«, sagte Willis. »Vielleicht denkt er jetzt, daß ich die Geschichte absichtlich erzählt habe. Ich red' besser mal mit ihm. Entschuldige mich. Tut mir leid, Eileen.«

»Klar«, sagte sie erstaunt und sah Willis nach. Die Jungs vom Siebenundachtzigsten hatten ein paar Macken, die würde sie auch in zehntausend Jahren nicht begreifen. Niemals. Sie nahm ein Stück Pizza. Es war kalt. Und sie hatte nicht mal die geringste Chance gehabt, irgendwem zu erzählen, wie absolut brillant, mutig und clever sie in jenem Waschsalon aufgetreten war.

Und wie immer, wenn er nicht schlafen konnte, mußte Carella an Kling denken, überlegte er, was Kling wohl im Augenblick gerade trieb. Und um sich abzulenken, dachte er dann wieder über den Fall nach, was immer das gerade für ein Fall sein mochte, an irgendeinem Fall arbeitete er schließlich immer, irgendein Fall, der ihn langsam verrückt machte. Und wenn ihm zu dem jeweiligen Fall nichts einfiel, wenn er daran herumgestochert, das Ding nach allen Seiten gebogen und gründlich durchgeschüttelt und verzweifelt nach einer undichten Stelle gesucht, jedoch keine gefunden hatte – und der Fall einfach nicht zu knacken war, dann fing er wieder an, über Kling nachzudenken, sich über Kling zu wundern, und dann hoffte er nur, daß Kling sich nicht eines Nachts den Lauf seiner Pistole in den Mund schieben würde.

Das war eine Möglichkeit.

Und es war mehr als nur eine vage Möglichkeit.

Carella war schon jahrelang Detective Second Grade gewesen, bevor er Kling kennengelernt oder besser gesagt, richtig kennengelernt hatte. In der Zeit davor hatte er ihn nur als Streifenbeamten gekannt, den er gegrüßt hatte, wenn sie sich sahen. Als Kling zum Detective befördert worden war (als damals jüngster Beamter im Team), hatte Carella ihn sofort sympathisch gefunden und gleich erkannt, daß Klings jungenhafte Attraktivität und sein ruhiges Benehmen für jemanden, der mit ihm zusammenarbeitete, ein gewaltiges Kapital sein konnten. Klings Stärke war seine grundlegende Anständigkeit, die von Zivilisten sofort bemerkt wurde, eine Anständigkeit, die sie dazu ermutigte, sich in seiner Gegenwart zu öffnen, während sie gegenüber einem andern Polizisten wahrscheinlich verschlossen geblieben wären. Die Polizeiarbeit konnte einen – wenn man nicht aufpaßte – ganz schön fertigmachen. Wenn man Tag und Nacht mit dieser Seite der Wirklichkeit konfrontiert war, dann konnte das schon an die Substanz gehen. All die Ideale, die man mitgebracht hatte, die erhabenen Vorstellungen von Gesetz und Ordnung, vom Schutz der Gesellschaft, all das schien angesichts der wirklichen Verhältnisse zu verblassen, wenn man nämlich erkannte, daß man in einen *Krieg* verwickelt war, die Anständigen gegen die Unanständigen, und ein Krieg erschöpfte einen, verdammt noch mal, ein Krieg brannte einen innerlich aus.

Ja, die Polizeiarbeit war auch nicht ganz spurlos an Kling vorübergegangen; nur ein Mann wie Andy Parker konnte davon unberührt bleiben, und der schaffte das nur mit Hilfe seiner Ignoranz. Parker war der schlechteste Polizist des Reviers, vielleicht sogar der ganzen Stadt. Parker hielt sich an einen einfachen Grundsatz: ›Wer nicht ins Wasser geht, wird auch nicht naß.‹ Vielleicht war Parker ja auch mal jung und idealistisch gewesen. Wenn ja, dann hatte Carella ihn damals noch nicht gekannt. Jetzt sah er jedenfalls immer nur den Mann, der nicht ins Wasser ging. Die Polizeiarbeit hatte Kling in der gleichen Weise berührt wie sie alle, aber es war nicht die Polizeiarbeit, weshalb Carella sich Sorgen machte, Kling könnte sich eines Nachts die Pistole in den Mund stecken, es waren die Frauen, beziehungsweise Klings permanentes Pech mit den Frauen.

Carella war damals in dem Buchladen in der Culver Street dabeigewesen, als Kling neben einem toten Mädchen gekniet hatte, und war zurückgefahren, als er die zwei riesigen Einschußlöcher in der einen Körperseite des Mädchens gesehen hatte, aus denen das Blut geradezu herausfloß und ihre weiße Bluse rot färbte. Kling nahm ein Buch von dem Gesicht des Mädchens; das Buch war von einem der Regale heruntergefallen und lag aufgeklappt auf ihrem Gesicht. Er nahm das Buch hoch, um das Gesicht des Mädchens zu sehen und flüsterte dann: »Gott im Himmel«, und irgend etwas in seiner Stimme sagte Carella, daß er seine Hilfe brauchte. Und dann hörte er Klings Schrei, einen einzigen, qualvollen Schrei, der die staubige, nach Pulver stinkende Luft in dem Laden zerriß.

»Claire!«

Er hielt das tote Mädchen in den Armen, als Carella angerannt kam. Seine Hände und sein Gesicht waren mit dem Blut von Claire Townsend, seiner Verlobten, bedeckt, und er küßte ihre leblosen Augen und ihre Nase und ihren Hals, und er murmelte nur immer wieder: »Claire, Claire«, und Carella würde in seinem ganzen Leben diesen Namen und die Verzweiflung in Klings Stimme nicht vergessen.

Er wußte auch noch, was für ein Polizist Kling nach Claires Ermordung beinahe geworden wäre. Damals hatte er geglaubt, Kling würde sich unerreichbar von ihnen entfernen. Er hatte geglaubt, Kling würde den Weg der Andy Parkers dieser Welt einschlagen, sollte er überhaupt bei der Polizei bleiben. Lieutenant Byrnes hatte ihn schon versetzen lassen wollen. Byrnes war normalerweise ein geduldiger und verständnisvoller Mann, der die Gründe für Klings Verhalten akzeptierte, aber das machte Kling trotzdem nicht gerade zu einem angenehmen Mitarbeiter. Nach Byrnes' Auffassung war die Psychologie gewiß ein wichtiger Aspekt der Polizeiarbeit, weil sie einem dabei half zu begreifen, daß es in der Welt keine Schurken mehr gab, sondern nur noch seelisch Gestörte. Sie war ein sehr nettes Werkzeug, die Psychologie, bis einem in irgendeiner Nacht ein schmutziger kleiner Dieb voll in die Weichteile trat. Dann wurde es schon ein bißchen schwieriger, sich diesen Dieb als eine verletzte Seele vorzustellen, die eine schlimme Kindheit verlebt hatte.

Unter eben diesem Gesichtspunkt hatte es Byrnes, obwohl

er das Klings Verhalten zugrundeliegende Trauma sehr wohl verstanden hatte (mein Gott, wie lange ist das schon her, überlegte Carella), immer schwieriger gefunden, in Kling etwas anderes als einen sich selbst ruinierenden Polizisten zu sehen.

Er hatte sich dann schließlich doch nicht ruiniert.

Damals nicht und auch nicht, als das Mädchen, mit dem er ein Verhältnis angefangen hatte und mit dem er schließlich sogar zusammengezogen war, ihm ausgerechnet am Weihnachtsabend den Laufpaß gegeben hatte, ein nicht besonders einfühlsam gewählter Zeitpunkt, um ein Verhältnis abzubrechen, besonders dann nicht, wenn man später in der Nacht auch noch gezwungen war, jemanden zu erschießen, was Kling genau an jenem Weihnachtsabend passiert war, als der Mann quer durch den Raum auf ihn zugestürzt war und Kling einmal abgedrückt hatte und dann noch einmal; und beide Kugeln waren, obwohl Kling auf den Rumpf des Mannes gezielt hatte, in dessen Brust eingedrungen, eine direkt ins Herz und die andere in die Lunge. Kling hatte dann die ausgestreckte Hand sinken lassen und war in einer Ecke des Raums auf dem Fußboden sitzen geblieben und hatte zugesehen, wie das Blut des Mannes im Sägemehl versickert war, hatte sich den Schweiß von der Oberlippe gewischt, geblinzelt und zu weinen angefangen.

Ist schon lange her, das alles, dachte Carella.

Als er Augusta Blair kennengelernt hatte, war Kling – so dachten jedenfalls damals seine Kollegen – das größte Glück seines Lebens widerfahren. Er hatte damals einen Einbruch untersucht – das Opfer hatte ihre Wohnung in Trümmern vorgefunden, als sie von einem Skiurlaub nach Hause gekommen war –, und da stand sie vor ihm, mit kastanienbraunem Haar und grünen Augen, die schönste Frau, die er in seinem ganzen Leben gesehen hatte: Augusta Blair. Sie war nichts weiter als Schmuck aller Titelseiten der amerikanischen Modemagazine. Wie konnte ein Detective Second Grade mit einem Jahreseinkommen von vierundzwanzigtausendsechshundert Dollar auch nur *hoffen*, mit solch einem berühmten

Model auszugehen? Neun Monate später hatte er Carella verraten, daß er ans Heiraten denke.

»So?« sagte Carella überrascht.

»Ja«, sagte Kling und nickte.

Sie waren in einem Zivilwagen unterwegs in den angrenzenden Staat gewesen. Draußen war es bitter kalt. Außer der Windschutzscheibe waren alle Scheiben zugefroren. Carella war mit der Heizung beschäftigt.

»Woran denkst du?« hatte Kling gefragt.

»Na ja, weiß nicht genau. Glaubst du, sie wird ja sagen?«

»Sicher, ich glaub', sie sagt ja.«

»Na dann frag sie doch.«

»Hm«, hatte Kling gemacht und dann geschwiegen.

Sie hielten an der Mautstelle. Hinter ihnen ragten die zackigen Türme und Minarette von Isola in den bleiernen Himmel. Vor ihnen erstreckte sich verrußtes Hügelland, durch das die Straße sich in trägen Schleifen hindurchschlängelte. Wie sich zeigte, hingen Klings Zweifel hauptsächlich mit der Befürchtung zusammen, daß sich durch seine Heirat mit Augusta ihre Beziehung irgendwie verändern könnte. Schließlich hatte er sich dazu durchgerungen, Carella zu fragen, warum er geheiratet habe. Carella dachte lange darüber nach. Dann sagte er: »Weil ich den Gedanken nicht ertragen konnte, daß je ein anderer Mann Teddy berühren sollte.«

Und im Lauf der Zeit hatte genau *das* die Ehe zwischen Augusta und Kling zerstört. Ein anderer Mann hatte sie berührt; vor noch gar nicht so langer Zeit eigentlich. Erst letzten August. Jetzt war Februar, und Kling hatte seine Frau erst im August mit einem andern Mann im Bett angetroffen und diesen Mann fast umgebracht, hatte dann jedoch die Waffe weggeschleudert, um nicht abzudrücken. Die Scheidung war reibungslos über die Bühne gegangen. Augusta brauchte und wollte von ihm keine finanzielle Unterstützung; sie hatte ja ohnehin schon immer mehr als dreimal soviel verdient. Ihren gemeinsamen Besitz hatten sie geteilt. Kling war aus ihrer bis dahin gemeinsamen Wohnung ausgezogen und hatte am entgegengesetzten Ende der Stadt eine neue gefunden, fast, als wolle er soviel räumliche Distanz wie nur eben möglich zwischen ihnen beiden schaffen. Kling hatte all seinen Besitz in die Wohnung hinübergeschafft, seine Kleider, seinen Anteil an den Platten und Büchern – und seine Pistolen. Er hatte zwei Waffen, zwei .38er Police Special. Er trug lieber die eine mit dem Brandfleck auf dem Nußbaumgriff und hatte die andere nur als Reserve. Carella machte sich Sorgen wegen der Waffen.

Er hatte Kling noch niemals so niedergeschlagen gesehen, nicht mal nach der sinnlosen Ermordung von Claire Townsend in jenem Buchladen damals. Er hatte Byrnes dazu überredet, Kling nach der Scheidung zwei Wochen Urlaub zu gewähren, obwohl Kling vor dem Sommer keinerlei Anrecht mehr darauf hatte. Kling hatte das Angebot abgelehnt. Er hatte Kling wiederholt zu sich nach Hause in Riverhead zum Essen eingeladen. Kling hatte alle Einladungen ausgeschlagen. Er hatte versucht, seinen Dienstplan so zu gestalten, daß er fast immer mit Kling zusammenarbeiten konnte, um mit ihm zu reden und ihm in dieser schlimmen Zeit beizustehen, wie er ihm auch früher in schlechten Zeiten beigestanden hatte. Aber Kling hatte Wind von der Sache bekommen und sich freiwillig zur Vertretung kranker oder wegen Urlaub oder aus sonstigen Gründen abwesender Kollegen gemeldet. Carella war inzwischen davon überzeugt, daß Kling ihn ganz bewußt mied, und zwar weil er, Carella, Kling immer an jene unglückselige Geschichte mit Augusta erinnerte. Immerhin hatte sich Kling ihm als erstem anvertraut.

Morgen war Valentinstag – genaugenommen schon heute. Der Wecker neben dem Bett zeigte 1 Uhr 30. Feiertage, selbst zweitrangige, sind für einen Menschen, der einen Partner durch Tod oder Scheidung verloren hat, immer schwer zu ertragen. Carella hatte das Gefühl, daß die Chance, den Lieutenant dazu zu überreden, ihm und Meyer einen weiteren Mann zuzuweisen, fünfzig zu fünfzig stand. Also gut, wenn der Lieutenant einverstanden war, warum sollte Kling dann nicht dieser Mann sein; er konnte ja dem Lieutenant sagen, Kling sei der einzige Mann, der ihnen bei der Befragung der ganzen hundertvierzehn Personen auf der Besetzungsliste des Theaters wirklich helfen konnte. Sie mußten zunächst alle diejenigen aussortieren, die als Mörder von Sally Anderson oder Paco Lopez beziehungsweise beider nicht in Frage kamen – verdammt noch mal, wo gab es da eine Verbindung?

Er schlief über dem Gedanken ein, daß sie, selbst wenn der Lieutenant ihnen Kling zur Unterstützung zuwies, trotzdem ewig an der Sache arbeiten würden. Er wußte allerdings nicht, daß gerade in diesem Augenblick der Fall eine Wendung nahm, durch die Kling ohnehin in ihn hineingezogen wurde, und daß sich dadurch zugleich die Befragung der hundertvierzehn Theaterleute erübrigen würde.

Der Mann trug unter seinem Mantel ein kariertes Jackett, eine graue Flanellhose und eine Weste. Außerdem trug er in einem Halfter auf der linken Körperseite eine 32er Pistole. Den Mantelknopf in Hüfthöhe hatte er offen gelassen, um, falls notwendig, ohne Verzögerung die Waffe ziehen zu können. Seit er vor sechs Jahren den Waffenschein erworben hatte, war er jedoch noch nie in die Verlegenheit gekommen, die Pistole benutzen zu müssen.

Er hätte an diesem Abend nicht so lange arbeiten sollen.

Als er seinen Laden im Stadtzentrum geschlossen, das Sicherheitsgitter heruntergelassen und am Boden verankert hatte, war er ganz allein auf der Straße gewesen. Dann war er rasch und nervös zu der rund um die Uhr geöffneten Parkgarage hinübergegangen, wo er sein Auto abgestellt hatte. Er war dankbar gewesen, daß er die Pistole an seiner Hüfte spürte. In den frühen Morgenstunden hatte das Zentrum dieser Stadt beinahe den Charakter einer Mondlandschaft. Dann war er immerzu stadtauswärts gefahren und hatte in nervöser Erwartung eines Angriffs von seiten eines Straßenräubers an jeder roten Ampel gehalten. Als er schließlich in die durch den Grover Park führend Straße einbog, fühlte er sich schon ein wenig sicherer; im Park mußte er nur noch an zwei roten Ampeln halten (falls sie gerade rot sein sollten) und möglicherweise an einer dritten am Ausgang des Parks. Er erreichte die erste Ampel und wartete ungeduldig auf Grün. Die nächste stand auf Grün. Die Ampel am Parkausgang war ebenfalls grün. Er bog nach rechts in die Grover Avenue ein, folgte ihr ein paar Blocks weit, vorbei am siebenundachtzigsten Revier, und dann noch drei Blocks stadtauswärts, bevor er nach links einbog und zur Silvermine Road hinüberfuhr. Er parkte den Wagen in der Tiefgarage, wie er es immer tat, schloß ihn ab und ging dann zum Aufzug auf der andern Seite der Garage hinüber. Wann immer er den Wagen hier unten parkte, mußte er daran denken, daß der Wachmann, der oben am Eingang zu dem Apartmenthaus saß, hier unten kaum von Nutzen war. Die Entfernung von seiner Parkbucht zu der roten Tür des Aufzugs betrug vielleicht fünfzehn Meter, wenn überhaupt, und er kam nur selten nach 19 Uhr nach Hause, und um diese Zeit herrschte dort unten immer ein reger Publikumsverkehr. An diesem Morgen um Viertel vor zwei war jedoch sonst niemand in der Garage.

Die den Oberbau tragenden Betonpfeiler standen ungefähr im Abstand von drei Metern wie stämmige Wachposten da; vier dieser Pfeiler befanden sich noch zwischen ihm und dem Aufzug. Die Garage war hell erleuchtet. Seine Absätze klapperten auf dem Zementfußboden. Seine Schritte hallten von den Wänden zurück. Er ging gerade an dem dritten Pfeiler vorüber, als sich ein Mann aus dessen Schatten löste und in seinen Weg trat.

Seine Hand fuhr unter den Mantel.

Seine Finger umschlossen den Griff der Waffe.

Er wollte gerade die Waffe ziehen, als sein Gegenüber schoß. Er schoß ihm direkt ins Gesicht. Er spürte nur noch den stechend scharfen Schmerz der ersten Kugel. Die Gewalt des ersten Schusses riß seinen Körper schon nach hinten, als ihn die zweite Kugel traf. Er spürte sie nicht mehr. Er spürte gar nichts mehr. Seine Hand hatte er noch unter dem Mantel, die Finger umklammerten noch den Griff der Pistole, als er auf den kalten Zementfußboden der Garage stürzte.

Es fing wieder zu schneien an. Leicht nur. Dicke, wattige Flocken gondelten gemächlich von Himmel herab. Arthur Brown saß am Steuer. Bert Kling saß auf dem Beifahrersitz der fünf Jahre alten Limousine. Auf dem Rücksitz saß Eileen Burke. Sie war noch auf dem Revier gewesen, als der Funkspruch reingekommen war, und sie hatte Kling gefragt, ob es ihm etwas ausmache, sie auf der Fahrt zum Tatort an einer U-Bahn-Station abzusetzen. Kling hatte nur gegrunzt. Kling ist wirklich äußerst charmant, hatte sie gedacht.

Brown war ohnehin schon ein riesiger Mann und wirkte in seinem dicken Wintermantel noch gewaltiger. Der Mantel war grau und mit einem unechten Pelzkragen besetzt. Er trug zu dem Kragen passende schwarze Lederhandschuhe. Brown war, was man neuerdings einen ›Schwarzen‹ nannte, aber Brown wußte, daß die Farbe seiner Haut weder mit dem schwarzen Kragen noch mit den schwarzen Handschuhen übereinstimmte. Wenn er in den Spiegel sah, erblickte er ein schokoladenbraunes Gesicht, aber er fühlte sich nicht als ›Schokoladenmann‹. Er fühlte sich auch nicht mehr als Neger; wenn man sich als Neger fühlte, dann war das ein Zeichen von Unterwürfigkeit. *Neger* war inzwischen zu einem abschätzigen Wort geworden. Gott allein wußte, wann und wie das geschehen war. Browns Vater hatte sich noch als ›farbig‹ bezeichnet, was Brown selbst zu einer Zeit, als Schwarze sich noch Neger nennen konnten, schon als herablassend empfunden hatte. (Brown hatte bemerkt, daß das *Ebony*-Magazin das Wort *schwarz* immer mit einem großen S begann, und sich oft gefragt, warum wohl.) Wahrscheinlich betrachtete er er sich noch immer als farbig, und er hoffte inständig, daß das so in Ordnung sei. Was ein richtiger Nigger war, der wußte inzwischen überhaupt nicht mehr, was er eigentlich denken sollte.

Brown war der Typ des Schwarzen, dessentwegen manche Weiße die Straßenseite wechselten. Wenn man als Weißer Brown auf derselben Straßenseite auf sich zukommen sah, nahm man automatisch an, er werde einen ausrauben oder mit einem Rasiermesser schneiden oder einem sonst etwas

Schreckliches antun. Das lag zum Teil darin begründet, daß Brown einsneunzig groß war und gute zweihundert Pfund auf die Waage brachte. Es lag aber teilweise (*überwiegend)* auch daran, daß Brown schwarz oder farbig oder wie immer man ihn auch nennen wollte, war, ganz gewiß war er jedoch nicht weiß. Jedenfalls war es eine Tatsache, daß viele Weiße, wenn Brown zufällig eine Straße hinunterging und in Gedanken vertieft war, die Straßenseite wechselten. Manchmal wechselten sogar weiße Polizisten die Straßenseite. Niemand wollte Ärger mit einem, der aussah wie Brown.

Brown wußte, daß er eigentlich sehr gut aussah.

Immer wenn Brown in den Spiegel sah, erblickte er einen sehr attraktiven schokoladenbraunen Mann mit weichen Augen. Brown mochte sich sehr. Brown war in Harmonie mit sich selbst. Brown war froh, daß er bei der Polizei war, weil er wußte, daß der *wirkliche* Grund, weshalb die Weißen seinetwegen die Straßenseite wechselten, darin lag, daß sie meinten, alle Schwarzen seien Diebe und Mörder. Er bereute es häufig, daß er zum Detective befördert worden war, weil er jetzt die ihn ausweisende blaue Uniform nicht mehr tragen konnte, die früher die Wirkung seiner Hautfarbe aufgehoben hatte. Brown genoß es besonders, wenn er Mitglieder seiner eigenen Rasse festnehmen konnte. Er genoß es ganz besonders, wenn irgendein schwarzer Lümmel sagte: »Komm schon, Bruder, laß mich verduften.« Ein solcher Mann war genausowenig Browns Bruder, wie ein Nilpferd es gewesen wäre. In Browns Welt gab es nur die Anständigen und die Unanständigen, ob nun weiß oder schwarz, war ihm gleichgültig. Brown gehörte zu den Anständigen. Und Leute, die das Gesetz brachen, waren die Unanständigen. Heute nacht hatte einer von den Unanständigen irgend jemanden tot und blutüberströmt in der zu einem Apartmenthaus an der schicken Silvermine Road gehörenden Tiefgarage zurückgelassen, und Kling sollte den Fall bearbeiten, und Brown war sein Partner, und sie waren zwei anständige Typen, die durch den sanft fallenden Schnee dahinfuhren, und im Fond saß noch ein guter Typ (der zufälligerweise ein Mädchen war) –

was ihn daran erinnerte, daß er sie ja an der U-Bahn-Station absetzen sollte.

»Du meinst die Station Ecke Culver und Fourth?« fragte er sie.

»Das wär nett, Artie«, sagte Eileen.

Kling saß steif in seinen Mantel gehüllt da und sah aus dem Fenster. Das Gebläse ratterte und schepperte, irgendwas mußte daran defekt sein. Der Wagen war die klapprigste Kiste des ganzen Reviers. Brown überlegte, warum ausgerechnet *er* immer diesen Wagen zugewiesen bekam. Beschleunigung gleich Null, die Kiste klapperte wie 'ne Zwei-Dollar-Hure, mit dem Auspuff stimmte auch was nicht, in dem verdammten Auto roch es ständig nach Abgasen, wahrscheinlich waren sie auf dem Weg zu dem Mord gerade dabei, sich selbst zu vergiften.

»Willis sagt, du hast den Kerl erwischt, der in letzter Zeit überall den Frauen an die Unterwäsche gegangen ist?« fragte Brown.

»Richtig«, sagte Eileen grinsend.

»Das ist gut«, sagte Brown. »Bei diesem Wetter braucht eine Lady ihre Unterhose.« Er fing an zu lachen. Eileen lachte ebenfalls. Kling saß da und starrte aus dem Fenster.

»Hast du keine Angst in der U-Bahn um diese Tageszeit?« fragte Brown.

»Nee, das ist kein Problem«, sagte Eileen.

Er fuhr den Wagen an den Randstein.

»Bist du ganz sicher?«

»Ja. Gute Nacht, Artie«, sagte sie und öffnete die Tür. »Nacht, Bert.«

»Gute Nacht«, sagte Brown. »Paß gut auf dich auf.«

Kling sagte nichts. Eileen zuckte mit den Schultern und schloß die Tür hinter sich.

Brown beobachtete sie, wie sie die Treppe in die U-Bahn hinunterging. Sobald ihr Kopf verschwunden war, gab er Gas und fuhr weiter.

»Wie lautet die Adresse noch mal?« fragte Kling.

»Silvermine eins-eins-eins-vier«, sagte Kling.

»Ist das bei dem Oval?«

»'n paar Blocks weiter westlich.«

Als sie vorfuhren, standen schon zwei Streifenwagen vor dem Haus. Ihr Blau- und Rotlich war eingeschaltet und beleuchtete die Szenerie. Kling und Brown stiegen aus dem Wagen, sprachen kurz mit dem Uniformierten, der die beiden Autos bewachte (der Diebstahl von Polizeiautos war in dieser Stadt nichts so Ungewöhnliches), und gingen dann durch die Einfahrt in die Tiefgarage hinunter. Die Garage wurde durch Natriumlampen erhellt. Die drei zu den oben geparkten Wagen gehörenden Uniformierten umstanden einen Mann, der ungefähr drei Meter von dem Aufzug entfernt auf dem Zementboden lag. Die Aufzugstür war rot. Das Blut des Mannes floß aus seinem zerschmetterten Schädel auf die gleichfarbige Aufzugstür zu.

»Detective Brown«, sagte Brown. »Mein Partner, Detective Kling.«

»Alles klar«, sagte einer der Streifenbeamten und nickte.

»Welcher Streifenwagen war zuerst am Tatort?«

»Wir«, sagte ein anderer Beamter.

»War jemand hier unten, als Sie ankamen?«

»Niemand.«

»Niemand?« sagte Kling. »Wer hat es denn gemeldet? Wer hat denn die Leiche gefunden?«

»Keine Ahnung, Sir«, sagte der Beamte. »Man hat uns über Funk hierhergeschickt, weil hier angeblich geschossen worden war. Wir wußten nicht mal, wo wir nachsehen sollten, die haben uns nur die Adresse gegeben. Deshalb haben wir den Typ oben in der Halle gefragt, den Sicherheitsmann, ob er angerufen hat, um eine Schießerei zu melden. Er sagte: ›Nein.‹ Wir sind dann also um das Gebäude herumgegangen und haben auch hinter dem Haus nachgesehen. Wir dachten schon, daß es falscher Alarm ist, als Benny hier sagt: ›Laßt uns noch in der Tiefgarage nachsehen.‹ Zu dem Zeitpunkt war der zweite Wagen schon hier eingetroffen.«

»Wir hatten den Funkspruch auch gehört«, sagte der andere Beamte.

»Und dann sind wir zu dritt hier runtergegangen«, sagte der erste Beamte.

»Und da liegt er«, sagte der dritte Beamte und nickte in die Richtung der Leiche auf dem Fußboden.

»Weiß die Mordkommission schon Bescheid?« fragte Kling.

»Ich glaub' schon«, sagte der erste Beamte.

»Was heißt das, Sie *glauben* schon?«

»Ich hab's der Zentrale gemeldet. Es ist nicht meine Aufgabe, der Mordkommission Bescheid zu geben.«

»Wer redet hinter unserm Rücken über die Mordkommission?« sagte eine Stimme oben an der Einfahrt.

»Wenn man vom Teufel spricht«, sagte Brown.

Es war sehr selten, daß Beamte vom Morddezernat – oder überhaupt Kriminalbeamte – als Trio arbeiteten, aber die drei Männer, die jetzt die Auffahrt so unaufhaltsam herunterkamen wie Sherman-Panzer, waren in der ganzen Stadt als Heilige Dreifaltigkeit bekannt, und es ging das Gerücht, daß es *nichts* gebe, was sie nicht gemeinsam machten. Sie hießen Hardigan, Hanrahan und Mandelbaum. Brown fiel ein, daß er ihre Vornamen nie gehört hatte. Weiter fiel ihm ein, daß er überhaupt noch nie den Vornamen *irgendeines* Beamten von der Mordkommission gehört hatte. Hatten diese Leute überhaupt Vornamen? Die drei Detectives waren alle schwarz gekleidet. Die Beamten vom Morddezernat hatten – jedenfalls in dieser Stadt – offenbar eine Vorliebe für Schwarz. Es ging das Gerücht, daß ein berühmter Detective von der Mordkommission schon vor Jahren diesen Modetrend begründet hatte. Brown hatte eine wesentlich einfachere Vermutung: Die Typen von der Mordkommission hatten es ausschließlich mit Leichen zu tun; deshalb gingen sie ständig in Trauer. Ihm fiel ein, daß Genero in letzter Zeit häufig Schwarz trug; wollte sich Genero zur Mordkommission versetzen lassen? Weiterhin fiel ihm ein, daß niemand auf dem Revier Genero je mit seinem Vornamen – Richard – ansprach. Es hieß immer nur: »Komm her, Genero« oder noch wahrscheinlicher: »Hau ab, Genero.« Gelegentlich titulierten sie ihn auch »Genero, das Arschloch«, ungefähr in der Weise, wie in alten Zeiten ein

König vielleicht zärtlich Amos der Einfältige oder Hermann die Ratte genannt wurde. Wenn die Typen von der Mordkommission keine Vornamen hatten und niemand Generos Vornamen je benutzte, dann würde sich für Genero ja vielleicht eines Tages eine erfolgreiche Karriere bei der Mordkommission auftun. Brown hoffte es inbrünstig.

»Ist das hier das Opfer?« fragte Hardigan.

»Nein, das ist 'ne Vorlegmatte«, sagte Brown.

»Ich hab' ganz vergessen, daß die Kerls vom Siebenundachtzigsten sind«, sagte Hardigan.

»Komödianten«, sagte Hanrahan.

»*Schwachsinnige*«, sagte Mandelbaum. »Um zwei Uhr morgens.«

»Haben wir euch aus dem Bettchen geholt?« fragte Brown.

»Leck mich doch«, sagte Mandelbaum strahlend.

»Wer ist er?« fragte Hanrahan.

»Haben ihn noch nicht durchsucht«, sagte Kling.

»Dann wolln wir mal«, sagte Hanrahan.

»Nicht bevor der Polizeiarzt mit ihm fertig ist«, sagte Kling.

»Wer sagt das?«

»Die neuen Bestimmungen – sind erst ein Jahr alt.«

»Scheißbestimmungen, wir werden uns hier den Arsch abfrieren, wenn wir auf den Polizeiarzt warten. Heute ist Samstag, wißt ihr eigentlich, wie viele Leute sich heute nacht gegenseitig umbringen?«

»Wie viele?« fragte Kling.

»Durchsuch ihn schon. Tu, was ich sage. Schließlich ist es Mord«, sagte Hanrahan.

»Gib mir das schriftlich«, sagte Kling. »Daß ich ihn untersuchen soll, bevor ihn der Arzt für tot erklärt hat.«

»Du siehst doch, daß er tot ist, oder etwa nicht? Was willst du eigentlich? Der Mann hat doch gar kein Gesicht mehr, warum muß dir da erst ein Arzt bestätigen, daß er tot ist?« sagte Hardigan zur Unterstützung seines Partners.

»Dann kannst *du* ihn ja untersuchen«, sagte Brown zur Unterstützung seines Partners.

»Gut, dann warten wir also auf den Arzt«, sagte Hanrahan.

»Und frieren uns dabei den Arsch ab«, sagte Mandelbaum
»Seid ihr jetzt zufrieden?« fragte Hardigan.

Brown und Kling schwiegen.

Der Polizeiarzt kam erst gegen kurz vor drei. Die Spurensicherung war schon vorher eingetroffen, und die Männer taten alles, was sie tun konnten, *ohne* die Leiche zu berühren. Sie machten Fotos, sperrten den Tatort ab; Brown und Kling fertigten Skizzen an, und alle froren sich fast zu Tode, während noch immer niemand die fast steif gefrorene Leiche für tot erklärt hatte. Der Polizeiarzt verschaffte sich einen großen Auftritt, als er wie der Weihnachtsmann, der den Kindern einen Sack voll Süßigkeiten mitgebracht hat, die Einfahrt herunterkam.

»Tut mir leid, Gentlemen«, sagte er, und Hardigan ließ einen fahren.

Der Polizeiarzt beugte sich über den Körper. Er knöpfte den Mantel des Opfers auf. Das erste, was allen ins Auge fiel, war die Hand des Opfers, die den Griff der Pistole in dem Halfter umklammert hielt.

»So, so«, sagte Hanrahan.

Mit einigen Schwierigkeiten öffnete der Arzt das karierte Jackett des Mannes. Als er gerade durch das geöffnete Hemd des Mannes das Stethoskop auf dessen Brust ansetzen wollte, um dort die Bestätigung dafür zu finden, daß die Kugeln, die den Kopf zerschmettert hatten, auch den Herzschlag zum Erliegen gebracht hatten, stellte er fest – zugleich mit den fünf Detectives, den drei Streifenbeamten, den Fotografen und den zwei Männern von der Spurensicherung –, daß die Weste des Mannes ungefähr ein Dutzend Taschen hatte.

»Zuletzt habe ich das bei einem Taschendieb gesehen«, sagte Mandelbaum. »Hatte so viele Taschen an der Weste, damit er die gestohlenen Sachen reinschieben konnte.«

Der Mann war kein Taschendieb.

Es sei denn, er wäre an diesem Tag außergewöhnlich erfolgreich gewesen.

Sobald der Arzt mit ihm fertig war (und er war tatsächlich tot), untersuchten sie all die kleinen Taschen an seiner Weste.

Und in jeder dieser kleinen Taschen fanden sie kleine Plastikschachteln. Und in jeder dieser kleinen Schachteln fanden sie Diamanten der verschiedensten Größe und Form.

»Der ist ein wandelnder Juwelierladen«, sagte Hardigan.

»Nur daß es mit dem Wandeln vorbei ist«, sagte Hanrahan.

»Schaut euch mal die vielen Klunker an«, sagte Mandelbaum.

7. KAPITEL

Es war nur Schnee angekündigt, aber am Morgen hatte sich der Schnee zunächst in Graupeln und dann in Eisregen verwandelt, und die Straßen waren spiegelglatt. Carella wäre auf dem Weg zur U-Bahn fast gestürzt und konnte nur mit Mühe im letzten Augenblick das Gleichgewicht halten. Seine Mutter hatte ihm als Kind zwei tragische Geschichten erzählt, die er nie vergessen hatte. Die erste betraf seinen Onkel Charlie, den er nicht gekannt hatte, der, als er sich einmal mit einer Schere die Augenbrauen gestutzt hatte, sich dabei ein Auge ausgestochen hatte. Carella ließ sich die Augenbrauen gelegentlich von einem Friseur stutzen, aber er legte zu diesem Zweck niemals selbst Hand an sich. Seine Mutter hatte ihm auch erzählt, wie sein Onkel Salvatore einmal direkt vor seinem Herrenausstattungsladen in Calm's Point auf Glatteis ausgerutscht und auf dem Rücken gelandet war, was ihn in der Folge an einem Rollstuhl fesselte. Wann immer die Gehsteige und Straßen vereist waren, ging beziehungsweise fuhr Carella äußerst vorsichtig.

Carella hatte seinen Onkel Salvatore gekannt (und zufälligerweise auch geliebt), und wann immer sein Onkel ihn fragte, warum er keinen Hut trage, fühlte sich Carella ein bißchen schuldig. »Du solltest einen Hut tragen«, sagte sein Onkel. »Wenn du keinen Hut trägst, entweichen vierzig Prozent deiner Körperwärme durch den Kopf, und dir ist am ganzen Körper kalt.« Carella konnte Hüte nicht ausstehen. Das erzählte er auch seinem Onkel. Sein Onkel tippte sich dann mit dem Zeigefinger an die Stirn. »*Pazzo*«, sagte er in solchen Fällen, was auf Italienisch »Narr« bedeutet. Carellas Onkel hatte ihm den einzigen Herrenausstatterwitz erzählt, den Carella je gehört hatte. »Ein Mann kommt zu einem Herrenausstatter«, erzählte sein Onkel. »Der Herrenausstatter geht auf ihn zu und sagt: ›Bitte, Sir, wünschen Sie etwas Bestimmtes?‹ Und der Mann antwortet: ›Ja, ich wünsch mir 'ne Frau, aber können Sie mir jetzt vielleicht Ihre Hüte zeigen.‹« Als sein Onkel ihm diese Geschichte erzählte, war Carella gerade sechzehn Jahre alt gewesen. Sie waren damals in dem Herrenausstattungsgeschäft seines Onkels gewesen, das er vom Rollstuhl aus immer noch betrieb. Drei Jahre später war er gestorben.

Carella brauchte an diesem Morgen zwei Stunden bis zur Arbeit. So lange saß er in der U-Bahn und dachte darüber nach, was er Teddy zum – heutigen – Valentinstag schenken könne; immerhin war Sonntag, und die meisten Läden waren geschlossen. Er hatte eigentlich am Vortag schon etwas einkaufen wollen, aber das war gewesen, bevor er den Mordfall Sally Anderson geerbt hatte. Teddy hatte ihm heute morgen am Frühstückstisch mit einem geheimnisvollen Lächeln auf den Lippen und behenden Fingern erzählt, daß sie ihm ihr Geschenk am Nachmittag besorgen und es ihm heute abend nach der Arbeit zeigen werde. Er sagte, damit habe es keine Eile; trotz des Feiertags würden auch am morgigen President's Day eine Menge Läden geöffnet sein, und außerdem würden bis dahin die Straßen geräumt und gestreut sein. Teddy sagte, sie habe sich schon einen Termin geben lassen. Einen Termin, wofür denn eigentlich? fragte er sich.

Meyer Meyer trug sein Geschenk auf dem Kopf.

Sein Geschenk zum Valentinstag war eine Wollmütze, die Onkel Salvatore zur reinsten Freude gereicht hätte. Meyers Frau Sarah hatte die Mütze selbst gestrickt. Es war eine weiße Mütze mit einem Streifen roter Herzen ringsherum. Meyer stolzierte gockelhaft durch den Dienstraum und hatte die neue Mütze bis über die Ohren hinuntergezogen.

»Mit der Mütze bist du wenigstens nicht mehr ganz so kahl«, sagte Tack Fujiwara, der gerade hereinkam. Als er Carella erblickte, sagte er: »Hallo, Cousin.«

»Oh-hi-oh«, sagte Carella. »Ist der Lieutenant schon da?«

»Ja, seit zehn Minuten«, sagte Fujiwara. »Und was hast *du* zum Valentinstag bekommen?«

»Einen Mord«, sagte Carella.

»Dann geht's dir genau wie Kling«, sagte Fujiwara, was Carella jedoch nicht mehr hörte. Er stand schon vor der Tür des Lieutenants und klopfte an.

»Herein!« schrie Byrnes.

Carella öffnete die Tür. Der Lieutenant saß hinter seinem Schreibtisch und studierte die Innenseite des Deckels einer Konfektschachtel. »Hallo, Steve«, sagte er. »Auf diesem Plan hier kann man genau sehen, woraus die jeweiligen Pralinen im einzelnen bestehen. Möchtest du eine?«

»Nein danke, Pete«, sagte Carella.

Byrnes beschäftigte sich weiterhin mit der Tabelle und fuhr mit dem Finger die Linien entlang. Er war ein stämmiger Mann mit dünner werdendem, eisgrauem Haar, sprühenden blauen Augen und einer leicht ramponierten Nase, die ihm einmal jemand mit einem Bleirohr zerschlagen hatte, als er noch Streifenbeamter in Majesta gewesen war; wundersamerweise war sie jedoch so gut geheilt, daß außer einer kleinen Narbe auf dem Nasenrücken keinerlei Entstellung zurückgeblieben war. Die Narbe war eigentlich nur sichtbar, wenn Byrnes sie berührte, was er gelegentlich während besonders komplizierter Besprechungen in seinem Büro tat. Auch jetzt, da er sich mit den diversen Pralinen beschäftigte, die in der Tabelle verzeichnet waren, spielte er wieder mit seiner Nase.

»Mein Geschenk zum heutigen Tag«, sagte er und befühlte die Narbe an seiner Nase, wobei er noch immer das tabellarische Verzeichnis auf der Innenseite des Deckels studierte.

»Ich bekomm meins erst heute abend«, sagte Carella und fühlte sich ein wenig unter Rechtfertigunszwang.

»Komm, nimm dir schon ein Stück«, sagte Byrnes und fingerte ein viereckiges Stück Schokolade aus der Schachtel. »Die viereckigen Dinger sind immer aus Karamel«, sagte er. »Ich brauch' keine Tabelle, um das zu sehen.« Er biß in das Stück hinein. »Siehst du?« sagte er lächelnd, während er genußvoll kaute. »Schmecken gut. Nimm auch eins«, sagt er und schob die Schachtel über den Schreibtisch.

»Pete, wir müssen hundertundvierzehn Leute durchchecken«, sagte Carella. »So viele Leute wirken an der *Fatback*-Show mit, und mit all diesen Leuten müssen Meyer und ich sprechen, um in der Sache mit der ermordeten Tänzerin weiterzukommen.«

»In welcher Verbindung steht sie zu diesem komischen Lopez?« fragte Byrnes kauend.

»Wissen wir noch nicht.«

»Rauschgift?« fragte Byrnes.

»Nicht, daß wir wüßten. Das Labor arbeitet noch an den Analysen.«

»War er ihr Freund oder so was?«

»Nein, ihr Freund studiert Medizin an der Ramsay-Universität.«

»Und wo war *der*, als es das Mädchen erwischt hat?«

»Hat zu Hause für eine Prüfung gearbeitet.«

»Wer sagt das?«

»Er selbst.«

»Überprüft das.«

»Machen wir. Im übrigen ...«

»Laß mich mal raten«, sagte Byrnes. »Bist du sicher, daß du keine Praline willst?« fragte er und nahm ein weiteres Stück Schokolade aus der Schachtel.

»Danke«, sagte Carella und schüttelte den Kopf.

»Im übrigen«, sagte Byrnes, »wüßte ich gerne, was du eigentlich von mir willst?«

»Wir brauchen einen dritten Mann.«

»An wen denkst du dabei?«

»Bert Kling.«

»Bert hat im Augenblick genügend eigene Probleme.«

»Was willst du damit sagen?«

»Er hat letzte Nacht selbst einen Mordfall übernommen.«

»Gut, dann ist er ja beschäftigt«, sagte Carella. »Auf wen kannst du verzichten?«

»Wer sagt, daß ich auf jemand verzichten kann?«

»Pete, die Zeitungen sind voll von der Geschichte mit dem Mädchen.«

»Ja, und?«

»Die Sache wird so lange publik gemacht, wie die Show läuft, und das wird noch ewig sein.«

»Ja, und?«

»Was glaubt du, wie lange es noch dauert, bis der Chief of Detectives hier mal bei dir anklingelt und sagt: ›Hallo, Pete. Die Geschichte mit der kleinen Tänzerin aus dem Erfolgsmusical. Gibt's da schon irgendwelche Spuren, Pete? Hier rufen ständig Zeitungsfritzen an und wollen wissen, ob wir nur auf unserm Arsch rumsitzen, während gewisse Leute frei herumlaufen und andere Leute abknallen.‹«

Byrnes sah ihn an.

»Vergiß den Chief of Detectives«, sagte er. »Der Chief of Detectives braucht nicht jeden Tag *hier* zu arbeiten, der hat ein schönes großes Eckbüro im Präsidium im Stadtzentrum. Und wenn der Chief of Detectives meint, daß wir nicht schnell genug vorankommen, dann sollten wir ihn vielleicht erst einmal daran erinnern, daß das Mädchen in Midtown East erschossen worden ist, wenn es den Chief of Detectives interessiert, und nicht hier im Siebenundachtzigsten. Unser eigener Fall hier ist der Mord an einem beschissenen kleinen Dealer, wenn sich der Chief of Detectives dafür interessieren sollte, ich bin jedoch ziemlich sicher, daß ihm das scheißegal ist. Wenn du mir also jetzt vernünftige Gründe für dein Anliegen nennst, wie zum Beispiel die große Zahl potentieller Verdächtiger – wirken tatsächlich hundertvierzehn Leute an der Show mit?«

»Ja, hundertundvierzehn.«

»Wenn du zu mir kommen würdest, um mir zu sagen, daß Meyer und du eine Woche braucht oder zehn Tage, zwei

Wochen oder wie lange auch immer, um all diese hundertvierzehn Leute zu befragen, während ein bewaffneter Mörder frei herumläuft, wenn du mir dein Anliegen vernünftig und logisch vorträgst und mir nicht damit drohst, was der Chief of Detectives vielleicht denken könnte ...«

»Schon gut, Pete, wie wär's hiermit?« sagte Carella lächelnd. »Meyer und ich brauchen mindestens zehn Tage, um all diese hundertvierzehn Leute zu befragen, während ein bewaffneter Mörder frei herumläuft. Wir könnten diesen Zeitraum auf fünf Tage verkürzen, wenn wir nicht schon vorher eine Spur finden. Deshalb bitte ich dich nur um *einen* anderen Mann zu unserer Unterstützung. Okay? Auf wen kannst du am leichtesten verzichten?«

»Auf niemanden«, sagte Byrnes.

Sie versuchte sich zu erinnern, wie lange es schon her war. Jedenfalls viele Jahre, das stand fest. Und würde er es jetzt frivol finden? Würde er akzeptieren, was sie getan hatte (was sie eigentlich erst tun wollte, denn sie hatte es ja noch nicht getan und konnte ihre Meinung immer noch ändern), und darin das Geschenk sehen, als das es gemeint war, oder würde er darin nur den etwas deplazierten Einfall einer Frau sehen, die auch nicht mehr das junge Ding war, das er vor vielen Jahre geheiratet hatte? Schließlich werden wir alle älter, dachte Teddy. Auch Jane Fonda ist nicht mehr das junge Mädchen, das sie einmal war. Aber macht sich Jane Fonda über solche Dinge Gedanken? Wahrscheinlich schon, dachte Teddy. Der Teil der Stadt, in dem sie gerade herumging, platzte vor lauter Menschen geradezu aus den Nähten, aber Teddy hörte die Wortfetzen, die Gespräche um sie herum nicht. Der in der Kälte sichtbare Atem der anderen Menschen war für sie nichts weiter als leere Sprechblasen, die lautlos an ihr vorüberhuschten. Sie wandelte in einer eigentümlichen Welt des Schweigens, deren Gefahr für sie darin lag, daß ihre Ohren keine akustischen Warnungen registrierten, deren exquisite Schönheit andererseits jedoch durch keinen Mißklang entstellt wurde.

Der Anblick (und Geruch) einer blaugrauen Wolke von Abgasen, die sich aus dem Auspuff eines Autos in die silbrige Luft wanden, bekam einen traumgleichen Charakter, wenn damit nicht zugleich der harte, mechanische Klang eines Motors verbunden war. Der uniformierte Polizist an der Ecke, der mit seinen Armen mal nach dieser, mal nach jener Seite winkte und geschickt dem zähfließenden Kreuzungsverkehr auswich, während er zugleich seine Kommandos gab, wurde in dem Augenblick, da man nicht hörte, wie er »Los, Tempo« bellte, zu einem Akrobaten, einem Balletttänzer, einem begnadeten Schauspieler. Und trotzdem ...

Sie hatte noch nie die Stimme ihres Mannes gehört.

Sie hatte nie das Lachen ihrer Kinder gehört.

Sie hatte noch nie das sanfte Klirren der Schneeketten der Automobile auf vereisten Straßen gehört, die Großstadtkakophonie aus Preßlufthämmern, Hupen, Straßenverkäufern, fliegenden Händlern und Babygeschrei. Als sie an einem Andenkenladen vorüberging, dessen Fenster von billiger Jade, (illegal importiertem) Elfenbein, Fächern, Puppen mit orientalischen Augen (wie die ihres Mannes) fast überquoll, hörte sie nicht die zarte, von einem Lautsprecher ausgestrahlte chinesische Melodie, deren Töne wie Eiskristalle in der Luft hingen – sie hörte sie einfach nicht.

Der Tätowierungssalon lag ein wenig versteckt in einer engen Straße in Chinatown. Als sie das letzte Mal dort gewesen war, war der Laden von einer Wäscherei und einer Bar eingerahmt gewesen. Inzwischen hatte sich die Bar in ein heruntergekommenes Wettbüro verwandelt, und in der ehemaligen Wäscherei residierte jetzt eine Wahrsagerin namens Sister Lucy. Fortschritt. Als sie an Sister Lucys Gemischtwarenladen vorüberging, erblickte Teddy über eine in halber Höhe in dem Fenster angebrachte Gardine hinweg eine Zigeunerin, die vor einer großen, an der Wand hängenden astrologischen Karte saß. Die Frau wirkte sehr einsam und war mit einem Schal vermummt, als friere sie. Sie blickte zur Eingangstür des ansonsten leeren Raumes hinüber. Einen Augenblick lang war Teddy in Versuchung, einzutreten und sich die Zukunft wahrsagen zu lassen. Wie ging der Witz noch mal? Ihr Mann konnte Witze sehr gut behalten. Wie ging er denn noch? Warum konnten Frauen keine Witze behalten? War das eine sexistische Einstellung? Wie, zum Teufel, ging noch mal der Witz? Irgendwas mit einer Gruppe von Zigeunern, die eine Reihe leerstehender Läden aufgekauft hatten.

Auf dem großen Fenster des Tätowierungssalons stand der Name Charlie Chen. Unterhalb des Namens stand geschrieben: Exotische fernöstliche Tätowierungen. Sie zögerte einen Moment und öffnete dann die Tür. Wahrscheinlich gab es über der Tür ein Glöckchen, das klingelte und Mr. Chen in dem Hinterzimmer auf die Kundschaft aufmerksam machte. Sie hatte das Glöckchen nicht gehört und erkannte auch zunächst den alten Chinesen nicht wieder, der auf sie zukam. Als sie ihn zuletzt gesehen hatte, war er ein wohlgenährter rundlicher Mann mit einem dünnen Oberlippenbärtchen gewesen. Damals hatte er viel gelacht, und bei jedem Lachen war sein ganzer fetter, kleiner Körper in Wallung geraten. Er hatte dicke Finger gehabt, wie sie sich erinnerte, und am Ringfinger der linken Hand einen ovalen Jadering getragen.

»Bitte, Lady«, sagte er.

Natürlich war es Chen. Nur das Bärtchen und der Jadering waren nicht mehr da und ebensowenig die früheren Fleischmassen, aber ganz sicher war es Chen, der sie, inzwischen ausgemergelt, faltig und zusammengeschrumpft, mit fragenden Augen ansah und sie einzuordnen versuchte. Sie dachte, ich habe mich auch verändert, er erkennt mich nicht mehr, und plötzlich fühlte sie sich wegen ihres Vorhabens lächerlich. Vielleicht war es ja inzwischen zu spät für Hüftgürtel und Höschen, Netzstrümpfe und hochhackige Schuhe, zu spät für Teddy, zu spät für alberne, erotische Verspieltheit. War es dazu wirklich zu spät? O Gott, war es zu spät?

Sie hatte am Vortag Fanny gebeten, anzurufen und herauszufinden, ob der Salon heute geöffnet sein würde, und außerdem einen Termin für sie festzumachen. Fanny hatte den Namen Teddy Carella genannt. Hatte Chen ihren Namen ebenfalls vergessen? Er starrte sie noch immer an.

»Sie Miss Carella?« sagte er dann.

Sie nickte.

»Kenne ich Sie?« fragte er mit geneigtem Kopf und studierte sie.

Sie nickte.

»Charlie Chen«, sagte er und lachte, aber sein Körper geriet nicht mehr in Wallung, sein Lachen war wie ein kraftloser Wind,der durch seinen gebrechlichen alten Körper wehte. »Alle nennen mich Charlie *Chan*«, erklärte er. »Wie der große Detective Charlie Chan. Aber ich bin Chen, *Chen*. Sie kennen Charlie Chan, Detective?«

Genau das gleiche hatte er auch vor all jenen Jahren gesagt. Sie wäre fast in Tränen ausgebrochen.

»Großer Detective«, sagte Chen. »Hat dumme Söhne.« Er lachte wieder. »Ich hab' auch dumme Söhne, aber ich keine Detec...« Und plötzlich hielt er inne, und seine Augen öffneten sich weit, und er sagte: »Frau von Detective. Sie *Frau* von Detective! Ich machen Schmetterling für Sie. Schwarzen Schmetterling mit Streifen!«

Sie nickte und lächelte nun.

»Sie nicht können reden, stimmt. Sie lesen meine Lippen, stimmt?«

Sie nickte.

»Gut, alles gut. Ist gutgegangen, Lady? Sie immer noch *so* schön, schönste Frau hier in meinem Laden. Sie haben Schmetterling noch auf Schulter?«

Sie nickte.

»Schönster Schmetterling ich gemacht. Schöner kleiner Schmetterling. Ich wollte machen großen, Sie wissen noch? Sie sagen: nein, kleiner. Ich machen ganz kleinen schwarzen Schmetterling für Lady, sehr gut. Sehr sexy. Ihr Mann finden sexy?«

Teddy nickte. Sie wollte anfangen, mit den Händen zu sprechen, wie es ihr so häufig passierte, und zeigte dann auf einen Stift und ein Stück Papier auf Chens Ladentisch.

»Sie wollen sprechen, stimmt?« sagte Chen lächelnd und reichte ihr den Stift und das Papier.

Sie nahm beides und schrieb: *Wie ist es Ihnen ergangen, Mr. Chen?*

»Ah ... nicht sehr gut«, sagte Chen.

Sie sah ihn erwartungsvoll und fragend an.

»Alter Charlie Chen haben großes K, verstehen?« sagte er.

Zunächst begriff sie nicht.

»Krebs«, sagte er, sah die Betroffenheit auf ihrem Gesicht und sagte: »Nein, nein, Lady, keine Sorgen, alter Charlie in Ordnung, jawohl.« Er beobachtete ihr Gesicht. Sie wollte nicht anfangen zu weinen. Sie schuldete dem alten Mann den Respekt, nicht in seiner Gegenwart über ihn zu weinen. Sie öffnete die Hände und neigte den Kopf. Dabei hob sie leicht die Augenbrauen. Sie sah an seinem Gesicht und in seinen Augen, daß er verstand, daß sie ihm ihr Mitgefühl ausdrücken wollte. »Danke, Lady«, sagt er, nahm spontan ihre beiden Hände in seine und fragte lächelnd: »Und warum Sie kommen zu Charlie Chen? Sie schreiben auf?«

Sie nahm den Stift und fing wieder an zu schreiben.

»Ah«, sagte er. »Ah, sehr gute Idee. Sehr gut. Verstehen.«

Er sah auf das Blatt Papier.

»Sehr gut«, sagte er. »Kommen Sie, wir gehen nach hinten. Charlie Chen so froh, Sie sind gekommen. Meine Söhne alle verheiratet jetzt. Mein ältester Sohn Doktor in Los Angeles. Kopfdoktor«, sagte er und lachte laut los. »Psychiater! Können Sie glauben! *Mein* ältester Sohn. Meine anderen zwei Söhne ... kommen Sie, Lady ... meine anderen zwei Söhne ...«

Von seinem Bürofenster aus konnte Captain Sam Grossman fast das ganze Stadtzentrum überblicken. Das neue Polizeipräsidium bestand fast ausschließlich aus Glas (jedenfalls sah es von außen so aus), und Grossman überlegte manchmal, ob wohl irgendwer da unten auf der Straße ihn bei seinen alltäglichen Beschäftigungen beobachtete – wozu auch sein augenblicklicher Versuch gehörte, telefonisch das Siebenundachtzigste zu erreichen. Eigentlich erschien Grossman seine

Arbeit im Labor überhaupt nicht wichtig, langweilig und monoton, das hätte er jedoch niemals zugegeben, außer gegenüber seiner Frau. Der Anschluß war immer noch belegt. Er drückte sofort wieder auf die Gabel, bis er wieder das Freizeichen hörte, und wählte noch einmal. Wieder besetzt. Grossman legte seufzend den Hörer auf und sah auf die Uhr. Ich bräuchte heute nicht einmal *hier* zu sein, dachte er. Immerhin ist Sonntag.

Er war heute hier, weil irgend jemand es amüsant gefunden hatte, hier in dieser Stadt eine Wiederaufführung des ursprünglichen 1929 in Chicago inszenierten Valentine's Day Massacre zu veranstalten. Damals hatten, wenn Grossmans Gedächtnis ihn nicht betrog, ein paar nette Jungs aus Al Capones Gang sieben unbewaffnete, aber ansonsten ebenso nette Jungs aus der Bugs Moran Gang gezwungen, sich in einer Reihe an einer Garagenwand aufzustellen, und sie dann mit Maschinengewehren abgeknallt. Junge, Junge, das war ein richtiges Massaker gewesen. Es war außerdem nicht ganz ohne Humor gewesen; denn die Typen aus der Capone-Gang waren alle als Polizisten verkleidet gewesen. Es hatte damals in Chicago ein paar Witzbolde gegeben, die behauptet hatten, die Banditen hätten sich ja auch schließlich nur wie Polizisten *verhalten,* aber das war reine Mutmaßung, egal, jedenfalls waren heute morgen um neun Uhr – nach Grossmans Uhr also vor ungefähr drei Stunden – eine ganze Reihe uniformierter »Polizisten« in eine Garage, in der keine Schnapsbrennerei, sondern statt dessen eine Heroinküche untergebracht war, eingedrungen und hatten die Anwesenden aufgefordert, sich an die Wand zu stellen, und sie dann kaltblütig abgeschossen. Einer der Überraschungsschützen hatte dann noch ein großes Herz an die Wand gesprüht. Die Killer hatten sich nicht einmal die Mühe gemacht, die vier Kilo Heroin mitzunehmen, die ihre Opfer gerade bearbeitet hatten, als die ›Polizisten‹ hereingeschneit waren. Vielleicht hatten sie den Eindruck gehabt, daß rote Herz an der Wand und das über den ganzen Fußboden verteilte rote Blut die ideale farbliche Ergänzung zu dem unschuldig weißen

Heroin auf dem Tisch seien. Egal, auf der Lower Platform, wie die der Altstadt am nächsten gelegene Gegend genannt wurde, hatte es sieben Tote gegeben, und in diesen Männern steckten Kugeln, und diese Kugeln hatte man aus den Leichen herausgeholt und zusammen mit der leeren Spraydose und einer ganzen Menge Fingerabdrücken ins Labor geschickt. Des weiteren hatten der Sendung noch Lacksplitter beigelegen, die sich an einem Laternenmast gegenüber der Garage befunden hatten und die vermutlich dort zurückgeblieben waren, als das Fluchtauto rückwärts dagegen gefahren war, wobei auch Splitter eines Rücklichts auf dem Gehsteig liegengeblieben waren, alles in allem eine ganze Ladung Material, mit dem das Labor an diesem schönen Sonntagmorgen mehr als beschäftigt war.

Grossman wählte noch einmal die Nummer. Es geschahen noch Zeichen und Wunder. Die Leitung war tatsächlich frei.

»Siebenundachtzigestes Revier, Genero«, sagte eine gequält klingende Stimme.

»Detective Carella, bitte«, sagte Grossman.

»Kann er Sie zurückrufen?« fragte Genero. »Wir sind im Augenblick hier ziemlich beschäftigt.«

»Ich hab' schon seit zehn Minuten versucht durchzukommen«, sagte Grossman.

»Ja, wir haben hier die ganze Zeit telefoniert«, sagte Genero. »Hier ist der Teufel los. Nennen Sie mir Ihren Namen, und ich sag' ihm, er soll Sie zurückrufen.«

»Nein, nennen Sie ihm meinen Namen und sagen Sie ihm, daß ich am Apparat bin«, sagte Grossman verärgert.

»Ja, und wie heißen Sie, Mister?« fragte Genero reichlich schnoddrig.

»Captain Grossman«, sagte Grossman. »Und Ihr Name?«

»Er kommt sofort, Sir«, sagte Genero und vergaß, Grossman seinen Namen zu nennen. Grossman hörte, wie der Hörer auf eine harte Unterlage geknallt wurde. Im Hintergrund herrschte ein ziemliches Stimmengewirr, aber das war – selbst an einem Sonntag – auf dem Siebenundachtzigsten die Regel.

»Detective Carella«, sagte Carella. »Was kann ich für Sie tun, Sir?«

»Stere, hier spricht Sam Grossman.«

»*Sam?* Er hat von einem Captain *Holtzer* gesprochen.«

»Nein, es ist aber ein Captain Grossman. Was ist denn bei euch los? Klingt ja wie der dritte Weltkrieg.«

»Wir haben hier eine Gesandtschaft verärgerter Bürger zu Besuch«, sagte Carella.

»Verärgert ... weshalb?« fragte Grossman.

»Weil in der Gegend irgendwer permanent in die Hauseingänge scheißt.«

»Schicken Sie mir davon bitte *keine* Proben«, sagte Grossman sofort.

»Sie finden das vielleicht komisch«, sagte Carella und senkte die Stimme. »Und, ehrlich gesagt, ich auch. Aber die Mieter des Hauses 5411 Aisnley finden es überhaupt nicht witzig. Eine ganze Gruppe von ihnen ist hier erschienen und verlangt, daß wir etwas dagegen unternehmen.«

»Und was sollen Sie unternehmen, Steve?«

»Den verfluchten Scheißer festnehmen«, sagte Carella, und Grossman fing lauthals zu lachen an. Carella mußte auch lachen. Grossman hörte im Hintergrund ein paar spanische Wortfetzen. Er glaubte, das Wort *Mierda* herausgehört zu haben.

»Steve«, sagte er, »ich lenke Sie nicht gern von bedeutenden Dingen ab ...«

»Von den bedeutenden *Haufen,* meinen Sie«, sagte Carella, und beide lachten schallend; ein Cop mochte nichts lieber als einen obszönen Witz, von einem über einen bestechlichen Cop mal abgesehen. Beide lachten volle zwei Minuten lang, während hinter ihnen alle brüllten, als wären sie mitten in die Invasion der Schweinebucht hineingeraten. Endlich erstarb das Gelächter. Wie auch die spanischen Stimmen im Hintergrund.

»Wo sind die plötzlich alle hin?« fragte Grossman.

»Nach Hause!« sagte Carella und lachte erneut schallend auf. »Genero hat ihnen versprochen, wir würden eine *Gegen-*

überstellung vornehmen! Können Sie sich vorstellen, wie acht Cops und ein Verdächtiger sechsundzwanzig besorgten Latino-Mietern die Ärsche zeigen?«

Crossman lachte so heftig, daß er glaubte, er werde sich in die Hosen machen. Weitere zwei Minuten vergingen, bevor einer der beiden Männer wieder sprechen konnte. So war es nicht immer, wenn Carella und Grossman miteinander telefonierten, aber beide waren für die seltenen Gelegenheiten dankbar. Normalerweise legte Grossman den Detectives gegenüber, mit denen er zusammenarbeitete, ein viel nüchterneres Benehmen an den Tag. Er war groß und blauäugig, sah mit seiner randlosen Brille ziemlich ernst aus und erinnerte eher an einen Farmer aus Neuengland als an einen Wissenschaftler, und seine geschraubte Redeweise half nur wenig dazu, diesen Eindruck aufzuheben. Wenn man Sam Grossman in der sterilen Ordnung seines Büros gegenüberstand, hatte man den Eindruck, wenn man sich bei ihm nach dem Weg zur Nachbarstadt erkundigte, würde er antworten, man käme von hier aus nicht dorthin. Doch gelegentlich schien Grossman – vielleicht, weil er Carella mochte – zu vergessen, daß sein Beruf oft unausweichlich mit einem Todesfall durch Gewalteinwirkung zu tun hatte.

»Wegen der Handtasche dieses Mädchens«, sagte er, und Carella wußte, daß er zur Sache kam.

»Sie meinen das Anderson-Mädchen, nicht?«

»Genau, Sally Anderson. Ich werde Ihnen später einen detaillierten schriftlichen Bericht zukommen lassen. Im Augenblick ... ich sollte doch in erster Linie nach Kokain Ausschau halten, nicht wahr?«

»Ja, weil das andere Opfer ein ...!«

»Jedenfalls steht es so in dem Begleitschreiben.«

»Und haben Sie etwas Kokainähnliches gefunden?«

»Ein paar Reste am Boden der Tasche. Allerdings konnte ich nicht so viele Tests anstellen, wie ich es gern getan hätte.«

»Wie viele haben Sie gemacht?«

»Vier. Was nicht gerade viel ist.«

»Und ... ist die Substanz, die Sie in der Tasche gefunden haben, Kokain?«

»Das kann ich nicht mit letzter Gewißheit sagen, aber die *Wahrscheinlichkeit* ist sehr groß. Um ganz sicherzugehen, hätte ich noch mehr Tests anstellen müssen, Steve, aber ich hatte nicht genügend von der Substanz. Wenn es Sie glücklich macht ... Sie möchten doch wissen, ob Drogen im Spiel sind, nicht wahr?«

»Genau.«

»Also, wir haben unten in der Tasche sowohl Marihuanakrümel als auch -samen gefunden. Damenhandtaschen sind Fundgruben für allen möglichen Kram.«

»Gut, danke Sam.«

»Würde es Ihnen im übrigen weiterhelfen zu wissen, daß das Mädchen Kaugummi ohne Zucker bei sich hatte?«

»Nicht im geringsten.«

»In dem Fall erwähne ich es besser gar nicht erst. Viel Glück, Steve. Ich muß noch die Kugeln untersuchen, mit denen heute morgen Polizisten sieben Leute erschossen haben.«

»Was?« sagte Carella, doch Grossman hatte schon eingehängt.

Lächelnd stand er noch einen Augenblick lang neben dem Schreibtisch und sah erst auf, als sich die Tür zu seinem Büro öffnete. Er war überrascht, als er Bert Kling eintreten sah, nicht weil Kling so selten das Labor besucht hätte, sondern weil Grossman vor kaum zehn Sekunden noch mit einem anderen Beamten vom Siebenundachtzigsten gesprochen hatte. Nach den Gesetzen der Wahrscheinlichkeit ... na ja, war ja auch egal.

»Kommen Sie herein Bert«, sagte er. »Wie geht's?«

Er wußte, wie es Kling ging. Jeder bei der Kripo wußte das. Bert Kling hatte letzten August seine Frau mit einem anderen Mann im Bett angetroffen, *so* ging es ihm. Er wußte, daß Kling und seine Frau inzwischen geschieden waren. Er wußte, daß Carella sich Sorgen um Kling machte, weil Carella mit Grossman darüber gesprochen hatte, der seinerseits Carella vorgeschlagen hatte, er werde einmal mit einem Polizeipsychologen sprechen; dieser Mann hatte wiederum Carella geraten, er solle versuchen, Kling dazu zu bringen, einmal persönlich bei ihm vorbeizukommen, wovon Carella Kling jedoch nicht hatte überzeugen können. Grossman mochte Kling. Er mochte die meisten Polizisten vom Siebenundachtzigsten – mal von Parker abgesehen. Den allerdings mochte er absolut nicht. Parker hatte kein Ethos und war faul und ein wirklich unangenehmer Mensch. Grossman mochte Kling, und es gefiel ihm gar nicht, daß er momentan fast aussah wie ein gerade aus dem Staatsgefängnis Castleview entlassener Häftling, der noch immer die ihm auf Staatskosten zusammen mit den Entlassungspapieren und einem geringen Geldbetrag überlassenen schlecht sitzenden Zivilkleider trug. Außerdem brauchte er mal eine Rasur, obwohl die blonden Bartstoppeln in Klings Gesicht weniger auffielen, als es bei einem Mann mit stärkerem Bartwuchs der Fall gewesen wäre. Er wirkte wie ein Mann, der ein schweres Gewicht auf seinen Schultern trägt, ein Mann, dessen Augen ein *wenig* zu feucht erscheinen, den Tränen ein wenig zu nahe. Grossman blickte in diese Augen, als sie sich die Hände schüttelten. War Carellas Sorge berechtigt? Bestand tatsächlich die Gefahr, Kling könnte sich eines Tages mit seiner eigenen Waffe …

»Also«, sagte Grossman. »Was führt Sie zu mir?«

»Zwei Kugeln.«

»*Noch* mehr Kugeln. Wir hatten heute morgen schon eine Neuauflage des Valentine's Day Massacre«, sagte Grossman. »Sieben Erschossene in einer Garage unten an der Lower Platform. Die Täter waren wie Polizisten gekleidet. Ich muß zugeben, die Sache hat einen gewissen Stil, aber die zusätzlich Arbeit, die wir dadurch ausgerechnet am Wochenende haben, paßt mir überhaupt nicht in den Kram. Was für Kugeln?«

»Wir hatten gestern nacht einen Mordfall in der Silvermine Road«, sagte Kling. »Ein Mann ist erschossen worden. Ich habe denen im Leichenschauhaus gesagt, die sollen Ihnen alles rüberschicken, was sie finden. Ich dachte, ich sollte Ihnen das sagen.«

»Sie sind extra hier vorbeigekommen, um mir zu erzählen, daß mir zwei Kugeln zugeschickt werden?« sagte Grossman.

»Nein, nein, ich war ohnehin hier in der Gegend.«

Grossman wußte, daß das Strafgericht gleich nebenan war, und dachte zuerst, Kling habe dort zu tun gehabt. An Sonntagen tagte in dem Gebäude nur ein Untersuchungsgericht. Und dann erinnerte sich Grossman daran, daß der psychologische Beratungsdienst vor kurzem in den dritten Stock des Gebäudes umgezogen war. Hatte Carella Kling schließlich doch dazu bewegen können, wegen seiner offensichtlichen Depressionen ärztliche Hilfe zu suchen?

»Und was treiben Sie am Sonntag hier in der Gegend?« fragte er – jedenfalls hoffte er das – beiläufig.

»Gestern war eine Lady bei mir, ihr Mann ... na ja, das ist 'ne ziemlich lange Geschichte«, sagte Kling.

»Erzählen Sie schon«, sagte Grossman.

»Nein, Sie müssen sich um die Kugeln kümmern«, sagte Kling. »Jedenfalls bearbeiten Sie das Material, das Ihnen in der Mordsache geschickt wird, bitte so schnell es geht. Das Opfer heißt Edelman.«

»Ah, ein Landsmann«, sagte Grossman lächelnd, aber Kling erwiderte das Lächeln nicht.

»Bis bald«, sagte Kling und ging aus dem Labor auf den marmorausgelegten Gang hinaus. Die Geschichte, die er gerade hatte erzählen wollen, handelte von einer Frau, die am Vortag zu ihm gekommen war, weil die ehemalige Freundin ihres Mannes diesen auf offener Straße angegriffen und ihm mit einem Brotmesser, das sie aus ihrer Handtasche gezogen hatte, den Arm von oben bis unten aufgeschlitzt hatte. Als sie die Exfreundin ihres Mannes beschrieb, hatte sie gesagt »schwarz wie das Telefon da drüben«, und dann erklärt, die Frau sei extrem dünn, heiße Annie – aber weder sie noch ihr Mann wußten den Nachnamen. Ihr Mann war der Frau zufolge ein holländischer Seemann, der alle paar Monate oder so hier im Hafen der Stadt eingelaufen war und, bevor die zwei sich kennengelernt und geheiratet hatten, gewöhnlich seine Heuer bei diversen Prostituierten in der Via de Putas oder auf einer von Nutten nur so wimmelnden Rennstrecke, die allgemein Schlitz-City hieß, verpraßt hatte. Die Ehefrau war Zeugin des Attentats gewesen und hatte das Mädchen Annie sagen hören: »Jetzt schlitz ich dich, du Hurenbock«, und es war vielleicht das Wort *schlitzen*, das bei Kling ein Licht aufleuchten ließ.

Ein im Fahndungsdienst arbeitender Polizist weiß oft gar nicht mehr im einzelnen, wie er sich an die unendlich vielen Details aus all den vielen Gesetzesübertretungen, die er Tag für Tag zu bearbeiten hat, erinnern kann. Es reicht, *daß* er sich daran erinnert. Die Tatsache, daß die Messerstecherin schwarz gewesen war, hatten den Stein noch nicht ins Rollen gebracht. Auch der Name Annie nicht und auch nicht die Untergewichtigkeit des Mädchens und daß sie Prostituierte war. Aber das Wort *schlitzen* hatte Kling in einem ähnlichen Zusammenhang bisher nur einmal gehört, und zwar in der Mason Avenue, als eine magersüchtige schwarze Hure, die einem Freier das Gesicht zerschnitten hatte, später behauptete: »Ich hab' den Scheißkerl nicht geschlitzt.« Der Name jener Hure war Annie Holmes gewesen. In dem Augenblick, als die Ehefrau des Opfers wiederholte, was Annie gesagt hatte, als sie den Arm ihres ehemaligen Liebhabers aufgeschlitzt hatte, schnalzte Kling mit den Fingern.

Er war heute hier in der Gegend, obwohl sein freier Tag war, weil er (a) nur sechs Blocks entfernt in einem kleinen Apartment unterhalb der Calm's-Point-Brücke wohnte, und er (b) Marvin Edelmans Witwe erst am nächsten Tag verhören konnte, weil sie sich nach einem Anruf ihrer Tochter, die ihr erzählt hatte, was letzte Nacht geschehen war, erst auf dem Rückweg aus der Karibik befand, und er (c) in der Mordsache nicht viel tun konnte, solange Grossmans Leute ihm noch keine Informationen über die Mordwaffe hatten zukommen lassen, und er (d) wußte, daß die Verbrecherkartei an allen sieben Wochentagen geöffnet war, und er hoffte, dort ein Bild von Annie Holmes auftreiben zu können, um es dem verletzten Mann und seiner Frau zu zeigen, die Zeugin der Attacke gewesen war, weil eine positive Identifizierung für eine Festnahme ausreichen würde.

Aus all diesen Gründen war er hier.

Er hatte Grossman nicht erzählt, warum er hier war, obwohl er schon damit angefangen hatten, weil die Dreiecksgeschichte zwischen dem holländischen Ehemann, seiner gegenwärtigen Frau und seinem ehemaligen Betthupferl ihn sehr anschaulich und schmerzhaft an jene Schlafzimmerszene in der Wohnung, die er mit seiner Frau Augusta geteilt hatte, erinnerte, als Augusta nackt in ihrem gemeinsamen Bett gelegen hatte und absurderweise ihre Brüste mit dem Bettlaken bedeckt hatte, um ihre Scham zu verbergen und ihre Nacktheit vor den Augen ihres eigenen Mannes zu verstecken und mit ihren weit aufgerissenen grünen Augen, zerzaustem Haar, kleinen Schweißperlen auf ihren vollendeten Wangenknochen, denen sie ihr Glück verdankte, während ihre Lippe in der gleichen Weise bebte wie die Waffe in Klings Hand. Und der Mann bei Augusta, die *dritte* Seite des Dreiecks, hatte nur Unterhosen angehabt und nach seiner über einen Stuhl neben dem Bett gehängten Hose gelangt, der Mann war klein und drahtig gewesen, er hatte wie *Genero* ausgesehen, um Gottes willen, mit seinem krausen schwarzen Haar, den braunen, vor Angst weit aufgerissenen Augen, aber es war nicht Genero gewesen, es war Augustas Liebhaber, und während der seine Hose anzog, sagte er nur: »Nicht schießen«, und Kling richtete die Waffe auf ihn.

Ich *hätte* ihn erschießen sollen, dachte er nun. Wenn ich ihn erschossen hätte, müßte ich jetzt nicht mehr mit der Schande leben. Dann würde ich bei der Erzählung der Geschichte von einem holländischen Seemann und seiner Hurenfreundin nicht ins Stocken geraten, aus Angst, daß selbst ein so anständiger Mann wie Sam Grossman denken wird: Ah ja, Kling und seine untreue Ehefrau; ah ja, Kling hat damals *nichts* getan; ah ja, Kling hat den Mann *nicht* getötet, der …

»Hey, hallo«, sagte die Stimme.

Er ging gerade mit gesenktem Kopf und auf den Marmorboden gerichtetem Blick auf den Fahrstuhl zu. Er erkannte die Stimme nicht, noch merkte er anfangs überhaupt, daß er gemeint war. Aber er blickte auf, als jemand ihm den Weg abschnitt. Dieser Jemand war Eileen Burke.

Sie trug ein einfaches braunes Kostüm und eine grüne Bluse mit Rüschen am Hals, die farblich genau mit ihren Augen übereinstimmte; ihr langes rotes Haar hatte sie aus dem Gesicht gekämmt, die braunen Stöckelschuhe waren um einen Ton dunkler gehalten als ihr Kostüm. An ihrer Schulter hing eine Tasche, und er konnte in der Tasche, eingebettet zwischen zerknüllten Tempotaschentüchern, den Lauf einer Pistole erkennen. Das Bild auf ihrem Plastikdienstausweis, den sie am Revers festgesteckt hatte, zeigte eine jüngere Eileen Burke, deren rotes Haar gekräuselt war. Sie lächelte auf dem Foto und in Wirklichkeit.

»Was machst du denn hier?« fragte sie. »Man kommt doch sonntags nicht *hierher.*«

»Ich brauch 'n Foto aus der Kartei«, sagte er. Sie schien darauf zu warten, daß er noch etwas hinzufügte. »Und du?« sagte er.

»Ich arbeite hier. Die Abteilung für Spezialaufträge ist hier. Gleich hier in diesem Stockwerk. Komm doch auf 'ne Tasse Kaffee mit rein«, sagte sie, und ihr Lächeln wurde noch freundlicher.

»Nein danke«, sagte Kling. »Ich bin ziemlich in Eile«, obwohl er es überhaupt nicht eilig hatte.

»Wie du willst«, sagte Eileen und zuckte mit den Schultern. »Eigentlich bin ich froh, daß ich dich treffe. Ich hätte heute ohnehin noch bei euch angerufen.«

»Oh?« sagte Kling.

»Ich muß bei euch einen Ohrring verloren haben, entweder bei euch oder in dem Waschsalon mit dem Höschenfetischisten. Wenn es in dem Waschsalon gewesen ist, dann adieu. Wenn es aber auf dem Revier bei euch oder im Auto war – als ihr mich gestern nacht unterwegs abgesetzt habt, weißt du ...«

»Ja«, sagte Kling.

»Es war nur ein einfacher goldener Ohrring, so groß wie 'ne kleine Münze. Man trägt ja gewöhnlich nichts Auffallendes, wenn man waschen geht, oder?«

»Welches Ohr war es denn?«

»Das rechte«, sagte sie. »Was? Aber das ist doch sowieso ganz egal. Ich meine, es war das rechte Ohr, aber Ohrringe sind doch austauschbar, deshalb ...«

»Ja, das stimmt«, sagte Kling. Er sah auf ihr rechtes Ohr oder die Gegend unterhalb ihres rechten Ohrs oder sonstwohin. Ganz sicher sah er ihr jedoch nicht ins Gesicht, noch weniger blickte er ihr in die Augen. Was, zum Teufel, ist nur mit ihm los? überlegte sie.

»Schau also bitte mal nach«, sagte sie. »Wenn du ihn findest, ruf mich bitte an. Ich bin hier bei der Spezialeinheit – aber das weißt du ja –, ich bin allerdings viel auf Achse. Du kannst ja auch 'ne Nachricht hinterlassen. Das heißt, wenn du den Ohrring zufällig finden solltest.« Sie zögerte und sagte dann: »Es ist der *rechte*. Wenn du den *linken* findest, dann ist es der *falsche*.« Sie lächelte. Er erwiderte ihr Lächeln nicht. »Also bis bald dann«, sagte sie, winkte zum Abschied, drehte sich um und ging davon.

Kling drückte auf den Aufzugknopf.

Tina Wong hatte im Schnee gejoggt und war überrascht, die beiden Detectives in der Halle des Apartmenthauses zu sehen, als sie aus dem Park zurückkam. Sie trug einen grauen Jogginganzug und eine Wollmütze, die nicht ganz so bunt war wie diejenige, die Meyer geschenkt bekommen hatte. Ihre Turnschuhe und die Beine des Jogginganzugs waren naß. Sie sagte: »Oh« und blickte unerklärlicherweise nach rückwärts über die Schulter, als habe sie ihren Wagen falsch geparkt oder so.

»Tut uns leid, Sie zu stören, Miss Wong«, sagte Meyer. Er hatte darauf verzichtet, sein Geschenk aufzusetzen. Statt dessen trug er einen blauen Filzhut, den er stilvoller fand als die Wollmütze, wenngleich er seine Glatze nicht so gut verdeckte.

»Wir haben nur ein paar Fragen an Sie«, sagte Carella. Sie hatten schon ungefähr vierzig Minuten in der Lobby herumgestanden, nachdem ihnen der Portier erzählt hatte: »Miss Wong joggt gerade.«

»Natürlich«, sagte Tina und deutete auf eine Sitzgruppe, die um einen künstlichen Kamin herum angeordnet war. In der Halle war es sehr warm. Tinas Gesicht war von der Kälte draußen und von ihren sportlichen Aktivitäten ganz gerötet. Sie nahm die Wollmütze ab und schüttelte ihr Haar. Sie saßen zu dritt um den imitierten Kamin herum. Der Portier an der Telefonzentrale auf der anderen Seite der Lobby las gelangweilt die Schlagzeilen der Morgenzeitung. Von irgendwoher kam ein beständiger mechanischer Summton, dessen Ursache die Detectives nicht hatten feststellen können. Draußen vor der gläsernen Eingangstür heulte der Wind.

»Miss Wong«, sagte Carella. »Als wir gestern mit Ihnen gesprochen haben, haben wir Sie doch gefragt, ob Sally mit Kokain zu tun hatte. Erinnern Sie sich?«

»Glaub' schon.«

»Und erinnern Sie sich auch, daß Sie uns erzählt haben ...«

»Ich hab' nur gesagt, daß sie meines Wissens nichts damit zu tun hatte.«

»Heißt das, Sie haben sie nie Kokain nehmen sehen?«

»Niemals.«

»Und heißt das auch, daß sie mit Ihnen nie darüber gesprochen hat?«

»Nein, niemals.«

»*Hätte* sie denn Ihnen gegenüber von solchen Dingen gesprochen?«

»Wir waren eng befreundet, und es ist ja schließlich auch nicht so tragisch, hin und wieder 'n bißchen Kokain zu schnupfen. Wenn sie damit zu tun gehabt *hätte,* wüßte ich wahrscheinlich davon.«

»Aber sie hat nie davon erzählt?«

»Nein.«

»Miss Wong, laut Timothy Moore war Sally Anderson am letzten Sonntagabend auf einer Party. Bei einer gewissen Lonnie, einer der schwarzen Tänzerinnen in der Show.«

»Ja und?« sagte Tina.

»Waren Sie auch dort?«

»Ja.«

»Aber Mr. Moore war nicht dort?«

»Nein, er mußte arbeiten. Er hat sich zum neuen Jahr viel vorgenommen ...«

»Ja, das hat er uns erzählt. Haben Sie an dem Abend irgendwann gesehen, daß Miss Anderson Koks geschnupft hätte?«

»Nein.«

»Und die anderen?«

»Ich weiß nicht, was Sie meinen.«

»Waren noch andere Mitglieder der Truppe dort?«

»Ja, natürlich.«

»Sie erinnern sich vielleicht noch, daß Sie uns gestern erzählt haben, daß ein paar Leute in der Truppe Kokain konsumieren.«

»Ja, das hab' ich vielleicht gesagt.«

»Also, genaugenommen haben Sie gesagt, daß einige von ihnen hin und wieder schnupfen.«

»Ja, das hab' ich wohl gesagt.«

»Haben Sie zufällig einige von ihnen auf der Party schnupfen sehen?«

»Ich bin nicht sicher, ob ich darauf antworten sollte«, sagte Tina.

»Warum nicht?« fragte Meyer.

»Ich wüßte überhaupt gerne, wie Sie darauf kommen, daß Sally etwas mit Kokain zu tun hatte.«

»Hatte sie damit zu tun?« fragte Carella sofort.

»Ich hab' Ihnen doch schon gesagt, meines Wissens *nicht*. Aber warum stellen Sie mir all diese Fragen ... es ist doch ganz egal, ob sie damit zu tun hatte oder nicht. Sie ist tot, sie ist erschossen worden. Was hat *Kokain* mit alledem zu tun?«

»Miss Wong, wir haben guten Grund zu der Annahme, daß sie Kokain konsumiert hat.«

»Wieso? Welchen Grund haben Sie denn dafür?«

»Wir haben gewisse Rückstände aus ihrer Handtasche untersuchen lassen.«

»Und es war Kokain?«

»Mit großer Wahrscheinlichkeit.«

»Was heißt das? War es Kokain oder nicht?«

»Wir konnten nur eine beschränkte Zahl von Tests anstellen, aber …«

»Dann kann es ja alles mögliche gewesen sein. Gesichtspuder oder …«

»Nein, es war kein Gesichtspuder, Miss Wong.«

»Warum wollen Sie unbedingt beweisen, daß sie Koks geschnupft hat?«

»Darum geht es uns nicht. Wir wollen wissen, wer *sonst* mit Kokain zu tun hatte.«

»Woher soll ich das denn wissen?«

»Gestern haben Sie gesagt …«

»Gestern. Da wußte ich auch noch nicht, daß Sie die Sache derart aufbauschen würden.«

»Wir bauschen gar nichts auf, Miss Wong. Als wir gestern mit Ihnen sprachen, haben Sie – ich glaube sogar wörtlich – gesagt: ›Gewöhnlich bekommt man bei der Arbeit an einer Show ziemlich genau mit, wer was treibt.‹ Haben Sie das etwa nicht gesagt?«

»Ich kann mich an die genauen Worte nicht mehr erinnern.«

»Aber das wollten Sie doch in etwa zum Ausdruck bringen, nicht wahr?«

»Kann sein.«

»Also gut. Wenn Sie eine ziemlich genaue Vorstellung davon haben, wer welche Gewohnheiten hat, dann hätten wir gern an Ihrem Wissen teil.«

»Weshalb? Damit ich anständige Leute ohne den geringsten Grund in Schwierigkeiten bringe?«

»*Welche* anständigen Leute?« fragte Carella.

»Ich kenne niemanden, der mit Drogen zu tun hat; zufrieden?«

»Aber gestern haben Sie etwas anderes gesagt.«

»Das war gestern.« Sie blickte die beiden Detectives widerwillig an und fügte dann hinzu: »Ich glaub', es ist besser, ich benachrichtige meinen Anwalt.«

»Wir wollen niemanden wegen Drogen hochgehen lassen«, sagte Meyer.

»Ich weiß nicht, *was* Sie wollen, aber von mir kriegen Sie es jedenfalls nicht.«

»Immerhin ist Ihre beste Freundin ermordet worden«, sagte Carella leise.

Sie sah ihn an.

»Wir wollen herausfinden, wer es gewesen ist«, sagte Carella.

»Es war bestimmt niemand vom Theater.«

»Woher wissen Sie das?«

»Ich weiß es nicht. Ich weiß nur ...« Sie verstummte. Sie verschränkte die Arme vor der Brust und setzte ein abweisendes Gesicht auf. Carella sah Meyer an, der fast unmerklich nickte.

»Miss Wong«, sagte er. »Nach allem, was Sie uns gestern erzählt haben, besteht Grund zu der Annahme, daß Sie wissen, wer in der Truppe Kokain konsumiert. Schließlich handelt es sich hier um Mord. Wir können Sie unter Strafandrohung von einem Gericht vernehmen lassen, das Ihnen die gleichen Fragen stellen wird wie wir ...«

»Nein, das können Sie nicht«, sagte sie.

»Das können wir sehr wohl«, sagte Carella, »und das werden wir auch, wenn Sie sich weiterhin weigern ...«

»Sind wir hier in Rußland?« fragte Tina.

»Nein, wir sind hier in den Vereinigten Staaten«, sagte Carella.»Sie haben *Ihre* Rechte, aber wir haben auch *unsere.* Wenn Sie sich weigern, vor einem Gericht in dieser Sache auszusagen, gilt das als Mißachtung des Gerichts. Also wählen Sie.«

»Ich kann das alles nicht glauben«, sagte sie.

»Es ist so. Wenn Sie also wissen, wer am Theater Koks ...«

»Ich hasse diesen muskelprotzenden Machoscheiß«, sagte sie.

Die beiden Detectives schwiegen.

»Das ist Mafiataktik«, sagte Tina.

Sie schwiegen immer noch.

»Als ob das was damit zu tun hat, wer sie umgebracht hat«, sagte Tina.

»Komm, gehen wir, Meyer«, sagte Carella und stand auf.

»Augenblick noch«, sagte Tina.

Er blieb stehen.

»Auf der Party haben ungefähr ein halbes Dutzend Leute geschnupft.«

»Auch welche aus der Truppe?«

»Ja.«

»Wer?«

»Sally natürlich.«

»Wer sonst noch?«

»Mike.«

»Mike, weiter?«

»Roldan. Miguel Roldan«

»Danke«, sagte Carella.

»Wenn Sie ihm Schwierigkeiten machen ...«

»Wir haben nicht die Absicht, ihm Schwierigkeiten zu machen«, sagte Meyer. »Wie gut kannte Sally Anderson Ihren Produzenten?«

Die Frage kam für sie völlig überraschend. Sie riß die Augen weit auf. Sie zögerte einen Moment, bevor sie antwortete. »Allan?« sagte sie.

»Allan Carter«, sagte Carella nickend.

»Warum?«

»Hat Sally je anders als in beruflicher Hinsicht von ihm gesprochen?«

»Das versteh' ich nicht.«

»Ich glaube, das verstehen Sie sehr gut, Miss Wong.«

»Meinen Sie, ob sie was mit ihm *hatte*? Machen Sie sich nicht lächerlich.«

»Warum finden Sie das lächerlich, Miss Wong?«

»Weil ... na ja, sie hatte doch einen Freund. Das wissen Sie doch, das hab' ich Ihnen doch gestern schon erzählt.«

»Und warum schließt das ein Verhältnis mit Mr. Carter aus?«

»Ich weiß nur, daß zwischen beiden nichts gewesen ist.«

»Woher wissen Sie das?«

»Es gibt Dinge, die man einfach *weiß*.«

»Haben Sie die beiden je zusammen gesehen?«

»Natürlich.«

»Ich meine, außerhalb des Theaters.«

»Gelegentlich.«

»Wann haben Sie sie zuletzt zusammen gesehen?«

»Am vergangenen Sonntagabend.«

»Unter welchen Umständen?«

»Er war auf Lonnies Party.«

»Ist es üblich, daß der Produzent einer Show die Party einer Tänzerin besucht?«

»Sie hören nicht auf, bevor Sie alle Beteiligten in Schwierigkeiten gebracht haben, nicht?«

»Und wen bringen wir jetzt gerade in Schwierigkeiten?« fragte Meyer.

»Allan war mit *mir* zusammen«, sagte Tina. »Haben Sie jetzt genug? *Ich* hatte ihn gebeten, mitzukommen.«

Die Detectives sahen sich erstaunt an.

»Er ist *verheiratet*, genügt das?« sagte Tina.

Im Augenblick wollten sie nur mit zwei in einer Show Mitwirkenden sprechen.

Der erste war Miguel Roldan, der zufälligerweise gleichzeitig Lateinamerikaner und Kokainkonsument war. Sally Anderson hatte ebenfalls Kokain genommen, und Paco Lopez war Lateinamerikaner gewesen. Sie wollten von Roldan wissen, woher er seinen Stoff bezog und ob Sally die gleiche Quelle gehabt hatte und ob diese Quelle zufälligerweise Paco Lopez gewesen war. Dann wollten sie mit Allan Carter, dem verheirateten Produzenten von *Fatback* sprechen, der – Tina Wong zufolge – schon seit September mit der chinesischen Tänzerin hinter den Kulissen eine Romanze hatte; sie hatten sich damals bei der Premierenfeier kennengelernt. Sie wollten von Carter wissen, warum er angeblich geglaubt habe, Sally Anderson sei ein »kleines rothaariges Ding« gewesen. Hatte

Carter mit der blonden Tänzerin ebenfalls eine Affäre gehabt? Und wenn nicht, warum hatte er sich dann so große Mühe gegeben, den Eindruck zu erwecken, daß er sie kaum gekannt hatte? Sie hatten mit Tina nicht über Carters offensichtliche Verwirrung gesprochen. Wenn *tatsächlich* irgendeine Art von Beziehung zwischen ihm und dem toten Mädchen bestanden hatte, dann war es sehr gut möglich, daß Tina nichts davon wußte, und sie wollten nicht, daß sie ihn alarmierte. Sie hatten von Anfang an intuitiv gewußt, daß er gelogen hatte, als er behauptete, sich nicht an Sally Anderson zu erinnern. Jetzt wollten sie herausfinden, *weshalb* er gelogen hatte.

An diesem späten Sonntagnachmittag fanden sie es allerdings nicht mehr heraus.

Der Portier des Apartmenthauses in Grover Park West, wo die Carters wohnten, erzählte den beiden Detectives, daß Mr. und Mrs. Carters um kurz nach vier weggefahren seien. Er wußte weder, wohin sie gefahren waren, noch wann sie zurückkommen wür den. Er vermutete, daß Mr. Carter möglicherweise wieder nach Philadelphia gefahren sei, aber das paßte nicht zu der Tatsache, daß ein Chauffeur in einer Limousine das Paar abgeholt hatte. Mr. Carter fuhr gewöhnlich mit dem Zug nach Philadelphia, und im übrigen fuhr er immer allein dorthin. Carella erschien diese Möglichkeit unwahrscheinlich. Carter hatte am Vortag erwähnt, er werde erst Mittwoch nachmittag wieder nach Philadelphia fahren. Die Detectives fuhren quer durch die Stadt zu dem Sandsteingebäude hinüber, in dem Miguel Roldan gemeinsam mit Tony Asensio wohnte, dem anderen lateinamerikanischen Tänzer in der Show. Auch dort war niemand zu Hause, und es gab auch keinen Portier, der mit Vorschlägen und Tips hätte dienen können.

Um zehn nach sechs trennten sich Carella und Meyer, und erst jetzt fiel Carella ein, daß er noch gar kein Geschenk für Teddy besorgt hatte. Er lief am Stem herum, bis er einen Laden für Damenunterwäsche gefunden hatte, der geöffnet war; er mußte jedoch feststellen, daß er in einem halben Pornoshop gelandet war. Er dachte, das hier sei wohl doch nicht ganz das Richtige, und lief dann ergebnislos noch eine Stunde herum, bis er schließlich in einem offenen Drugstore eine herzförmige Schachtel mit verschiedenen Schokoladen kaufte. Er hatte das Gefühl, Teddy zu enttäuschen.

Ihre Augen und Ihr Gesicht wirkten nicht enttäuscht, als er ihr das Geschenk überreichte. Er erklärte ihr, das sei nur ein Notgeschenk, und er werde ein *richtiges* Geschenk für sie besorgen, sobald der wegen des Falls auf ihm lastende Druck ein wenig nachgelassen habe. Er hatte keine Ahnung, wann das sein würde, nahm sich aber fest vor, ihr am folgenden Tag, koste es, was es wolle, etwas wirklich Sensationelles zu kaufen. Er wußte allerdings noch nicht, daß der Fall inzwischen eine Wende genommen hatte, von der er erst am nächsten Tag erfahren sollte und die seine grandiosen Pläne wieder einmal vereiteln würden.

Beim Abendbrot beklagte sich die zehnjährige April darüber, daß sie nur *eine* Postkarte zum Valentinstag bekommen hatte, und ausgerechnet auch noch von einem Blödkopf. Sie sprach das Wort mit einer Grimasse aus – und war Teddy in diesem Augenblick sehr ähnlich mit ihren dunklen Augen und dem noch dunkleren Haar und ihrem zu einem Ausdruck totaler Abscheu verzogenen Mund. Ihr Bruder Mark, der mehr Ähnlichkeit mit Carella als mit seiner Mutter oder seiner Zwillingsschwester hatte, gab seiner Meinung Ausdruck, daß jeder, der April eine Karte schickte, ein Blödkopf sein *müsse*, woraufhin April ihr erst halb gegessenes Rippchen in die Hand nahm und es ihm an den Kopf zu werfen drohte. Carella beruhigte die beiden. Fanny kam aus der Küche und erwähnte beiläufig, sie äßen gerade die Rippchen, die sie am Vorabend aus der Gefriertruhe geholt habe, und sie hoffe nur, daß sich nicht die ganze Familie eine Fleischvergiftung zuziehen werde. Mark wollte wissen, was das sei. Und Fanny erzählte ihm, es habe etwas mit einem Casoulet zu tun, wobei sie Carella zuzwinkerte.

Um neun brachten sie die Kinder ins Bett.

Dann sahen sie noch eine Weile fern und gingen anschließend ins Schlafzimmer hinüber. Teddy blieb außergewöhnlich lange im Bad. Carella vermutete schon, sie sei verärgert. Als sie wieder ins Schlafzimmer kam, trug sie einen Bademantel über dem Négligé. Normalerweise war sie in ihrem gemeinsamen Schlafzimmer nicht so zurückhaltend. Er kam immer mehr zu der Überzeugung, daß sein Schokoladengeschenk, dem er noch nicht einmal etwas Schriftliches beigelegt hatte, sie tief enttäuscht haben mußte. Sein Schuldgefühl war so tief (›Italiener und Juden‹ beliebte Meyer zu sagen, ›sind die schuldbeladensten Menschen auf der ganzen Welt‹), daß er erst, als sie sich in der Dunkelheit neben ihn ins Bett legte, daran dachte, daß er von ihr ja *überhaupt nichts* bekommen hatte.

Er schaltete die Nachttischlampe ein.

»Liebste«, sagte er. »Tut mir wirklich leid. Ich weiß, ich hätte rechtzeitig daran denken sollen, es war dumm von mir, es so lange aufzuschieben. Ich versprech dir, morgen …«

Sie legte ihm ihre Finger auf den Mund und brachte ihn zum Schweigen.

Sie setzte sich auf.

Sie streifte einen Träger ihres Négligés ab. Wo sich bisher nur ein schwarzer Schmetterling befunden hatte, sah er jetzt zwei Schmetterlinge, davon der neue ein wenig größer als der andere, mit leuchtend gelben Flügeln. Der neue Schmetterling schien geradezu über seinem Gefährten zu schweben, als wolle er ihn mit seinen ausgebreiteten Flügeln küssen.

Plötzlich standen ihm Tränen in den Augen.

Er zog sie an sich und küßte sie leidenschaftlich und spürte dabei, wie sich seine Tränen mit ihren mischten, ähnlich der sanften Berührung der beiden Schmetterlinge auf ihrer Schulter.

8.
KAPITEL

Für einige Leute war immer noch Valentinstag.

Für viele Menschen ist der Tag nicht um Mitternacht zu Ende, sondern erst, wenn sie schlafen gehen. Und wenn sie morgens aufwachen, beginnt der neue Tag. Zu den Leuten, für die noch St.-Valentins-Tag war, gehörten Bruder Anthony und Fat Lady. Obwohl es schon ein Uhr nachts war, feierten sie noch immer den Tag der Liebenden, besonders, weil sie inzwischen den Namen von Paco Lopez' ehemaliger Freundin in Erfahrung gebracht hatten. Genaugenommen hatten sie ihren Namen noch am St.-Valentins-Tag herausbekommen, was sie für ein gutes Omen hielten. Aber es was schon ein Uhr, als Bruder Anthony an die Tür von Judite Quadrados Wohnung klopfte.

Wenn hier in der Gegend um ein Uhr nachts an eine Tür geklopft wurde, so konnte das nur Ärger bedeuten. Es bedeutete entweder, daß die Polizei vorbeikam, um wegen eines in dem jeweiligen Wohnhaus begangenen Verbrechens Erkundigungen einzuziehen, oder daß ein Freund oder Nachbar vorbeischaute, um einem zu erzählen, daß ein nahestehender Mensch irgendeinen Schaden angerichtet oder erlitten hatte. Auf jeden Fall bedeutete es immer schlechte Nachrichten. Die Leute hier im Viertel wußten, daß ein Klopfen an der Tür um ein Uhr nachts weder einen Einbrecher noch einen Raubüberfall bedeutete. Diebe klopften im allgemeinen nicht an Türen. Bruder Anthony wußte, daß jemand, den man um ein Uhr morgens aus dem Bett holte, Angst haben würde. Das war auch der Grund dafür, weshalb er und Emma so lange gewartet hatten, obwohl sie ihren Tip schon um zehn Uhr bekommen hatten.

Auf der anderen Seite der Tür sagte Judite: »Wer ist da?«

»Freunde«, antwortete Bruder Anthony.

»Freunde? Wer denn? Was für Freunde?«

»Mach bitte die Tür auf«, sagte er.

»Haut ab«, sagte Judite.

»Wir müssen dringend mit dir sprechen«, sagte Emma.

»Und wer seid ihr?«

»Öffne die Tür nur einen Spaltbreit«, sagte Emma, »dann kannst du es ja selbst sehen.«

Sie hörten, wie die Tür aufgeschlossen wurde, erst unten, dann oben. Die Tür öffnete sich einen Spaltbreit, die Kette war jedoch noch vorgelegt. In dem Türspalt sahen sie das blasse Gesicht einer Frau. Hinter ihr brannte ein Licht.

»Dominus vobiscum«, sagte Bruder Anthony.

»Wir haben Geld für dich«, sagte Emma.

»Geld?«

»Ja, von Paco.«

»Paco?«

»Er hat es bei uns deponiert, damit wir es dir geben, falls ihm mal was zustößt.«

»Paco«, sagte Judite wieder. Sie hatte Paco während der letzten zwei Monate vor seiner Ermordung überhaupt nicht mehr gesehen. Paco hatte sie schließlich auch die Narben an ihren Brüsten zu verdanken, dem alten Scheißkerl. Was war das nur für ein Priester da draußen auf dem Korridor? Und wer diese dicke Frau, die behauptete, sie hätten Geld für sie. Geld von Paco? Unmöglich.

»Haut ab«, sagte sie.

Emma holte ein Bündel Geld aus der Tasche, den Rest des Geldes, das Bruder Anthony dem kleinen puertoricanischen Gauner geraubt hatte. Sie sah, wie Judites Augen groß wurden.

»Das ist für dich«, sagte Emma. »Mach die Tür auf.«

»Wenn es für mich ist, dann gib es mir doch«, sagte Judite. »Dafür brauch ich die Tür nicht aufzumachen.«

»Komm schon«, sagte Bruder Anthony und legte seine Hand auf Emmas Arm. »Die will das Geld nicht.«

»Wieviel ist es denn?« fragte Judite.

»Vierhundert Dollar«, sagte Emma.

»Und Paco hat gesagt, daß es für *mich* ist?«

»Sozusagen als Wiedergutmachung«, sagte Emma und senkte ihre Stimme.

»Augenblick mal«, sagte Judite.

Die Tür ging zu. Dann war es still. Bruder Anthony zuckte die Achseln. Emma gleichfalls. Hatte ihre Information nicht gestimmt? Der Mann, der ihnen von Judite erzählt hatte, war Judites Cousin. Er hatte gesagt, sie habe vor seiner Ermordung mit Paco Lopez zusammengelebt. Er hatte erzählt, Paco habe ihre Brüste mit brennenden Zigaretten mißhandelt. Das war einer der Gründe dafür, weshalb Bruder Anthony vorgeschlagen hatte, sie mitten in der Nacht aufzusuchen. Nach Bruder Anthonys Ansicht ließ sich nur eine sehr ängstliche Frau mißhandeln. Die späte Stunde sollte das Mädchen noch mehr verschrecken. Aber wo war sie nur? Wohin war sie gegangen? Sie warteten. Sie hörten, wie die Sicherheitskette abgenommen wurde. Die Tür ging ganz auf. Judite Quadrado stand in der offenen Tür – sie hielt eine Pistole in der Hand.

»Kommt rein«, sagte sie und gestikulierte mit der Pistole herum.

Bruder Anthony hatte mit der Pistole nicht gerechnet. Er sah Emma an. Emma sagte: *»No hay necesidad de la pistola«*, was Bruder Anthony nicht verstand. Genaugenommen hatte er bis dahin überhaupt nicht gewußt, daß Emma Spanisch sprach.

»Hasta que io sepa quien es usted«, sagte Judite und gestikulierte wieder mit der Pistole herum.

»Schon in Ordnung«, sagte Emma jetzt auf englisch. »Aber nur, solange du nicht weißt, wer wir sind. Ich erweise nicht besonders gern einer Frau eine Gefälligkeit, wenn sie eine Pistole in der Hand hält.«

Sie gingen in die Wohnung. Judite machte die Tür hinter ihnen zu und schloß ab. Sie befanden sich jetzt in einer kleinen Küche. An der einen Wand standen ein Kühlschrank, eine Spüle und ein Herd. Ein kleines Fenster ging auf den Hinterhof hinaus. Das Fenster war geschlossen und die Scheiben zugefroren. Der Tisch mit einem weißen Wachstuch darauf war an die Wand gerückt. Um den Tisch herum standen Holzstühle.

Bruder Anthony gefiel der Ausdruck von Judites Gesicht überhaupt nicht. Sie sah nicht gerade aus wie eine verschreckte Frau. Sie schien die Situation sehr wohl im Griff zu haben. Er hielt es inzwischen für einen Fehler, daß sie hier herausgekommen waren. Er dachte, sie würden jetzt auch noch das Geld verlieren, das sie von dem Raub an dem kleinen Puertoricaner noch übrig hatten. Er hatte das Gefühl, daß die Pläne, die er mit Emma ausheckte, doch nicht so grandios waren. Judite war vielleicht einsfünfundsechzig groß, ein schlankes, dunkelhaariges Mädchen mit braunen Augen und einer Nase, die für ihr schmales Gesicht vielleicht um eine Spur zu groß geraten war. Sie trug einen dunkelblauen Bademantel; Bruder Anthony dachte, daß sie sie deshalb so lange draußen vor der Tür hatte warten lassen, damit sie sich noch den Bademantel holen konnte und die Waffe. Ihm gefiel der Anblick der Waffe überhaupt nicht. Sie hielt sie ruhig in der Hand. Sie hatte schon öfter eine Waffe benutzt, das fühlte er intuitiv. Sie würde auch jetzt nicht zögern, sie zu benutzen. Die Situation war extrem unangenehm.

»Also«, sagte sie. »Wer seid ihr?«

»Ich bin Bruder Anthony«, sagte er.

»Emma Forbes«, sagte Emma.

»Woher habt ihr Paco gekannt?«

»Es ist schade, daß ihm das passiert ist«, sagte Emma.

»Woher habt ihr ihn gekannt?« fragte Judite noch einmal.

»Wir waren schon seit langem befreundet«, sagte Bruder Anthony. Es bereitete ihm wirkliche Sorgen, daß sie die Waffe so ruhig in der Hand hielt. Die Waffe sah nicht gerade wie eine Wasserpistole aus, es war mindestens eine .38er. Damit konnte sie ihm ein schönes Loch in die Soutane schießen.

»Wenn ihr seine Freunde gewesen seid, warum kenne *ich* euch dann nicht?« fragte Judite.

»Wir waren lange weg«, sagte Emma.

»Wie seid ihr dann an das Geld gekommen, wenn ihr weg wart?«

»Paco hat es in unserer Wohnung hinterlegt.«

»Und dort hat er es für *mich* hinterlegt?«

»Ja«, sagte Emma. »Zusammen mit einem Begleitschreiben.«

»Und wo ist dieser Schrieb?«

»Ja, wo haben wir ihn nur, Bruder?« sagte Emma.

»In der Wohnung«, sagte Bruder Anthony und spielte den Beleidigten. »Ich wußte ja schließlich nicht, daß man ein Begleitschreiben braucht, wenn man jemand vierhundert Dollar vorbeibringt.«

»Dann gib mir das Geld«, sagte Judite und streckte die linke Hand aus.

»Leg erst die Puste weg«, sagte Emma.

»Nein, gib mir zuerst das Geld.«

»Gib ihr schon das Geld«, sagte Bruder Anthony. »Es gehört ihr. Paco wollte schließlich, daß sie es bekommt.«

Ihre Augen trafen sich. Judite bemerkte den Blick zwischen ihnen nicht. Emma ging zum Tisch hinüber und breitete die Scheine fächerförmig auf dem Wachstuch aus. Judite drehte sich um und wollte die Scheine gerade an sich nehmen, als Bruder Anthony ihr die Faust mit voller Wucht ins Gesicht schlug. Ihre Nase war auch vorher nicht gerade außergewöhnlich hübsch gesessen, jetzt aber blutete sie zudem auch noch heftig. Bruder Anthony hatte irgendwo gelesen, daß ein Schlag auf die Nase besonders schmerzhaft und zugleich wirksam sei. Die Nase blutete leicht, und Blut macht den Menschen angst. Das Blut, das aus Judites Nase lief, ließ sie die Pistole in ihrer Hand ganz vergessen. Bruder Anthony packte ihr Handgelenk, riß ihren Arm nach hinten und entriß ihr die Pistole.

»Okay«, sagte er.

Judite hielt sich die Nase mit einer Hand. Ihre Finger waren blutüberströmt. Emma nahm ein Geschirrtuch und warf es ihr hinüber.

»Putz dich damit ab«, sagte sie.

Judite wimmerte.

»Und hör auf zu flennen. Niemand hier tut dir etwas.«

Judite war davon nicht unbedingt überzeugt. Schließlich *hatte* man ihr schon etwas getan. Es war ein großer Fehler gewesen, nachts um ein Uhr die Tür zu öffnen, selbst *mit* einer Waffe in der Hand. Jetzt befand sich die Waffe in der Hand des

Priesters, und die fette Frau nahm das Geld wieder vom Tisch und steckte es in ihre Tasche zurück.

»Wa ... was wollt ihr denn von mir?« fragte Judite. Sie preßte sich jetzt das Tuch gegen die Nase. Das Tuch färbte sich langsam rot. Ihre Nase tat weh, und sie vermutete, daß der Priester sie gebrochen hatte.

»Setz dich«, sagte Bruder Anthony. Er lächelte, jetzt, da *er* die Situation in den Händen hatte.

»Setz dich«, wiederholte Emma.

Judite setzte sich an den Tisch.

»Ich brauche Eis; du hast mir die Nase gebrochen.«

»Hol ihr 'n bißchen Eis«, sagte Bruder Anthony.

Emma ging zum Eisschrank hinüber. Sie holte den Eiswürfelbehälter heraus und schlug die Eiswürfel ins Waschbecken. Judite gab ihr das blutverschmierte Tuch, und Emma wickelte ein paar Eiswürfel darin ein.

»Du hast meine Nase gebrochen«, sagte Judite wiederum, nahm das Geschirrtuch und preßte es gegen ihre Nase. Draußen auf der Straße hörte sie Sirenengeheul. Sie überlegte, ob sie einen Krankenwagen brauchen würde.

»Wer waren seine Kunden?« fragte Bruder Anthony.

»Was?« Anfangs wußte sie nicht, was er meinte. Und dann fiel ihr ein, daß er offenbar über Paco sprach.

»Seine *Abnehmer*«, sagte Emma. »Denen er den Stoff verkauft hat.«

»Paco, meint ihr?«

»Du weißt ganz genau, wen wir meinen«, sagte Bruder Anthony. Er schob die Pistole in die beutelartige Tasche auf der Vorderseite seines Gewandes und gab der dicken Frau ein Zeichen. Die dicke Frau langte wieder in die Tasche. Für den Bruchteil einer Sekunde dachte Judite, die beiden würden sie in Ruhe lassen. Der Priester hatte die Waffe weggesteckt, und die dicke Frau faßte wieder in ihre Tasche. Sie würden ihr das Geld schließlich doch noch geben. Aber als die Hand der fetten Frau wieder aus der Tasche auftauchte, hielt sie darin einen langen schmalen Gegenstand. Die dicke Frau machte eine Bewegung mit dem Daumen, und eine lange scharfe

Klinge kam zum Vorschein, auf der sich das Licht spiegelte. Judite hatte vor dem Rasiermesser größere Angst, als sie vor der Pistole gehabt hatte. Geschossen hatte noch nie jemand auf sie, aber geschnitten hatte man sie schon sehr häufig, einmal sogar Paco. Die Narbe hatte sie noch auf der Schulter. Die Narbe war jedoch immerhin nicht so häßlich wie die Brandnarben auf ihren Brüsten.

»Wer waren seine Kunden?« fragte Bruder Anthony wieder.

»Ich hab' ihn selbst doch kaum gekannt«, sagte Judite.

»Immerhin hast du mit ihm zusammengelebt«, sagte Emma.

»Das heißt nicht, daß ich ihn gekannt habe«, sagte Judite, was auf eine geradezu unheimliche Weise sogar stimmte.

Sie wollte ihnen Pacos Abnehmer nicht preisgeben, weil seine ehemaligen Kunden jetzt ihre Kunden waren oder jedenfalls sein würden, sobald sie die dafür notwendigen Vorbereitungen abgeschlossen hatte. Sie hatte aus dem Gedächtnis eine Liste mit einem Dutzend Namen von Konsumenten aufgestellt, ausreichend viel, um sich einen für ihre Verhältnisse luxuriösen Lebensstil leisten zu können. Genug auch, um Judite, bevor sie sich auf das Geschäft einlassen würde, zum Kauf einer Waffe zu veranlassen; es gab auf der Welt einfach zu viele Scheißkerle wie Paco. Aber die Knarre befand sich jetzt in der Tasche des Priesters, und die fette Frau blickte genüßlich auf das blitzende Rasiermesser in ihrer Hand. Judite dachte, daß das Leben sich auf eine eigenartige Weise ständig wiederholte. Bei dem Gedanken daran, was Paco mit ihren Brüsten gemacht hatte, hielt sie instinktiv mit der linken Hand den Bademantel über der Brust zu. Bruder Anthony sah die Bewegung.

»Wer waren seine Kunden?« fragte Emma.

»Was meinst du damit? *Welche* Kunden?«

»Für den Schnee«, sagte Emma und kam mit dem Rasiermesser näher.

»Ich weiß nicht, was du mit *Schnee* meinst«, sagte Judite.

»Was zum *Schnupfen,* meine Liebe«, sagte Emma und hielt

ihr das Rasiermesser nahe vors Gesicht. »Durch die Nase, meine Liebe. Durch die Nase, die *dir* in einer Minute fehlen wird, wenn du uns die Namen nicht sagst.«

»Nein, nicht das Gesicht«, sagte Bruder Anthony fast flüsternd. »Nicht das Gesicht.«

Er lächelte Judite an. Wiederum glaubte Judite für einen Sekundenbruchteil, daß er sie in Ruhe lassen würde. Die Frau wirkte bedrohlich, aber der Priester ...

»Zieh den Bademantel aus«, sagte er.

»Weshalb?« fragte sie und zog den Mantel noch enger über der Brust zusammen.

»Zieh ihn aus«, sagte Bruder Anthony.

Sie zögerte. Sie nahm das Tuch von der Nase. Es schien nur langsam zu bluten aufzuhören. Sie preßte das Tuch wieder gegen die Nase. Vielleicht würde das alles ja nur halb so schlimm werden. Vielleicht, wenn sie nur mitspielte – die fette Frau konnte doch nicht *ernsthaft* ihre Nase abschneiden wollen. Waren den beiden die Namen von Pacos Abnehmern wirklich so wichtig? Würden sie soviel dafür riskieren? Egal, das waren jetzt *ihre* Kunden, verdammt noch mal! Sie würde den beiden sonst alles geben, was sie verlangten, aber nicht die Namen, die ihr – nach ihrer Vorstellung – endlich die *Freiheit* ermöglichten. Sie wußte zwar nicht genau, welche Art von Freiheit. Einfach nur die Freiheit. Die Namen würden sie von ihr nicht bekommen.

»Warum soll ich den Mantel ausziehen?« fragte sie. »Was wollt ihr eigentlich von mir?«

»Die Kunden«, sagt Emma.

»Wollt ihr mich nackt sehen?« fragte sie. »Ist es das?«

»Die Kunden«, sagte Emma.

»Soll ich dir einen blasen?« fragte sie Bruder Anthony.

»Zieh den Bademantel aus«, sagte Bruder Anthony.

»Denn wenn du möchtest ...«

»Den Mantel«, sagte er.

Sie sah ihn an. Sie versuchte, in seinen Augen zu lesen. Paco hatte ihr mal erzählt, sie sei eine bessere Schwanzlutscherin als die meisten Nutten, die er kannte. Wenn sie den Priester ...

»Kann ich aufstehen?« fragte sie.

»Steh auf«, sagte Emma und ging ein paar Schritte zurück. Das geöffnete Rasiermesser hatte sie immer noch in der Hand.

Judite nahm das Tuch von der Nase. Die Nase hatte inzwischen ganz zu bluten aufgehört. Sie zog den Mantel aus und legte ihn über die Stuhllehne. Sie trug nur ein hellblaues Baby-Doll-Hemdchen. Das Hemdchen endete gerade ein bis zwei Zentimeter unterhalb des Schritts. Das zu dem Oberteil gehörende Höschen trug sie nicht. Beides zusammen hatte sie sechsundzwanzig Dollar gekostet. Dieses Geld konnte sie leicht durch Koksdealen wieder reinholen. Sie sah, wohin die Augen des Priesters wanderten.

»Was sagst du also dazu?« fragte sie, hob dabei eine Augenbraue und versuchte sogar zu lächeln.

»Ich sage: Zieh das Hemd aus«, sagte Bruder Anthony.

»Es ist kalt hier drinnen«, sagte Judite und umschlang ihren Oberkörper mit den Armen. »Um zehn Uhr wird hier immer die Heizung ausgeschaltet.« Sie fand sich verführerisch und neckisch. Sie hatte das Auge des Priesters schon gefangen – diese Typen sollten eigentlich alle zölibatär leben, daß ich nicht lache –, und jetzt wollte sie die ganze Situation noch ein wenig interessanter und würziger machen, ihn ein wenig hinhalten und das Hemdchen erst nach einem großen Auftritt ausziehen. Die fette Frau würde alles akzeptieren, was der Priester verlangte. Schließlich kannte Judite die Frauen – und so war es nun einmal.

»Zieh's schon aus«, sagte Bruder Anthony.

»Wozu?« fragte Judite immer noch kokettierend. »Du kannst doch sehen, was du bekommst, oder etwa nicht. Ich bin doch praktisch schon nackt, das Ding ist doch so gut wie durchsichtig, warum soll ich es also ausziehen?«

»Zieh das verdammte Hemd aus!« sagte Emma, und sofort wurde Judite klar, daß sie sich in ihrer Einschätzung getäuscht hatte. Die fette Frau kam wieder mit dem blitzenden Rasiermesser in der Hand auf sie zu.

»Schon gut ... bitte nicht ... Ich zieh's ja schon aus, okay? Sei ganz ruhig, okay? Aber ich weiß wirklich nicht, wovon ihr sprecht. Pacos Kunden. Ich schwöre bei Gott, daß ich nicht weiß, was ihr meint …«

»Du weißt genau, worüber wir sprechen«, sagte Bruder Anthony.

Sie hob das Hemd über die Taille, dann über ihre Brüste und die Schultern und legte es, ohne sich umzudrehen, auf die Sitzfläche des Holzstuhls. Auf ihren Armen, Schultern und der Brust wurde sofort eine Gänsehaut sichtbar. Sie stand nackt und zitternd barfuß auf dem kalten Linoleum mitten in der Küche, hinter ihr das vereiste Fenster. Bruder Anthony fand sie recht gut gebaut. Sie hatte schmale, schön geformte Schultern, einen sanft geschwungenen Bauch und weiche, ausladende Hüften. Ihre Brüste waren ebenfalls groß und fest und abgesehen von einigen braunen Brandnarben wirklich schön. Sehr gut gebaut, dachte er. Zwar keine so opulente Frau wie Emma, aber wirklich sehr gut gebaut. Er bemerkte eine kleine Schnittnarbe auf ihrer rechten Schulter. Sie war also auch schon früher mißhandelt worden, vielleicht sogar regelmäßig, eine sehr ängstliche Frau.

»Schneid sie«, sagte er.

Der Schnitt mit dem Rasiermesser erfolgte so blitzschnell, daß Judite einen Augenblick lang gar nicht bemerkte, daß sie verletzt war. Der Schnitt zog einen dünnen Blutstreifen über ihren Bauch, jedoch nicht so angsterregend, wie der Blutschwall aus ihrer Nase gewesen war, nur ein dünner Streifen Blut auf dem Fleisch, nichts übermäßig Furchterregendes. Selbst der brennende Schmerz war nicht so unerträglich, wie es der Schlag auf ihre Nase gewesen war. Sie sah erstaunt auf ihren Bauch hinunter. Aber irgendwie hatte sie jetzt weniger Angst als noch vor einem Augenblick. Wenn es nur *das* war, wenn sie ihr nichts Schlimmeres antun würden …

»Wir wollen dir nicht weh tun«, sagte der Priester, und sie wußte sofort, daß die zwei genau das tun würden, daß sie ihr sogar noch weher tun würden als bisher, wenn sie ihnen nicht die gewünschten Namen nannte. Ihr Geist arbeitete rasch, und sie suchte verzweifelt nach einem Weg, wie sie ihre eigenen Interessen schützen konnte; sie konnte ihnen ja die

Namen der Kunden sagen, warum auch nicht, und den Namen des Lieferanten geheimhalten – neue Kunden ließen sich immer auftun, wenn man nur wußte, wo man den Stoff herbekam. Sie verbarg ihr Geheimnis und auch ihre Angst und nannte ihnen ruhig alle Namen, die sie wollten, alle zwölf, an die sich erinnern konnte, und schrieb sie, als sie dazu aufgefordert wurde, sogar auf ein Stück Papier, die Namen und Adressen, das Zittern ihrer Hand suchte sie dabei zu verbergen. Und dann, als sie ihnen alle Namen gegeben hatte und in manchen Fällen sogar noch die Schreibweise verdeutlicht hatte, als sie schon glaubte, jetzt sei endlich alles ausgestanden, daß die zwei nun alles hatten, was sie von ihr wollten, und sie mit ihrer zerschlagenen Nase und den Blutstreifen auf ihrem Bauch jetzt endlich in Ruhe lassen würden, war sie völlig überrascht, als der Priester fragte: »Und woher hat er das Zeug bekommen?«, und sie zögerte eine Sekunde lang, und dann wurde ihr plötzlich klar, daß ihr Zögern schon wieder ein Fehler gewesen war und den beiden verraten hatte, daß sie Pacos Bezugsquelle sehr wohl kannte und auch den Namen seines Lieferanten wußte und die zwei diesen Namen jetzt von ihr haben wollten.

»Ich weiß nicht, woher«, sagte sie.

Sie fing an, mit den Zähnen zu klappern. Sie starrte ununterbrochen auf das Rasiermesser in der Hand der fetten Frau.

»Und jetzt ihre Brust«, sagte der Priester, und ihre Hände bedeckten instinktiv ihre vernarbten Brüste, als die fette Frau sich wieder mit dem Rasiermesser näherte, und plötzlich hatte sie mehr Angst als je zuvor in ihrem ganzen Leben, und sie hörte, wie sie ihnen den Namen nannte, wie sie ihr Geheimnis und die Freiheit dahingab, wie sie den Namen immer wieder stammelnd aussprach und glaubte, damit habe es nun endlich ein Bewenden, und war maßlos erstaunt, als die Klinge wieder aufblitzte und wie Feuer in ihr Fleisch fuhr. *O Jesus,* sie würden ihr immer mehr Schmerzen zufügen, *o süße Jungfrau Maria,* vielleicht sie sogar töten, o *süße Mutter Gottes;* die Klinge blitzte immer von neuem auf und traf sie, bis sie schließlich das Bewußtsein verlor.

Auf dem Revier herrschte jeden Tag das gleiche Chaos. Aber Montag morgens war allen klar, daß Montag war, das war einfach ein Gefühl, das in der Luft lag. Bei aller Ähnlichkeit der verschiedenen Tage gab es da doch irgendeinen feinen Unterschied.

Carella saß schon um 7 Uhr 30 am Schreibtisch, eine Viertelstunde vor seinem eigentlichen Dienstbeginn. Die Männer von der langsam zu Ende gehenden Nachtschicht saßen übermüdet vor ihren Kaffeetassen und redeten leise über die Ereignisse der vergangenen Nacht. Der Nachtdienst war diesmal ziemlich ruhig verlaufen. Sie neckten Carella, weil er schon fünfzehn Minuten zu früh auftauchte; wollte er es etwa zum Detective First Grade bringen? Carella wollte nur mit Karl Loeb sprechen, dem Medizinstudenten, mit dem Timothy Moore in der Nacht, als Sally Anderson erschossen worden war, angeblich verschiedentlich telefoniert hatte.

Im Telefonbuch gab es drei Spalten voll Loebs, darunter jedoch nur zwei Karl Loeb, und davon wiederum nur einen in der Perry Street wohnhaften, drei Blocks von der Ramsey-Universität entfernt. Moore hatte Carella erzählt, er sei tagsüber an der Uni erreichbar. Carella wußte jedoch nicht, ob die Ramsey-Universität an einem Feiertag wie dem President's Day geschlossen war, aber er wollte kein Risiko eingehen. Im übrigen war es ja auch möglich, daß Loeb, wenn er heute freihaben sollte, vielleicht irgend etwas unternehmen würde. Er wollte ihn zu Hause erreichen, bevor Loeb so oder so nicht mehr erreichbar wäre. Er wählte die Nummer.

»Hallo?« sagte eine Frauenstimme.

»Hallo, könnte ich bitte mit Karl Loeb sprechen?« sagte Carella.

»Wer spricht bitte?« fragte die Frau.

»Detective Carella vom siebenundachtzigsten Revier.«

»Was soll das heißen?« sagte die Frau.

»Kriminalpolizei«, sagte Carella.

»Soll das 'n Witz sein?« fragte sie.

»Nein.«

»Also dann … Augenblick mal bitte.«

Sie legte den Hörer beiseite. Er hörte, wie sie jemanden rief. Als Loeb an den Apparat kam, klang er verwirrt.

»Hallo?« sagte er.

»Mr. Loeb?«

»Ja?«

»Hier spricht Detective Carella, siebenundachtzigstes Revier.«

»Ja, bitte?«

»Wenn Sie ein paar Minuten Zeit haben, würde ich Ihnen gern einige Fragen stellen.«

»Worüber?«

»Kennen Sie einen Mann namens Timothy Moore?«

»Ja.«

»Waren sie am Freitagabend zu Hause, Mr. Loeb?«

»Ja.«

»Hat Mr. Moore Sie Freitagabend irgendwann angerufen? Ich spreche vom vergangenen Freitag, dem zwölften Februar.«

»Also ... ich wüßte gern, worum handelt es sich denn eigentlich?«

»Kommt Ihnen der Anruf ungelegen, Mr. Loeb?«

»Na ja, ich war gerade beim Rasieren.«

»Soll ich Sie später noch mal anrufen?«

»Nein, aber ... ich wüßte gern, worum es sich handelt.«

»Haben Sie vergangenen Freitag irgendwann mit Mr. Moore gesprochen?«

»Ja, das hab' ich.«

»Wissen Sie noch, worüber Sie gesprochen haben?«

»Das Examen. Wir haben ein großes Examen vor uns. In Pathologie. Entschuldigen Sie, Mr. Coppola, aber ...«

»Carella«, sagte Carella.

»Carella, entschuldigen Sie. Aber könnten Sie mir bitte sagen, worum es sich handelt. Ich bin es eigentlich nicht gewöhnt, von der Polizei geheimnisvolle Anrufe zu bekommen. Im Grunde genommen weiß ich ja nicht mal, ob Sie überhaupt Polizist sind.«

»Würden Sie mich lieber hier auf dem Revier anrufen?« fragte Carella. »Die Nummer lautet ...«

»Nein, nein. Das ist, glaube ich, nicht notwendig. Aber wirklich ...«

»Tut mir leid, Mr. Loeb, aber im Augenblick möchte ich lieber nicht über den Anlaß meines Anrufs mit Ihnen sprechen.«

»Hat Timothy irgendwelchen Ärger?«

»Nein, Sir.«

»Dann ... ja dann verstehe ich nicht.«

»Mr. Loeb, ich wäre Ihnen für Ihre Hilfe dankbar. Können Sie sich erinnern, *wann* Mr. Moore Sie angerufen hat?«

»Er hat mich mehrmals angerufen.«

»Wie oft, schätzen Sie?«

»Fünf-, sechsmal. Kann ich nicht mehr genau sagen. Wir haben Informationen ausgetauscht.«

»Haben Sie *ihn* irgendwann mal angerufen?«

»Ja, zwei- oder dreimal.«

»Dann haben Sie also ...«

»Vielleicht viermal«, sagte Loeb. »Ich kann's nicht mehr so genau sagen. Wir haben in gewisser Hinsicht gemeinsam am Telefon gelernt.«

»Dann haben sie also neun- oder zehnmal miteinander telefoniert, ist das richtig?«

»Ungefähr. Vielleicht auch ein dutzendmal. Das weiß ich nicht mehr so genau.«

»Über die ganze Nacht verteilt?«

»Na ja, nicht gerade die *ganze* Nacht.«

»Wann war das erste Gespräch«

»Gegen zehn, schätze ich.«

»Haben *Sie* Mr. Moore angerufen, oder er ...«

»Er hat *mich* angerufen.«

»Um zehn Uhr?«

»Gegen zehn. So genau weiß ich das nicht mehr.«

»Und das nächste Mal?«

»Ich habe ihn 'ne halbe Stunde später zurückgerufen.«

»Um Informationen auszutauschen?«

»Eigentlich, um ihn etwas zu fragen.«

»Und das nächste Mal?«

»Das kann nich nicht mehr genau sagen. Wir haben in der Nacht ständig miteinander telefoniert.«

»Als Sie Ihre drei, vier Gespräche mit ihm geführt haben, war Mr. Moore da jedesmal zu Hause?«

»Ja, natürlich.«

»Sie haben ihn unter seiner Privatnummer angerufen?«

»Ja.«

»Wann haben Sie *zuletzt* mit ihm telefoniert?«

»Das muß so gegen zwei Uhr gewesen sein, schätz' ich.«

»Haben Sie *ihn* angerufen, oder ...«

»Ich hab' *ihn* angerufen.«

»Und Sie haben ihn erreicht?«

»Ja, Mr. Carella. Aber allmählich ...«

»Mr. Loeb, haben Sie am vergangenen Freitag auch zwischen elf und zwölf miteinander telefoniert?«

»Timmy und ich, meinen Sie?«

»Ja, Sie und Mr. Moore.«

»Zwischen elf und zwölf?«

»Ja, Sir.«

»Ich glaube schon, ja.«

»Hat er *Sie* da angerufen oder Sie *ihn?*«

»Er hat *mich* angerufen.«

»Können Sie sich noch an die genauen Uhrzeiten erinnern?«

»Nein, an die Uhrzeit kann ich mich im einzelnen nicht erinnern?«

»Aber Sie sind sicher, daß diese Gespräche zwischen elf und Mitternacht stattgefunden haben?«

»Ja, das bin ich.«

»Wie viele Gespräche waren es etwa in dem Zeitraum?«

»Zwei, glaube ich.«

»Und Mr. Moore hat beide Male angerufen?«

»Ja.«

»Könnten Sie vielleicht versuchen, sich an den genauen Zeitpunkt beider Gespräche zu erinnern?«

»Das kann ich Ihnen wirklich nicht genau sagen.«

»Aber annähernd.«

»Ich glaube, er hat um … es muß kurz nach elf gewesen sein, als er das erste Mal angerufen hat. Die Nachrichten gingen gerade zu Ende. Es muß ungefähr fünf Minuten nach elf gewesen sein, schätz' ich.«

»Die Nachrichten.«

»Im Radio. Ich hab' beim Lernen Radio gehört. Und Timmy auch. Ich hab' gern Musik im Hintergrund, wenn ich arbeite, wissen Sie? Das beruhigt mich. Aber die Nachrichten liefen noch, als er anrief.«

»Und Sie sagen, er hatte das Radio auch an?«

»Ja.«

»Woher wissen Sie das?«

»Das konnte ich hören. Er hat sogar davon gesprochen, daß er es leiser stellen wollte.«

»Das versteh' ich nicht, es leiser zu stellen?«

»Ja, sein Radio. Er sagte in etwa … ich kann es nicht mehr genau sagen … ›Laß mich die Musik mal kurz leiser stellen, Karl‹, irgendwie so was.«

»Und dann hat er es leiser gedreht?«

»Ja, Sir.«

»Die Lautstärke an seinem Radio?«

»Ja, Sir.«

»Wie lange haben Sie bei der Gelegenheit mit ihm gesprochen? Das war fünf nach elf, sagen Sie?«

»Ja, so in etwa. Wir haben fünf oder zehn Minuten gesprochen, schätz' ich. Als er dann das nächte Mal angerufen hat, es gab da immer noch ein paar Dinge, die er nicht verstand …«

»Und wann war das, Mr. Loeb, der zweite Anruf?«

»'ne halbe Stunden später – kann ich nicht mehr so genau sagen.«

»Irgendwann gegen halb zwölf?«

»So ungefähr.«

»Und sein Radio war noch an?«

»Was?«

»Sein Radio, konnten Sie es noch im Hintergrund hören?«

»Ja, Sir, das konnte ich.«

»Und worüber haben Sie dann gesprochen?«

»Worüber wir auch schon gegen elf gesprochen hatten. Um fünf nach elf, genaugenommen. Es ging dabei um Knochenmarkserkrankungen und um Leukämie. Was wollen Sie darüber im einzelnen wissen?«

»Sie haben also noch mal die gleichen Fragen durchgesprochen, wenn ich Sie recht verstehe?«

»Also, Leukämie ist nicht gerade eine einfache Krankheit, Mr. Carella.«

»Davon bin ich überzeugt«, sagte Carella, der sich zurechtgewiesen fühlte. »Und Sie sagen, das letzte Mal haben Sie dann um zwei Uhr morgens oder so mit ihm gesprochen?«

»Ja, Sir.«

»Und zwischen halb zwölf und zwei Uhr früh ... haben Sie da noch mal mit ihm gesprochen?«

»Ich glaub' schon, ja.«

»Und wer hat dabei wen angerufen?«

»Wir uns *gegenseitig.*«

»Und wie spät?«

»Weiß ich nicht mehr. Ich weiß noch, daß einmal sein Telefon belegt war ...«

»Als *Sie* ihn anrufen wollten?«

»Ja, Sir.«

»Und wie spät war das?«

»Das kann ich Ihnen wirklich nicht mehr genau sagen.«

»Vor oder nach Mitternacht?«

»Kann ich nicht sagen.«

»Aber nach 11 Uhr 35 haben Sie dann später noch mal mit ihm telefoniert?«

»Ja, Sir. Verschiedentlich.«

»Wechselseitig?«

»Ja, Sir.«

»Um wieder über die Prüfung zu reden?«

»Ja, genau.«

»Und sein Radio lief immer noch?«

»Glaub' schon.«

»Haben Sie das Radio gehört oder nicht.«

»Ja Sir. Ich konnte Musik hören.«

»Die gleiche Art von Musik wie vorher?«

»Ja, Sir, er hat klassische Musik gehört, das habe ich jedesmal mitbekommen.«

»Und zuletzt haben Sie um zwei Uhr früh telefoniert?«

»Ja, Sir.«

»Und da haben Sie angerufen?«

»Ja, Sir.«

»Bei ihm zu Hause?«

»Ja, Sir.«

»Vielen Dank, Mr. Loeb, Sie waren freundlich ...«

»Also, was ist denn nun eigentlich los, Mr. Carella ...«

»Routinesache«, sagte Carella und hängte auf.

Die Frau war nackt.

Sie lag auf dem Gehsteig. Eine Blutspur führte von dem Hauseingang, aus dem sie gekommen war, bis zu jener Stelle, wo sie jetzt lag. An der Eingangstür hafteten ihre blutigen Handabdrücke. Die nach oben führende Treppe und das Geländer waren blutverschmiert.

Die Frau verlor noch immer große Mengen Blut.

Sie war am ganzen Körper brutal zugerichtet – geradezu verstümmelt.

Die Frau hatte keine Nase mehr.

»Mein Gott«, sagte einer der Streifenbeamten.

»Hilfe«, stöhnte die Frau, und Blut sprudelte aus ihrem Mund hervor.

Die Frau, die bei Allan Carter die Wohnungstür öffnete, war nach Carellas Einschätzung etwa fünfunddreißig Jahre alt. Sie trug einen Hausmantel aus Brokat. Ihr langes schwarzes Haar rahmte ein außergewöhnlich hübsches, mandeläugiges Gesicht ein, was jene fernöstliche Assoziation auslöste, welche die Polizisten auf dem Siebenundachtzigsten immer wieder veranlaßte, Carella als Fujiwaras Cousin zu bezeichnen.

Sie hätte eine ältere Ausgabe von Tina Wong sein können. Carella wunderte sich manchmal darüber, daß untreue Ehemänner so häufig eine Frau auswählten, die ihrer Ehefrau sehr ähnlich sah.

»Mr. Carella?« sagte sie.

»Ja, Madam.«

»Kommen Sie bitte herein, mein Mann erwartet Sie schon.« Sie streckte die Hand aus. »Ich bin Melanie Carter.«

»Angenehm«, sagte Carella und schüttelte ihre Hand. Sie fühlte sich sehr warm an, vielleicht weil er gerade aus der Kälte kam. Carter kam aus einem Nebenzimmer, wahrscheinlich dem Schlafzimmer. Er trug über seinen dunkelblauen Pyjama einen japanischen Kimono. Carella fragte sich, ob der Kimono ein Geschenk von Tina Wong sei.

»Tut mir leid, daß ich Sie schon so früh am Morgen störe«, sagte er.

»Nein, nein, überhaupt nicht«, sagte Carter und schüttelte ihm die Hand. »Einen Kaffee? Melanie«, sagte er. »Könnten wir einen Kaffee bekommen?«

»Ja, natürlich«, sagte Melanie und ging in die Küche.

»Ganz allein heute?« sagte Carter.

»Wir sind nur zu zweit«, sagte Carella, »und wir müssen mit ziemlich vielen Leuten sprechen.«

»Davon bin ich überzeugt«, sagte Carter. »Was kann ich für Sie tun?«

»Ich würde gern mit Ihnen allein sprechen«, sagte Carella.

»Allein?«

»Ja, Sir. Nur Sie und ich«, sagte Carella und nickte zur Küche hinüber.

»Meine Frau kann alles hören, was hier gesprochen wird«, sagte Carter.

»Da bin ich mir nicht so sicher, Sir«, sagte Carella. Die beiden Männer sahen sich in die Augen. Carella sagte nichts. Melanie kam mit einem Tablett aus der Küche. Sie stellte das Tablett mit dem Kaffee und den Tassen auf den Tisch und sagte dann: »Ich hab' die Löffel vergessen«, und ging wieder in die Küche. Beide Männer schwiegen. Als sie zurückkam, sagte sie: »Hier bitte«, und legte zwei Teelöffel auf das Tablett. »Möchten Sie sonst noch etwas, Mr. Carella, vielleicht eine Scheibe Toast?«

»Nein, vielen Dank, Madam«, sagte Carella.

»Melanie«, sagte Carter und zögerte. »Du wirst dich hier wahrscheinlich zu Tode langweilen. Wenn du etwas zu tun hast ...«

»Natürlich, mein Lieber«, sagte sie. »Entschuldigen Sie mich, Mr. Carella.« Sie nickte kurz, lächelte und ging ins Schlafzimmer; die Tür schloß sie hinter sich. Carter stand plötzlich auf und ging zur Stereoanlage hinüber. Der weiß genau, worum es geht, dachte Carella. Dem genügt die 'Tür zwischen den beiden Zimmern nicht. Carter schaltete das Radio ein. Musik erfüllte den Raum. Irgend etwas Klassisches. Carella konnte es nicht genau einordnen.

»Das ist 'n bißchen laut, nicht?« sagte er.

»Sie haben gesagt, Sie wollten mit mir *allein* sprechen.«

»Aber ich möchte nicht mit Ihnen allein *schreien.*«

»Ich stelle es ein wenig leiser«, sagte Carter.

Er ging wieder zum Radio hinüber. Carella dachte daran, daß am Freitag, als Loeb mit Moore telefoniert hatte, auch klassische Musik im Radio gelaufen war. Es gab in dieser ganzen Kulturmetropole nur einen einzigen Sender für klassische Musik. Offenbar hatte der Sender doch mehr Hörer, als man gemeinhin annahm.

Carter kam zu dem Sofa zurück, auf dem Carella saß, und setzte sich ihm gegenüber in einen Sessel.

»Es geht um Tina, was?« sagte Carter unvermittelt.

Carella bewunderte ihn, weil er so direkt zur Sache kam. Aber eigentlich wollte er nicht in erster Linie über Tina sprechen. Tina Wong war nur ein Druckmittel. Im Strafgesetz nannte man so etwas Nötigung. Hin und wieder war Carella sich nicht zu schade für ein bißchen Druck.

»So ungefähr«, antwortete er.

»Dann wissen Sie es also«, sagte Carter. »Und jetzt? Im übrigen hätte meine Frau das ruhig hören können.«

»Ach so«, sagte Carella.

»Sie lebt auch nicht gerade wie eine Nonne.«

»So, so«, sagte Carella.

»Sie findet auch Wege, sich zu vergnügen, wenn ich unterwegs bin, das können Sie mir glauben. Egal, was hat Tina mit Sally Anderson zu tun?«

»Also«, sagte Carella. »Das möchte ich ja gerade von Ihnen wissen.«

»Sie ziehen hier ja 'ne prächtige Show ab«, sagte Carter ernst. »Wenn ich das nächste Mal die Rolle eines linken Vogels besetzen muß, wende ich mich direkt an Sie. Was wollen Sie, Mr. Carella?«

»Ich möchte wissen, warum Sie Sally Anderson für rothaarig gehalten haben.«

»War sie das etwa nicht?«

»Sie spielen Ihren Part aber auch nicht schlecht«, sagte Carella. »Wenn ich das nächste Mal die Rolle eines gerissenen Lügners zu besetzen habe, wende ich mich direkt an *Sie*.«

»Touché«, sagte Carter.

»Ich bin nicht zum Fechten hergekommen«, sagte Carella.

»Und warum sind Sie gekommen? Bis jetzt war ich sehr geduldig mit Ihnen. Ich habe aber auch einen Anwalt. Ich bin sicher, der würde nichts lieber tun, als ...«

»Rufen Sie ihn ruhig an«, sagte Carella.

Carter seufzte. »Hören wir mit dem Quatsch auf, okay?« sagte er.

»Gern«, sagte Carella.

»Warum ich Sally für rothaarig gehalten habe? So lautete doch Ihre Frage, nicht?«

»Genau.«

»Ist es ein Verbrechen zu glauben, daß eine rothaarige Frau rothaarig ist?«

»Nein, es ist nicht einmal ein Verbrechen zu glauben, daß eine *Blondine* rothaarig ist.«

»Wo liegt dann das Problem?«

»Mr. Carter, Sie wissen, daß sie *blond* war.«

»Wie kommen Sie darauf?«

»Also gut, Ihr Choreograph favorisiert Blondinen, und alle weißen Mädchen in der Show sind Blondinen. Übrigens, die Show hat mir sehr gut gefallen. Vielen Dank, daß Sie mir die Karten zugänglich gemacht haben.«

»Keine Ursache«, sagte Carter und nickte sauer.

»Außerdem waren Sie bei der Endauswahl sämtlicher Tänzer dabei ...«

»Wer hat Ihnen das erzählt?«

»Sie selbst. Und Sie *mußten* einfach wissen, daß in der Show kein rothaariges Mädchen mitwirkte, schließlich waren Sie in der letzten Phase der Proben bei allen Durchläufen dabei ... was ich ebenfalls von *Ihnen selbst* weiß.«

»Folglich?«

»Folglich glaube ich, daß Sie mich belogen haben, als Sie mir weismachen wollten, daß Sie Sally Anderson für rothaarig halten. Und wenn jemand zu lügen anfängt, dann frage ich mich, warum?«

»Ich glaube immer noch, daß sie rothaarig gewesen ist.«

»Nein, das tun Sie nicht. Seit drei Tagen ist ihr Bild in allen Zeitungen. Dort sieht man sehr deutlich, daß sie blond war. Selbst wenn Sie am Tag nach dem Mord noch geglaubt hätten, daß sie rothaarig war, dann müßten Sie inzwischen wirklich eines Besseren belehrt sein.«

»Ich hab' mir die Zeitungen nicht angesehen«, sagte Carter.

»Und was ist mit dem Fernsehen? Im Fernsehen haben sie ihr Bild auch gezeigt. Sogar in Farbe. Also, Mr. Carter, ich habe doch schon gesagt, ich bin nicht zum Fechten hergekommen.«

»Und was glauben *Sie,* Mr. Carella?«

»Ich glaube, Sie kannten sie besser, als Sie zugeben wollen. Soweit ich weiß, haben Sie mit ihr genauso herumgetändelt wie mit Tina Wong.«

»Das stimmt nicht.«

»Warum haben Sie mich dann belogen?«

»Hab' ich ja gar nicht. Ich dachte, sie sei rothaarig.«

Carella seufzte.

»Das stimmt«, sagte Carter.

»Ich sag' Ihnen eins, Mr. Carter. Auch wenn ich ein linker Vogel sein mag, so glaube ich trotzdem, daß ein Mann, der noch weiterlügt, selbst wenn er schon der Lüge überführt ist, *wirklich* etwas zu verheimlichen hat. Ich weiß, daß am vergangenen Freitag ein Mädchen ermordet worden ist, und Sie behaupten, Sie gar nicht gekannt zu haben. Was würden Sie an meiner Stelle denken, großer Produzent?«

»Ich würde denken, daß Sie ziemlich im dunkeln tappen.«

»Waren Sie an dem Sonntag vor dem Mord auf einer Party? Bei einer Tänzerin namens Lonnie Cooper? Einem schwarzen Mädchen in der Truppe?«

»Ja.«

»War Sally Anderson auch dort?«

»Das weiß ich nicht mehr.«

»Sie war dort, Mr. Carter. Wollen Sie mir weismachen, Sie hätten sie bei der Gelegenheit ebenfalls nicht erkannt? In Ihrer Show gibt es nur acht Tänzerinnen, wie hätten Sie da Sally Anderson *nicht* erkennen sollen, wenn sie auch auf der Party war?«

»*Wenn* sie dort gewesen ist ...«

»Wenn sie dort gewesen ist – und sie war dort –, hat sie gewiß keine rote Perücke getragen!« sagte Carella und stand abrupt auf. »Mr. Carter, ich möchte nicht wie ein Kriminalpolizist aus einem zweitklassigen Film erscheinen, aber ich würde Ihnen davon *abraten*, am Mittwoch nach Philadelphia zu fahren. Statt dessen möchte ich Ihnen nahelegen, hier in der Stadt zu bleiben, damit wir Sie jederzeit erreichen können. Vielen Dank, Mr. Carter.«

Er ging schon zur Tür hinüber, als Carter sagte: »Setzen Sie sich.« Carella drehte sich um und sah ihn an.

»Bitte«, sagte Carter.

Carella setzte sich.

»Also gut, ich wußte, daß sie blond war«, sagte Carter.

»Gut«, sagte Carella.

»Ich wollte einfach nicht zugeben, daß ich sie kenne, das ist alles.«

»Warum nicht?«

»Weil sie einem Mord zum Opfer gefallen ist. Ich wollte mich aus der Sache möglichst raushalten.«

»Wieso wollten Sie sich da raushalten? Sie haben sie doch nicht umgebracht, oder?«

»Natürlich nicht.«

»Hatten Sie eine Affäre mit ihr?«

»Nein.«

»Wovor haben Sie dann Angst?«

»Ich wollte nicht, daß jemand in meinem Leben herumschnüffelt und die Sache mit Tina vielleicht auffliegt.«

»Aber die Sache ist jetzt aufgeflogen, nicht wahr? Und im übrigen ist Ihre Frau ja auch nicht gerade eine Nonne, erinnern Sie sich noch? Wieso war das Ganze also so wichtig für Sie?«

»Wenn es um Mord geht, verhalten sich die Leute manchmal ziemlich komisch«, sagte Carter und zuckte mit den Schultern.

»Ist das aus dem neuen Stück, das sie gerade in Philadelphia proben?«

»Ich weiß, es ist eine schlechte Ausrede.«

»Nein, zufälligerweise stimmt es«, sagte Carella. »Aber gewöhnlich verhalten sich nur Leute komisch, die etwas zu *verbergen* haben.«

»Nein, wirklich nicht«, sagte Carter.

»Haben Sie nun Sally auf der Party letzten Sonntag gesehen oder nicht?« fragte Carella.

»Ja, ich hab' sie gesehen.«

»Haben Sie mit ihr gesprochen?«

»Ja.«

»Worüber?«

»Das weiß ich nicht mehr. Wahrscheinlich die Show. Wenn Leute gemeinsam an einer Show arbeiten ...«

»Und über nichts anderes?«

»Nein.«

»Waren sie anwesend, als Sally und ein paar andere Kokain geschnupft haben?«

»Nein, war ich nicht.«

»Woher wissen Sie dann, daß sie es getan haben.«

»Ich will damit sagen, saß ich nichts Derartiges gesehen habe. Nicht, solange ich dort war.«

»Wann haben Sie die Party verlassen, Mr. Carter?«

»Um Mitternacht.«

»Mit Tina Wong?«

»Ja, mit Tina.«

»Und wohin sind Sie dann gegangen?«

»Zu Tina.«

»Wie lange sind sie dort geblieben?«

»Die ganze Nacht.«

»Tina hat Sally Anderson beim Schnupfen gesehen. Außerdem noch ein paar andere, darunter Mike Roldan, einen Tänzer. Wenn Tina sie gesehen hat, wieso haben *Sie* dann nichts davon mitbekommen?«

»Tina und ich sind keine siamesischen Zwillinge. Wir sind nicht an der Hüfte zusammengewachsen.«

»Was soll das heißen?«

»Lonnie hat eine von diesen alten mietpreisgebundenen großen Wohnungen am Park. An jenem Abend waren dort sechzig oder siebzig Leute. Deshalb kann Tina durchaus einmal in einem anderen Teil der Wohnung gewesen sein als ich.«

»Ja, das ist möglich«, sagte Carella. »Und ich nehme an, Tina wäre auch bereit zu beschwören, daß Sie nicht Zeuge waren, als Sally Anderson Kokain geschnupft hat.«

»Ich weiß nicht, was Tina beschwören würde.«

»Sind Sie Kokainkonsument, Mr. Carter?«

»Ganz gewiß nicht.«

»Wissen Sie, von wem Sally Anderson den Stoff bezogen hat?«

»Nein, das weiß ich nicht.«

»Kennen Sie einen Mann namens Paco Lopez?«

»Nein.«

»Wo waren Sie letzten Freitag zwischen elf und zwölf Uhr abends?«

»Wie ich schon sagte – in Philadelphia.«

»Und wo waren Sie am Dienstag um die gleiche Zeit?«
»In Philadelphia.«
»Ich nehme an, es gibt da verschiedene Leute ...«
»Soviel Sie wollen.«
»Und was versuchen Sie zu verbergen, Mr. Carter?«
»Gar nichts«, sagte Carter.

Im St. Jude's Hospital bat Judite Quadrado um einen Priester. Jedenfalls glaubte man dort, daß sie das meinte. Man glaubte, sie wolle vor ihrem Tod noch die letzte Ölung empfangen. Dabei versuchte sie eigentlich, ihnen mitzuteilen, daß ein Priester gemeinsam mit einer fetten Frau in ihr Apartment eingedrungen war und die zwei sie so fürchterlich zugerichtet hatten.

Judite lag auf der Intensivstation; in Mund und Nase hatte sie Schläuche, und auch ihre Arme waren an Schläuche angeschlossen, die zu diversen piepsenden, mit Digitalanzeigen und verschiedenfarbig aufleuchtenden Kontrollämpchen ausgestatteten Maschinen hinüberliefen. Es war schwierig für sie, sich mit dem Schlauch im Mund deutlich zu artikulieren. Als sie versuchte, »Bruder Anthony« zu sagen, den Namen, unter dem der Priester sich ihr vorgestellt hatte, kam nur so etwas wie »Branny« dabei heraus, und der Name der fetten Frau, »Emma Forbes«, geriet ihr zu einem vollkommen unverständlichen Lautgebilde. Deshalb sagte sie immer wieder »Priester«, was wie »Prieser« klang, den Umstehenden jedoch wenigstens verständlich schien.

Der Priester kam um sieben Minuten nach elf an jenem Montagmorgen auf die Intensivstation.

Er kam ein wenig zu spät.

Judite Quadrado war sechs Minuten vorher gestorben.

Wenn es – abgesehen einmal davon, daß sie sich wechselseitig bedingen – eine Gemeinsamkeit zwischen Polizisten und Kriminellen gibt, dann ist es ihr intuitives Wissen darum, wann jemand Angst hat. Sobald sie diesen Geruch der Angst in der Nase haben, verwandeln sich Kriminelle wie Polizisten gleichermaßen in wilde Raubtiere, die sich gierig auf ihr Opfer stürzen. Miguel Roldan und Antonio Asensio waren vor Angst fast paralysiert, und Meyer bekam Wind von dieser Angst, als Roldan ihm unaufgefordert mitteilte, daß er mit Asensio seit drei Jahren wie Mann und Frau zusammenlebte. Meyer war das ansonsten egal, aber diese offenherzige Erklärung sagte ihm, daß die beiden Männer schwer unter Streß standen. Er wußte, daß sie keine Angst davor hatten, wegen Homosexualität belangt zu werden; nicht in *dieser* Stadt. Wovor *hatten* sie also Angst? Bis zu diesem Augenblick hatte er sie respektvoll mit ihren Nachnamen angesprochen. Jetzt ging er zu »Mike« und »Tony« über. Das ist ein alter physiologischer Trick, den sich auch Krankenschwestern gegenüber ihren Patienten gern zunutze machen. Wenn sie zu dem Aufsichtsratsvorsitzenden eines riesigen Industrieunternehmens sagen: »Hallo, Jimmy, wie geht's uns denn heute morgen?«, ist damit unmittelbar klar, wer *hier* im Krankenzimmer das Sagen hat. In der täglichen Polizeiarbeit ist dieser Trick sogar noch wirksamer. Wenn man einen Mann mit »Johnny« anspricht, anstatt mit »Mr. Fuller«, so macht man ihn damit gleichsam wieder zu einem Jungen. Man zeigt ihm damit seine Grenzen auf und gibt ihm zugleich Gefühl (a) der Unterlegenheit, (b) des Rechtfertigungsdrucks und (c) der Abhängigkeit.

»Mike«, sagte Meyer. »Weshalb bin ich nach Ihrer Meinung hier?«

Sie saßen im Wohnzimmer der gemeinsamen Wohnung von Roldan und Asensio. Das Zimmer war mit Antiquitäten möbliert, die Meyer sich auch gern hätte leisten können. Im Kamin brannte ein Feuer. Die Holzscheite knackten, und Funken flogen auf den Boden vor der Feuerstelle.

»Sie sind natürlich wegen Sally hier«, sagte Roldan.

»Denken Sie das auch, Tony?«

»Ja, natürlich«, sagte Asensio.

Meyer kam direkt zur Sache.

»Sie wissen ja, daß sie geschnupft hat, nicht?« sagte er.

»Also ... nein«, sagte Roldan. »Woher sollen wir das wissen?«

»Kommen Sie schon, Mike«, sagte Meyer und lächelte wissend. »Sie waren letzte Woche mit ihr auf einer Party, und dort hat sie gekokst. Also müssen Sie doch wissen, daß sie Kokain konsumiert hat.«

Roldan blickte Asensio an.

»Sie haben an dem Abend doch selbst auch geschnupft, stimmt's nicht, Mike?«

»Also ...«

»Ich weiß es genau«, sagte Meyer.

»Also ...«

»Und Sie, Tony. Sie haben doch letzten Sonntag auch 'n paar Linien reingezogen, stimmt's nicht?« sagte Meyer.

Asensio sah Roldan an.

»Woher haben Sie und Sally den Stoff bezogen?« fragte Meyer.

»Hören Sie«, sagte Roldan.

»Ich bin ganz Ohr.«

»Wir haben mit ihrer Ermordung nichts zu tun.«

»Wirklich nicht?« sagte Meyer.

»Nein«, sagte Asensio kopfschüttelnd und blickte Roldan an. Meyer überlegte, wer von den beiden wohl der Ehemann und wer die Hausfrau sei. Sie wirkten beide sehr bescheiden.

»Wissen Sie denn zufällig, wer sie ermordet haben könnte?« fragte er.

»Nein, keine Ahnung«, sagte Roldan.

»Nein, wirklich nicht«, pflichtete Asensio bei.

»Und woher bekommen Sie Ihren Stoff?« fragte Meyer wieder.

»Was spielt das für eine Rolle?« fragte Roldan.

»Das würde ja heißen, daß wir regelmäßig schnupfen«, sagte Asensio schnell.

»Ja«, sagte Roldan. »Wenn wir regelmäßig ...«

»Ich weiß, daß Sie regelmäßig koksen«, sagte Meyer und lächelte wieder wissend.

»Ja, und wenn schon. Ist doch ganz egal, woher wir den Stoff bezogen haben.«

»Haben?« sagte Meyer sofort.

»Beziehen«, korrigierte Roldan.

»Falls Ihre Behauptung richtig wäre«, sagte Asensio.

»Ist Ihrem Dealer etwas zugestoßen?« fragte Meyer.

»Nein, nein«, sagte Roldan.

»Gut, Tony«, sagte Meyer. »Mike ... vorausgesetzt. Sie schnupfen gelegentlich, und vorausgesetzt, Sie *haben* beziehungsweise *hatten* einen Dealer, wer *ist* beziehungsweise *war* nach Lage der Dinge dieser Dealer?«

»Kokain macht nicht süchtig«, sagte Roldan.

»Eine Nase hier und da tut niemandem weh«, sagte Asensio.

»Ja, das weiß ich«, sagte Meyer. »Nur leider ist es gegen das Gesetz, was will man da machen. Woher kriegen Sie das Zeug?« Die beiden Männer sahen sich an.

»Ihrem Dealer ist was zugestoßen, nicht wahr?« sagte Meyer.

Beide schwiegen.

»Haben Sie es von Sally Anderson bekommen?« fragte Meyer auf blauen Dunst und war überrascht, als beide Männer gleichzeitig nickten. »Von Sally?« fragte er. Die Männer nickten wieder. »Hat Sally mit Kokain gedealt?«

»Nein, nicht, was Sie darunter verstehen«, sagte Roldan. »Würdest du es *dealen* nennen, Tony?«

»Nein, ich würde es nicht *dealen* nennen«, sagte Asensio. »Außerdem hatte das Koks nichts mit ihrer Ermordung zu tun.«

»Woher wissen Sie das?« fragte Meyer.

»Na ja, das war doch keine große Sache.«

»Wie groß war die Sache denn?«

»Ich will damit sagen, sie hat daran nichts verdient«, sagte Roldan.

»Und was hat sie gemacht?« fragte Meyer.

»Sie hat nur pro Woche ein paar Gramm besorgt, das ist alles.«

»Wieviel Gramm?«

»Ach, das weiß ich nicht genau. Was meinst du, Tony?«

»Weiß ich nicht«, sagte Asensio.

»Besorgen heißt ...«

»Sie hat es für die Leute am Theater besorgt, die es brauchten.«

»Also, ich würde nicht sagen: *brauchten*«, sagte Roldan. »Kokain macht nicht süchtig, wie Sie ja wissen.«

»Die es *haben* wollten, hätte ich sagen sollen«, stimmte Asensio zu und nickte.

»Wie viele Leute wollten es denn *haben*?« fragte Meyer.

»Also ... Tony und ich«, sagte Roldan. »Und ein paar von den anderen.«

»Wie viele von den anderen?«

»Nicht viele«, sagte Asensio. »Sechs oder sieben. Ist das richtig, Mike?«

»Ja, ich glaub' schon«, sagte Roldan. »Mal von Sally selbst abgesehen.«

»Und über welche Mengen reden wir hier?« fragte Meyer.

»Vielleicht zehn, zwölf Gramm pro Woche?«

»So ungefähr, vielleicht auch zwanzig Gramm.«

»Zwanzig Gramm«, sagte Meyer. »Und was hat sie verlangt?«

»Die üblichen Straßenpreise. Sally hat wirklich keinen Profit gemacht, glauben Sie mir. Sie hat nur unsern Stoff besorgt. Vielleicht hat sie sogar Mengenrabatt bekommen.«

»Ich glaube sogar«, sagte Roldan zu Asensio, »daß wir es noch unter dem üblichen Preis bekommen haben.«

»Kann sein«, sagte Asensio.

»Was haben Sie gezahlt?« fragte Meyer.

»Fünfundachtzig Dollar pro Gramm.«

Meyer nickte. Der Straßenpreis für ein Gramm Kokain lag – je nach Reinheitsgrad – zwischen hundert und hundertfünfzig Dollar.

»Und woher hat *sie* es bezogen?« fragte er.

»Keine Ahnung«, sagte Roldan.

»Keine Ahnung«, sagte Asensio.

»Wer ist Paco Lopez?« fragte Meyer.
»Wer soll das sein?« fragte Roldan.
Asensio zuckte nur mit den Achseln.
»Müßten wir ihn kennen?« fragte Roldan.
»Sie kennen ihn also nicht?«
»Nie von ihm gehört.«
»Und du, Tony?«
»Nie gehört«, sagte Asensio.
»Ist er Tänzer?« fragte Roldan.
»Ist er schwul?« fragte Asensio.
»Er ist tot«, sagte Meyer.

Rebecca Edelman, eine Frau von Ende Vierzig, war sonnengebräunt und machte einen tieftraurigen Eindruck. Die Detectives hatten schon früh am Morgen bei ihr angerufen, weil sie unbedingt mit ihr, die erst am Vorabend aus Antigua zurückgekommen war, sprechen wollten, aber eine Schwiegertochter hatte ihnen erzählt, daß Marvin Edelman, in Übereinstimmung mit der jüdischen Tradition, einen Verstorbenen innerhalb von vierundzwanzig Stunden nach Todeseintritt zu Grabe zu tragen, morgens um elf beerdigt würde. Genaugenommen war das Begräbnis schon durch die bei Gewaltverbrechen mit tödlichem Ausgang vorgeschriebene Autopsie verzögert worden.

Weder Kling noch Brown waren je Zeugen des jüdischen Trauerzeremoniells gewesen. Die Fenster des Wohnzimmers der Familie Edelman gingen auf den Fluß Harb hinaus. Draußen herrschte strahlender Sonnenschein. Im Wohnzimmer saßen die Familie und die Freunde Marvin Edelmans auf Holzkisten und sprachen nur mit gedämpfter Stimme miteinander.

Sie führte sie in einen kleinen Raum, der offensichtlich als Nähzimmer diente; in einer Ecke stand eine Nähmaschine, daneben ein Korb mit leuchtend farbigen Stoffen. Sie setzte sich auf den Stuhl vor der Maschine. Sie saßen auf einem kleinen Sofa ihr gegenüber. Ihre braunen Augen waren feucht.

Während sie sprach, verknotete sie die Hände ineinander. Die Sonne hatte es nicht gut mit ihr gemeint. Ihr Gesicht und ihre Hände waren runzelig, ihre Lippen wirkten ohne Lippenstift ausgetrocknet. Sie wandte sich mit ihren Antworten ausschließlich an Kling, obwohl Brown die meisten Fragen stellte. Brown kannte das schon; manchmal wandten sich sogar Schwarze an den weißen Kriminalbeamten, so als sei Brown unsichtbar.

»Ich hab' ihm ja gesagt, er soll mit mir mitkommen«, sagte Mrs. Edelman. »Ich hab' ihm gesagt, er könnte einen Urlaub gebrauchen und sollte sich einmal etwas Gutes gönnen. Aber nein, natürlich mußte er jetzt seine Europareise vorbereiten. Er sagte, er würde dann nach seiner Rückkehr irgendwann im April ein paar Tage Urlaub machen. Wer braucht schon einen Urlaub im April? Im April blühen selbst hier in der Stadt die Blumen. Aber er wollte ja nicht. Jetzt wird er nie mehr Urlaub machen können, nie mehr«, sagte sie und drehte den Kopf zur Seite, weil ihr wieder die Tränen in die Augen traten.

»Welcher Arbeit ist er nachgegangen?« fragte Brown. »War er im Juweliergeschäft tätig. Madame?«

»Nicht im strengen Sinne des Wortes«, sagte Mrs. Edelman, zog ein Tempotaschentuch aus ihrer Tasche und tupfte sich die Augen damit ab.

»Weil er diese Weste anhatte ...«, fing Brown wieder an.

»Ja«, sagte Mrs. Edelman. »Er hat Edelsteine an- und weiterverkauft. Damit hat er seinen Lebensunterhalt verdient.«

»Diamanten?«

»Nicht nur Diamanten. Er hat mit allen möglichen Edelsteinen gehandelt – mit Smaragden, Rubinen, Saphiren – und natürlich Diamanten. Edelsteine. Aber das Wertvollste hat er außer acht gelassen: sein Leben. Wäre er mit mir gekommen ...« Sie schüttelte den Kopf. »Ein dickköpfiger Mann«, sagte sie. »Gott verzeih mir, aber er war ein dickköpfiger Mann.«

»Gab es einen bestimmten Grund dafür, weshalb er hier in der Stadt bleiben und nicht mit nach Antigua fahren wollte?« fragte Brown. Er sprach das Wort »An-tie-gua« aus.

»Mit einem harten g«, sagte Mrs. Edelman.

»Was ?«

»Dort herrscht die britische Aussprache vor. An-tie-ga.«

»Oh«, sagte Brown und sah Kling an. Kling sagte nichts. »Aber *gab* es nun einen Grund dafür?« fragte Brown.

»Nur das Übliche. Nichts, was nicht eine Woche hätte warten können. Was dabei rauskommt, sehen Sie ja«, sagte sie und betupfte wieder ihre Augen.

»Mit *das Übliche* meinen Sie ...«, sagte Brown.

»Seine üblichen Geschäfte. Ankaufen, verkaufen, verkaufen und ankaufen.« Sie sprach immer noch ausschließlich mit Kling, Brown räusperte sich, um sie auf *seine* Anwesenheit aufmerksam zu machen. Sein Vorstoß blieb ohne Wirkung.

Vielleicht durch ihren ausdauernden Blick veranlaßt, fragte Kling: »Fuhr er oft nach Europa?«

»Ja, sooft es notwendig war. Dort ist immerhin das Diamantenzentrum der Welt, wissen Sie? In Amsterdam. Smaragde hat er in Südamerika eingekauft. Aus geschäftlichen Gründen konnte er die ganze Welt bereisen, aber sich mal für vier Stunden ins Flugzeug zu setzen, um ein bißchen Sonne aufzutanken, das ging natürlich nicht. Da muß er natürlich hierbleiben, damit jemand daherkommen und ihn erschießen kann!«

»Haben Sie irgendeine Vorstellung, wer vielleicht ...«

»Nein«, sagte Mrs. Edelman.

»Keine Feinde, die Ihnen einfallen?« fragte Brown.

»Nein.«

»Irgendwelche Mitarbeiter, die vielleicht ...«

»Mein Man hat allein gearbeitet. Deshalb hatte er ja auch nie Zeit. Er wollte nur Geld machen. Er wollte um jeden Preis Multimillionär werden.«

»War sein Wunsch realistisch?« fragte Brown.

»Ja, das war durchaus realistisch«, sagte Mrs. Edelman. »Er hatte ein sehr gutes Auge für Qualitätsedelsteine. In der Regel hat er glänzende Geschäfte gemacht. Er wußte, was er ankaufte, und er konnte sehr hartnäckig handeln. So ein Hammer«, sagte sie. »Wenn er doch nur mit mir gekommen wäre.«

Ihre Augen waren tränenverschleiert. Sie betupfte sie wieder mit dem Taschentuch und zog dann ein frisches aus der Tasche. »Mrs. Edelman«, sagte Kling. »Wo hatte Ihr Mann seine Geschäftsräume, können Sie uns das sagen?«

»Im Stadtzentrum. In North Greenfield, ganz in der Nähe der Hall Avenue. Die Straße wird häufig Diamantenmarkt genannt.«

»Und er hat allein gearbeitet, sagten Sie?«

»Ja, ganz allein.«

»In einem Laden im Erdgeschoß?«

»Nein, im ersten Stock.«

»Ist er je überfallen worden, Mrs. Edelman?«

Sie blickte ihn überrascht an.

»Ja«, sagte sie. »Woher wußten Sie das?«

»Na ja, ein Diamantenhändler ...«

»Ja, letztes Jahr«, sagte sie.

»Wann letztes Jahr?« fragte Brown.

»Ich glaube, im August. Oder Ende Juli. Um die Zeit jedenfalls.«

»Wurde der Täter gefaßt?«

»Ja.«

»Tatsächlich?«

»Ja, zwei Tage später. Er hat versucht, die Edelsteine in einem Geschäft drei Häuser vom Büro meines Mannes entfernt zu versetzen. Können Sie sich das vorstellen?«

»Erinnern Sie sich noch an den Namen des Mannes?«

»Nein. Er war schwarz«, sagte sie und sah Brown überhaupt zum ersten Mal, wenn auch nur flüchtig, an. Dann wandte sie jedoch ihre Aufmerksamkeit sofort wieder Kling zu.

»Können Sie sich nicht ein wenig genauer an das Datum erinnern?« fragte Kling. Er hatte seinen Notizblock herausgezogen und fing zu schreiben an.

»Warum? Glauben Sie, daß es dieselbe Person gewesen ist? Man hat mir gesagt, nichts sei gestohlen worden. Niemand hatte die Diamanten in seiner Weste angerührt. Folglich kann es kein Raubmord gewesen sein.«

»Also, wir wissen noch nicht so genau Bescheid«, sagte Kling. »Aber wir würden uns gern mal diese Geschichte vom letzten Jahr ansehen, wenn sie uns ein paar genauere Angaben machen.«

»Ich weiß nur, daß er an jenem Abend sehr lange gearbeitet hat, und dann kam dieser Schwarze mit einer Pistole herein und nahm alles mit, was auf dem Tisch lag. Um den Safe hat er sich gar nicht gekümmert. Mein Mann mußte ihm nur alle Steine, die auf dem Tisch lagen, in einen kleinen Beutel werfen. Die wirklich wertvollen Stücke waren im Safe. Mein Mann hätte sich wohl totlachen ...«

Sie unterbrach sich mitten im Satz. Die Tränen kamen wieder. Sie suchte wieder nach einem frischen Tempo. Die Detectives warteten.

»Sie sagen, es war Ende Juli, Anfang August?« fragte Kling schließlich.

»Ja.«

»Also die letzte Juli- beziehungsweise die erste Augustwoche?«

»Das kann ich nicht sicher sagen, aber ich glaub' schon.«

»Wir können es über die Adresse herausfinden«, sagte Brown zu Kling. »Die muß ja im Computer stecken.«

»Könnten Sie uns bitte die Adresse sagen?« fragte Kling.

»Sechshunderteinundzwanzig North Greenfield«, sagte Mrs. Edelman. »Zimmer zweihundertsieben.«

»Wissen Sie zufällig, ob der Mann verurteilt worden ist?« fragte Brown.

»Ich glaube schon, ich weiß es aber nicht mehr genau. Mein Mann war jedenfalls als Zeuge bei Gericht vorgeladen, aber ich weiß nicht, ob der Bursche ins Gefängnis gekommen ist.«

»Das läßt sich herausfinden«, sagte Brown zu Kling. »Mrs. Edelman, haben Sie seit Ihrer Abreise nach Antigua noch mal mit Ihrem Mann gesprochen?«

»Nein, meinen Sie, ob wir zusammen telefoniert haben? Nein. Antigua ist ja nicht direkt um die Ecke, wissen Sie?«

»Hat er vor Ihrer Abreise vielleicht irgendwelche Andeutungen über Drohanrufe oder -briefe, Streitigkeiten mit Kunden oder so etwas gemacht? Hatte er Ihres Wissens irgendwelche Sorgen?«

»Ja«, sagte Mrs. Edelman.

»Und was war das?« fragte Brown.

»Wie er seine Millionen verdienen könnte«, sagte Mrs. Edelman zu Kling.

Diesmal rief Dorfsman selbst an.

Der Anruf kam um zwanzig nach vier an jenem Montag. Der Valentinstag war inzwischen vorüber, aber Dorfsman schien unter dem Einfluß dieses Tages der Liebenden noch immer in Hochstimmung.

Zur Begrüßung sagte er zu Carella: »Raten Sie mal, was ich für Sie habe?«

Carella dachte, Dorfsman habe den Verstand verloren; das passierte bei der Polizei häufig genug, aber daß es auch bei den Ballistikern vorkam, war ihm ganz neu.

»Was *Sie* für *mich* haben?« fragte er mißtrauisch.

»Noch eine«, sagte Dorfsman.

»Noch eine was?«

»Noch 'ne Leiche.«

Carella wartete. Dorfsman schien sich großartig zu amüsieren. Carella wollte ihm den Spaß nicht verderben. Eine Leiche an dem Tag, da Washingtons Geburtstag begangen wurde, auch wenn er eigentlich erst eine Woche später Geburtstag hatte, war ganz gewiß äußerst amüsant.

»Ich hab' noch nicht mal Kling benachrichtigt«, sagte Dorfsman. »*Sie* erfahren es als erster.«

»Kling?« sagte Carella.

»Ja, Kling«, sagte Dorfsman. »*Redet* ihr Typen denn überhaupt nicht mehr miteinander? Kling hat die Sache doch Samstagnacht übernommen. Um zwei Uhr morgens.«

»Worüber sprechen Sie überhaupt?«

»Über einen Mord am Silvermine Oval. Dort hat jemand einem Burschen namens Marvin Edelman den Kopf mit Blei vollgepumpt.« Dorfsman schien immer noch zu lächeln. »Sie erfahren es als erster, Steve«, sagte er.

»Und wie komme ich zu der Ehre?«

»Dieselbe Waffe wie bei den zwei anderen.«

Es hatte ganz den Anschein, als hätten sie es mit einem Verrückten zu tun.

9. KAPITEL

Verrückte machen die Arbeit der Polizei schwierig.

Hat man es mit einem Verrückten zu tun, kann man die übliche Routine gleich vergessen und auf einen glücklichen Zufall hoffen; denn das Verhalten eines Verrückten ist nicht kalkulierbar. In dieser Stadt gab es eine Menge Verrückte, doch die meisten von ihnen begnügten sich damit, die Hall Avenue auf und ab zu spazieren und das Jüngste Gericht zu verkünden oder sich über den Bürgermeister und das Wetter zu beklagen. Anscheinend waren sie davon überzeugt, der Bürgermeister sei für das Wetter verantwortlich. Möglicherweise war er das ja auch.

Detective Lieutenant Peter Byrnes hingegen schien überzeugt, sein Team trage die Verantwortung dafür, daß es mit der hausinternen Kommunikation nicht klappte – und zwar in drei, wie es aussah, irgendwie zusammenhängenden Mordfällen. Als Byrnes erfuhr, was Dorfsman am Telefon gesagt hatte, stimmte er ihm aus vollem Herzen zu: Reden denn diese Burschen nie miteinander?

»Da habt ihr Dienstagnacht einen Mordfall und einen zweiten Samstagnacht oder Sonntagmorgen – wann immer das war«, sagte Byrnes. »Der erste war in der Culver Avenue und der zweite in der Silvermine Road; nur ein paar Straßen weiter! Beide Morde wurden mit *einer* Schußwaffe begangen, aber ihr Schlauberger denkt nicht einmal im Traum daran, hausintern Kontakt aufzunehmen! Ich rede noch nicht einmal von dem jungen Ding, das Freitag nacht im Zentrum umgebracht wurde!« Byrnes kam langsam in Fahrt. »Hat hier schon jemals einer einen Blick in die Dienstberichte riskiert? Zu diesem Zweck führen wir sie nämlich, damit jeder Beamte dieses Distrikts – in Uniform oder in Zivil – Bescheid weiß, was sich hier bei uns tut!«

Draußen im Dienstzimmer brach unter einer Handvoll Streifenbeamter hektische Betriebsamkeit aus; mit besorgten Gesichtern lauschten sie Byrnes' wütender Stimme, die durch die Milchglasscheibe der Tür aus seinem Büro drang. Jemandem wurde da drin gehörig der Kopf gewaschen. Genaugenommen waren es vier, denen der Kopf gewaschen wurde, doch das konnte keiner der Zuhörer wissen, denn die vier Detectives waren an diesem Donnerstagmorgen telefonisch – in aller Hergottsfrühe bereits (na ja, um 7 Uhr 30 Uhr) – zum Rapport bestellt worden, und die Streifenbeamten waren erst ab 7 Uhr 45 Uhr im Appellraum im Erdgeschoß eingetroffen, wo allmorgendlich der Einsatzplan besprochen wurde. Die vier Zivilbeamten waren Detective Brown, Detective Carella, Detective Kling und Detective Meyer – in alphabetischer Reihenfolge.

»Schluß damit«, sagte Byrnes schließlich, »das war's.«

»Pete ...«, setzte Carella an.

»Schluß damit, hab' ich gesagt«, brummte Byrnes. »Nehmt doch 'ne Praline. Er schob die halbleere Schachtel über den Schreibtisch. »Was habt ihr denn bisher rausgefunden?«

»Nicht viel«, sagte Carella.

»Haben wir es mit einem Verrückten zu tun?«

»Möglich«, sagte Brown.

»Habt ihr schon 'ne Spur zu der .38er?«

»Nein, Pete, wir waren ...«

»Trommelt eure Waffenschieber zusammen. Findet heraus, wer 'ne Kanone gekauft hat, auf die die Beschreibung paßt.«

»Gut, Pete«, sagte Carella.

»Wie paßt Lopez zu den anderen beiden?«

»Das wissen wir noch nicht.«

»Hatte einer von beiden mit Drogen zu tun?«

»Das Mädchen. Von Edelman wissen wir nichts Einschlägiges.«

»War Lopez der Lieferant?«

»Wissen wir noch nicht. Wir wissen allerdings, daß sie für einige der Leute in der Show Kokain besorgte.«

»Dieser Edelman – er war Diamantenhändler, oder?«

»Edelsteine«, sagte Kling.

»Kannte er das Mädchen oder Lopez?«

»Das wissen wir noch nicht«, sagte Kling. »Aber irgendwann im letzten Sommer wurde er überfallen; das könnte vielleicht eine Spur sein. Wir lassen es nachher durch den Computer laufen.«

»Zerdrück sie nicht«, fuhr Byrnes Meyer an, der nach einer Praline gegriffen hatte. »Nimm so viele, wie du willst, aber iß die, die du anfaßt, und zerdrück mir nicht die ganze Schachtel.« Meyer, der tatsächlich vorgehabt hatte, die Pralinen zunächst zu befühlen, warf Byrnes einen verlegenen Blick zu.

»Was ist mit ihrem Freund?« fragte Byrnes. »Dem Freund des Mädchens?«

»Er hat Freitag nacht die meiste Zeit telefoniert«, sagte Carella. »In der Nacht, als das Mädchen ermordet wurde.«

»Telefoniert? Mit wem?«

»Mit einem anderen Studenten. Ihr Freund studiert Medizin. An der Ramsey-Universität.«

»Wie heißt er noch mal?«

»Timothy Moore.«

»Und sein Freund?«

»Karl Loeb.«

»Habt ihr ihn überprüft?«

»Loeb? Ja. Sie haben fast bis zwei Uhr morgens gequatscht.«

»Wer hat wen angerufen?«

»Sowohl als auch.«

»Was noch?«

»Der Produzent der Show – er heißt Allan Carter – hat ein Verhältnis mit einer der Tänzerinnen.«

»Na und?« brummte Byrnes.

»Er ist verheiratet«, sagte Meyer.

»Na und?« wiederholte Byrnes.

»Wir glauben, er lügt«, sagte Meyer.

»Was sein Betthäschen betrifft?« fragte Byrnes und gebrauchte dabei einen seiner bizarren, handfesten Ausdrücke, die manchmal in sein Vokabular flossen – was ihm die jüngeren Kollegen des Reviers immer wieder gern verziehen.

»Nein, *das* gibt er zu«, sagte Carella. »Aber er behauptet, die Tote nur oberflächlich gekannt zu haben, und das stinkt zum Himmel.«

»Warum sollte er deshalb lügen?« fragte Byrnes.

»Das wissen wir noch nicht«, erwiderte Carella.

»Du glaubst, sie hatten einen flotten Dreier miteinander?« erkundigte sich Byrnes und bediente sich eines weiteren Beispiels seines erstaunlichen Jargons.

»Wissen wir noch nicht«, sagte Meyer.

»Was zum Teufel wißt ihr eigentlich?« fuhr Byrnes gereizt auf, gewann aber sogleich die Fassung zurück und schob ihnen die Pralinen zu. »Greift zu«, brummte er. »Ich werde hier noch fett wie ein Ochse.«

»Pete«, sagte Carella, »das ist einer von den vertrackten Fällen.«

»Erzähl *mir* nichts von vertrackten Fällen. Ich weiß, was ein vertrackter Fall ist, wenn ich einen vertrackten Fall vor mir habe.«

»Vielleicht ist es doch ein Verrückter?« schlug Brown vor.

»Das ist die bequemste Lösung«, knurrte Byrnes. »Einem Verrückten die Schuld in die Schuhe zu schieben. Soll ich dir mal was sagen? Nach *meiner* Meinung ist *jeder* verrückt, der einen anderen umbringt.«

Keiner der vier konnte das Gegenteil behaupten.

»Okay«, sagte Byrnes, »fangt an mit der Laufarbeit. Oder noch besser – bringt eure Spitzel auf Trab. Vielleicht bringen die uns auf eine Spur zu dieser verdammten Kanone. Bert, Artie, ihr laßt diesen Überfall durch den Computer laufen ... wart ihr schon in Edelmans Laden?«

»Noch nicht«, sagte Brown. »Geht hin und seht euch

gründlich um. Wenn ihr nur die Spur von einem weißen Stäubchen entdeckt – sofort ins Labor zum Kokaintest.«

»Wir sind nicht sicher, daß Kokain die Verbindung ist«, sagte Meyer.

»Nein? Was denn sonst? Das Mädchen hat Kokain genommen und das ganze Ensemble damit versorgt ...«

»So viele waren es auch wieder nicht, Pete.«

»Verdammt viele doch wohl. Es ist mir dabei auch egal, ob sie der Star in dieser Show war – was sie nicht war, wie ich annehme. So wie ich das sehe, handelte sie mit Drogen, und das macht sie für *uns* zu einer Schlüsselfigur. Wir *wissen*, daß Lopez mit Kokain handelte; er hatte sechs Gramm und elfhundert Dollar einstecken, als er umgelegt wurde. Versucht, mehr über die Kleine herauszufinden. Woher hatte sie den Stoff, mit dem sie ihre Kollegen versorgt hat? Machte sie damit Kohle, oder tat sie es nur aus Gefälligkeit? Und nehmt diesen Produzenten unter die Lupe ... wie heißt er noch mal, zum Teufel? Carter, wenn er mit *beiden* geschlafen hat, mit dieser anderen Tänzerin *und* der Toten, dann will ich das wissen. Das ist alles. Ruft Danny Gimp an, Fats Donner, jeden Spitzel, der in der Stadt und nicht in Florida ist – wo auch *ich* sein sollte. Ich möchte, daß dieser Fall vom Tisch kommt, habt ihr das verstanden? Wenn mich der Chef das nächstemal anruft, möchte ich ihm etwas Positives sagen können.«

»Ja, Pete«, sagte Carella.

»Kommt mir nicht mit ›Ja, Pete‹. Tut was!«

»Ja, Pete.«

»Und noch etwas! Das mit dem Verrückten kaufe ich euch nicht ab, solange ihr mir nicht beweisen könnt, daß absolut keine Verbindung zwischen den drei Opfern besteht.«

Byrnes machte eine Pause.

»Findet diese Verbindung!«

Sie verabreden sich auf einer Bank im Grover Park, gleich in der Nähe der Eisbahn, neben der Statue von General Ronald King, der irgendwann im spanisch-amerikanischen Krieg einen wichtigen Hügel erstürmt und die fremden Tyrannen zurückgeworfen hatte, die – William Randolph Hearst und Joseph Pulitzer zufolge – die ehrlichen kubanischen Zuckerrohrarbeiter und Fischer unterdrückten. Ein ehemaliger Bürgermeister hatte die Statue des Generals in Auftrag gegeben, nicht wegen dessen fragloser Tapferkeit, sondern weil er – wie der betreffende Bürgermeister auch – ein berüchtigter und leidenschaftlicher Kartenspieler gewesen war, dessen Spezialität Poker, insbesondere ›Shone- poker‹, gewesen war – das Lieblingsspiel des Bürgermeisters. Für seine Geduld (hier draußen), jeglichem Wetter zu trotzen, war dem General weitere Störungen von seiten der spanisch sprechenden (nicht unbedingt der kubanischen) Einwohner der Stadt zuteil geworden, die ihre Namen mit Spraydosen über seine Bronzebrust geschrieben hatten und die gelegentlich an die Beine seines Pferdes pinkelten.

Wegen des zusammengebrochenen Verkehrs war heute die Schule ausgefallen, und Carella, der auf der Bank neben der Statue auf Danny Gimp wartete, konnte die Stimmen der Jungen hören, die auf der Bahn im Freien Eishockey spielten. Der Frost drang ihm bis ins Mark. Eigentlich war er nicht gerade ein philosophischer Mensch, doch wie er so dasaß und sich in seinen wärmsten Mantel, sein Jackett, seinen Pullover, sein Flanellhemd und seine wollene Unterwäsche verkroch, überlegte er, daß die Polizeiarbeit eigentlich eine Menge Ähnlichkeit mit dem Winter hatte. Der Winter konnte einen fertigmachen. Der Schnee, der Matsch und der eisige Regen brachen über einen herein, bis man soweit war, in die Knie zu gehen. Aber man stand es irgendwie durch, bis der Frühling kam und alles wieder in Ordnung schien – bis zum nächsten Winter.

Wo zum Teufel blieb Danny?

Dann sah er ihn mühsam den Weg entlanghumpeln. Er drehte den Kopf mißtrauisch in alle Richtungen, um das verschneite Terrain zu checken; ganz wie ein Geheimagent in der kalten, feindlichen Welt – eine Vorstellung, an der sich Dannys Einbildungskraft gern entzündete. Er trug eine rotblaukarierte Winterjacke, eine rote Pudelmütze, die er über die Ohren gezogen hatte, blaue Wollhandschuhe und grüne Kordhosen, die er in seine schwarzen Galoschen gestopft hatte – eine etwas grelle Aufmachung für jemanden, der unauffällig bleiben wollte. Er spazierte direkt an der Bank vorbei, auf der sich Carella einen abfror, ging bis zur Statue des Generals, spähte vorsichtig in alle Richtungen – (manchmal ging er zu weit, mit seinem Spiontick) und kehrte dann zu der Bank zurück. Er setzte sich neben Carella, zog eine Zeitung aus der Jackentasche, schlug sie auf, um sich dahinter zu verbergen, und sagte: »Hallo, Steve. Kalt, was?«

Carella zog den Handschuh aus und streckte Danny die Hand entgegen. Danny ließ die Zeitung sinken, zog seinen Handschuh aus und griff nach Carellas Hand. Sie schüttelten sich kurz die Hände und zogen dann die Handschuhe wieder an. Nicht viele Kriminalbeamte begrüßten ihre Informanten auf diese Weise. Für die meisten waren Informanten Leute, derer man sich bediente und für die niemand viel übrig hatte. Gewöhnlich waren Spitzel der Polizei etwas ›schuldig‹, und als Gegenleistung waren die Beamten bereit, ein Auge zuzudrücken – solange sie Informationen bekamen. Manche dieser V-Leute waren üble Zeitgenossen. Aber wenn sich schon in der Politik die unglaublichsten Koalitionen ergaben, um wieviel mehr dann erst bei der Aufklärungsarbeit der Polizei. Hal Willis' Lieblingsspitzel war ein Typ namens Fats Donner, dessen Vorliebe für zwölfjährige Mädchen ihm allgemeine Verachtung einbrachte. Aber er war ein guter V-Mann. Von all seinen Spitzeln mochte Carella Danny Gimp am liebsten. Er würde es ihm nie vergessen, daß Danny ihn im Krankenhaus besucht hatte, als er – vor mehr Jahren, als zu zählen ihm lieb war – mit einer Schußwunde auf der Intensivstation lag. Aus diesem Grund legte er Wert darauf, Danny Gimp die Hand zu geben. Er hätte Danny Gimp die Hand sogar geschüttelt, wenn der Commissioner dabeigewesen wäre.

»Wie geht's dem Bein?« fragte er.

»Tut weh – bei dieser Kälte«, sagte Danny.

»Nur einmal möchte ich mich mit dir *nicht* in Sibirien treffen«, sagte Carella.

»Ich muß vorsichtig sein«, erklärte Danny.

»Man kann auch *drinnen* vorsichtig sein.«

»Drinnen sind überall Ohren.«

»Na gut, beeilen wir uns, okay?«

»Das ist dein Bier«, bestimmte Danny ungeachtet der Tatsache, daß sie nicht an der Theke einer warmen gemütlichen Kneipe standen.

»Ich suche eine .38er Smith and Wesson, mit der drei Leute umgelegt wurden«, sagte Carella.

»Wann?«

»Der erste Mord war heute vor einer Woche – am Neunten. Der zweite letzten Freitag nachts, das war der Zwölfte. Und der letzte Samstagnacht.«

»Alle in unserem Revier?«

»Zwei.«

»Welche zwei?«

»Paco Lopez – ein Koksdealer. Je von ihm gehört?«

»Ich glaub' schon.«

»Und ein Diamantenhändler, der sich Marvin Edelman nannte.«

»Er machte hier in der Gegend seine Geschäfte?«

»Nein, in der City. Aber er hat in der Silvermine Road gewohnt.«

»Nicht schlecht«, sagte Danny. »Und wer ist der Dritte?«

»Ein Mädchen namens Sally Anderson. Sie war Tänzerin in einem Musical.«

»Und wo ist die Verbindung?« fragte Danny.

»Eben das versuchen wir herauszufinden.«

»Hm«, machte Danny. »Lopez – sagst du?«

»Paco«, sagte Carella.

»Paco Lopez.«

»Klingelt's bei dir?«

»Hat er nicht vor einiger Zeit einer Braut die Titten verbrannt?«

»Das ist er.«

»Ja«, sagte Danny.

»Hast du ihn gekannt?«

»Er ist mir ab und zu über den Weg gelaufen. Das ist schon Monate her. Er muß mit dem Mädchen gelebt haben; sie waren immer zusammen. Er weilt also nicht mehr unter uns. Kein großer Verlust, Steve. Er war ein übler Bursche.«

»Wieso?«

»Ein gemeiner Kerl«, sagte Danny. »Ich kann solche fiesen Typen nicht ausstehen – du vielleicht? Habt ihr schon mit dem Mädchen gesprochen?«

»Am Tag, nachdem Lopez dran glauben mußte.«

»Und?«

»Nichts. Sie erzählte uns, wie gemein er zu ihr gewesen war.«

»Schweinerei, findest du nicht?« sagte Danny und schüttelte den Kopf.

»Aber sie haben sich vor zwei Monaten getrennt. Sie wußte nichts.«

»In diesem Viertel weiß niemand etwas, wenn die Bullen auftauchen. Vielleicht hat *sie's* getan? Weil er sie so fies behandelt hat.«

»Das bezweifle ich, Danny. Aber offengestanden interessiert mich mehr, ob in der letzten Woche eine .38er den Besitzer gewechselt hat.«

»In dieser Stadt gibt's 'ne Menge .38er, Steve.«

»Das weiß ich.«

»Es werden andauernd welche verkloppt.« Er schwieg für eine Weile. »Der erste Mord war letzten Dienstag, sagst du? Um wieviel Uhr?

»Elf.«

»Nachts?«

»Nachts.«

»Wo?«

»Culver Avenue.«

»Drinnen oder im Freien?«

»Auf der Straße.«

»Bei diesem Wetter sind nicht gerade viel Profis unterwegs«, sagte Danny. »Die Kälte hält sie zu Hause. Auch Mörder und Diebe wollen auf Komfort nicht verzichten«, philosophierte er. »Niemand hat den Mörder gesehen – oder?«

»Wenn wir einen Augenzeugen hätten, wäre ich wohl kaum hier, um mir den Arsch abzufrieren«, brummte Carella.

»Auch ich friere, vergiß das nicht«, sagte Danny eingeschnappt.

»Gut, ich werde mich umhören. Wie dringend ist es?«

»Dringend«, erwiderte Carella.

»Ich muß noch meinen Wettschein abgeben, ehe ich mich an die Arbeit mache.«

»Ein guter Tip?« fragte Carella.

»Nur wenn er gewinnt«, sagte Danny und zuckte die Achseln.

Bruder Anthony und Emma rauchten Dope und tranken Wein und gingen dabei die Liste der Namen und Adressen durch, die ihnen Judite Quadrado vor zwei Tagen gegeben hatte. Ein Kerosinofen glühte in einer Ecke des Raums, doch die Heizkörper waren nur handwarm, und die Fenster waren mit Eis beschlagen. Bruder Anthony und Emma saßen dicht am Kerosinofen, obwohl sie beide behaupteten, die Kälte würde ihnen nichts ausmachen. Beide trugen nur Unterwäsche.

Vor einer Stunde hatten sie Gras geraucht und dann auf dem überdimensionalen Bett in Bruder Anthonys Schlafzimmer miteinander geschlafen. Danach war jeder in seine Unterhose geschlüpft, und sie waren ins Wohnzimmer gegangen, hatten eine Flasche Wein geöffnet und noch zwei weitere Joints geraucht, ehe sie sich wieder der Liste ihrer potentiellen Kunden zuwandten. Bruder Anthony trug gestreifte Boxershorts und Emma ein schwarzes Bikinihöschen. Bruder Anthony fand sie atemberaubend schön – nach dem Sex.

»So wie es aussieht«, sagte Emma, »hatte er ein Dutzend Leute, die er belieferte.«

»Nicht gerade berauschend«, sagte Bruder Anthony. »Ich hatte mehr erwartet – wenn ich ehrlich sein soll. Zwölf beschissene Namen. Verdammt kleine Fische – für den ganzen Ärger, den wir hatten.« Er sah wieder auf die Liste. »Vor allem solch kleine Mengen. Schau dir diese winzigen Mengen an.«

»Kennst du den schon?« fragte sie grinsend.

»Nein, welchen?« Er mochte es, wenn sie Witze erzählte. Und er mochte es außerdem, wenn sie ihm einen blies. Er betrachtete ihre enormen Brüste und fühlte, wie sich in ihm die Lust erneut zu regen begann. Er würde sie ihren Witz erzählen lassen, überlegte er, und dann würden sie die lächerliche Liste dieses Dilettanten vergessen und wieder bumsen. Das schien ihm noch das beste, an einem kalten Tag wie dem heutigen.

»Eine Frau hat sich in einem Strandhotel in Miami eingemietet«, fing Emma an – noch immer grinsend.

»Da wär' ich jetzt auch ganz gern – in einem Hotel in Miami«, sagte Bruder Anthony.

»Soll ich nun den Witz erzählen oder nicht?«

»Erzähl«, sagte er.

»Sie geht in den Speisesaal und verdrückt mehrere Portionen. Daraufhin erscheint sie an der Rezeption und beschwert sich beim Manager.«

»Worüber denn?« wollte Bruder Anthony wissen.

»Unterbrich mich bitte nicht!«

»Erzähl, erzähl.«

»Sie behauptet, das Essen im Speisesaal ist reines Gift. Die Eier sind Gift, das Fleisch ist Gift, die Kartoffeln sind Gift, die Salate sind Gift, der Kaffee ist Gift, alles ist Gift, Gift, Gift. Und weißt du, worüber sie sich außerdem beklagt?«

»Worüber?« fragte Bruder Anthony.

»Die Portionen wären zu klein!« prustete Emma los.

»Versteh ich nicht«, sagte Bruder Anthony.

»Die Frau beklagt sich, im Essen ist Gift ...«

»Und?«

»Aber sie beschwert sich zugleich, daß die Portionen zu klein sind.«

»Na und?«

»Wenn es wirklich vergiftet ist, warum will sie dann größere Portionen?«

»Vielleicht ist sie verrückt«, schlug Bruder Anthony vor.

»Nein, sie ist nicht verrückt«, sagte Emma. »Sie beklagt sich über das Essen, aber gleichzeitig sagt sie dem Manager, die Portionen ...«

»Das begreife ich«, sagte Bruder Anthony, »aber ich verstehe den Witz nicht. Warum gehen wir nicht wieder ins andere Zimmer?«

»Du bist noch nicht soweit«, sagte Emma und warf einen Blick auf seine Hose.

»Du kannst mich soweit bringen.«

»Ich weiß, daß ich das kann. Aber ich mag es lieber, wenn du soweit bist, *bevor* ich dich soweit bringe.«

»Genießerin«, flüsterte Bruder Anthony.

»Hm«, machte Emma.

»Was hältst du davon?«

»Ich denke, zuerst das Geschäft, dann das Vergnügen«, erwiderte Emma.

»Wie bist du überhaupt auf diesen Witz gekommen?« fragte er.

»Du hast was von kleinen Mengen gesagt.«

»Sie sind auch klein«, sagte Bruder Anthony. »Schau's dir an«, sagte er und reichte ihr die Liste. »Zwei, drei Gramm in der Woche, für die meisten. Mit zwei, drei Gramm pro Woche werden wir nicht reich.«

»Wir müssen ja nicht auf einmal reich werden«, sagte Emma. »Wir lassen es langsam angehen. Wir fangen mit Lopez' Kunden an und erweitern dann unsere Geschäftsbeziehungen.«

»Wie?«

»Vielleicht kann uns die Lady ein paar Kunden zuschanzen.«

»Welche Lady? Die das Gift gegessen hat?«

»Von der Lopez den Stoff hatte. Seine Dealerin.«

»Warum sollte sie so etwas tun?«

»Warum nicht? Das Geschäft muß doch expandieren. Ein

Großdealer braucht seine Grammdealer, und ein Grammdealer braucht seine Konsumenten. Die Lady besorgt uns einige Konsumenten, wir kaufen unsere Ware bei ihr, und alle sind zufrieden.«

»Du phantasierst«, sagte Bruder Anthony.

»Fragen kostet nichts«, sagte Emma.

»Sie wird uns zum Teufel jagen.«

»Wer weiß? Aber immer schön der Reihe nach. Zuerst müssen wir ihr klarmachen, daß wir Lopez' Leute übernommen haben und gern mit ihr im Geschäft bleiben würden. Dies als erstes.«

»Klar, das ist der erste Schritt.«

»Du solltest dich also jetzt anziehen«, sagte Emma, »und dieser Sally Anderson einen kleinen Besuch abstatten.«

»Später«, sagte Bruder Anthony und nahm sie in die Arme.

»Mmm«, machte Emma, schmiegte sich enger an ihn und leckte sich die Lippen.

Eileen Burke rief im Revier an, als Kling gerade mit der Computerabteilung telefonierte. Brown bat sie zu warten und schob eine Notiz über Klings Schreibtisch, daß Detektive Burke auf Leitung sechs sei. Kling nickte. Für einen Augenblick wußte er nicht, wer Detective Burke war.

»Ich hab' den Auszug hier«, sagte der Diensthabende am Ende der Leitung. »Das war am 28. Juli, 20 Uhr 02 Uhr, North Greenfield 621, Zimmer 207. Um acht Uhr zwölf war unser Wagen dort.«

»Und was haben Ihre Leute festgestellt?«

»Sie gaben einen Zehn-Zwanzig durch. Raubüberfall.«

Kling wußte, was ein Zehn-Zwanzig war.

»Welches Revier war das?«

»Midtown East«, antwortete die Stimme.

»Wissen Sie auch, wer den Fall dort übernommen hat?«

»Darüber steht hier nichts.«

»Okay, danke«, sagte Kling und drückte den aufleuchtenden Knopf sechs am Fuß des Apparates. »Kling«, sagte er.

»Bert, hier ist Eileen.«

»Ich bin noch nicht dazu gekommen, nach dem Ohrring zu suchen«, sagte er.

»Ist im Revier bisher nicht aufgetaucht, oder?«

»Wir haben ein Fach für gefundene Gegenstände, aber da ist nichts drin.«

»Und im Wagen?«

»Da hab' ich noch nicht nachgesehen«, sagte er. »Diesen Wagen habe ich seit Samstagabend nicht mehr benutzt.«

»Also wenn du dazu kommst ...«

»Sicher«, sagte er.

»Es ist nur ... sie sind so etwas wie meine Glücksohrringe.«

Kling sagte nichts.

»Ich fühle mich ganz nackt – ohne sie.«

Er sagte noch immer nichts.

»Ich kann doch nicht mit nur einem Glücksohrring auf die Straße gehen, oder?«

»Wahrscheinlich nicht«, sagte er.

»Das würde mein Glück halbieren«, sagte sie.

»Ja«, sagte er.

»Wie ist das Wetter bei euch drüben?« fragte sie.

»Kalt.«

»Hier auch«, sagte sie. »Also laß von dir hören, wenn du ihn findest, okay?«

»Okay.«

»Danke«, sagte sie und hängte auf.

Auf denselben Zettel, den Brown ihm über den Schreibtisch geschoben hatte, schrieb Kling. ›E.s. Ohrring‹ und schob ihn in seine Jackentasche. Er blätterte das Revierverzeichnis durch, bis er die Nummer von Midtown East fand, wählte sie, erklärte dem diensthabenden Sergeant, was er wollte, und wurde mit einem Detective Garrido verbunden. Garrido sprach mit spanischem Akzent und erinnerte sich sofort an den Fall, weil er selbst im Hinterzimmer des Trödelladens in der Greenfield Street auf der Lauer gelegen hatte, als der bewaffnete Räuber in die Falle ging und versuchte, die zwei Tage zuvor und drei Häuser weiter geraubten Stücke zu verhökern.

»Die ganze Ware«, sagte Garrido. »Vollständig von A bis Z. Wir hatten ihn bei den Eiern.«

»Und? Was ist mit ihm passiert?« fragte Kling.

»Raten Sie mal, wen wir als Richter hatten.«

»Wen?« fragte Kling.

»Harris.«

Kling kannte Wilbur Harris. Wilbur Harris war in Fachkreisen als ›Freigänger-Harris‹ bekannt. Seine Spezialität war es, Kriminelle aus dem Gerichtssaal direkt nach Hause zu schicken.

»Was geschah weiter?« fragte Kling.

»Der Junge war ein Junkie. Das erste Mal, daß er so etwas gemacht hätte. Er flennte beinahe im Gerichtssaal. Und Harris ließ ihn auf Bewährung laufen.«

»Obwohl ihr ihn mit der ganzen Ware geschnappt hattet?«

»Mit der ganzen«, sagte Garrido. »Nicht ein Stück hat gefehlt. Na ja, was soll's?«

»Wie heißt der Junge?«

»Andrew soundso. Soll ich mal nachsehen?«

»Wenn's keine Probleme macht.«

»Kein Problem«, sagte Garrido. »Einen Augenblick, ja?«

Fünf Minuten später war er wieder am Apparat; mit dem Namen und der letzten bekannten Adresse des siebzehnjährigen Jungen, der Marvin Edelman im letzten Sommer überfallen hatte.

Das Apartment, das ihnen Alan Carter als ›eine dieser geräumigen, mietpreisgebundenen alten Dinger am Park‹ beschrieben hatte, lag tatsächlich in der Nähe des Parks, war auch ganz gewiß alt und möglicherweise auch mietpreisgebunden, doch nur ein Zwerg hätte es als geräumig bezeichnet. Lonnie Cooper, eine der beiden schwarzen Tänzerinnen in *Fatback,* war beinahe ebensogroß wie die beiden Detectives, denen sie am späten Dienstagmorgen die Tür öffnete. Als sie die beiden Männer hereingebeten hatte, schien das Apartment auf die Größe eines Wandschranks zusammenzuschrumpfen. Trotz dieser extremen, unzumutbaren Umstände hatte Miss Cooper das Apartment bis zum Rand mit Möbeln, Bildern, einer Anzahl von Skulpturen und anderem Schnickschnack vollgestopft, so daß kaum ein freies Stück Wand übriggeblieben war. Meyer und Carella nutzen geschickt den noch verbleibenden Raum, als sie in das Zimmer traten, das für beide eine unbestreitbare Ähnlichkeit mit dem Verkaufslager eines Hehlers hatte.

»Ich mag Krimskrams«, erklärte die Tänzerin. »Die meisten Tänzerinnen mögen so etwas zwar nicht, ich aber dafür um so mehr. Fliegen kann ich auf der Bühne. Zu Hause falte ich die Flügel zusammen.«

Sie war sogar noch schöner, als sie Carella von der Show her in Erinnerung hatte: Sie bewegte sich geschmeidig wie eine Katze, und ihre Haut glänzte wie Ebenholz. Sie hatte ausgeprägte Wangenknochen, eine Nase wie Nofretete, einen üppigen Mund und ein blendendes Lachen. Sie trug einen roten Wollpulli mit weitem Schalkragen und eine enge, schwarze Hose. Sie war barfuß, und die gestreiften Beinwärmer waren bis auf die Knöchel herabgerutscht. Sie erkundigte sich, ob sie den Detectives Kaffee oder sonst etwas anbieten könne, und als diese dankend ablehnten, bat sie die beiden, es sich bequem zu machen. Carella und Meyer setzten sich auf das mit Kuschelkissen übersäte Sofa. Lonnie Cooper nahm ihnen gegenüber in einem Lehnstuhl Platz, dessen Arm- und Rückenlehnen mit Spitzendeckchen besetzt waren. Auf dem Couchtisch zwischen ihnen gruppierten sich Souvenir-aschenbecher von der New Yorker Weltausstellung 1939, gläserne Briefbeschwerer, Miniaturpüppchen, Brieföffner, Meinungs- und Wahlkampfsticker. »Ich bin eine leidenschaftliche Sammlerin«, erklärte sie, Carellas Blick folgend.

»Miss Cooper«, sagte er. »Ich würde gern ...«

»Lonnie«, sagte sie.

»Schön«, sagte er. »Lonnie, ich ...«

»Wie ist Ihr Vorname?« fragte sie.

»Steve«, sagte er.

»Und ihrer?« wandte die sich an Meyer.

»Meyer.«

»Ich dachte, das sei Ihr Nachname.«

»Ist er auch, aber ebenso mein Vorname.«

»Ist ja toll!« rief sie.

Meyer zuckte die Achseln. Er war nie auf die Idee gekommen, daß sein Name besonders irre sei, ausgenommen vielleicht das eine Mal, als eine Schriftstellerin ihn als Titel für einen Roman über einen Universitätsprofessor verwandte. Er hatte Rollie Chabrier von der Rechtsabteilung angerufen, ob er die Frau verklagen könne. Chabrier hatte ihm gesagt, er solle sich lieber geehrt fühlen. Ein kleines bißchen fühlte er sich *tatsächlich* geehrt, doch es ging ihm nicht in den Sinn, daß irgend jemand den Namen eines lebenden Menschen für eine erfundene Person benutzte. Immerhin für einen Universitätsprofessor.

»Wollen Sie wirklich keinen Kaffee?« fragte Lonnie.

»Wirklich nicht, danke«, sagte Carella.

»Er kommt uns beinahe schon aus den Ohren raus«, sagte Meyer. »Dieses Wetter.«

»Trinken Sie auch so viel Kaffee?« fragte Lonnie.

»Ja«, sagte Meyer.

»Ich auch«, sagte sie. »Und nicht zu knapp.«

Sie hatte etwas Mädchenhaftes an sich, stellte Carella fest. Sie sah aus wie sechsundzwanzig oder siebenundzwanzig, doch ihre Bewegungen, ihre Gesichtszüge und ihre etwas schrille Stimme hätten eher zu einer Siebzehnjährigen gepaßt. Sie machte es sich im Lehnstuhl bequem und zog die Beine unter ihren Körper, wie er es von seiner Tochter April kannte.

»Sie können sich wahrscheinlich denken, daß wir mit Ihnen über Sally Anderson sprechen wollen«, sagte Carella.

»Ja, natürlich!« sagte sie und ihr Gesicht nahm den sachlichen Ausdruck eines Kindes an, wenn es versucht, den Problemen der Erwachsenenwelt gerecht zu werden.

»Miss Cooper ...«

»Lonnie«, sagte sie.

»Lonnie ...«

»Ja, Steve?«

Carella räusperte sich. »Lonnie, soviel wir wissen, fand am Sonntag vor einer Woche hier bei Ihnen eine Party statt, das müßte der 7. Februar gewesen sein. Erinnern Sie sich an solch eine Party?«

»Natürlich«, sagte sie. »Es war eine tolle Party.«

»War Sally Anderson ebenfalls hier?«

»Ja, sicher.«

»Und Tina Wong?«

»Klar.«

»Und Allan Carter?«

»Natürlich – 'ne Menge Leute ...«, sagte Lonnie.

»Und Mike Roldan und Tony Asensio?« fragte Meyer.

»Ich muß schon sagen, Sie machen Ihre Hausaufgaben aber gründlich«, sagte Lonnie.

Meyer war noch nie auf die Idee gekommen, es auf diese Weise zu betrachten, und er lächelte schwach.

»Ja, die waren auch hier, Meyer«, sagte Lonnie und lächelte zurück – strahlend.

»Soweit wir in Erfahrung bringen konnten«, sagte Carella, »war dieser Abend mit Kokain geschwängert.«

»Oh?« machte sie, und das Lächeln verschwand aus ihrem Gesicht.

»Stimmt das?«

»Wer hat Ihnen das gesagt?«

»Verschiedene Ihrer Gäste.«

»Wer?«

»Das ist nicht so wichtig, Miss Cooper.«

»Aber für *mich* ist das wichtig. Und bitte, nennen Sie mich wieder Lonnie.«

»Wir wissen es von drei verschiedenen Leuten«, sagte Meyer.

»Von wem?«

Meyer sah Carella an. Carella nickte.

»Tina Wong, Mike Roldan und Tony Asensio«, sagte Meyer.

»Wahnsinn«, sagte Lonnie und schüttelte den Kopf.

»Entspricht es der Wahrheit? fragte Carella.

»Warum sollte ich das Gegenteil behaupten?« sagte Lonnie und zuckte die Achseln. Sie schnitt eine Grimasse und rutschte unruhig im Lehnstuhl hin und her. »Aber ich dachte, es geht um Sally?«

»Tut es auch.«

»Soll das heißen, daß sich das Ganze zu einem Kokainfall entwickelt?«

»Es ist bereits ein Kokainfall«, sagte Meyer. »Wir wissen, daß Sally an diesem Abend Kokain schnupfte, und wir wissen weiter ...«

»Sie sprechen über letzten Sonntag?«

»Über den Sonntag vor einer Woche, ja. Auch *Sie* erinnern sich doch, daß Sally Koks schnupfte, oder?«

»Jetzt, wo Sie davon reden ... ja.«

»Und einige andere Leute ebenfalls.«

»Na ja, ein paar.«

»Na schön. Und von wem stammte der Stoff?«

»Woher soll ich das wissen?«

»Miss Cooper ...«

»Lonnie.«

»Lonnie, wir wollen hier keinen Rauschgiftring ausheben. Sally Anderson wurde ermordet, und wir versuchen herauszubekommen, *warum*. Falls ihr Tod irgendwie mit Kokain zusammenhängt ...«

»Das kann ich mir nicht vorstellen.«

»Woher wollen Sie das wissen?«

»Weil sie diejenige war, die den Koks hatte.«

»Das wissen wir bereits. Aber wissen Sie, *woher* sie ihn hatte?«

»Aus Uptown – irgendwo.«

»Woher, genau?«

»Ich habe keine Ahnung.«

»Unterhalb des Parks oder ...«

»Ich weiß es wirklich nicht.«

»Wie oft brachte sie den Stoff?«

»Meist einmal pro Woche. Montag abends vor der Show. Sonntags bleiben wir dunkel.«

»Dunkel?«

»Keine Vorstellung. Deshalb besorgte sie den Stoff gewöhnlich am Sonntag, vermute ich. Sie fuhr hin, oder er wurde ihr gebracht – ich weiß es wirklich nicht. Auf jeden Fall brachte sie ihn am Montagabend ins Theater.«

»Und verkaufte ihn im Ensemble.«

»An die, die etwas wollten, ja.«

»Wie viele waren das?«

»Sechs oder sieben ungefähr.«

»Was würden Sie sagen, um wieviel Geld ging es dabei?«

»Sie glauben doch nicht etwa, daß sie das wegen des Geldes machte?«

»Warum machte sie es dann?«

»Sie tat uns einen Gefallen, das ist alles. Warum ein unnötiges Risiko eingehen, wenn jemand gute Beziehungen hat und guten Schnee liefert? Warum nicht auf einmal eine größere Menge kaufen als sechs oder sieben Briefchen auf der Straße; von Pushern, denen man nicht trauen kann? Das ist doch nur vernünftig.«

»Hm, hm«, machte Carella.

»Oder etwa nicht?«

»Also noch mal genauer«, sagte Meyer. »Für die sechs oder sieben Gramm, die sie ...«

»Manchmal auch mehr. Aber sie verlangte nie mehr, als sie selbst bezahlte, das können Sie mir glauben. Ich kenne den Straßenpreis, und mehr verlangte sie nicht.«

»Gar nichts für die Schwierigkeiten, die sie auf sich nahm?«

»Welche Schwierigkeiten? Sie besorgte für sich selbst doch so und so etwas. Und wer weiß, vielleicht brachte ihr Dealer es ihr sogar? Sie sind wirklich auf dem Holzweg, wenn Sie glauben, Sally hätte auf *diese* Weise ...«

Sie unterbrach sich.

»Sally hätte auf diese Weise ... *was*?« hakte Carella nach.

»Sally hätte ... äh.«

Lonnie verzog das Gesicht und zuckte mit den Schultern, als sei sie plötzlich völlig ratlos, wie sie den begonnenen Satz zu Ende bringen sollte.

»Also? sagte Carella. »Sie hätte auf diese Weise ... *was*?«
»Ihr Geld verdient«, sagte Lonnie und lachte.
»Wir wissen doch, wie sie ihr Geld verdiente, oder?« fragte Meyer.
»Sie war Tänzerin.«
»Eben.«
»Warum sollten wir also auf die Idee kommen, sie könnte ihren Lebensunterhalt auch auf andere Weise verdient haben?«
»Sie haben doch über Koks geredet und gefragt, wieviel Geld dabei im Spiel war ...«
»Das ist richtig. Aber Sie haben gesagt, sie hätte mit Koks keine Geschäfte gemacht.«
»Das stimmt auch.«
»Hatte sie sonst irgendeine zusätzliche Einnahmequelle?« fragte Carella.
»Ich weiß von keiner zusätzlichen Einnahmequelle.«
»Aber es gab doch eine solche Quelle, oder nicht?«
»Mein Gott! Habe *ich* das gesagt?« sagte Lonnie und verdrehte die Augen.
»Es klang so.«
»Nein, Sie haben mich falsch verstanden, Steve.«
»Woher hatte sie zusätzliches Geld?«
»Welches zusätzliche Geld?«
»Also, fangen wir noch mal von vorn an«, sagte Carella. »Was meinten Sie, als Sie sagten, sie hätte auf *diese* Weise Geld verdient?«
»Als Tänzerin«, sagte Lonnie.
»Das habe ich nicht gefragt.«
»Dann verstehe ich nicht, was Sie wissen wollen.«
»Ich will wissen, woher sie zusätzliches Geld hatte.«
»Wer sagt, daß sie das hatte?«
»Ich dachte, Sie hätten das angedeutet.«
»Mein Gott«, sagte Lonnie, »eine Tänzerin nimmt schon mal einen Job in einem Nachtclub an – oder so was Ähnliches. Auch wenn sie einen festen Vertrag bei einer Show hat.«
»Hm«, machte Carella. »*Hatte* Sally solche Nachtclubjobs?«

»Ah … nein, nicht das ich wüßte.«

»*Was* hat sie also gemacht?«

»Ich habe doch nur gesagt …« Lonnie schüttelte unwillig den Kopf.

»Sie sagen, sie hätte eine zusätzliche Geldquelle gehabt. Welche? Was hat sie sonst noch gemacht?«

»Das ist gang und gäbe – überall in der Stadt«, sagte Lonnie,

»Was ist gang und gäbe?«

»Mit etwas Glück hätte Sally sogar einen größeren Anteil bekommen können und wäre dann sehr gut dagestanden.«

»Anteil woran?«

»Es verstößt noch nicht einmal gegen das Gesetz, soviel ich weiß«, sagte Lonnie. »Und es tut niemandem weh.«

»Wovon sprechen Sie?« fragte Meyer. Es klang beinahe, als würde sie über Prostitution reden, aber sicherlich wußte sie, daß *die* sehr wohl gegen das Gesetz verstieß. Und überhaupt, wer behauptete, Prostitution tue niemandem weh?

»Erklären Sie uns genauer, worum es geht«, sagte Carella.

»Das ist alles, was ich Ihnen zu sagen habe«, sagte sie und verschränkte wie ein trotziges Kind die Arme vor der Brust.

»Wir können Sie vor Gericht zitieren und zu einer Aussage zwingen«, sagte Carella und hoffte, der Trick würde Wirkung zeigen, wie er es schon einige tausend Male getan hatte.

»Dann tun Sie es doch«, sagte sie.

Als Brown den Wagenpark des Reviers erreichte, registrierte er nicht ohne Frustration, daß sie schon wieder diese schrottreife Rostlaube vom letzten Samstag erwischt hatten. Erst dann entdeckte er Kling, der sich auf allen vieren im Fond des Wagens zu schaffen machte.

»Ich habe denen doch gesagt, daß ich diese Karre nicht leiden kann«, sagte er zu Klings Rücken. »Was machst du da?«

»Hier ist er ja«, sagte Kling.

»Hier ist *was?*«

»Eileens Ohrring«, erwiderte Kling und hielt einen kleinen Goldohrring ins Licht.

Brown nickte. »Willst du fahren?« fragte er. »Ich hasse diesen Wagen.«

»Klar«, sagte Kling.

Er ließ den Ohrring in seine Jackentasche gleiten und staubte die Knie seiner Hosen ab, dann setzte er sich ans Steuer. Brown ließ sich auf den Beifahrersitz fallen. »Die Tür geht auch nicht richtig zu«, brummte er und knallte die Tür mehrmals wütend ins Schloß, bis sie nach seiner Überzeugung wenigstens einigermaßen schloß. Dann drehte er die Heizung an, die sich ratternd und klappernd in Betrieb setzte. »Phantastisch!« knurrte er.

»Wo soll's hingehen?«

»Diamondback«, sagte Kling und startete den Motor.

»Phantastisch!« sagte Brown.

Ein geflügeltes Wort unter den Polizisten der Stadt behauptete, die wahrscheinlichste Zeit und der geeignetste Ort, während des Dienstes ins Gras zu beißen, sei ein Samstag im August, um Mitternacht, an der Ecke Landis Avenue und Porter Street. Brown und Kling waren froh, die besagte Ecke um zwölf Uhr mittags, an einem frostigen Februartag zu erreichen, was allerdings nicht bedeutete, daß sie sich in Diamondback wohl fühlten. Brown behagte der Auftrag noch weniger als Kling, denn Diamondback war fast ausschließlich schwarz, und viele der Bewohner hier waren der Ansicht, schwarze Bullen seien die übelsten Bullen überhaupt. Selbst die ehrlichen Bürger in dieser Gegend – und die überwogen bei weitem die Zuhälter, Pusher, Junkies, Einbrecher, Nutten, Taschendiebe und Räuberbanden – waren überzeugt, wenn man mit der Polizei zu tun hatte, dann sei es immer noch besser, an einen weißen Bullen zu geraten als an einen ihrer schwarzen Brüder. Ein schwarzer Bulle war wie eine bekehrte Nutte: sittsam und unzugänglich.

»Wie heißt der Junge noch mal?« fragte Brown.

»Andrew Fleet«, sagte Kling.

»Weiß oder schwarz?«

»Schwarz«, sagte Kling.

»Phantastisch!«

Die letzte bekannte Wohnung des Jungen befand sich in einer tristen Reihe heruntergekommener Wohnblocks in der St. Sebastian Avenue, die über dreizehn Blocks zwischen der Landis und Isola Avenue vom Grover Park schräg nach Nordosten verlief und dann in die Adams Street – wahrscheinlich nach dem zweiten Präsidenten der USA benannt, oder auch nach dem sechsten – einmündete. An diesem Dienstagmittag machte die St. Sabs, wie sie von den Bewohnern dieser Gegend genannt wurde, einen besonders trostlosen Eindruck. Besonders bei schlechtem Wetter war es in dieser Stadt nicht schwer, eine Armeleutegegend auf den ersten Blick zu erkennen, denn hier wurden die Straßen zuletzt geräumt und gestreut, und der Müll türmte sich zu unüberschaubaren Bergen – ein Ansporn für das freie Unternehmertum unter der Rattenbevölkerung. In Diamondback war es nichts Ungewöhnliches, am hellichten Tage Ratten von der Größe einer ausgewachsenen Straßenkatze über die Fahrbahn spazieren zu sehen. Es war zehn nach zwölf, als Kling den Wagen neben einer Schneewehe vor dem Haus, in dem Andrew Fleet wohnte, parkte. Es waren zwar keine Ratten zu sehen, doch die Müllkübel von den Häusern quollen über, und die Bürgersteige waren mit dem typischen Abfall und Schutt einer Großstadt übersät, der zum Teil schon am Boden festgefroren war. In dieser Gegend benutzten die Leute keine Plastiktüten, denn Plastiktüten kosten Geld.

Zwei alte Männer standen um ein Feuer, das sie in einem abgesägten Benzinfaß vor dem Hauseingang entfacht hatten, und wärmten sich die braunen Hände. Die beiden wußten sofort, daß Brown und Kling Polizisten waren. Sie konnten es riechen. Und Brown und Kling wußten sofort, daß die beiden Männer am Feuer sofort wußten, daß sie Polizisten waren. Eine Symbiose. Die beiden hoben nicht einmal den Blick, als Brown und Kling die Stufen zum Eingang hochstiegen. Brown und Kling sahen ebenfalls nicht zu den beiden hin. Es war ein ungeschriebenes Gesetz, daß man sich aus dem Weg ging – wenn man gerade nichts auf dem Kerbholz hatte.

Im engen Treppenhaus sahen sie sich zunächst die Briefkästen an. Nur zwei trugen ein Namensschild.

»Haben wir 'ne Apartmentnummer?« fragte Brown.

»Drei B«, sagte Kling.

Das Schloß der inneren Treppenhaustür war irgendwann aufgebrochen worden. Wie nicht anders zu erwarten. Direkt hinter der Tür hing die nackte Fassung einer Lampe von der Decke. Die Birne fehlte. Wie nicht anders zu erwarten. Das Treppenhaus war dunkel, und die Treppen, die nach oben führten, waren noch dunkler. Die aggressive Atmosphäre, die entsteht, wenn Menschen auf engem Raum zusammengepfercht werden, war mit den Händen zu greifen – wie die feuchten Ziegelwände des Gebäudes selbst.

»Hätten die Taschenlampe aus dem Wagen mitnehmen sollen«, sagte Brown.

»Ja«, sagte Kling. Sie erreichten den dritten Stock.

Sie lauschten an der Tür zu Fleets Apartment.

Nichts.

Sie hielten den Atem an.

Noch immer nichts.

Brown klopfte.

»Johnny?» sagte eine Stimme.

»Polizei!« rief Brown.

»Moment, nur 'ne Sekunde.«

Brown warf Kling einen Blick zu. Beide zuckten die Achseln. Drinnen hörten sie Schritte, die auf die Tür zukamen. Sie hörten die Kette eines Schlosses fallen. Die Tür ging auf. Ein schmächtiger junger Schwarzer in Bluejeans und hellbraunem Pullover mit V-Ausschnitt, unter dem er ein weißes Unterhemd trug, stand in der Tür und spähte in das Treppenhaus.

»Ja?« sagte er.

»Andrew Fleet?« erkundigte sich Brown und und zeigte ihm seine Dienstmarke und den Ausweis.

»Ja?«

»*Sind* Sie Andrew Fleet?«

»Ja!«

»Wir haben Ihnen einige Fragen zu stellen. Dürfen wir reinkommen?«

»Äh – natürlich«, sagte Fleet und und spähte an ihnen vorbei ins Treppenhaus.

»Oder erwarten Sie jemanden?« fragte Kling sofort.

»Nein, nein. Kommen Sie nur rein.«

Er ging vor, um ihnen den Weg frei zu machen. Sie traten in die winzige Küche. Ein winziges, mit Eisblumen bewachsenes Fenster blickte auf die Brandmauer des Hinterhauses. Im Ausguß türmte sich schmutziges Geschirr. Auf dem kleinen Tisch stand eine leere Weinflasche. Von einer Wand zur anderen war eine Wäscheleine durch das Zimmer gespannt. Ein paar rote Jockey-Shorts hingen über der Leine.

»Ist 'n bißchen kalt hier«, sagte Fleet. »Die Heizung schafft es nicht bis hier hoch. Wir haben deshalb schon im Büro des Ombudsmannes angerufen.

»Wer ist *wir*?« fragte Brown.

»Ein Typ vom Mieterausschuß.«

Durch die offenen Tür an der Rückwand der Küche konnten sie ein ungemachtes Bett erkennen. Auf dem Boden vor dem Bett lagen Berge schmutziger Wäsche. An der Wand über dem Bett hing ein gerahmtes Bild von Jesus, der seine Hände segnend über sein offenliegendes und blutendes Herz hielt.

»Leben Sie allein hier?« fragte Brown.

»Yessir«, sagte Fleet.

»Nur diese beiden Räume?«

»Yessir.«

Den beiden Detectives entgingen die vielen »Sirs« und seine plötzliche Freundlichkeit keineswegs. Sie tauschten einen Blick. Wovor hatte er Angst?

»Können wir Ihnen ein paar Fragen stellen?« fragte Brown.

»Klar. Aber ... äh ... wie Sie schon bemerkt haben, ich erwarte tatsächlich jemanden.«

»Wen?« fragte Kling. »Johnny?«

»Ja. Richtig.«

»Wer ist Johnny?«

»Privat.«

»Sind Sie immer noch auf Heroin?«

»Nein – bestimmt nicht! Wer hat Ihnen das gesagt?«

»Zunächst mal Ihre Vorstrafe«, sagte Kling.

»Ich bin nicht vorbestraft. Ich war noch nie im Knast.«

»Sagt ja auch niemand, daß Sie im Knast waren.«

»Aber Sie wurden letzten Juli wegen eines Raubüberfalls verhaftet«, sagte Brown.

»Schon. Aber ...«

»Sie haben dich freigelassen. Das wissen wir.«

»Auf Bewährung.«

»Weil du so ein armer Fixer bist. Stimmt's?« sagte Brown.

»Ich war damals wirklich böse auf der Nadel – das stimmt.«

»Aber jetzt nicht mehr, oder?«

»Nein, Mann. Nein. Machen Sie keine Scherze mit so was!«

»Okay, okay«, sagte Brown. »Wer ist dieser Johnny?«

»Ein Freund.«

»Nicht zufällig ein Dealer?«

»Nein, Mann! Bitte!«

»Wo waren Sie letzten Samstagabend, Andrew?« fragte Kling.

»Letzten Samstagabend?«

»Genauer: Samstagnacht. Am Vierzehnten, um zwei Uhr.«

»Ja«, sagte Fleet.

»Was, ja?«

»Ich versuche, mich zu erinnern. Warum? Was war letzten Samstagabend?«

»Das wollen wir von Ihnen wissen«, sagte Brown.

»Samstagabend«, sagte Fleet.

»Oder Samstagnacht – entscheiden Sie sich!«

»Zwei Uhr morgens«, sagte Fleet.

»Genau!«

»Ich war zu Hause, glaube ich.«

»War jemand bei Ihnen?«

»Ist das 'n Zwei-Zwanzig?« fragte Fleet und spielte auf den

Paragraphen im Gesetzbuch an, der Drogendelikte bezeichnete.

»War jemand bei Ihnen?« wiederholte Kling.

»Wer erinnert sich schon so genau? Das war am ... Wann war das? Vor drei Tagen? Vor vier Tagen?«

»Versuch dich zu erinnern, Andrew«, sagte Brown.

»Ich versuch's ja.«

»Weißt du noch den Namen des Mannes, den du überfallen hast?«

»Ja.«

»Wie hieß er?«

»Edelbaum.«

»Du hast noch einen Versuch.«

»So hieß er.«

»Hast du ihn seit dem Überfall noch einmal gesehen?«

»Ja. Bei der Verhandlung.«

»Und du bist sicher, daß er Edelbaum hieß?«

»So hieß er.«

»Weißt du, wo er wohnt?«

»Nein. Wo denn?«

»Du hast keine Ahnung, wo er wohnt, eh?«

»Woher soll ich denn das wissen?«

»Weißt du noch, wo sein Laden ist?«

»Klar. In der North Greenfield.«

»Aber du kannst dich nicht erinnern, wo er wohnt?«

»Ich hab' nie gewußt, wo er wohnt. Wie sollte ich mich da erinnern?«

»Aber wenn du herausfinden wolltest, wo er wohnt, würdest du einfach im Telefonbuch nachsehen – oder?« fragte Brown.

»Klar, aber warum sollte ich das?«

»Wo waren Sie am vierzehnten Februar um zwei Uhr morgens?« fragte Kling.

»Ich sagte doch schon. Zu Hause.«

»War jemand bei Ihnen?«

»Wenn das ein Paragraph ...«

»War jemand bei Ihnen, Andrew?«

»Wir haben uns einen kleinen Schuß gesetzt, zufrieden?« sagte Fleet. »Ist es das, was Sie wissen wollen? Gut, dann wissen Sie's nun, ja. Wir haben uns was gedrückt. Ich bin immer noch ein Fixer, zufrieden? Großer Fang. Sie können ja die Wohnung durchsuchen, wenn Sie wollen. Nichts da, außer ein bißchen Gras. Reicht nicht aus für eine Verhaftung – bestimmt nicht. Na los, suchen Sie doch!«

»Wer ist *wir*?« fragte Brown.

»Wie?«

»Die Person, die Samstag nacht bei Ihnen war.«

»Okay, Johnny war hier. Worum geht es eigentlich? Wollen Sie mich unbedingt fertigmachen?«

»Johnny *wer*?« fragte Kling.

Es klopfte an der Tür. Fleet sah die beiden Detectives an.

»Mach auf«, sagte Brown.

»Hören Sie …«

»Mach auf.«

Fleet seufzte und ging zur Tür. Er drehte den Knopf und öffnete die Tür.

»Hi«, sagte er.

Das schwarze Mädchen, das im Treppenhaus stand, war nicht viel älter als sechzehn. Sie trug einen roten Skianrorak, Bluejeans und hochhackige Stiefel. Sie war gar nicht unhübsch, aber ihre Lippen waren eine Spur zu grell geschminkt, auf ihren Wangen hatte sie starkes Rouge aufgetragen, und ihre Augen waren zu dunkel und nächtlich geschminkt für zwanzig nach zwölf.

»Kommen Sie rein, Miss.«

»Was wollen Sie hier?« fragte sie. Sie hatte sie sofort als Zivile erkannt.

»Wollen Sie uns nicht zuerst sagen, wie Sie heißen?«

»Andy?« Sie warf Fleet einen fragenden Blick zu.

»Ich weiß auch nicht, was die wollen«, sagte Fleet und zuckte die Achseln.

»Haben Sie einen Haussuchungsbefehl?« fragte das Mädchen.

»Den brauchen wir nicht. Dies ist eine Vernehmung, und

Ihr Freund hat uns hereingebeten«, sagte Brown. »Wieso? Haben Sie was zu verbergen?«

»Paragraph zwei-zwanzig?« fragte sie.

»Zwei-Zwanzig scheint euch ja beiden recht geläufig«, sagte Brown.

»Das bringt das Leben so mit sich«, sagte das Mädchen schnippisch und gleichzeitig müde.

»Wie heißen Sie?« fragte Kling.

Sie sah Fleet an. Der nickte.

»Corrine«, sagte sie.

»Corrine wie?«

»Johnson.«

Langsam dämmerte es ihnen – zunächst Brown, dann Kling.

»Sie sind Johnny?« fragte Brown.

»Ja, Johnny« erwiderte das Mädchen.

»So nennen Sie sich?«

»Wenn *Sie* Corrine hießen, würden *Sie* sich Corrine nennen?«

»Wie alt sind Sie, Johnny?«

»Einundzwanzig.«

»Wie war das?« fragte Kling.

»Also gut, achtzehn.«

»Sagen wir lieber sechzehn«, sagte Brown. »Oder noch jünger?«

»Alt genug jedenfalls«, sagte Johnny.

»Alt genug wofür?« fragte Brown.

»Für mein Leben.«

»Wie lange sind Sie schon auf der Straße?« fragte Kling.

»Ich weiß nicht, wovon Sie reden.«

»Sie gehen doch auf den Strich, oder etwa nicht?« fragte Brown.

»Wer sagt das?«

Ihre Augen verwandelten sich zu Eis, kalt und abweisend wie das Eis am Fenster. Ihre Händen fuhren in die Taschen ihres Anoraks. Kling und Brown konnten fast fühlen, wie sich ihre Hände zu Fäusten ballten.

»Wo waren Sie am Samstag nacht?« fragte Kling.

»Johnny, die ...«
»Schnauze, Andrew!« knurrte Brown. »Wo waren Sie, Miss?«
»Wann, sagten Sie?«
»Johnny ...«
»Ich sagte, Schnauze!«
»Samstag nacht, um zwei Uhr«, sagte Kling.
»Hier«, sagte das Mädchen.
»Und was haben Sie gemacht?«
»Wir haben uns 'nen Schuß gesetzt.«
»Wie das? Nichts los auf der Straße?«
»Der Schnee«, erklärte Johnny ärgerlich. »Alle Schwänze in den eigenen Betten.«
»Wann sind Sie hier hergekommen?« fragte Brown.
»Ich wohne hier, Mann«, gab sie zurück.
»Ich dachte, Sie leben hier allein, Andrew?« sagte Kling.
»Na ja, ich wollte da niemand mit hineinziehen.«
»Sie waren also die ganze Nacht hier?« wandte sich Brown wieder an das Mädchen.
»Das habe ich nicht behauptet«, antwortete sie. »Ich bin weg um ... wann war das, Andy?«
»Lassen Sie Andy aus dem Spiel. Wir wollen es von Ihnen wissen.«
»Muß so um zehn gewesen sein. Da fängt das Geschäft meistens an. Die Scheißstraßen waren leer wie das Herz einer Hure.«
»Und wann sind Sie zurückgekommen?«
»Gegen Mitternacht. Wir haben uns gegen zwölf den Druck gemacht oder, Andy?«
Fleet setzte zu einer Antwort an, doch Browns Blick brachte ihn zum Schweigen.
»Und Sie waren die ganze Zeit von zwölf bis zwei hier? fragte Kling.
»Ich war von zwölf bis zum nächsten Morgen hier. Ich sagte doch schon: Ich wohne hier!«
»Hat Andrew irgendwann in dieser Nacht die Wohnung verlassen?«

»Nein, Sir«, sagte Johnny.

»Nein, Sir«, wiederholte Fleet und nickte nachdrücklich.

»Und was haben Sie am nächsten Morgen gemacht?«

»Ich ging auf die Straße, um zu sehen, ob was lief.«

»Um wieviel Uhr?«

»Ziemlich früh. So gegen elf, glaube ich.«

»Lief was?«

»Der Schnee hat den Verkehr zum Erliegen gebracht«, sagte sie. Und sie meinte nicht den Straßenverkehr. »Alles bleibt in diesem Schnee stecken. Die Freier und der Nachschub aus Florida: Sobald die in North Carolina sind, stecken sie bis zum Arsch im Schnee. Ich sage Ihnen, es gibt zwei Dinge, die einen bei diesem Wetter fertigmachen: Das eine ist, auf den Strich zu gehen, und das andere, Junkie zu sein.«

Brown hätte ihr aus dem Stegreif einige andere Dinge sagen können, die einen bei diesem Wetter fertigmachten.

»Bert?« sagte er.

Kling betrachtete die beiden nachdenklich.

Dann sagte er: »Okay, gehen wir.«

Schweigend tasteten sie sich die Treppen bis zur Straße hinab. Die beiden Alten standen noch immer an dem Benzinfaß und versuchten, ein bißchen Wärme in ihre Knochen zu bekommen. Als Kling den Wagen startete, fing auch die Heizung wieder zu rattern und zu scheppern an.

»Sieht aus, als wären sie sauber, oder?« fragte Brown.

»Ja«, sagte Kling.

»Er wußte nicht mal, wie der Mann *hieß*«, sagte Brown.

Schweigend fuhren sie zum Revier zurück. Als sie den Wagenpark erreichten, knurrte Brown durch die zusammengepreßten Zähne: »Es ist eine zum Himmel stinkende verdammte Schande!« Kling wußte, er meinte keineswegs den Umstand, daß sie in ihren Nachforschungen im Fall Edelman kein Stückchen weitergekommen waren.

10. KAPITEL

Seit dem Mord an Sally Anderson hatte der Hausmeister des Mietshauses, in dem sie gelebt hatte, keine Ruhe mehr vor der Polizei gehabt. Und nun ging ihm auch noch dieser Mönch auf die Nerven. Er war nicht gerade ein frommer Mensch, der sich einen Dreck um das ewige Leben scherte, und während der Arbeit – er streute gerade Salz, um dieses verdammte Eis vom Gehsteig zu kriegen – konnte er absolut keinen Priester gebrauchen.

»Was wollen Sie von ihr?« fragte er Bruder Anthony.

»Sie hat eine Bibel bestellt«, sagte Bruder Anthony.

»Eine was?«

»Eine Bibel. Vom Orden der Brüderlichen Pietisten«, antwortete Bruder Anthony und hoffte, das klinge heilig genug.

»Na und?«

»Ich komme von diesem Orden«, sagte Bruder Anthony.

»Und?«

»Ich möchte ihr gern die Bibel aushändigen. Ich war bereits bei ihr oben, doch es macht niemand auf, und ich dachte, vielleicht können Sie mir sagen …«

»Kann ich mir vorstellen, daß da niemand aufmacht«, brummte der Hausmeister.

»Niemand zu Hause?« fragte Bruder Anthony.

»Da wird nie mehr jemand zu Hause sein«, sagte der Hausmeister. »Und sie ganz bestimmt nicht.«

»Oh?« machte Bruder Anthony. »Ist Miss Anderson ausgezogen?«

»Soll das heißen, er hält euch gar nicht auf dem laufenden?«

»Wer?«

»Gott.«

»Gott?«

»Er schickt euch also gar nicht sein tägliches Bulletin?«

»Ich verstehe Sie nicht ganz«, sagte Bruder Anthony.

»Und ich dachte, Gott schickt euch immer seine Listen –

von den lieben Verschiedenen, und wo sie für die Zukunft registriert werden«, griente der Hausmeister und streute mit atheistischem Eifer das Salz über den Gehsteig. »Im Himmel oder in der Hölle – oder dazwischen.«

Bruder Anthony starrte ihn an.

»Sally Anderson ist tot«, sagte der Hausmeister.

»Oh – eine schlechte Nachricht«, sagte Bruder Anthony. »Dominus vobiscum.«

»Et cum spiritu tuo«, sagte der Hausmeister, der katholisch erzogen war.

»Möge sich Gott ihrer unsterblichen Seele erbarmen«, sagte Bruder Anthony. »Wann ist sie gestorben?«

»Letzten Freitag nachts.«

»Woran ist sie denn verschieden?«

»An drei Kugeln.«

Bruder Anthonys Augen wurden groß.

»Direkt hier auf dem Gehsteig.«

»Hat die Polizei den Täter gefaßt?« fragte Bruder Anthony.

»Die sind doch zu dumm zum Eierlegen«, sagte der Hausmeister verächtlich. »Lesen Sie keine Zeitungen? Die sind voll von dieser Geschichte.«

»Ich hatte keine Ahnung«, sagte Bruder Anthony.

»Zuviel Latein, eh?« feixte der Hausmeister und schleuderte das Salz mit aller Kraft. »Kyrie eleison – und so fort.«

»Ja«, bestätigte Bruder Anthony. Diese Worte hatte er noch nie gehört. Klangen gar nicht schlecht. Er beschloß, sie in Zukunft ebenfalls zu gebrauchen. Ab und zu ein paar Kyrie eleison zu seinem Dominus vobiscum machten sich nicht schlecht. Et cum spritu tuo – das gefiel ihm besonders gut. Und dann fiel ihm ein, daß dies ein sehr merkwürdiger Zufall war: Dienstag nacht hatte sich Paco Lopez einige Kugeln eingefangen und seine Dealerin *drei Tage darauf*.

Plötzlich sah es gar nicht mehr nach kleinen Fischen aus. Die beiden Morde trugen die Handschrift der großen Drogensyndikate der Stadt, und er war sich gar nicht mehr so sicher, ob er damit etwas zu tun haben wollte. Ganz sicher war er nicht scharf darauf, eines Tages als Leiche in einem

Kofferraum auf dem Parkplatz des Spindrift Airports zu enden. Trotzdem – und das fühlte er ganz genau – war er da über etwas gestolpert, das ihm und Emma eine ganz ordentliche Stange Geld einbringen konnte. Vorausgesetzt, sie faßten die Sache richtig an. Vorausgesetzt, sie holten sich beim Erkunden des Terrains keine nassen Füße. Zunächst mal wenigstens. Wußten sie erst mal, was gespielt wurde, konnten sie zu jeder Zeit in das Spiel einsteigen.

»Was war sie denn eigentlich von Beruf?« fragte er den Hausmeister und verfolgte dabei den Gedanken – vorausgesetzt, dieses Mädchen war mit Lopez in eine große Sache verwickelt gewesen –, daß dann vielleicht einer ihrer Arbeitskollegen oder vielleicht sogar mehrere ebenfalls auch drin steckten. Zumindest war das ein Ansatzpunkt. Solche reizvollen Möglichkeiten fielen ihm nicht jeden Tag in den Schoß.

»Sie war Tänzerin«, sagte der Hausmeister.

Eine Tänzerin, überlegte Bruder Anthony und stellte sich dabei jemanden vor, der bei Arthur Murray Tanzstunden gab. Vor langer Zeit war er mal in so einem Tanzstudio gewesen – in diesem Kaff, in dem er mit der Besitzerin einer Imbißstube verheiratet gewesen war. Sie hatte ihn dorthin geschleppt. Nicht Arthur Murray. Fred Astair auch nicht. Es hieß – er konnte sich nicht erinnern. Um Cha-cha-cha zu lernen. Sie war verrückt nach Cha-cha-cha gewesen. Bruder Anthony hatte 'ne Erektion bekommen, als er zum ersten Mal mit seiner Tanzlehrerin allein im Saal war. 'ne hübsche, kleine Brünette, in einem engen Satinkleid. Sie hatte eher wie eine Nutte ausgesehen und nicht wie eine Cha-cha-cha-Lehrerin. Sie hatte zu ihm gesagt, er sei sehr beweglich – was ihm nichts Neues war. Er hatte gerade an ihrem süßen Satinpo rumgefummelt, als seine Frau auftauchte und zu dem Schluß gekommen war, daß es vielleicht besser wäre, mit den Cha-cha-cha-Stunden aufzuhören. ›Der sichere Schritt‹ – so hatte der Laden geheißen. Doch das war vor langer Zeit gewesen, bevor seine Frau diesen mißlichen Unfall hatte, der ihm ein Jahr wegen Totschlags in Castleview eingebracht hatte. Schwamm drüber, dachte Bruder Anthony – Kyrie eleison.

»In diesem Erfolgsmusical«, sagte der Hausmeister.
»Ich verstehe nicht ganz ...«, sagte Bruder Anthony.
»*Fatback*«, sagte der Hausmeister.
Bruder Anthony verstand immer noch nicht ganz.
»Die Show«, sagte der Hausmeister.
»Wo?« fragte Bruder Anthony.
»Den Namen des Theaters weiß ich auch nicht. Kaufen Sie sich 'ne Zeitung. Vielleicht gibt's ja sogar eine auf lateinisch.«
»Gott segne Sie«, sagte Bruder Anthony.

Das Telefon auf Klings Schreibtisch klingelte, als er und Brown eben den Dienstraum verlassen wollten. Er lehnte sich über das Holzgeländer und angelte nach dem Hörer.
»Kling«, sagte er.
»Hallo Bert, hier ist Eileen.«
»Oh, hallo«, sagte er. »Ich wollte dich später ohnehin anrufen.«
»Hast du ihn gefunden?«
»Genau dort, wo du ihn vermutet hast: auf dem Rücksitz des Wagens.«
»Wenn du wüßtest, wie viele Ohrringe ich schon auf Rücksitzen verloren habe!«
Dazu fiel Kling nichts ein.
»Ist allerdings schon Jahre her.«
Kling sagte immer noch nichts.
»Als ich noch ein Teenager war«, sagte sie.
Sein Schweigen wurde lastend.
»Also«, sagte sie, »vielen Dank, daß du danach gesucht hast.«
»Was soll ich jetzt damit machen?« fragte Kling.
»Du kommst nicht zufällig in unsere Gegend, oder?«
»Eh ...«
»Ins Gericht oder ins Laboratorium oder zur Staatsanwaltschaft. Irgend so was?«
»Nein, aber ...«
Sie wartete.

» ... ich wohne unten bei der Brücke«, sagte Kling.
»An der Calm's Point Bridge?«
»Ja.«
»Na wunderbar. Kennst du den ›Blick von der Brücke‹?«
»Wie?«
»Ist eigentlich unterhalb der Brücke – direkt an der Dix. Eine kleine Weinstube.«
»Oh.«
»Es ist nur ... ich möchte nicht, daß du meinetwegen 'nen Umweg machst.«
»Kein Problem.«
»Gut.«
»Ist fünf Uhr okay?«
»Ich bin gerade auf dem Sprung. Ich weiß nicht, wann ich ...«
»Es ist direkt am Ende der Lamb Street, unterhalb der Brücke, direkt am Fluß – du kannst es gar nicht verfehlen. Also dann, bis fünf? Ich würde dich gern einladen – 'ne kleine Belohnung.«
»Eh ...«
»Oder hast du schon was anderes vor?« fragte Eileen.
»Nein, nein. Nichts.«
»Also dann um fünf?«
»Okay«, sagte er.
»Schön«, sagte sie und legte auf.
Kling sah etwas verwirrt drein.
»Worum ging's?« fragte Brown.
»Eileens Ohrring.«
»Was?«
»Nicht so wichtig«, sagte Kling.

Nachmittags um drei hatten sie Edelmans kleines, im ersten Stock gelegenes Büro dreimal von oben bis unten auf den Kopf gestellt – viermal, wenn man die zusätzliche halbe Stunde dazurechnete, die sie sich nochmals seinem Schreibtisch widmeten. Brown war schon bereit aufzugeben, doch

Kling gab zu bedenken, daß sie den Safe noch nicht untersucht hatten. Doch der war verschlossen, und Kling rief die technische Abteilung an. Der Sergeant dort versicherte ihm, daß in einer halben Stunde jemand da sein würde. Brown steckte sich eine Zigarette an, und sie durchsuchten das gesamte Büro ein viertes Mal.

Es war das erste Büro im Korridor, gleich nach der Treppe – wahrscheinlich der Grund, warum Andrew Fleet es sich im letzten Juli für seinen Überfall ausgesucht hatte. Junkies planten ihre Überfälle nicht groß; sie mußten nur schnell über die Bühne gehen und Kohle bringen. Auf der Milchglasscheibe der Eingangstür stand in Großbuchstaben GEBR. EDELMAN und darunter EDELSTEINE. Mrs. Edelman hatte ihnen versichert, daß ihr Mann allein gearbeitet hatte. Die Firma mußte also von Edelman gemeinsam mit Bruder gegründet worden sein, der entweder aus dem gemeinsamen Betrieb ausgestiegen oder gestorben war. Brown und Kling notierten sich dies und nahmen sich vor, Mrs. Edelman deshalb anzurufen.

Etwa einen Meter hinter der Tür war ein brusthoher Schalter, der sich nach oben in einem dünnen Stahlgitter bis zur Decke fortsetzte. Auf der linken Seite des Schalters führte eine Glastür, die mit demselben Stahlgitter verstärkt war, ins Innere des Büros. Auf der Innenseite der Trennwand befand sich ein elektrischer Türöffner, mit dem die Tür zum eigentlichen Büro geöffnet werden konnte. Doch das Stahlgitter, so dicht seine Maschen auch waren, konnte einen Eindringling nicht daran hintern, den Lauf eines Revolvers durch eines der rautenförmigen Löcher zu stecken und sich die Tür von innen öffnen zu lassen. Wahrscheinlich war es an jenem Juliabend genauso abgelaufen. Der Junge war in das Büro gestürmt, hatte Edelman mit der Waffe gezwungen, die Tür zu öffnen, und das wunderschöne Stahlgitter war etwa so nützlich gewesen wie ein Bikini in einem Schneesturm.

Die Innenseite des Schalters sah aus wie der Wandschrank einer Apotheke, mit Dutzenden von kleinen Schubfächern, die mit den Namen diverser Edelsteine beschriftet waren. Seit dem Mord an Edelman hatte niemand das Büro betreten, doch die Schubfächer waren auffallend leer. Edelman mußte – ehe er an jenem Abend nach Hause gegangen war – die Steine in den Safe gelegt haben. Obwohl es unwahrscheinlich war, daß der Mörder zunächst hier war, ehe er Edelman in der Garage seines Wohnhauses überfallen hatte, trugen sowohl Kling als auch Brown Handschuhe. Sie wollten keinen Fehler machen, denn die Jungs von der Spurensicherung waren noch nicht hier gewesen. Alles lief genau nach Vorschrift. Sollten sie auch nur die geringste Spur einer Substanz entdecken, die wie Kokain aussah, würden sie unverzüglich die Spurensicherung verständigen, doch solange kein handfester Beweis existierte, daß es sich hier wirklich um den Schauplatz eines Verbrechens handelte, ließen sie die ohnehin arg gestreßte Spurensicherung aus dem Spiel. So wie es bisher aussah, würde es auch dabei bleiben.

Der Kollege von der technischen Abteilung kam nach vierzig Minuten; gar nicht so schlecht, wenn man den Zustand der Straßen in Betracht zog. Er trug eine Schaffelljacke, eine Mütze mit Ohrenschützern, gefütterte Handschuhe, Wollhosen, einen Rollkragenpullover und schwarze Stiefel. Er hatte ein schwarzes Köfferchen bei sich. Er stellte das Köfferchen ab, zog die Handschuhe aus und rieb sich die Hände. »Was für 'n Wetter«, sagte er und streckte die Rechte aus. »Turbo«, stellte er sich vor und schüttelte zunächst Brown, dann Kling die Hand, die sich ebenfalls vorstellten.

Turbo erinnerte Brown an den Weihnachtsmann aus der Bildergeschichte ›Der Abend vor Weihnachten‹, die er alljährlich an Weihnachten seinem Jüngsten vorlas. Turbo hatte zwar keinen Bart, aber er war ein rundlicher, kleiner Mann mit leuchtend roten Wangen – kaum größer als Hal Willis, dafür fast einen Meter breiter. Er rieb sich erneut die Hände, und es sah aus, als würde er sich nun an die Kombination machen, wie weiland Jimmy Valentine.

»Wo ist er denn?« fragte er.

»Dort drüben in der Ecke«, sagte Kling.

Turbo drehte den Kopf.

»Und ich hatte gehofft, es wäre ein alter«, sagte er. »Sieht nagelneu aus – der Kasten.«

Er ging zu dem Safe hinüber.

»Einen alten hätte ich in drei Sekunden soweit gehabt, aber der hier braucht seine Zeit.«

Er betrachtete den Safe genauer.

»Habt ihr überhaupt 'ne Ahnung, womit ich's hier zu tun bekomme?« fragte er. »So wie es aussieht, hat er 'nen Riegelwerkraum mit den Riegelbolzen an der Außenseite des Schachts, so daß ich die ganze Chose nicht einfach durch die Armierung schlagen und auf diese Weise die Muttern abkriegen kann.«

Brown und Kling warfen sich einen Blick zu. Turbo schien in einer fremden Sprache zu reden.

»Wollen mal sehen«, brummte Turbo. »Vielleicht haben wir Glück, und er hat ihn auf der Tageskombination gelassen.« Er griff nach dem Zahlenknopf, doch seine Hand zuckte zurück.

»War die Spurensicherung schon hier?« fragte er.

»Nein«, sagte Kling.

»Deshalb also tragt ihr diese Mickey-Mouse-Handschuhe?«

Die beiden Detectives sahen auf ihre Hände. Sie hatten die Handschuhe nicht einmal abgestreift, als sie Turbo begrüßt hatten; eine Unaufmerksamkeit, die er offenbar nicht krummgenommen hatte.

»Worum geht's denn hier überhaupt?« fragte er.

»Mord«, sagte Kling.

»Und keine Spurensicherung?«

»Er wurde in seiner Garage erschossen.«

»Und was ist das hier? Sein Büro?«

»Richtig«, sagte Brown.

»Und welche Befugnis habe ich, dieses Ding hier aufzumachen?«

»Es ist unser Fall«, sagte Kling.

»Und was heißt das?« fragte Turbo.

»Wir sind dazu berechtigt«, erklärte Brown.

»Ach ja? Erzählt das mal meinem Lieutenant! Ich knacke

'nen Safe mit der Vollmacht zweier Plattfüße aus den Boonies!« sagte Turbo und ging zum Telefon. Ihm fiel ein, daß die Spurensicherung noch nicht hier gewesen war, und er öffnete sein Köfferchen, entnahm ihm ein Paar weißer Handschuhe und streifte sie über. Nun sahen die drei Detectives wie Ober in einem feinen Restaurant aus; es fehlten nur noch die weißen Tücher über der Armbeuge. Turbo nahm den Hörer ab, wählte eine Nummer und wartete.

»Hallo«, sagte er, »hier ist Turbo. Gib mir mal den Lieutenant.«

Er wartete. »Herke«, sagte er, »ich bin's, Don. Ich bin hier in der North Greenfield mit zwei Kollegen von Uptown, für die ich 'nen Safe aufmachen soll.« Er sah zu Kling und Brown hinüber.

»Wie waren eure Namen noch mal?« fragte er.

»Kling«, sagte Kling.

»Brown«, sagte Brown.

»Kling und Brown«, sagte Turbo ins Telefon und lauschte der Stimme am anderen Ende. »Welches Revier?« fragte er die beiden.

»Achtsieben«, sagte Kling.

»Von achtsieben«, sagte Turbo in die Muschel. »Ein Mordfall. Nein, das ist das Büro – das Büro des Opfers. Also was soll ich machen? Ja. Hm. Ja ... ich möchte nur nicht im Hemd dastehen, Mike. Verstehst du? Keine Lust, 'n paar Jährchen wegen Beihilfe zum Einbruchdiebstahl abzubrummen, wenn du weißt, was ich meine.« Er lauschte wieder in den Hörer. »Was für ein Bestätigungsformular? Wer hat schon ein Bestätigungsformular? Nee, ich ganz bestimmt nicht. Also wie schaut so was aus? Hm, ja. Und beide sollen das unterschreiben, oder was? Hm, gut ... ja. Und das genügt? Okay, Mike, du bist der Boß. Bis nachher«, sagte er und legte auf. »Ich brauche ein Bestätigungsformular von euch«, erklärte er, »das mich befugt, das Ding hier aufzumachen. Eine Unterschrift genügt. Ich diktiere den Wortlaut.«

Er diktierte den Wortlaut, und Kling schrieb die Vollmacht in seinen Dienstblock; darunter setzte er seine Unterschrift.

»Das Datum, bitte«, sagte Turbo.

Kling schrieb das Datum darüber.

»Und vergiß deinen Dienstgrad und deine Dienstnummer nicht.«

Kling malte seinen Dienstgrad und seine Dienstnummer in die unterste Ecke des Zettels.

»Tut mir leid, dieser verwaltungstechnische Kram«, sagte Turbo und verstaute den Zettel in seiner Jacke, »aber sollte da was Wertvolles drin sein und es verschwindet irgendwie ...«

»Klar, wer steht schon gern im Hemd da?« sagte Brown.

»So ist es«, sagte Turbo und warf ihm einen gereizten Blick zu.

»Also, wollen mal sehen, ob er ihn auf Tageskombination gelassen hat.« Er ging erneut an den Safe. »Eine Menge Leute tun das; vor allem solche, die den Safe während des Tages andauernd auf- und zumachen. Wenn sie abschließen, geben sie dem Zahlenschloß meist nur eine kleine Drehung und brauchen dann nur die letzte Zahl zurückzudrehen, um ihn wieder zu öffnen. Spart 'ne Menge Zeit.« Behutsam drehte er den Zahlenknopf und zog am Griff. »Pech gehabt!« brummte er. »Probieren wir's also mit der alten Fünf- Zehner.«

Die beiden Detectives machten große Augen.

»Es gibt 'ne Menge Leute, die sich keine Zahlen merken können. Wenn sie also einen Safe bestellen, verlangen sie eine Nummernkombination aus dem Einmaleins. Wie fünf, zehn, fünfzehn. Oder vier, acht, zwölf. oder sechs, zwölf, achtzehn – oder so was. Selten die neun, die ist gar nicht so leicht. Wieviel ist drei mal neun?« fragte er.

»Siebenundzwanzig«, sagte Kling.

»Stimmt. Na ja, die Ausnahme, die die Regel bestätigt. Also versuchen wir's.«

Während er Kombinationsmöglichkeiten aus dem Einmaleins durchprobierte, fragte er: »Wißt ihr zufällig die Geburtsdaten dieses Typen?«

»Nein«, sagte Brown.

»Manchmal benutzen sie ihre Geburtsdaten, um die Kombination nicht zu vergessen. Wäre er zum Beispiel am 15.

Oktober 1926 geboren, dann wäre die Kombination fünfzehn links, zehn rechts und dann noch mal sechsundzwanzig links. Aber ihr wißt nicht, wann er geboren ist?«

»Nein«, sagte Brown.

»Seht mal nach dem Telefon. Welche Nummer hat es?«

»Wie?« fragte Brown.

»Das Telefon. Mit dem ich angerufen habe. Auf dem Schreibtisch. Was sind die ersten sechs Nummern? Oft nehmen sie die ersten sechs Zahlen ihrer Telefonnummer.«

»Soll ich sie aufschreiben, oder was?« fragte Brown.

»Ja, schreib's auf. Ich bin erst beim Sechser-Einmaleins. Ich geh' meist nur bis elf. Das große Einmaleins ist gar nicht so einfach. Wer weiß schon, wieviel dreimal vierzehn ist?«

»Zweiundvierzig«, sagte Kling, und Turbo warf ihm einen verdrießlichen Blick zu.

»Okay, gib mir die Telefonnummer«, sagte er.

Brown reichte ihm das Stück Papier, auf dem er die ersten sechs Zahlen der Telefonnummer notiert hatte. Turbo versuchte es damit.

»Kein Glück«, brummte er. »Na, dann muß ich wohl schwereres Geschütz auffahren.« Er öffnete seinen Koffer und brachte einen kleinen Vorschlaghammer und ein Stemmeisen zum Vorschein. »Die besten Safeknacker der Stadt arbeiten bei der technischen Abteilung der Polizei«, sagte er stolz und trennte mit einem kurzen Schlag den Zahlenknopf von der Safetür. »'n schönes Riegelwerk«, sagte er. »Werden wir gleich haben.« Er begann auf die freiliegenden Riegelbolzen einzuhämmern, bis sie sich unter den Schlägen verformten. »Ein richtig schönes Schmuckkästchen haben wir hier. Mehrere Stahlschichten, schlagfeste Bolzen, vielleicht sogar mit einer Selbstverriegelungsanlage oder einer Kupferplatte in der Tür – dann kannst du dir mit dem Schneidbrenner allenfalls 'ne Zigarette anzünden. Hätte ich gewußt, was hier auf mich wartet, hätte ich Nitro mitgebracht.« Er grinste. »Nein, im Ernst: gute Safeknacker sprengen heutzutage kaum mehr. Was hier angesagt ist: Ich muß die Stahlschichten abschälen, bis ich mit einem Brecheisen rankomme. Wenn ich bis an das

Schloß komme, kann ich es aufstemmen, und die Tür geht auf. Macht's euch also bequem, es kann 'ne Weile dauern.«

Kling sah auf die Uhr. Es war zehn vor vier, und er hatte Eileen versprochen, sie um fünf zu treffen. Er überlegte, ob er sie anrufen sollte, doch er entschied sich, es zu lassen.

»Könnt ich mal 'n bißchen Licht haben?« sagte Turbo.

Brown knipste den Wandschalter an.

Turbo machte sich an die Arbeit.

Er öffnete den Safe in zwanzig Minuten. Offenbar war er sehr zufrieden mit sich, und Kling und Brown gratulierten ihm deshalb überschwenglich, ehe sie sich vor den Safe kauerten, um den Inhalt zu prüfen.

Es waren gar nicht mal so viele Steine im Safe. Einige Säckchen mit Rubinen, Smaragden und Saphiren und ein kleiner Beutel mit Diamanten. Aber in dem Fach an der Rückwand entdeckten die Detectives sauber nebeneinander gestapelt dreihunderttausend Dollar in Hundertdollarnoten.

»Anscheinend haben wir den falschen Beruf«, grinste Turbo sarkastisch.

Seit er vor zwei Tagen diesen Captain so unbedacht zusammengeschnauzt hatte, war Detective Richard Genero äußerst argwöhnisch mit dem Telefon umgegangen. Man konnte nie wissen, wer am anderen Ende sein würde. Das war das Geheimnisvolle und Unergründliche an einem Telefon. Das Leben war voller Unergründlichkeiten, der Grund, warum ihm seine Mutter permanent riet, ›sich um seine eigenen Angelegenheiten zu kümmern‹ – eine absurde Mahnung, wenn sie an einen Polizisten gerichtet war, dessen Beruf es ja schließlich war, sich um die Angelegenheiten anderer Leute zu kümmern. Als um halb fünf das Telefon auf Carellas Schreibtisch schrillte, zauderte Genero unschlüssig, ob er abnehmen sollte. Carella zog am anderen Ende des Dienstzimmers gerade seinen Mantel an. Und wenn das wieder dieser Captain war? Offenbar waren Carella und der Captain gute Freunde. Carella hatte andauernd gelacht und Witze gerissen, als er mit dem Captain gesprochen hatte. Und wenn ihn der Captain wieder niedermachte? Das Telefon wollte nicht aufhören zu klingeln.

»Warum nimmt denn niemand das verdammte Ding ab?« schrie Carella am anderen Ende des Raums, während er sich den Mantel zuknöpfte.

Da außer Genero niemand im Raum war, nahm er den Hörer ab, äußerst behutsam, und hielt ihn in einigem Abstand ans Ohr – für den Fall, daß der Captain wieder anfing zu brüllen. »Hallo?« sagte er und vermied es, seinen Namen zu nennen – für den Fall, daß es wieder der Captain war. »Detective Carella, bitte«, sagte die Stimme am Ende der Leitung.

»Wer sind Sie, bitte?« fragte Genero vorsichtig.

»Sagen Sie ihm, Danny«, sagte die Stimme.

»Ja, Sir«, antwortete Genero zuvorkommend, denn wie sollte er wissen, ob Danny nicht der Captain war, der am Sonntag angerufen hatte – oder vielleicht irgendein anderer Captain. »Steve«, rief er, »es ist Danny.«

Carella mußte durch den gesamten Dienstraum. »Warum klingelt es immer, wenn ich auf dem Weg nach Hause bin?« knurrte er.

»Das ist das Geheimnisvolle am Telefon«, sagte Genero und lächelte wissend. Carella nahm den Hörer. Genero ging zu seinem Schreibtisch zurück, wo er über einem Kreuzworträtsel gesessen und an einer europäischen Hauptstadt mit drei Buchstaben geknobelt hatte.

»Hallo, Danny«, meldete sich Carella.

»Steve? Ich hoffe, ich rufe nicht ungelegen an.«

»Nein, nein. Was gibt's?«

Meyer kam aus der Toilette und machte im Gehen seinen Hosenladen dicht. Ohne seine Hände zu gebrauchen, stieß er die Schwingschranke auf und ging zur Garderobe. Aus der rechten Tasche seines Mantels lugte die Wollmütze, die ihm seine Frau gestrickt hatte. Er überlegte, ob er sie aufsetzen sollte. Dann griff er nach dem blauen Filzhut am Haken, stülpte ihn sich auf den kahlen Schädel, schlüpfte in seinen Mantel und blieb vor Carella stehen.

»Was meinst du mit interessant?« fragte Carella in den Apparat.

»Na ja – ich dachte, ich sollte vielleicht mal mit diesem Mädchen reden ... Du weißt schon, die angeblich von nichts eine Ahnung hatte.«

»Die Quadrado – ja.«

»Genau. Die, die mit Lopez zusammengelebt hat. Wollte sie mal anchecken; vielleicht 'n bißchen Dope kaufen – oder so was. Nur um mit ihr ins Gespräch zu kommen ... Du weißt, was ich meine.«

»Und? Was war dabei so interessant?«

»Wahrscheinlich weißt du's schon längst, Steve – aber möglicherweise eben doch nicht.«

»Sag schon, Danny. Worum geht's?« sagte Carella. Er sah Meyer an und zuckte die Achseln.

»Man hat sie mit dem Messer fertiggemacht – Sonntag nacht.«

»Was?!«

»Ja. Sie ist gestern vormittag im Saint Jude's Hospital gestorben – gegen elf.«

»Woher weißt du das?«

»Von ihrer Nachbarin.«

»Und du bist ganz sicher, Danny?«

»Ich vergewissere mich immer an der Quelle, Steve. Ich hab' sofort im Saint Jude's angerufen. Sie ist tot – das steht fest. Sie warten noch immer auf Angehörige, die die Leiche abholen. Hat sie überhaupt Verwandte?«

»Ja, einen Cousin«, sagte Carella abwesend.

»Ja, so ist das«, sagte Danny und verfiel in Schweigen. »Steve ... soll ich mich trotzdem weiter wegen der .38er umsehen? Ich meine ... das Mädchen wurde doch mit dem Messer umgebracht.«

»Doch, doch, Danny, bleib dran«, sagte Carella. »Und danke, Danny, besten Dank.«

»Also bis bald«, erwiderte Danny und legte auf. Carella starrte eine Weile abwesend auf die Schreibtischplatte, ehe auch er den Hörer auflegte.

»Was ist?« fragte Meyer.

Carella schüttelte den Kopf und atmete tief durch. Ohne den Mantel auszuziehen, ging er zum Büro des Lieutenants und klopfte.

»Ja!« schrie Byrnes.

Carella atmete noch einmal tief durch.

An der Decke des Lokals rankten sich Weinreben entlang, und von einem hölzernen Lattengerüst, das sich von Wand zu Wand spannte, hingen dicht an dicht zahllose Weingläser mit Stiel und Kelch nach unten, so daß im Widerschein des enormen Kamins an der Stirnseite des Hauses der Eindruck entstand, als umspanne ein riesiger funkelnder Kronleuchter die gesamte Decke. Der Kamin war aus Ziegelsteinen aufgebaut, und die Wände der Weinstube waren mit Holz vertäfelt. Nur die Wand zum Fluß hin bestand aus einer Glasfront, durch die Kling das dunkle Wasser erkennen konnte und die Schleppkähne, die träge in der zunehmenden Dunkelheit verschwanden. Auf der Uhr über der Bar war es siebzehn Uhr dreißig. Er hatte sich beeilt und es Brown allein überlassen, dem Lieutenant die überraschende Mitteilung von den dreihunderttausend Mäusen in Edelmans Safe zu überbringen.

Die Weinstube war um diese Tageszeit dicht gefüllt mit Gästen, die sich hier nach Arbeitsschluß einfanden. Wahrscheinlich waren sie in den vielen Gerichts- und Verwaltungsgebäuden oder in den zahllosen Banken, Anwalts- und Makleragenturen beschäftigt, die hier im ältesten Teil der City die wirtschaftliche und verwaltungstechnische Schaltzentrale der Stadt bildeten. Ein behagliches Stimmgewirr – hin und wieder übertönt von einem entspannten Lachen – erfüllte den Raum und betonte die gemütliche Atmosphäre, die das flackernde Kaminfeuer und die Kerzen in roten Haltern auf den runden Tischen schufen. Kling war noch nie in England gewesen, aber genauso stellte er sich ein Londoner Pub am Ende eines langen, arbeitsreichen Tages vor. An einem der

Tische entdeckte er einen ihm bekannten Assistent- Detective, sagte hallo und sah sich nach Eileen um.

Sie saß an einem Tisch beim Fenster und sah auf den Fluß hinaus. Ihr Haar schimmerte golden und rot im flackernden Licht der Kerze vor ihr. Sie schien nachdenklich und in Gedanken versunken, und er zögerte, ob er sie in ihrer stummen Zwiesprache mit den dunklen Wassern des Flusses stören sollte. Er zog den Mantel aus und hängte ihn an die Garderobe neben dem Eingang. Dann steuerte er auf ihren Tisch zu. Als er sich ihr näherte, wandte sie den Kopf – als hätte sie ihn gefühlt.

»Hi«, sagte er. »Tut mir leid, daß ich zu spät komme, aber wir sind da auf etwas gestoßen.«

»Ich bin auch eben erst gekommen«, sagte sie.

Er zog sich den Stuhl ihr gegenüber zurecht.

»Du hast es also gefunden«, sagte sie.

»Du hast ja den Weg auch gut beschrieben.« Er griff in seine Jackentasche. »Hier, bitte – bevor er wieder verlorengeht«, sagte er und legte den golden glänzenden Ohrring auf den Tisch. Ihm war sofort aufgefallen, daß sie den zweiten Ring am rechten Ohr trug. Sie nahm den Ohrring vom Tisch, zog mit der Linken ihr linkes Ohrläppchen nach unten und klippte mit der Rechten den Ohrring an. Unvermittelt und schmerzhaft erinnerte ihn diese Bewegung an Augusta, an die zahllosen Male, wo er sie beobachtet hatte, wie sie ihre Ohrringe anlegte oder abnahm – diese typisch frauliche Neigung des Kopfes, die herabfallenden rotbraunen Locken ... Augusta hatte sich die Ohrläppchen durchbohren lassen; Eileen trug Ohrclips.

»So«, sagte sie und lächelte, doch als sie ihn ansah, stahl sich Verlegenheit in ihre Züge, als wäre sie bei einer intimen Handlung überrascht worden, die nicht für fremde Augen bestimmt war. Für einen Moment zerbrach ihr Lächeln. Ihr Blick floh durch den Raum und suchte den Kellner, der an einem anderen Tisch eine Bestellung aufnahm.

»Was trinkst du?« fragte sie, »rot oder weiß?«

»Weiß, denke ich«, sagte er. »Aber hör mal, ich möchte bitte bezahlen. Es ist wirklich nicht notwendig ...«

»Kommt überhaupt nicht in Frage«, gab sie zurück. »Nach all der Mühe, die du meinetwegen gehabt hast.«

»Das war keine Mühe.«

»Nein, bitte«, insistierte sie und winkte dem Kellner.

Kling verstummte. Sie sah ihn an und studierte sein Gesicht – ganz Polizistin, die auf etwas Interessantes gestoßen ist.

»Es macht dir offenbar doch etwas aus«, sagte sie.

»Nein, nein.«

»Daß ich unbedingt bezahlen will, meine ich.«

»Nein, nein«, sagte er – meinte aber ja. *Ein* Problem in der Ehe mit Augusta, das ihm sehr zu schaffen gemacht hatte, war die Tatsache gewesen, daß meist sie mit ihrem immensen Einkommen für die Vergnügungen, die sie sich geleistet hatten, aufgekommen war.

Der Kellner stand bereits an ihrem Tisch. Da sie ihn gerufen hatte und da es für ihn längst nichts Außergewöhnliches mehr war, daß Frauen die Bestellung aufgaben und auch bezahlten, reichte er ihr die ledergebundene Karte. »Was darf es sein, Miss?«

»Ich glaube, der Gentleman möchte bestellen«, sagte Eileen. Kling warf ihr einen Blick zu. »Die Rechnung bitte ebenfalls an ihn«, fügte sie hinzu.

»Wie Sie wünschen«, sagte der Kellner und reichte Kling die Karte.

»Ich verstehe nicht viel davon«, sagte Kling.

»Ich auch nicht«, sagte sie.

»Dachten Sie an Weißwein oder Rotwein?« fragte der Kellner.

»Weißen«, sagte Kling.

»Einen trockenen Weißen?«

»Hm … gut.«

»Darf ich Ihnen den Pouilly Fumé empfehlen, Sir? Das ist ein guter, leichter trockener Wein, mit leicht rauchigem Geschmack.«

»Eileen?«

»Ja, klingt gut«, sagte sie.

»Ja, den ... äh ... Pooey Foo May, bitte«, sagte Kling und reichte dem Kellner hastig die Karte, als hätte sie Feuer gefangen. »Klingt wie ein chinesisches Menü«, sagte er und versuchte ein Grinsen.

»Hast du diesen französischen Film gesehen?« fragte sie. »Ein Klassiker – ich habe den Titel vergessen. Mit Gérard Philipe und ... Michèle Morgan, glaube ich. Sie spielt eine ältere Frau, und er ist ein sehr junger Mann. Und er führt sie in ein sehr feines Restaurant ...«

»Nein, ich glaube nicht«, sagte Kling.

»Auf jeden Fall versucht er, sie zu beeindrucken – verstehst du? Und als der Weinkellner den Wein bringt, den er bestellt hat, und etwas in sein Glas gießt, nimmt er einen kleinen Schluck – sie beobachtet ihn die ganze Zeit, und der Kellner ebenfalls –, kostet ihn sorgfältig und sagt: ›Der Wein schmeckt nach Kork!‹ Der Weinkellner wirft ihm einen indignierten Blick zu – in Filmen sind die französischen Ober immer furchtbar blasierte Typen – und gießt etwas Wein in seinen silbernen Probierbecher – oder wie man dazu sagt. Er nimmt einen kleinen Schluck und zieht eine perfekte Probierschau ab. Mittlerweile beobachtet sie das gesamte Restaurant, und jeder weiß, daß sie ein Verhältnis haben – das interessanteste und ausgiebigste Gesprächsthema für alle Franzosen. Schließlich nickt der Kellner majestätisch und sagt: ›Monsieur, Sie haben recht, der Wein schmeckt tatsächlich nach Kork!‹ – und er entfernt sich, um eine neue Flasche zu holen. Gérard Philipe lächelt, Michèle Morgan lächelt, und auch die übrigen Gäste lächeln ...«

Eileen lächelt ebenfalls.

»Eine wunderschöne Szene«, sagte sie.

»Ich mag ausländische Filme nicht besonders«, sagte Kling, »vor allem die mit Untertiteln.«

»Dieser Film war zwar mit Untertiteln«, sagte Eileen, »aber ich fand ihn wunderschön.«

»Die Szene klang tatsächlich sehr gut«, sagte Kling.

»*Le Diable au corps* – so hieß er.«

Kling sah sie verständnislos an.

»Der Titel«, sagte sie. »Heißt soviel wie ›Teufel im Leib‹.«

»Ein guter Titel.«

»Ja«, sagte Eileen.

»Der Pouilly Fumé«, sagte der Kellner und entkorkte die Flasche. Er wischte mit seinem Tuch über Hals und Öffnung der Flasche und goß dann etwas Wein in Klings Glas. Kling warf einen Eileen einen Blick zu, hob das Glas, führte es an den Mund, nippte vorsichtig, probierte den Wein fachmännisch, zog die Augenbrauen hoch und sagte: »Der Wein schmeckt nach Kork.«

Eileen brach in Lachen aus.

»Kork?« fragte der Kellner entsetzt.

»Das war nur ein Spaß«, beruhigte ihn Kling, »er schmeckt gut.«

»Aber wenn er wirklich ...«

»Nein, nein, er ist gut – wirklich.«

Eileen wollte nicht aufhören zu lachen. Der Kellner legte die Stirn in skeptische Falten, als er beide Gläser füllte, und seine Miene hellte sich auch nicht auf, als er ihren Tisch verließ. Sie hoben die Gläser.

»Auf goldene Tage und purpurne Nächte«, sagte Eileen und ließ ihr Glas gegen seines klingen.

»Cheers«, sagte er.

»Mein Onkel Matt sagte das immer«, erklärte Eileen. »Er trank wie ein Fisch.« Sie führte das Glas an ihre Lippen. »Wäre lustig, wenn er wirklich nach Kork schmeckte, oder?« sagte sie und nippte dann am Wein.

»Schmeckt er danach?« fragte Kling.

»Nein, nein. Er ist sehr gut. Probiere ihn mal«, sagte sie. »Aber diesmal richtig.«

Er trank.

»Schmeckt er?«

»Ja«, sagte er.

»Ich glaube, es war doch Micheline Presle«, sagte sie. »Die Schauspielerin.«

Eine Zeitlang saßen sie sich schweigend gegenüber. Draußen auf dem Fluß klang das Tuten einer Schiffssirene in der Nacht.

»Woran arbeitest du gerade?« sagte sie.

»An diesem Mordfall vom letzten Samstag, als du bei uns warst.«

»Und wie sieht er aus?«

»Verwirrend«, gab Kling zu.

»Das macht die ganze Sache doch erst interessant«, sagte Eileen.

»Wahrscheinlich – ja.«

»Mein Job ist selten so interessant. Ich spiele fast immer nur den Lockvogel für irgendeinen Irren.«

»Ich möchte nicht in deiner Haut stecken«, sagte Kling.

»Manchmal bekomme ich es wirklich mit der Angst zu tun.«

»Kann ich mir vorstellen.«

»Aber schließlich wollte ich ja unbedingt zur Polizei.«

»Wieso eigentlich?«

»Onkel Matt. Der mit den goldenen Tagen und purpurnen Nächten – der Säufer. Er war Polizist. Ich vergötterte ihn, und deshalb wollte ich auch zur Polizei. Er war im 110. Revier, in Riverhead. Das heißt, bis es ihn eines Nachts in einer Bar erwischte. Er war nicht im Dienst. Saß nur da und trank seinen Bourbon Sour, als dieser Typ mit einem roten Tuch überm Gesicht und einer abgesägten Schrotflinte reinkam. Onkel Matt zog seinen Dienstrevolver, und der Kerl schoß ihn nieder.«

Eileen unterbrach sich und schwieg eine Weile. »Zweiundfünfzig Dollar und sechsunddreißig Cent war die Beute aus der Registrierkasse. Er wurde nie gefaßt. Ich hoffe noch immer, daß er mir eines Tages über den Weg läuft. Rotes Tuch und abgesägte Schrotflinte. Ich schieß ihn über den Haufen, ohne mit der Wimper zu zucken.«

Im Moment zuckten ihre Wimpern allerdings, und sie schlug die Augen nieder.

»Harte Worte – für eine Frau, oder?« lächelte sie. »Und wie war es bei dir? Wie bist du dazu gekommen?«

»Schien mir damals das einzig Richtige«, sagte er und zuckte die Achseln.

»Und wie ist das heute? Ist es immer noch das einzig Richtige?«

»Ich glaube schon.« Er zuckte wieder mit den Schultern. »Aber man wird irgendwie ... müde und ausgelaugt. Wenn du weißt, was ich meine.«

»Hm«, machte sie.

»Von diesem ganzen Spiel«, sagte er und verfiel in Schweigen. Sie nippten an ihren Gläsern.

»Woran arbeitest du denn zur Zeit?« fragte er und räusperte sich.

»Donnerstag«, sagte sie. »Ich fange erst wieder Donnerstag abend an.«

»Und was ist es?«

»In der Nähe des Worth Memorial sind mehrere Krankenschwestern vergewaltigt worden. Auf dem Weg zur U-Bahn müssen sie durch den Park vor dem Krankenhaus. Kennst du den Park? Im Chinesenviertel?«

»Ja«, sagte Kling und nickte.

»Ziemlich großer Park für die Gegend. In den letzten drei Monaten wurden drei Schwestern vergewaltigt – alle von der Schicht, die bis Mitternacht geht. Und immer wenn kein Mond schien.«

»Das heißt, diesen Donnerstag gibt es keinen Mond?«

»Nicht die Spur davon«, sagte sie. »Gefällt dir der Song nicht auch?«

»Welcher Song?«

»No Moon at All!«

»Ich kenne ihn nicht«, antwortete Kling. »Tut mir leid.«

»Also das ›Wir-mögen-beide-dieselben-Dinge-Spiel‹ ist es ganz bestimmt nicht.«

»Von welchem Spiel redest du?« fragte Kling.

»Na, das im Film. Was ist deine Lieblingsfarbe? Gelb. Meine auch! Was sind deine Lieblingsblumen? Geranien. Toll! – wir mögen beide dieselben Dinge!« Sie lachte wieder.

»Zumindest mögen wir beide Wein«, sagte Kling und lächelte. Er schenkte ihr nach. »Wirst du Schwesterntracht tragen?« fragte er.

»Natürlich. Findest du auch, das ist sexy?«

»Was?«

»Krankenschwestern – ihre Uniform meine ich.«
»Darüber habe ich noch gar nicht nachgedacht.«
»Viele Männer haben nämlich eine Vorliebe für Krankenschwestern. Wahrscheinlich weil sie glauben, Krankenschwestern seien erfahren. Nackte Männer auf dem Operationstisch – und dergleichen ...«
»Hm ...«, machte Kling.
»Mir hat mal jemand erzählt – ein Mann, mit dem ich mich früher öfter getroffen habe, er war Lektor in einem Taschenbuchverlag –, er erzählte mir, allein das Wort Krankenschwester im Titel eines Romans garantiere eine Auflage von einer Million.«
»Ist das wahr?«
»Das hat er mir gesagt.«
»Und er muß es wissen.«
»Aber du stehst nicht auf Krankenschwestern – oder?«
»Das habe ich nicht gesagt.«
»Ich muß dir mal zeigen, wie ich darin aussehe«, sagte Eileen. Sie sah ihm in die Augen. »In meiner Schwesterntracht.«
Kling schluckte.
»Es muß auch was mit Weiß zu tun haben«, sagte Eileen. »Die Tatsache, daß die Tracht der Schwestern weiß ist. Wie ein Hochzeitskleid – glaubst du nicht?«
»Möglich«, meinte Kling.
»Das antagonistische Wunschbild der Männer: die erfahrene Jungfrau. Heute sind nur wenige Bräute noch Jungfrauen«, sagte sie und zuckte mit den Achseln. »Das erwartet doch heute niemand mehr, oder? Der Mann – meine ich. Daß seine Frau als Jungfrau in die Ehe gehen soll.«
»Ich vermute nicht«, sagte Kling.
»Du bist nicht verheiratet, oder?«
»Ich war verheiratet«, sagte Kling.
»Das wußte ich nicht.«
»Doch«, sagte er.
»Und?«
Kling zögerte.

»Wir haben uns vor kurzem scheiden lassen«, sagte er.

»Das tut mir leid«, sagte sie.

»Na ja«, sagte er und hob das Glas. Er wich ihrem Blick aus.

»Und du?« fragte er. Er sah nun auf den Fluß hinaus.

»Ich warte noch immer auf den Richtigen«, sagte sie. »Ich stelle mir manchmal vor ... aber ich sollte dir das nicht erzählen.«

»Doch, erzähl schon«, sagte er und sah sie wieder an.

»Na ja ... also wirklich, es ist blöd«, sagte sie, und er hätte schwören können, daß sie rot wurde, aber vielleicht war es auch nur der rötliche Schein der Kerze. »Manchmal stelle ich mir vor, daß irgendwann einer dieser Sittenstrolche Erfolg hat, daß ich nicht mehr dazu komme, die Pistole zu ziehen, daß er alles mit mir macht, was er will und – Wunder über Wunder – er entpuppt sich als ein Märchenprinz! Ich verliebe mich unsterblich in ihn, und wir leben herrlich und in Freuden. Du kannst machen, was du willst, aber erzähle das nie Betty Friedan und Gloria Steinem. Sonst fliege ich aus der Frauenbewegung.«

»Die alten Vergewaltigungsphantasien«, sagte Kling.

»Außer, daß ich es mit realer Vergewaltigung zu tun habe«, sagte Eileen. »Und ich weiß ganz genau, daß es kein harmloses Spiel ist.«

»Hm«, sagte Kling.

»Aber warum sollte ich nur das in meiner Phantasie wünschen? Ich meine, ich bin dem schon oft nur um Haaresbreite entgangen ...«

»Vielleicht ist das der Grund für diese Vorstellungen«, sagte Kling. »Die Phantasie macht es dir erträglicher. Deine Arbeit. Das, was du tun mußt. Vielleicht ...«, sagte er und zuckte mit den Achseln.

»Sieht so aus, als hätten wir nun doch noch ein Spiel gespielt: das ›Ich-weiß-nicht-warum-ich-dir-das-erzähle‹-Spiel.«

»Sieht ganz so aus«, sagte er und lächelte.

»Man sollte ein Buch über all diese Standardspiele und abgegriffenen Klischees schreiben, die man täglich sieht oder liest oder selbst gebraucht«, sagte sie. »Am besten gefällt mir, glaube ich, das: Wenn der Killer seine Kanone auf den Helden richtet und etwas in der Art sagt, wie ›da du in drei Sekunden so und so ein toter Mann sein wirst, kann ich dir jetzt ja alles erzählen‹ und dann damit angibt, wen er alles umgebracht hat und warum.«

»Wenn's in Wirklichkeit nur auch so einfach wäre«, sagte Kling noch immer lächelnd.

»Oder was ich immer das ›Aha‹-Klischee nenne. Wo eine Frau mit ihrem Liebhaber im Bett liegt und der Ehemann seinen Schlüssel in die Wohnungstür steckt und alle auf das unweigerliche ›Aha‹ warten ... Findest du das nicht auch einfach umwerfend?«

Das Lächeln gefror auf seinem Gesicht.

Sie sah ihm in die Augen und versuchte zu verstehen. Irgendwo hatte sie einen verheerenden Fehler begangen, aber sie konnte sich nicht vorstellen, wobei. Bis zu diesem Augenblick schien doch noch alles ...

»Ich würde gern zahlen«, sagte er.

Sie wollte ihn auch nicht in die Enge treiben. Wenn sie bei ihrer Arbeit als Lockvogel etwas gelernt hatte, dann war es Geduld.

»Sicher«, sagte sie. »Ich muß mich auch beeilen ... Und danke wegen des Ohrrings – das war sehr nett.«

»Nicht der Rede wert«, sagte Kling, doch er sah an ihr vorbei und winkte dem Kellner zu.

Während sie auf die Rechnung warteten, hüllten sie sich in Schweigen. Und als sie gingen, gaben sie sich auf dem Gehsteig vor der Bar die Hand und gingen in verschiedene Richtungen davon.

»Szenen, die nicht auf der Bühne stattfinden, kann ich nicht ausstehen«, sagte Meyer.

»Warum bist du dann nicht mit reingekommen?« fragte Carella.

»Mir genügt es, ihn von draußen brüllen zu hören«, sagte Meyer. »Erzähl schon – worum ging es?«

Sie saßen in einem der neuesten Streifenwagen des Reviers. Jedesmal, wenn sie den Wagen nach der Schicht zurückbrachten, kam Sergeant Murchison aus seinem Kabuff geschossen, um sein Prachtstück nach eventuellen Kratzern und Beulen abzusuchen. Im Wagen war es angenehm warm. Er hatte sogar Spikes an den Hinterreifen, und Harris und Willis, die ihn zuletzt gefahren hatten, sagten, man könne damit sogar über Eis fahren. Carella und Meyer waren in Richtung Zentrum unterwegs, um Timothy Moore aufzusuchen, und hatten keinerlei Probleme auf den schneeglatten Straßen.

»Also, erzähl schon«, sagte Meyer,

»Das ist schnell gesagt: Paco Lopez' Freundin wurde Sonntag nacht mit einem Messer fertiggemacht.«

»Was!?«

»Sie starb gestern morgen im Saint Jude.«

»Und wo ist das passiert?« fragte Meyer.

»Ein Streifenwagen fand sie vor ihrem Haus, in der Ainsley-Avenue. Steht alles im Dienstbericht, Meyer. Ein Zehn-Vierundzwanzig, mit einem Messer begangen. Das Opfer wurde ins Saint Jude eingeliefert.«

»Wer hatte Sonntag nacht Dienst?«

»Darum geht es gar nicht, denn die Blauen fanden sie erst in den Morgenstunden, und die Nachtschicht – die von acht bis vier – war schon nach Hause gegangen.«

»Und ab vier hatten wir Dienst«, stellte Meyer fest.

»Langsam dämmert's bei dir.«

»Und warum haben uns die Blauen nicht verständigt, verdammt noch mal?«

»Aber das haben sie.«

»Und warum haben wir nichts erfahren?«

»Ist alles saudumm gelaufen«, brummte Carella. »Der Streifenwagen rief einen Krankenwagen und begleitete ihn ins Krankenhaus. Die Frau lebte noch, als sie eingeliefert wurde. So steht's zumindest im Dienstbericht vom Ende ihrer Schicht.«

»Da war also so gegen vier, oder? Und wann ist die Frau gestorben?«

»Gegen elf.«
»Aber davon steht natürlich nichts im Dienstbericht?«
»Wie sollte es? Ich hab's von Danny Gimp.«
»Nicht schlecht. Ein V-Mann, der mitdenkt.«
»Das hat Pete auch gesagt.«
»Und was jetzt?«
»Jetzt stellen wir Timothy Moore ein paar Fragen zum Nebenverdienst seiner Exfreundin.«
»Nein, ich meine den Quadrado-Fall.«
»Sie wurde mit einem Messer traktiert, sieht nicht nach unserem .38er-Freak aus.«
»Vielleicht ist ihm die Munition ausgegangen?«
»Vielleicht. Vielleicht war's auch nur eine von den hundert Messerstechereien, die wir jede Woche haben – Eifersucht oder sonst was. Wir werden noch mit ihrem Cousin reden müssen; du weißt, der Junge, der uns im Fall Lopez auf ihre Spur brachte. Vielleicht weiß der was.«
»Wenn das irgendwie mit Kokain zusammenhängt ...«
»Könnte durchaus sein.«
» ... dann weist alles auf einen Bandenkrieg hin«, sagte Meyer.
»Und darauf bin ich überhaupt nicht scharf.«
»Fühlen wir erst mal Moore auf den Zahn«, sagte Carella.

Es war nun mal 'ne riesige Stadt – das stand außer Frage, und in einer Stadt wie dieser konnten solche Schnitzer schon mal passieren. Selbst wenn sie von Judite Quadrados Zustand erfahren hätten, noch bevor das Mädchen starb, hieß das noch lange nicht, daß sie ihnen auch einen wichtigen Hinweis zur Lösung des Falles gegeben hätte – oder der Fälle, wie es inzwischen aussah. Wer konnte schon sagen, ob ihnen die Aussage der Sterbenden weitergeholfen hätte – vorausgesetzt, sie hätte überhaupt etwas zu sagen gehabt. Trotzdem, es war einfach beruhigender zu wissen, was vor sich ging – auch und gerade in einer riesigen Stadt wie dieser.

Deshalb war Carella auch zufrieden, daß ihm Lieutenant

Byrnes während einer Verschnaufpause in seiner Gardinenpredigt von den dreihunderttausend Dollar erzählt hatte, die Brown und Kling in Edelmans Safe gefunden hatten – im Safe des letzten, oder hoffentlich letzten Mordopfers ihres .38er-Smith-&-Wesson-Freaks. Natürlich konnte diese immense Summe an Bargeld mit dem Beruf des Mannes erklärt werden: Ein Edelsteinhändler zahlte in der Regel nicht mit U-Bahn-Chips für seine Ware. Trotzdem bereitete es den Detectives Kopfzerbrechen, daß er einen solchen Haufen Geld nicht auf seinem Konto oder wenigstens in einem Bankschließfach deponiert hatte. Vor allem gab es ihnen zu denken, daß die beiden übrigen Opfer des Mörders in irgendeiner Form mit Kokain zu tun gehabt hatten. Bei Geschäften mit Kokain waren in der Regel große Barsummen im Spiel, und bei dem Fund in Edelmans Safe handelte es sich in der Tat um eine verdammt große Summe.

Der Straßenslang bezeichnete Kokain über die Jahre hinweg mit den verschiedensten Namen: C, Coke, Koks, Schnee, Glücksstaub, Schlittenfahrt, Goldstaub, Bernice, Corrine, Sternenstaub, Weiße Lady, Nasenpulver, Nasenpuder und natürlich Nasencandy. Mit Heroin gemischt nannte man es Speedball, wenngleich im Jargon diese Mischung in letzter Zeit immer häufiger als ›Belushi- Cocktail‹ bezeichnet wurde. Wie auch immer man es nannte – Kokain war das kleinere Übel. Bei ihnen im 87. Revier waren die Heroindealer dazu übergegangen, ihre Ware mit Markennamen zu versehen. Der Junkie kaufte seinen Stoff in kleinen Plastiktütchen, die alle diverse Markenzeichen trugen: Killer Eins oder Gänsehaut oder Cousin Eddy oder Stay High oder Quecksilber oder Bunny oder Coolie High – Namen, die Lebensmittelkonzerne für ihre Produkte kaum benutzen würden. Doch die Heroindealer waren in der Regel echte Kriminelle, und Ganovenehre war unter ihnen schon lange nicht mehr gefragt. Sauberer, ungestreckter Stoff, der zum Beispiel unter dem Markennamen ›Teufelsritt‹ auf den Markt geworfen wurde, war kaum ein paar Stunden konkurrenzlos auf der Szene. Dann tauchten bereits die ersten Verschnitte auf: kleine Pusher, ganz unten in der Dealerhierarchie, boten den ›Teufelsritt‹ an allen Ecken feil – allerdings verschnitten bis auf wenige Prozent seiner ursprünglichen Reinheit. ›Beat-bag‹ nannten die Süchtigen der Stadt solch ein Produkt des freien Unternehmertums in der harten Drogenszene. Aber so war eben Heroin.

Kokain war etwas anderes.

Der letzte Bundesbericht, der im Revier herumgereicht worden war, schätzte, daß im letzten Jahr etwa sechzig Tonnen Kokain auf illegalem Weg in die Vereinigten Staaten gelangt waren – das entsprach einem Straßenverkaufspreis von fünfzig Milliarden Dollar.

Kokain war in.

Das war das eigentliche Problem mit Kokain. Man mußte nicht unbedingt ein heruntergekommener, hoffnungsloser Slumbewohner sein, um Kokain zu konsumieren. Er wurde ebenso von Hollywoodproduzenten geschnupft, die über millionenschwere Filmproduzenten entschieden und sie dann dem ahnungslosen Publikum unterjubelten. Sie saßen in ihren Strandhäusern in Malibu, lauschten dem Rauschen der Brandung und dem Rauschen der Drogen in ihren Köpfen und bekräftigten ihre Entscheidungen mit einem Hit ›Vitamin C‹ aus dem goldenen Löffelchen, das an einem Goldkettchen unter ihren maßgeschneiderten Seidenhemden baumelte. Tatsächlich war es für jeden regelmäßigen Kokser schon fast Voraussetzung, zur oberen Einkommensschicht zu gehören. Jeder Polizist, der damit zu tun hatte, konnte sich das sehr gut selbst ausrechnen. Man brauchte sich nur zu vergegenwärtigen, daß eine Unze Kokain 38,2 Gramm entsprachen. Ein Kilo waren 35,2 Unzen oder 2,2 Pfund nach dem Avoirdupois-System. Der ungewöhnliche kolumbianische Cocabauer verkaufte seine Blätter für ungefähr einen Dollar das Pfund – also zwei Dollar das Kilo. Dann wurden die Blätter in einer der zahlreichen Küchen zu Kokainhydrochlorid zusammengekocht, das mehrere Male gewaschen oder ›geschlagen‹ werden mußte, ehe es in der bekannten Form, als Pulver und in Briefchen verpackt, auf der Straße angeboten wurde – das Gramm für hundert bis hundertfünfundzwanzig Dollar, je nach Qualität. Die astronomischen Summen, die im Koksbusiness umgesetzt wurden, waren zum einen durch die sehr große Zahl von Zwischenhändlern zwischen dem Cocabauern und dem Konsumenten zu erklären, zum anderen konnten sie nur erzielt werden, weil rücksichtslose Pusher das neunzig bis achtundneunzig Prozent reine Kokain aus Südamerika bis auf zwölf Prozent streckten, ehe es auf den Straßen der Stadt verhökert wurde.

Meyer und Carella konnten sich eines mulmigen Gefühls nicht erwehren, wenn sie an eine mögliche Verbindung von Kokain mit den Mordfällen in ihrem Revier dachten. Einerseits hätten sie den Fall Lopez/Anderson/Edelman (und möglicherweise auch Quadrado) liebend gern abgeschlossen, andererseits – sollte es sich wirklich um einen internationalen Ring handeln, der unter den Fittichen einer geschmierten Polizei, zum Beispiel von Bogotà aus, operierte – waren sie sich gar nicht so sicher, ob sie wirklich in einem solchen Wespennest herumstochern wollten. Organisiertes Verbrechen war nicht unbedingt ihr Bier, und was konnten zwei Plattfüße von einem unbedeutenden Revier schon gegen die kolumbianische Unterwelt ausrichten? Als sie an die Tür von Timothy Moores Apartment in Chelsea Place klopften, hofften sie einerseits, er würde ihnen bestätigen, daß Sally Anderson mit Rauschgifthandel im großen Stil zu tun gehabt hatte und auf diese Weise die Extrascheine an Land zog, von denen Lonnie andeutungsweise gesprochen hatte, aber im selben Augenblick beteten sie zu Gott, daß sie auf der falschen Spur waren. Wenn schon – dann lieber ein ganz normaler Großstadtirrer als die kolumbianische Mafia.

Hinter der Tür erklang Musik. Klassische Musik. Eine ganze Menge Streicher. Carella und Meyer waren beide Ignoranten, was Musik anlangte, und sie hatten keinen blassen Dunst, von wem das Stück stammte. Auf jeden Fall war es laut und drang bis in den Korridor. Sie klopften ein zweites Mal.

»Ja?« rief eine Stimme.

»Polizei!« schrie Carella zurück.

»Okay, Moment!«

Sie warteten. Die Musik war allgegenwärtig. Auf die Streicher folgten Bläser und dann eine Oboe – wenn sich Carella nicht irrte. Durch den Höllenlärm konnte er hören, wie das Schloß bewegt wurde. Die Tür öffnete sich, und die Musik drang wie eine Lawine in den Korridor.

»Hallo«, sagte Timothy Moore.

Er trug ein graues Sweatshirt mit dem roten Wappen und Schriftzug der Ramsey-University, braune Kordhosen und ausgetretene Hausschuhe.

»Kommen Sie rein«, sagte er. »Ich bin eben erst nach Hause gekommen.«

Sein Zuhause war eine Zweizimmerwohnung, mit Wohnzimmer, Schlafzimmer und Küche, für die er in diesem Teil der Stadt, so nahe bei der Universität, gut und gerne sechshundert Dollar pro Monat zahlen mußte. Sie traten in das kleine Wohnzimmer, das mit einer Couch, zwei Sesseln und einer Lampe – offenbar aus einem Secondhandladen – möbliert war. Die Bücherregale an den Wänden quollen über von dicken Wälzern, die Carella als medizinische Fachliteratur identifizierte. An einem Gestell in der Ecke des Zimmers hing das Skelett eines Menschen. Auf einem Tisch neben der zerbeulten Couch stand das Telefon und daneben ein Transistorradio, aus dem markerschütternd die Symphonie, das Concerto, die Sonate – oder was auch immer das war – schmetterte. Es war eines dieser kleinen japanischen Dinger, die Generos Gerät wie ein Ei dem anderen glichen. Der einzige Unterschied war, daß Genero gewöhnlich einen Rocksender hörte. Auf der anderen Seite der Couch war die Tür zum Schlafzimmer mit dem ungemachten Bett. Eine zweite Tür führte in die Küche.

»Ich mach' das mal ein bißchen leiser«, sagte Moore und drehte die Lautstärke zurück. Carella fragte sich, warum er den Apparat nicht ganz ausmachte, sagte aber nichts.

»Also?« sagte Moore.

Die Musik war noch immer so laut, daß sie unangenehm war. Carella überlegte, ob Moore vielleicht schwerhörig sei, doch möglicherweise war er ja selbst nur überempfindlich, und er wollte die Gefühle des jungen Mannes nicht unnötig verletzen.

»Wir wollten Sie nicht an der Uni kompromittieren«, sagte er und versuchte, das Radio zu übertönen. Nun waren es Klarinetten, wenn er sich nicht täuschte – vielleicht auch Flöten.

»Würden Sie das vielleicht noch 'n bißchen leiser stellen«, sagte Meyer, ohne sich um die Gefühle eines eventuell Hörgeschädigten zu kümmern.

»Oh, Entschuldigung«, sagte Moore und ging erneut zum Radio. »Das spielt bei mir die ganze Zeit, und oft vergesse ich, wie laut es ist.«

»Es gibt da gewisse Untersuchungen«, sagte Meyer.

»Untersuchungen?«

»Über die zunehmenden Gehörschäden der Rock-Generation.«

»Wirklich?«

»Ja«, sagte Meyer, »wegen der hohen Phonstärken.«

»Na ja, noch bin ich nicht taub«, sagte Moore und grinste. »Kann ich Ihnen was anbieten? Kaffee? Einen Drink?«

»Nein, danke«, sagte Carella.

»Nehmen Sie doch Platz. Sie sagten, Sie haben mich an der Uni gesucht ...«

»Nein, ich sagte bereits, wir wollten Sie dort nicht kompromittieren.«

»Ah ... Danke. Das war sehr nett. Das hätte mir nämlich noch gefehlt; von der Uni zu fliegen.« Er sah Carella an, dann Meyer.

»Worum geht's? Haben Sie gute Nachrichten?«

»Noch nicht«, sagte Carella. »Zumindest ist das nicht der Grund, warum wir hier sind.«

»Oh. Und ich dachte für einen Augenblick ...«

»Nein, tut uns leid.«

»Glauben Sie, daß es überhaupt 'ne Chance gibt, ihn zu kriegen?«

»Wir arbeiten daran«, sagte Carella.

»Mr. Moore«, mischte sich Meyer ein, »wir hatten gestern ein langes Gespräch mit einer gewissen Lonnie Cooper, einer der Tänzerinnen in *Fatback.*«

»Ja, ich kenne sie«, sagte Moore.

»Sie hat uns alles über die Party bei ihr am Sonntag vor einer Woche erzählt – die Party, die Sie versäumt haben.«

»Und?« fragte Moore verwirrt.

»Sie hat bestätigt, daß auf der Party gekokst wurde.«

»Bestätigt?«

»Wir hatten diese Aussage bereits aus drei verschiedenen Quellen.«

»Und?« Moore schien noch immer verwirrt.

»Mr. Moore«, sagte Carella, »als wir das letzte Mal mit Ihnen sprachen, fragten wir Sie, ob Sally Anderson mit Drogen zu tun hatte. Sie erzählten uns ...«

»Ich erinnere mich nicht mehr so genau, was ...«

»Wir fragten Sie wörtlich: ›Hatte sie mit Drogen zu tun?‹, und Sie antworteten mit einem eindeutigen Nein. Wir fragten außerdem, ob sie in irgendwelche anderen illegalen Geschichten verstrickt war, und sie antworteten mit einem ebenso klaren Nein.«

»Soviel ich weiß, hatte Sally weder mit Drogen noch mit irgendwelchen illegalen Geschichten zu tun – das ist richtig.«

»Sie bleiben bei dieser Behauptung?«

»Ja.«

»Mr. Moore, bisher haben vier verschiedene Leute zugegeben, daß Sally Anderson auf dieser Party Kokain geschnupft hat.«

»Sally?« Er schüttelte den Kopf. »Nein, tut mir leid, das kann ich nicht glauben.«

»Sie hatten also keine Ahnung von ihrer Abhängigkeit?«

»Sie wissen doch sicherlich, daß Kokain nicht suchterzeugend ist; vom streng physiologischen Standpunkt aus gesehen. Es gibt keinen Beweis einer suchtbildenden Wirkung des Methylesters des benzoylierten Ekgonins. Nicht den geringsten.«

»Und wie ist das mit der psychischen Abhängigkeit?«

»Nun ja, aber wenn Sie mich fragen, ob Sally süchtig war oder nicht ...«

»Wir fragten, ob Sie von ihrer Sucht *wußten*, Mr. Moore.«

»Mir ist nur das Wort Sucht aufgestoßen. Aber wie dem auch sei; um Ihre Frage zu beantworten: Ich kann mir nicht vorstellen, daß Sally Anderson Kokain genommen hat – oder irgendeine andere Droge.«

»Und Marihuana?«

»Das ist für mich keine Droge.«

»Wir haben in ihrer Handtasche Marihuanareste und -samen gefunden, Mr. Moore.«

»Das ist durchaus möglich. Aber wie ich eben schon sagte, für mich ist Marihuana keine Droge – per se.«

»Darüber hinaus haben wir auch Reste von Kokain gefunden.«

»Das überrascht mich.«

»Auch nachdem wir Ihnen von dieser Party erzählt haben?«

»Ich weiß nicht, wer Ihnen erzählt hat, daß Sally kokste ...«

»Wollen Sie die Namen hören?«

»Ja, bitte.«

»Tina Wong, Tony Asensio, Mike Roldan und Lonnie Cooper.«

Moore seufzte tief und schüttelte den Kopf. »Ich verstehe das nicht«, sagte er. »Ich habe zwar keinen Grund, Ihr Wort zu bezweifeln, aber ...«

»In Ihrer Gegenwart hat sie nie Kokain geschnupft? Ist das richtig?«

»Nie.«

»Und für Sie kommt das alles völlig überraschend?«

»Ja – natürlich. Ich bin ganz platt; falle aus allen Wolken.«

»Mr. Moore, waren Sie während Ihrer Beziehung mit Miss Anderson jemals an Sonntagen mit ihr zusammen?«

»An Sonntagen?« fragte er, und das Telefon klingelte. »Entschuldigen Sie«, sagte er und nahm den Hörer ab. »Hallo?« sagte er. »Oh – grüß dich, Mama. Wie geht's dir?« fragte er. Er hörte zu und sagte dann: »Nein, nichts Neues. Die sind übrigens gerade hier. Ja, die beiden Detectives, die den Fall bearbeiten. Nein, noch nicht.« Er schwieg eine Weile. »Immer noch sehr kalt«, sagte er dann. »Und bei euch? Aber Mama – fünfundzwanzig Grad würde ich nicht gerade als kalt bezeichnen.« Er lauschte wieder in den Hörer, verdrehte genervt die Augen und sagte dann: »Das kann ich noch nicht sagen, Mama. Ich stecke mitten in den Prüfungen. Vielleicht in den Ferien im Frühjahr. Jaja, ich weiß, ich war schon lange nicht mehr zu Hause. Aber August ist ja noch nicht *so* lange her. Ja, Mama; aber das sind keine acht Monate, sondern nur sechs. Sogar noch nicht mal sechs Monate. Wie geht es dir gesundheitlich? Und dein Arm? Oh – es ist schlimm? Bist du schon ... Und – was hat er gesagt? Da hat er bestimmt recht ... Mama, er ist Orthopäde und weiß sicherlich besser als ich, was ... Nein, noch nicht, Mama. Ja, danke. Aber ich bin noch kein Arzt. Zumindest noch nicht. Meine Meinung dazu ist nicht sehr maßgeblich, Mama. Ja – klar ... Na gut, wenn du unbedingt meinst, ich hätte das Leben des Jungen gerettet ... Aber das macht mich noch nicht zum Arzt, und außerdem hätte das jeder tun können. Der Heimlich-Handgriff. Heimlich. Das ist doch jetzt nicht so wichtig, wie man das schreibt, Mama.« Er verdrehte erneut die Augen. »Mama, ich muß jetzt Schluß machen; du weißt, ich habe Besuch. Wie? Ja, das werde ich ausrichten. Bestimmt tun sie ihr Bestes, Mama. Aber ich werde es trotzdem sagen. – Ja, Mama. Also bis bald. Wiederhören, Mama.«

Er legte den Hörer auf die Gabel, seufzte erleichtert und wandte sich den beiden Detectives zu. »Meine Mutter«, erklärte er unnötigerweise.

»Ist sie Jüdin?« fragte Meyer.

»Mutter? Nein, nein.«

»Es klang fast so«, sagte Meyer und zuckte mit den Achseln.

»Wahrscheinlich sind alle Mütter gleich.«

»Sie fühlt sich einsam, da unten«, sagte Moore, »seit mein Vater gestorben ist.«

»Tut mir leid«, sagte Carella.

»Das ist schon eine Weile her. Im letzten Juni war es. Aber man sagt, es dauert mindestens ein Jahr, bis man über eine Scheidung oder den Tod eines nahestehenden Menschen hinweg ist. Ihr macht es immer noch sehr zu schaffen. Sally war wie Balsam für ihre Seele, aber jetzt …« Er schüttelte den Kopf. »Er fehlt ihr sehr – mein Vater. Er war ein wunderbarer Mann. Arzt – ein Chirurg. Das ist auch mein Berufsziel. Er sorgte für uns, als wären wir sein ein und alles. Selbst nach seinem Tod. Er ermöglichte, daß meine Mutter für den Rest ihres Lebens aller materiellen Sorgen enthoben ist, und mir hinterließ er genügend Geld, mein Studium zu beenden und danach eine Praxis einzurichten. Ein wunderbarer Mensch.« Er schüttelte traurig den Kopf. »Entschuldigen Sie die Unterbrechung. Sie fragten …«

»Wie war das mit dem Heimlich-Handgriff?« fragte Carella.

Moore lächelte. »Letzten August, als ich zu Hause war, waren wir in einem Restaurant. Ein Kind wurde ohnmächtig und lief ganz rot an. Ein zwölfjähriger kubanischer Junge – herausgeputzt für das Sonntagsessen mit der Familie. Mir war klar, daß er einfach keine Luft bekam, und ich sprang auf und machte den Heimlich-Handgriff bei ihm. Meine Mutter dachte, ich sei verrückt geworden, als ich den Jungen von hinten packte und … Na ja, sicher wissen Sie, wie der Heimlich-Handgriff funktioniert.«

»Ja«, sagte Meyer.

»Wie dem auch sei – es hat ihm geholfen«, sagte Moore bescheiden. »Seine Eltern überschlugen sich beinahe vor Dankbarkeit. Ich kam mir vor, als hätte ich Kuba im Alleingang befreit. Und seitdem bin ich natürlich für meine Mutter ein Held.«

»Ihr Sohn – der Arzt.«

»Ja«, sagte Moore – noch immer lächelnd.

»Schön«, sagte Carella.

»Schön, ja – wo waren wir stehengeblieben?«

»Sonntage und Sally.«

»Ach ja.«

»Haben Sie sich auch sonntags getroffen?«

»Hin und wieder. Sonntags hatte sie meist keine Zeit. Ihr freier Tag – Sonntag abend ist keine Vorstellung.«

»Warum hatte sie keine Zeit? Was tat sie?«

»Besorgungen machen. Ich weiß nicht – dieses und jenes. Wir haben uns auch sonntags getroffen – natürlich, aber nur selten. Dann gingen wir manchmal in den Zoo oder ins Museum, oder wir machten einen Schaufensterbummel. An Sonntagen wollte Sally eigentlich meistens ihre Ruhe haben. Während des Tages wenigstens.«

»Sind Sie mit ihr jemals in Uptown gewesen? Ich meine, an einem der Sonntage, an denen Sie sich trafen?«

»Hm – bestimmt. Uptown?«

»Ganz in Uptown?« sagte Carella. »Culver und 18. Straße?«

»Nein«, sagte Moore. »Nie.«

»Wissen Sie, wo das ist?«

»Klar.«

»Aber Sie waren nie mit Sally dort?«

»Wozu denn? Das ist eine der schlimmsten Gegenden der Stadt.«

»War Sally vielleicht mal allein dort? An einem Sonntag?«

»Möglich. Warum? Ich verstehe nicht ...«

»Weil uns Lonnie Cooper erzählt hat, daß Sally jeden Sonntag in Uptown war und dort das Kokain für sich und einige andere Leute der Show besorgte.«

»Womit wir wieder bei Kokain wären. Ich habe Ihnen doch bereits gesagt, daß Sally – soweit ich weiß – nichts mit Kokain oder irgendwelchen anderen Drogen zu tun hatte!«

»Außer mit Marihuana.«

»Was für mich keine Droge ist«, ergänzte Moore.

»Aber Kokain ist ganz bestimmt eine. Was Sie wiederum als nicht suchterzeugend bezeichnen.«

»Das ist nicht *meine* Meinung, Mr. Carella. Zufällig gibt es ... Hören Sie, worum geht es hier eigentlich? Könnten Sie mir das bitte sagen?«

»Wußten Sie, daß Sally ihre Kollegen mit Koks belieferte?«

»Das wußte ich nicht.«

»Das hat sie Ihnen verheimlicht, wollen Sie damit sagen?«

»Ich wäre nicht auf die Idee gekommen, wir könnten Heimlichkeiten voreinander haben, aber wenn sie mit diesem ... mit diesem Drogenhandel – oder wie immer Sie das nennen wollen – zu tun hatte, dann ...«

»So nennen wir das, ja«, sagte Carella.

»Gut ... dann hat sie mir das verheimlicht. Ich hatte keine Ahnung.«

»Hat sie viel ausgegeben, Mr. Moore?«

»Bitte?«

»Hat sie über ihre Verhältnisse gelebt?«

»Wie meinen Sie das?«

»Hat sie mehr Geld ausgegeben, als sie als Tänzerin verdiente?«

»Ach so. Nicht, daß ich wüßte. Sie war immer gut gekleidet, und ich glaube nicht, daß sie sich viele Wünsche versagte ... Mr. Carella, wenn Sie mir sagen würden, worauf Sie hinauswollen ... vielleicht ...«

»Einer unserer Gesprächspartner deutete an, Sally hätte eine zusätzliche Einnahmequelle gehabt. Daß sie zumindest in geringen Mengen mit Kokain handelte, wissen wir bereits. Und wir würden gern erfahren, ob sich ihr Betätigungsfeld in der Drogenszene eventuell weiter erstreckte.«

»Tut mir leid, ich würde Ihnen gern weiterhelfen, aber bis eben hatte ich keinen blassen Schimmer, daß Sally überhaupt mit Drogen zu tun hatte.«

»Außer mit Marihuana«, präzisierte Carella.

»Ja – gut.«

»Wissen Sie, ob Sally *sonst* irgendeine Geldquelle hatte?«

»Tut mir leid, nein.«

»Sie ging nicht zufällig auf den Strich, oder?« fragte Meyer.

»Natürlich nicht.«

»Sind Sie da sicher?«

»Ganz sicher. Wir waren uns sehr nah. Wir waren praktisch *jeden* Tag zusammen. Ich wüßte ganz bestimmt ...«

»Aber von dem Kokain wußten Sie auch nichts?«

»Nein.«

»Hat sie nie irgendeinen Nebenjob erwähnt? Irgendwas, womit sie dieses Extrageld verdient haben könnte?«

»Ich versuche ja, mich zu erinnern«, sagte Moore.

»Bitte tun Sie das«, brummte Carella.

Moore stützte den Kopf in die Hand und dachte angestrengt nach. Ziemlich lange. Plötzlich nickte er, als wäre ihm gerade etwas eingefallen, und er hob den Blick.

»Natürlich«, sagte er. »Mir ist das damals gar nicht so richtig aufgefallen. Ich habe nur halb zugehört, aber das muß es sein.«

»Muß was sein?«

»Na, wie sie das Extrageld verdiente, von dem Sie sprachen.«

»Und wie verdiente sie es?« fragte Meyer.

»Was war es?« fragte Carella.

»Eis«, sagte Moore.

11. KAPITEL

Sie hatten Allan Carter am Abend zuvor nicht erreichen können, und als sie ihn am Morgen in seiner Wohnung anriefen, erfuhren sie, daß er bereits auf dem Weg ins Büro war. Sie betrachteten diese Verzögerung als eine glückliche Fügung und benutzten die Zeit, ein paar Hausaufgaben zu machen, um für das Thema gerüstet zu sein, mit dem sie den Produzenten konfrontieren wollten. An diesem Mittwoch, dem 17. Februar, war der Himmel klar und das Wetter überraschend mild. Ein schlechtes Zeichen. Denn wer diese Stadt kannte – und sie kannten sie zur Genüge –, der wußte, daß einem frühlingshaften Wettereinbruch wie diesem in der Regel ziemlich bald ein brüllender Blizzard folgen würde. Gott gibt mit der einen Hand und nimmt mit der anderen. Inzwischen tauten der Schnee und das Eis in den Straßen.

Carters Büro lag in Midtown East, einen Block nördlich der Fünften. Das Bürogebäude wurde auf der einen Seite von einem spanischen Restaurant und auf der anderen von einem jüdischen Lebensmittelgeschäft flankiert. Auf einer Tafel im Fenster des Restaurants stand: ›Hier spricht man Englisch‹. Im Fenster des Lebensmittelladens hing das Schild ›Aqui Habla Espanol‹. Meyer fragte sich, ob sie im spanischen Restaurant auch Matzen verkauften und ob das Lebensmittelgeschäft Tortillas führte. Das Gebäude selbst war ziemlich alt. Der einzige Aufzug in der Halle hatte eine massive Messingtür. Die Hinweistafel an der Wand gegenüber verriet ihnen, daß sich die Geschäftsräume der Carter Productions Ltd. im Raum 407 befanden. Den Aufzug mußte man selbst bedienen. Sie fuhren in den vierten Stock und entdeckten Raum 407 etwa in der Mitte des Korridors, links vom Aufzug.

Ein Mädchen mit blondem Lockenkopf saß an einem Schreibtisch direkt hinter der Eingangstür. Es trug einen braunen Overall und kaute beim Tippen angestrengt auf seinem Kaugummi. Es sah von der Maschine auf und sagte: »Was kann ich für Sie tun?« Es fischte nach einem Radiergummi.

»Wir würden gern Mr. Carter sprechen«, sagte Carella.

»Wenn Sie sich bei ihm vorstellen wollen, müssen Sie nach zwei wiederkommen«, sagte das Mädchen.

»Wir sind keine Schauspieler«, erklärte Meyer.

»Das ist egal«, sagte das Mädchen, radierte ein Wort aus und blies über das Papier.

»Sie sollten das flüssige Zeugs benutzen«, sagte Meyer. »Der Gummi verdreckt die Maschine.«

»Das dauert zu lange, bis es trocken ist«, erwiderte das Mädchen.

»Wir sind von der Polizei«, sagte Carella und zückte seine Marke. »Würden Sie Mr. Carter bitte sagen, daß Detective Carella und Detective Meyer ihn zu sprechen wünschen.«

»Warum haben Sie das nicht gleich gesagt?« flötete die Kleine und griff nach dem Telefon. Während sie wartete, beugte sie sich über den Tisch und studierte die Marke genauer. »Mr. Carter«, sagte sie, »Mr. Meyer und Mr. Canella von der Polizei wollen Sie sprechen.« Sie nickte. »Ja, Sir«, sagte sie und legte den Hörer auf. »Gehen Sie nur rein.«

»Carella, bitte«, sagte Carella.

»Was habe ich gesagt?« erkundigte sie sich.

»Canella.«

Sie zuckte die Achseln.

Sie gingen durch die Tür zu Carters Büro. Er saß hinter einem riesigen Schreibtisch, auf dem sich eine Menge Papiere – Skripts, vermutete Carella – stapelten. Drei Wände des Zimmers waren mit Plakaten der Shows vor *Fatback* beklebt – Carella kannte keine davon. Die vierte Wand bestand aus einer Glasfront, durch die das Licht der morgendlichen Sonne strömte. Carter erhob sich und deutete auf ein Sofa, das dem Schreibtisch gegenüber stand. »Nehmen Sie doch Platz«, sagte er. Sie setzten sich. Carella hielt sich nicht mit langen Vorreden auf.

»Mr. Carter«, sagte er. »Was ist Eis?«

»Eis?«

»Ja – Eis?«

Carter lächelte. »Gefrorenes Wasser«, sagte er. »Sollte das ein Rätsel sein?«

»Kein Rätsel«, sagte Carella. »Sie wissen nicht, was Eis bedeutet?«

»Oh«, sagte Carter. »Sie meinen *Eis*!«

»Das sagte ich doch.«

»Theatereis«, sagte Carella.

»Natürlich weiß ich, was Eis bedeutet.«

»Wir ebenfalls, Mr. Carter«, sagte Carella. »Machen Sie die Probe – fragen Sie uns irgend etwas über Eis.«

»Tut mir leid, aber ich ...«

»Sie müssen uns schon noch eine Weile ertragen, Mr. Carter«, sagte Carella.

»Ich habe um zehn eine Verabredung.«

»Das sind noch fünfzehn Minuten bis dahin«, sagte Meyer und warf einen Blick auf die Uhr an der Wand.

»Wir machen es kurz«, sagte Carella. »Dann reden *wir* halt zuerst, und Sie antworten uns, okay?«

»Ich weiß wirklich nicht, was ...«

»So wie wir das sehen, ist Eis allgemeine Praxis an so ziemlich allen Theatern.«

»Nicht an *meinem* Theater«, sagte Carter.

»Lassen wir das vorläufig dahingestellt«, fuhr Carella fort, ohne sich beirren zu lassen. »Es handelt sich dabei offenbar um eine ziemlich verbreitete Praxis, die pro Jahr einer Summe von etwa zwanzig Millionen Dollar an Bareinnahmen entspricht, die weder das Finanzamt noch die Geldgeber einer Show zu Gesicht bekommen.«

»Die Zahl klingt ein bißchen hoch«, sagte Carter.

»Ich spreche von der gesamten Stadt«, sagte Carella.

»Trotzdem. Eis ist nur praktikabel, wenn die Show ein riesiger Hit ist.«

»Wie *Fatback*«, bemerkte Carella.

»Ich hoffe, Sie wollen damit nicht andeuten, daß irgend jemand aus *Fatback* ...«

»Hören Sie mir bitte einmal zu, und sagen Sie mir, wenn ich etwas falsch verstanden habe«, sagte Carella.

»Ich bin sicher, Sie haben alles richtig verstanden«, sagte Carter. »Sie sind nicht der Mann, der sich unvorbereitet auf Neuland begibt.«

»Ich möchte nur sicher sein, daß ich es auch wirklich verstehe.«

»Ja, gut«, sagte Carter und nickte skeptisch.

»Soweit ich das beurteilen kann, sind durch den Gewinn aus Eis 'ne Menge Theaterleute reich geworden«, sagte Carella.

»Darüber gibt es einige Geschichten – ja.«

»Und das funktioniert so – bitte korrigieren Sie mich, wenn ich danebenliege. Jemand an der Kasse legt eine Eintrittskarte beiseite, gewöhnlich einen Hausplatz, Mr. Carter, und verkauft ihn später zu einem überhöhten Preis an eine Vorverkaufsagentur. Ist das soweit richtig?«

»Ja, so funktioniert es«, sagte Carter.

»Der übliche Preis für einen guten Platz in *Fatback* ist vierzig Dollar«, sagte Carella. »Das war für die sechste Reihe,

Mitte – einen Hausplatz, den Sie mir großzügigerweise zur Verfügung stellten.«

»Ja«, sagte Carter und nickte mürrisch.

»Was würden Sie sagen, wie viele Hausplätze werden so in der Regel pro Vorstellung reserviert?« fragte Carella.

»Sie meinen bei *Fatback?*«

»Oder bei irgendeiner anderen Show. Aber bleiben wir bei *Fatback,* wenn Sie wollen.«

»Wir haben etwa hundert Hausplätze pro Vorstellung.«

»Und wer bekommt diese Hausplätze?«

»Einige davon ich – als der Produzent. Der Besitzer des Theaters bekommt ebenfalls welche. Die Künstler, die Stars, einige der großen Geldgeber und so weiter. Haben wir das nicht schon einmal besprochen?«

»Ich möchte mir nur Klarheit verschaffen«, sagte Carella. »Was geschieht mit den Eintrittskarten, wenn die Leute, für die sie beiseite gelegt wurden, sie nicht in Anspruch nehmen?«

»Sie werden an der Kasse verkauft.«

»Wann?«

»In dieser Stadt achtundvierzig Stunden vor der Vorstellung.«

»An wen?«

»An jedermann.«

»An jeden, der gerade eine Karte kaufen will?«

»Nicht direkt – diese Karten sind ja schließlich besonders gute Plätze.«

»Wer bekommt sie also?«

»Normalerweise werden sie an die Agenturen gegeben, die den Vorverkauf regeln.«

»Zu dem Preis, der auf der Karte steht?«

»Natürlich.«

»Eben nicht natürlich«, sagte Carella. »Hier ist der Ansatzpunkt für Eis – oder?«

»Vorausgesetzt, jemand von einer Show hat mit Eis zu tun – dann ist das der Punkt, ja.«

»Mit anderen Worten, der Mann, der für die Kassenführung verantwortlich ist …«

»Das ist in unserem Fall der Direktor.«

»Also der Direktor oder ein von ihm Beauftragter nimmt diese Karten und verkauft sie an die Agentur – oder Agenturen – zu einem Preis, der höher liegt als der festgesetzte.«

»Ja, das wäre dann das Eis. Die Differenz zwischen dem festgesetzten Eintrittspreis und der Summe, die der Eismann bei der Agentur erzielen kann.«

»Manchmal das Doppelte des Preises – oder?«

»Das weiß ich nicht so genau. Wie ich schon sagte ...«

»Achtzig Dollar für eine Vierzigdollarkarte – wäre das möglich?«

»Das wäre denkbar, nehme ich an. Bei einem wirklichen Hit.«

»Wie *Fatback.*«

»Ja. Aber niemand ...«

»Und die Agentur würde dann die Karte, für die sie achtzig Dollar bezahlt hat, an bestimmte, bevorzugte Kunden für ungefähr hundertundfünfzig Dollar weiterverkaufen. Ist das richtig?«

»Das wäre Wucher – und außerdem gegen das Gesetz. Die Agentur darf legal nicht mehr als zwei Dollar auf den Preis, der auf der Karte angegeben ist, aufschlagen. Zwei Dollar – das ist gesetzliche Vorschrift ...«

»Aber es gibt Agenturen, die dieses Gesetz übertreten.«

»Das ist deren Problem – nicht meines.«

»Zufällig verstößt Eis ebenfalls gegen das Gesetz«, stellte Carella fest.

»Das ist schon möglich«, erwiderte Carter, »aber nach meinem Dafürhalten erleidet dadurch niemand einen Schaden.«

»Ein Verbrechen, bei dem es keine Opfer gibt?« erkundigte sich Meyer.

»Nach meinem Dafürhalten.«

»Wie Prostitution?« hakte Meyer nach.

»Prostitution ist etwas anderes«, sagte Carter. »Die Mädchen selbst sind natürlich die Opfer. Aber mit Eis ...« Er zuckte die Achseln. »Nehmen wir mal an, jemand an der Kasse einer Show macht tatsächlich Eis, dann stiehlt er ja diese Karten nicht. Kosten die Karten vierzig Dollar, dann legt er die vierzig Dollar in die Kasse, ehe er die Karten an eine Agentur verkauft.«

»Für den doppelten Preis«, bemerkte Carella.

»Das spielt keine Rolle. Entscheidend ist, daß das Theater die vierzig Dollar bekommt, die die Karte wert ist. Das Theater verliert dabei keinen Cent – ebensowenig die Geldgeber.«

»Aber die Leute, die sich auf Eis einlassen, gewinnen dabei 'ne Menge Kleingeld.«

»Soviel ist das nun auch wieder nicht«, sagte Carter und zuckte mit den Schultern. »Um die Wahrheit zu sagen, bei einigen Shows, mit denen ich zu tun hatte, kamen die Geschäftsführer auf mich zu und schlugen mir vor, Eis zu machen. Aber ich habe das immer strikt abgelehnt – ganz im Ernst«, sagte Carter und lächelte verbindlich. »Warum sollte ich mich auf einen Konflikt mit dem Gesetz einlassen, wenn es doch nur um kleine Fische geht?«

»Kleine Fische? Sie sagten doch selbst, es sind etwa hundert Hausplätze.«

»Das stimmt.«

»Bei vierzig Dollar Aufschlag pro Platz sind das viertausend Dollar pro Vorstellung. Wie viele Vorstellungen haben Sie in der Woche, Mr. Carter?«

»Acht.«

»Mal viertausend macht zweiunddreißigtausend in der Woche. Das sind ungefähr ... wieviel sind das ungefähr, Meyer?«

»Was?« fragte Meyer.

»Im Jahr.«

»Oh. Fast zwei Millionen Dollar im Jahr. Ungefähr eins-sechs, eins-sieben.«

»Nennen Sie das kleine Fische, Mr. Carter?«

»Das Eis bei einer Show wird ja gewöhnlich noch geteilt. Oft in vier oder fünf Teile.«

»Nehmen wir an, es wird in fünf Teile geteilt«, sagte Carella. »Dann bleiben noch immer so zwei- bis dreihunderttausend Dollar pro Mann. Das ist 'ne Menge Geld, Mr. Carter.«

»Nicht genug, um dafür ins Gefängnis zu gehen.«
»Warum machen Sie es dann?« fragte Meyer.
»Wie bitte?« sagte Carter.
»Warum machen Sie dann Eis mit *Fatback?*«
»Soll das eine Beschuldigung sein?« fragte Carter.
»Genau das«, sagte Carella.
»Dann sollte ich besser meinen Anwalt verständigen.«
»Vielleicht sollten Sie uns zunächst ausreden lassen«, sagte Carella. »Anscheinend sind Sie immer so schnell bei der Hand – mit Ihrem Anwalt.«
»Wenn Sie mich beschuldigen ...«
»Mr. Carter. Entspricht es nicht der Wahrheit, daß Sally Anderson für Sie Kurierdienste geleistet hat?«
»Wobei, bitte?«
»Man hat uns berichtet, daß Sally Anderson Karten für Ihre Hausplätze an verschiedene Agenturen geliefert und Geld für diese Plätze erhalten hat, das sie wiederum Ihrem Direktor aushändigte. Das ist doch die Wahrheit, Mr. Carter? Oder war Sally Anderson etwa nicht der Kurier für Ihre Eisgeschäfte?«
»Wenn jemand in meiner Show Geld mit Eis macht, dann ...«
»Jemand macht Geld mit Eis, Mr. Carter.«
»Aber nicht ich.«
»Vielleicht sollten wir noch einen Schritt weitergehen«, sagte Carella.
»Und ich sollte meinen Anwalt anrufen«, sagte Carter und griff nach dem Telefon.
»Wir haben Beweise«, sagte Carella.
Das war gelogen; sie hatten nicht den geringsten Beweis. Lonnie Cooper hatte angedeutet, daß Sally irgendwo und irgendwie ein zusätzliches Einkommen hatte. Timothy Moore hat zwar ausgesagt, daß sie für Carter der Eiskurier war, doch auch das war keineswegs beweiskräftig. Trotzdem ließen Carellas Worte Carter erstarren. Vorsichtig legte er den Hörer zurück. Er schüttelte eine Zigarette aus der Packung, die auf seinem Schreibtisch lag, und zündete sie an. Dann stieß er eine Rauchwolke in Richtung Decke.

»Welche Beweise?« fragte er.

»Lassen Sie uns ein bißchen weiter ausholen«, sagte Carella.

»Welche Beweise?« Carter ließ nicht locker.

»Warum haben Sie behauptet, Sie hätten Sally kaum gekannt?« fragte Carella.

»Hatten wir das nicht schon mal?« sagte Carter.

»Ja, noch einmal – weil's so schön war«, sagte Meyer und grinste breit.

»Wir sind überzeugt, der Grund dafür war, daß sie an Ihren Eisgeschäften beteiligt war«, sagte Carella.

»Ich habe absolut keine Ahnung von irgendwelchen Eisgeschäften.«

»Vielleicht wollte sie ein größeres Stück von dem Kuchen ...«

»Lächerlich!«

»Vielleicht hat sie sogar damit gedroht, alles auffliegen zu lassen?«

»Ich habe keine Ahnung, wovon Sie sprechen«, sagte Carter.

»Wir sprechen von Mord, Mr. Carter.«

»Mord? Aus welchem Grund? Weil Sie überzeugt sind, Sally hätte irgendwie mit Eis zu tun gehabt?«

»Wir *wissen*, daß sie damit zu tun hatte«, korrigierte ihn Meyer. »Und zwar nicht irgendwie, sondern konkret mit *Ihnen*, Mr. Carter. Sie war, verdammt noch mal, Ihr Kurier. Sie lieferte die Karten ab und ...«

»Ein *einziges* Mal!« schrie Carter plötzlich los.

In dem Büro wurde es auffallend still.

Die beiden Detectives fixierten ihn.

»Mit dem Mord habe ich nichts zu tun«, sagte Carter schließlich.

»Wir hören«, sagte Meyer.

»Es war nur ein einziges Mal.«

»Wann?«

»Letzten November.«

»Warum nur einmal?«

»Tina war krank.«
»Tina Wong?«
»Ja.«
»Und?«
»Sie war damals nicht in der Lage, die Runde zu machen, und bat Sally, für sie einzuspringen.«
»Ohne Ihr Wissen?«
»Sie rief mich vorher an. Sie lag mit einer Grippe im Bett – und mit Fieber. Ich sagte ihr, das sei okay, denn Sally war ihre beste Freundin, und ich war sicher, wir konnten ihr vertrauen.«
»Ist das der Grund, warum Sie leugneten, sie zu kennen?«
»Ja. Ich dachte ... wenn diese Sache ans Licht käme, könnten Sie vielleicht annehmen ...«
»Wir könnten genau das annehmen, was wir ohnehin annehmen, Mr. Carter.«
»Aber Sie irren sich! Es war nur dies eine Mal. Sally hat nie mehr verlangt, sie hat mir auch nie gedroht ...«
»Wieviel hat sie für ihre Dienste bekommen?« fragte Meyer.
»Zweihundert. Aber das war wirklich das einzige Mal.«
»Wieviel zahlen Sie Tina? Arbeitet sie regelmäßig als Ihr Kurier?«
»Ja. Sie bekommt dasselbe.«
»Zweihundert pro Lieferung?«
»Ja.«
»Zwölfhundert pro Woche?«
»Ja.«
»Und Ihr Anteil?«
»Wir teilen durch vier.«
»Wer alles?«
»Mein Generaldirektor, der Direktor, der Kassenführer und ich.«
»Sie teilen sich zweiunddreißigtausend pro Woche.«
»Mehr oder weniger.«
»Ihr Anteil summiert sich also auf etwa vierhunderttausend im Jahr«, sagte Meyer.

»Steuerfrei«, fügte Carella hinzu.

»Der Gewinn, den die Show abwirft, genügt Ihnen nicht?«

»Niemand kommt dadurch zu Schaden«, sagte Carter.

»Außer Sie selbst und Ihre Komplizen«, sagte Carella. »Holen Sie Ihren Mantel.«

»Warum sollte ich?« fragte Carter. »Oder haben Sie unser Gespräch auf Band?«

Die beiden Detectives sahen sich an.

»Also, was ist mit Ihren Beweisen?«

»Ein gewisser Timothy Moore weiß alles«, sagte Carella. »Ebenso Lonnie Cooper, eine Ihrer Tänzerinnen. Offenbar war Sally doch nicht so vertrauenswürdig, wie Sie annahmen. Holen Sie Ihren Mantel.«

Carter drückte seine Zigarette aus und lächelte dünn. »Lassen Sie mich es so ausdrücken: Selbst wenn Eis in unserer Show vorgekommen ist – allerdings erinnere ich mich an kein einziges Wort, das hier gesprochen wurde, Sie etwa? Und selbst wenn Sally Anderson irgendwann mal, vor langer, langer Zeit tatsächlich irgendwo ein paar Karten abgegeben hätte, bin ich überzeugt, daß Sie mehr Beweise brauchen als ... Flüsterpropaganda aus der Gerüchteküche – so nennt man das doch, oder? Nehmen wir an, Sie würden jetzt sofort unsere Kasse überprüfen. Wissen Sie, was Sie dort erwarten würde? Daß von dieser Minute an alle unsere Agenturen lediglich das ihnen zustehende Kontingent an Karten erhalten und daß sämtliche zusätzlichen Kartenverkäufe zu den regulären Kassenpreisen abgewickelt werden; die teuerste Karte zu vierzig Dollar. Das ist der Preis, den unsere Agenturen für Hausplätze bezahlen – vierzig Dollar. Alles hat seine Richtigkeit, meine Herren. Und sollten Sie sich einbilden, sämtliches Bargeld ermitteln zu können, das seit der Eröffnung der Show den Besitzer gewechselt hat, dann kann ich nur sagen: unmöglich, Gentlemen.«

Carella und Meyer warfen sich einen Blick zu.

»Sie können damit ruhig zum Staatsanwalt gehen«, sagte Carter noch immer lächelnd, »aber ohne Beweise werden Sie reichlich dumm dastehen.«

Carella knöpfte den Mantel zu. Meyer stülpte seinen Hut auf.

»Und wenn Sie sich auf den Kopf stellen ...«, sagte Carter.

Die beiden Detectives waren bereits auf dem Weg zur Tür.

» ... eine heiße Show erzeugt immer Eis.«

Draußen im Korridor knurrte Meyer: »Alles ist immer so verdammt harmlos! Schnee ist nicht suchterzeugend, und Eis ist ein Kavaliersdelikt. Wunderbar!«

»Herzerfrischend«, brummte Carella und drückte den Knopf für den Aufzug.

»Er weiß genau, daß wir keine Beweise haben und einen Furz unternehmen können. Er ist fein heraus«, sagte Meyer.

»Aber vielleicht hält er sich jetzt an die Spielregeln.«

»Und für wie lange?« erwiderte Meyer.

Sie verstummten und lauschten dem Fahrstuhl, der ächzend den Schacht emporkam. Durch ein Fenster am Ende des Korridors sahen sie, daß die Sonne wieder verschwunden war und grauer Dunst die Stadt beherrschte.

»Und was hältst du von der anderen Geschichte?«

»Dem toten Mädchen?«

»Ja.«

»Damit hat er nichts zu tun, glaube ich.«

»Das glaube ich auch.«

Die Tür des Fahrstuhls glitt zur Seite.

»Es gibt keine Gerechtigkeit auf der Welt«, brummte Meyer.

Vor Jahren, als Bruder Anthony ein paar Monate wegen jenes Totschlagdelikts im Staatsgefängnis von Castleview abbrummte, hatte er als Zellengenossen einen Einbrecher. Ein Typ namens Jack Greenspan. Big Jack Greenspan nannten sie ihn. Er war Jude. Selten, daß man jüdische Einbrecher traf. Big Jack erzählte ihm damals 'ne Menge, aber Bruder Anthony wäre nie auf den Gedanken gekommen, daß das für ihn draußen mal nützlich sein könnte.

Bis heute.

Heute erschienen Bruder Anthony die Dinge, die Big Jack ihm damals beigebracht hatte, von unschätzbarem Wert, denn er hatte vor, dem Apartment Sally Andersons einen kleinen Besuch abzustatten. Dies war keine plötzliche Laune. Er hatte gestern – gleich nachdem er vom Tod Sally Andersons erfahren hatte – alles ausführlich mit Emma besprochen. Der ursprüngliche Grund, dem Mädchen einen Besuch abzustatten, war der Spruch Judite Quadrados gewesen, die Kleine sei die Quelle, aus der der süße Schnee stammte. Es war ja nicht schlecht, eine Liste von Käufern zu haben, aber ohne etwas, das man den Leuten verkaufen konnte, war die Liste einen feuchten Staub wert. Es war gestern in der Hoffnung hingegangen, mit ihr ins Geschäft zu kommen, doch hatte sich herausgestellt, daß die Kleine nie mehr Geschäfte machen würde – jemand hatte dafür gesorgt.

Genau betrachtet hatte er zwei Gründe, warum er sich etwas davon versprach, in das Apartment der Tänzerin einzusteigen. Zunächst einmal war es ja durchaus denkbar, daß das Mädchen irgendwo 'nen ganzen Haufen Dope versteckt hatte, der den Bullen durch die Lappen gegangen war. Er hielt das zwar für unwahrscheinlich, aber es war den Versuch wert. Die Bullen machten auch Fehler – wie alle Menschen, und vielleicht hatte sie tatsächlich irgendwo ein paar Kilo gebunkert, die praktisch bares Geld bedeuteten, 'ne ganz ordentliche Latte sogar, wenn man davon ausging, daß ein Kilo schon allein sechzig Riesen brachte – ungestreckt. Sein zweiter Beweggrund war die Überlegung – vorausgesetzt, das Mädchen war wirklich 'ne Großdealerin gewesen –, daß sie ja dann den Stoff von irgend jemandem haben mußte; es sei denn, sie war jedes Wochenende nach Südamerika geflogen – was Bruder Anthony stark bezweifelte. Der Hausmeister hatte ihm erzählt, sie sei Tänzerin in irgend 'ner Show gewesen, und schon aus diesem Grund konnte sie nicht so ohne weiteres jederzeit verreisen. Nein, so wie er die ganze Sache einschätzte, wurde sie von jemand anderem beliefert.

Also ...

Falls sie den Stoff von jemand anderem bekommen hatte,

dann mußte doch in der Wohnung ein Hinweis zu finden sein, von wem sie ihn bekommen hatte. Und wenn er das herausgefunden hatte, würde er einfach zu diesem Mann gehen und ihm erzählen, daß er Sally ausbezahlt hatte – oder 'ne ähnliche Story –, und ob er nicht interessiert sei, mit ihm ins Geschäft zu kommen. Vorausgesetzt, dieser Mann war nicht ihr Mörder, denn dann würde Bruder Anthony es vorziehen, ein Kreuz zu schlagen, seine Rocksäume zu raffen und wie ein Araber in der Nacht von der Bildfläche zu verschwinden. Denn auf eines konnte Bruder Anthony sehr wohl verzichten, und das war die nähere Bekanntschaft mit der kolumbianischen Mafia.

In der Tasche seiner Kutte trug Bruder Anthony zwei Dinge, die – laut Big Jack – für einen erfolgreichen Einbruch notwendig waren; vorausgesetzt allerdings, das Schloß an der Tür zum Apartment des Mädchens war eines dieser Mickey-Mouse-Schlösser. Sollte es sich als eine komplizierte Angelegenheit entpuppen, mußte er sich etwas anderes einfallen lassen: wie zum Beispiel über die Feuerleiter und durch ein zerschlagenes Fenster einzusteigen – obwohl Big Jack gesagt hatte, nur dilettantische Amateure, wie Junkies auf Entzug, schlügen Fenster ein. Die beiden benötigten Gegenstände, die Bruder Anthony in seiner Tasche trug, waren eine Schachtel Zahnstocher und ein Streifen Plastik, den er von einer Milchflasche abgerissen hatte – von einer dieser Plastikflaschen mit Griff und aufschraubbarem Verschluß.

Die Zahnstocher waren seine tragbare Alarmvorrichtung.

Der Plastikstreifen diente zum Öffnen der Tür.

So wie es Big Jack erklärt hatte, war eine Kreditkarte am besten geeignet, ein Mickey-Mouse-Schloß zu knacken, aber irgendein Plastik- oder Zelluloidstreifen erfüllte denselben Zweck. Bruder Anthony besaß keine Kreditkarte, und er war sich nicht sicher, ob das Stück Plastik, das er von der Flasche abgerissen hatte, für sein Vorhaben geeignet war. Doch Big Jack hatte gesagt, *irgendein* Plastikstreifen – richtig?

Er hatte sich die Eingangshalle genau angesehen, ehe er sich weiter in das Gebäude vorgewagt hatte: weit und breit kein Wachdienst, und von dem alten Arsch von Hausmeister ebenfalls keine Spur. Er war gestern bereits an der Tür des Mädchens gewesen, als er geklopft und niemand aufgemacht hatte. Er wußte also, daß es das Apartment 3A war, doch er überprüfte nochmals die Briefkästen im Foyer – nur um sicherzugehen –, dann stieg er die Treppen zum dritten Stock hinauf. Der Korridor war leer; kein Schwanz zu sehen. Big Jack wußte schon, wovon er sprach, als er gesagt hatte, daß Apartmenthäuser während des Tages meist leerstanden. Wenn er diese Sache richtig anpackte und Big Jacks Ratschlag befolgte, konnte er in ein, zwei Minuten in der Wohnung sein.

Er brauchte eine halbe Stunde.

Immer wieder schob er den Plastikstreifen in den Spalt zwischen der Tür und den Rahmen, schob und drehte ihn hin und her und versuchte, auf den Widerstand des Riegels zu stoßen. Er probierte es von schräg oben und von schräg unten, begann zu schwitzen, zog den Streifen aus dem Spalt, schob ihn wieder hinein, behutsam oder gewaltsam, spähte den Korridor hinauf und hinunter, versuchte es mit Überredungskunst und Beschwörungsformeln – los, Baby, komm schon! Irgend 'ne alte Schachtel konnte jederzeit aus ihrer Wohnung kommen und aus Leibeskräften zu schreien beginnen. Er stieß den Plastikstreifen in den Spalt, rüttelte und zerrte an ihm, bekam den Riegel zu fassen und verlor ihn wieder. Der Schweiß rann ihm nun in Strömen über den Körper, und die schwere Kutte klebte an seinem Rücken. Eine volle halbe Stunde arbeitete er hektisch und fieberhaft, ehe er spürte, wie das Schloß endlich in Bewegung kam – vorsichtig jetzt! Verlier es nicht wieder! Er spürte, wie der Riegel nachgab, als sich der Plastikstreifen zwischen das Metall und den Holzrahmen der Tür schob. Behutsam drehte er den Plastikstreifen, spürte den Riegel zurückgleiten und schließlich ganz nachgeben. Er griff nach dem Türknopf und drehte ihn, und die Tür war offen.

Er war in Schweiß gebadet.

Er huschte in das Apartment, schloß blitzschnell die Tür hinter sich und lehnte sich erschöpft dagegen. Er lauschte –

sein Atem ging schwer, und der Schweiß tropfte ihm vom Körper. Als er sich etwas erholt hatte, tastete er in seiner Tasche nach den Zahnstochern. Er schob die Schachtel auf, entnahm ihr einen Zahnstocher und öffnete die Tür einen winzigen Spalt. Er spähte in den Korridor und lauschte angestrengt. Nichts.

Er zog die Tür noch ein Stück weiter auf.

Dann klemmte er den Zahnstocher in den Schlüsselspalt und brach das herausstehende Ende ab. Er schloß die Tür wieder und schob den Sicherheitsriegel vor. Sollte inzwischen jemand mit einem Schlüssel auftauchen und versuchen, die Tür zu öffnen, dann würde der Einbrecher durch das Klirren und Klappern des vergeblichen Hantierens mit dem Schlüssel gewarnt werden, und er hatte Zeit, durch das Fenster, oder auf welchem Fluchtweg auch immer, zu verschwinden. So hatte es Big Jack erklärt. Küchen waren ein guter Fluchtweg, hatte er gesagt. Manche besaßen Lieferanteneingänge und die meisten 'ne Feuerleiter vor dem Fenster. Warum das so war, hatte ihm Big Jack auch nicht sagen können – es war einfach so ... Bruder Anthony huschte in die Küche.

Er lehnte sich über das Waschbecken und spähte aus dem Fenster. Keine Feuerleiter. Er nahm sich sämtliche Fenster der Wohnung vor. Die einzige Feuerleiter, die er entdeckte, war vor dem Schlafzimmerfenster. Er schob den Riegel zurück und öffnete das Fenster einen winzigen Spalt, so daß er es, sollte er gestört werden, ohne Zeitverlust ganz öffnen konnte. Dann ging er ins Wohnzimmer. Es war eine gemütliche Wohnung. Überall Teppiche und hübsche Möbel. Warum hatten Emma und er nicht auch solch ein Zuhause?! Poster an den Wänden, ein gediegenes schwarzes Ledersofa mit Kissen. Auf einigen gerahmten Fotografien entdeckte er ein Mädchen in Strumpfhosen und Rüschenröckchen, wie sie Ballettänzerinnen tragen. Wahrscheinlich war das die Tote. Hübsches Ding. Blond, gute Figur – ein bißchen mager vielleicht. Wo man wohl diese Rüschendinger kaufen konnte? Sicher gab es in der Stadt einige Läden, in denen es nur solche Sachen gab. Er hätte gern für Emma solch ein Ballettröckchen gekauft, und er stellte sich vor, wie sie durch die Wohnung hopste – splitternackt, bis auf dieses winzige Röckchen.

Neben der Tür zum Bad hing das Poster einer Ballettschule. Er würde mit dem Bad beginnen, denn Big Jack hatte gesagt, 'ne Menge Leute versteckten ihre Wertsachen im Spülkasten der Toilette. Er klappte den Toilettendeckel zu, nahm den Deckel des Spülkastens ab und legte ihn auf den Sitz. Er warf einen Blick in den Kasten; 'ne Menge rostbraunes Wasser. Er tauchte den Arm ins Wasser und tastete umher. Nichts. Er zog die Hand wieder heraus, trocknete sie an einem Handtuch ab, das an einem Haken neben der Toilette hing, und setzte den Deckel wieder auf den Spülkasten. Welche Versteckmöglichkeiten hatte Big Jack noch erwähnt?

Als nächstes das Schlafzimmer, dachte er. Big Jack hatte ihm erzählt, daß bei den meisten Kommoden die untersten Schubladen direkt im Rahmen hingen und daß sich darunter weder ein Brett noch sonst etwas befand. Das bedeutete, zwischen der untersten Schublade und dem Fußboden war oft ein zehn bis zwanzig Zentimeter hoher Hohlraum. Die Leute zogen die Schublade heraus, legten ihre Wertsachen in den Hohlraum und schoben die Schublade wieder darüber. Ein unerfahrener Einbrecher durchsuchte zwar den Inhalt der Schubladen, kam aber nicht auf den Gedanken, die Schublade ganz herauszuziehen und auf dem Boden der Kommode nachzusehen.

Bruder Anthony zog die unterste Schublade heraus. Sie war voll mit Höschen und BHs des Mädchens. Winzige, hauchdünne Höschen in allen Farben und die kleinsten BHs, die Bruder Anthony je gesehen hatte – sie mußte flach wie ein Brett gewesen sein. Er versuchte, sie sich nur in Höschen vorzustellen. Sie war wirklich zu mager, aber wer konnte so etwas schon im voraus wissen: direkt am Knochen war das Fleisch oft am saftigsten … Er nahm eines der Höschen heraus, das rote, und hielt es ein paar Augenblicke in den Händen, dann warf er es wieder in die Schublade zurück. Er war hier, um zwei Dinge zu finden: entweder eine Menge Kokain oder einen Hinweis auf die Quelle, aus der das Mädchen den Stoff bezogen hatte.

Er ließ sich auf die Knie nieder und spähte in das leere Fach. Er konnte nichts erkennen. Er stand auf und knipste die Lampe auf dem Frisiertischchen an, dann ließ er sich wieder auf die Knie fallen. Er konnte noch immer nichts erkennen. Er streckte seinen rechten Arm in das Fach und tastete den Hohlraum ab. Auf dem Fußboden war nichts. Er trug die Schublade zum Bett – eine schöne, breite Spielwiese mit Patchwork-Decke – und kippte den Inhalt auf das Bett. Nichts außer BHs und Höschen. Mußte dreimal am Tag ihre Unterwäsche gewechselt haben – diese dumme Gans. Wahrscheinlich waren alle Tänzerinnen so … kamen leicht ins Schwitzen und wechselten dauernd die Höschen.

Er zog die übrigen Schubladen aus der Kommode und kippte sie auf das Bett. Nur Wäsche und Kleider. Blusen, Pullover, T-Shirts und Hosen – ein ganzer Berg Frauenkleider. Aber kein Kokain. Auch kein Zettel oder Stück Papier, auf dem sie etwas notiert hatte. Wahrscheinlich hatten die Bullen bereits die ganze Wohnung auf den Kopf gestellt und alles, was irgendwie interessant aussah, mitgenommen. Den Stoff, den sie gefunden hatten, hatten sie sicher schon längst verhökert; schlimmere Ganoven, diese Bullen, als die *ehrlichen* Ganoven, die Bruder Anthony kannte. Er stützte die Hände auf die Hüften und ließ seinen Blick durch das Zimmer wandern. Also wo? Wo, verdammt noch mal?!

Big Jack hatte gesagt, daß Heroin oft in Zuckerdosen versteckt war – das heißt, wenn man das Glück hatte, in die Wohnung eines Dealers eingestiegen zu sein. Dope zu finden, war besser als Bargeld, Kreditkarten oder Münzsammlungen. Er ging in die Küche zurück, suchte nach der Zuckerdose, entdeckte sie im untersten Fach der Anrichte, nahm den Deckel ab und fand sie bis zum Rand gefüllt mit rosa Süßstofftütchen. So viel dazu – möge sich Gott deiner Seele erbarmen. Amen. Er nahm sich die Büchsen und Gläser vor, die in der Anrichte standen, und kippte Cornflakes, Weizenkeime und sonst irgendwelches Zeugs auf den Boden, doch er fand absolut nichts. Er öffnete den Kühlschrank. Nichts – außer einem offenen Joghurtbecher und 'ner Menge vertrocknetem Gemüse. Er durchwühlte jedes Schubfach im Wohnzimmer und tastete die Unterseiten sämtlicher Tischplatten ab – in der Hoffnung, sie hätte es mit Klebefolie vielleicht dort befestigt. Nichts. Er ging wieder ins Schlafzimmer und zog die Schranktür auf.

Die Kleine hatte mehr Kleider als ein Warenhaus in der Hall Avenue. Sogar einen Pelzmantel. Waschbär oder so was Ähnliches. Hatte wahrscheinlich groß abgesahnt mit ihren Koksgeschäften. Also wo zum Teufel steckte es? Er fing an, Kleider und Mäntel von den Bügeln zu nehmen und sämtliche Taschen abzuklopfen, dann warf er alles auf den Boden hinter sich. Nichts. Er durchsuchte sämtliche Schuhschachteln. 'n paar scharfe Anmachschuhe waren dabei – mit hohen Hacken und Knöchelriemchen. Ihm fielen ihre Höschen wieder ein. Nichts außer Schuhen in den Schachteln. Wo? Verdammt noch mal, wo?! Er grub sich tiefer in den Schrank.

In der hintersten Ecke entdeckte er Männerkleidung. Na klar – das paßte. Diese kleine Nutte mit ihren sexy Höschen und hochhackigen Schuhen. *Natürlich* brauchte sie einen Typen, der es ihr besorgte. Eine weiche, braune Wollweste, die sich Bruder Anthony gern unter den Nagel gerissen hätte, doch sie sah zu klein aus. Ein paar karierte Hosen, die Bruder Anthony nicht um alles in der Welt angezogen hätte, auch wenn sie ihm gepaßt hätten. Ein schwarzer Morgenmantel aus Seide mit dem Monogramm TM auf der Brusttasche. 'ne flotte Nummer schieben, was, TM? Du mit deinem schwarzen Seidenmantel und sie mit ihren winzigen Seidenhöschen und hochhackigen Anmachschuhen – 'ne kleine Prise Coke, und es blieb kein Auge trocken! Sehr geschmackvoll, TM. Aber nicht gerade in rauhen Mengen; du kannst also nicht hier bei ihr gewohnt haben, oder? Hast dich wohl nur hin und wieder bei ihr blicken lassen; vielleicht 'n verrückter Börsenmakler, der nur jeden Mittwoch nach Geschäftsschluß auf ein kurzes Schäferstündchen vorbeikam. Nun hatte sich's ausgemaust, TM. Jetzt war die Kleine kalt und steif.

Eine hübsche Kaschmirjacke, weich und braun. Noch 'n paar Hosen. Grün! Wer trug schon grüne Hosen – außer einem Iren am St.-Patricks-Tag? Ein daunengefütterter Skianorak. Blau. Ziemlich klein allerdings. Gehörte wahrscheinlich dem Mädchen. Mit einem dieser Reißverschlußkragen, in den die Kapuze gefaltet war; für den Fall, daß es dir kalt wurde, Schatz, auf dem Skilift in St. Moritz. Nicht für 'ne Million Dollar hätte er sich Skier an die Füße geschnallt! Ja – und hier war der Anorak des Typen. Fahren Sie Ski, Mr. TM? Hast dein Herzchen wohl ab und zu in 'ne Skihütte geschleppt, TM? Er klopfte die Taschen der Kaschmirjacke ab und warf sie auf den Boden. Er befühlte die Taschen des blauen Anoraks – dem des Mädchens. Nichts. Er wollte ihn schon hinter sich werfen, als etwas am Kragen seine Aufmerksamkeit erregte.

Er nahm beide Hände, betastete ihn und drehte ihn hin und her.

Da war etwas Steifes drin.

Er faltete den Kragen zusammen und zerknüllte ihn in der Hand. Ein leichtes Rascheln war zu hören. Zusammen mit der Kapuze war etwas in den Kragen eingerollt. Er ging mit dem Anorak zum Bett. Er setzte sich mitten zwischen die Höschen und BHs und befühlte den Kragen erneut. Hundertprozentig war da was drin. Er riß den Verschluß auf.

Zunächst war er enttäuscht.

Der Briefumschlag, den er aus der Kapuze zog, war zweimal der Länge nach gefaltet. Er faltete ihn einmal auf; dann noch einmal. Der Brief war an S. Anderson adressiert. Er las den Absender in der linken oberen Ecke. Der Name sagte ihm absolut nichts, doch der Ort löste bei ihm einen Gedankenblitz aus; er hatte zwar kein Coke gefunden, aber möglicherweise war er auf die Quelle des Stoffs gestoßen! Er zog den handgeschriebenen Brief aus dem Umschlag und begann, ihn zu lesen. Er konnte das Ticken seiner Armbanduhr hören, und ihm wurde bewußt, daß er den Atem anhielt. Plötzlich begann er zu kichern.

Endlich läuft es, dachte er. Und zwar im großen Stil! Mitten hinein, Mann: Cadillacs, kubanische Zigarren, Champagner und Kaviar! Noch immer kichernd, stopfte er den Brief in seine Tasche und überlegte, ob er es riskieren konnte, auf demselben Weg zu verschwinden, auf dem er gekommen war. Er riskierte es und nahm den schnellsten Weg nach Hause, um seinen Reichtum mit Emma zu teilen.

Alonso Quadrado war nackt, als sie um vier Uhr nachmittags bei ihm aufkreuzten. Für sie war das ein glasklarer Vorteil. Ein nackter Mensch fühlt sich unbehaglich, wenn er mit jemandem konfrontiert wird, der vollständig bekleidet ist. Aus diesem Grund hatten Einbrecher das bessere Blatt in der Hand, wenn sie den Eigentümer der Wohnung im Schlaf überraschten und dieser verblüfft aus dem Bett sprang, denn dann stand er da, schutzlos und ausgeliefert, während sein Kontrahent einen Trenchcoat trug und eine Waffe auf ihn richtete. Alonso Quadrado stand unter der Dusche des CVJM in der Landis Avenue, als die beiden Detectives vor ihm auftauchten. Und Quadrado war splitternackt – bis auf eine dünne Schicht Seifenschaum.

»Hallo, Alonso«, sagte Meyer.

Quadrado bekam Seife in die Augen. »Scheiße!« sagte er und warf sich Wasser ins Gesicht. Er war ungewöhnlich mager – ein richtiges Handtuch. Seine Haut war blaß-oliv, und sein Pancho-Villa-Schnauzbart war beinahe größer als er selbst.

»Wir haben Ihnen noch ein paar Fragen zu stellen«, sagte Carella.

»Da haben Sie sich vielleicht 'ne Zeit ausgesucht!« brummte Quadrado und verrenkte sich unter dem Strahl der Dusche, um die Seife vom Körper zu kriegen. Er drehte die Dusche ab, angelte nach seinem Handtuch und begann, sich trockenzureiben. Die Detectives warteten. Quadrado schlang sich das Handtuch um die Hüften und ging in den Umkleideraum. Die beiden Detectives folgten ihm.

»Ich habe Handball gespielt«, erklärte er. »Spielen Sie auch?«

»Früher«, sagte Meyer.

»Das schönste Spiel der Welt«, sagte Quadrado, ließ sich auf die Bank sinken und sperrte eines der Schränkchen auf.

»Also, worum geht's?« fragte er.

»Wissen Sie, daß Ihre Cousine tot ist?« fragte Meyer.

»Ja, weiß ich. Morgen ist die Beerdigung. Ohne mich. Ich hasse Beerdigungen. Waren Sie jemals auf einer spanischen Beerdigung? All die alten Weiber, die sich über den Sarg werfen! Ohne mich, Mann!«

»Sie wurde übel zugerichtet – mit einem Messer. Das wissen Sie?«

»Ja.«

»'ne Ahnung, wer es war?«

»Nein. Wenn Lopez noch lebte, würde ich sagen, er war's. Aber er ist ebenfalls tot.«

»Und sonst fällt Ihnen niemand ein?«

»Sie wissen doch, in was sie drinsteckte. Es kann jeder gewesen sein.«

Er rieb sich die Füße trocken. Dann fischte er in dem Spind herum, brachte ein Paar Socken zum Vorschein und zog sie sich an. Interessant, wie sich die Menschen anziehen, dachte Meyer. Genauso unterschiedlich, wie sie einen Maiskolben aßen. Es gibt keine zwei Menschen, die einen Maiskolben auf die gleiche Art und Weise essen, ebensowenig gibt es zwei Menschen, die sich auf die gleiche Art und Weise anziehen. Warum fing Quadrado mit den Socken an? Mit schwarzen Socken – genaugenommen. Übte er etwa für eine Pornoshow? Möglicherweise kamen als nächstes die Schuhe dran, ehe er die Unterhosen und die Jeans anzog. Das Leben barg viele Geheimnisse …

»Und in was steckte sie denn drin?« wollte Carella wissen.

»Eigentlich kann man das nicht so ausdrücken, aber sie war dabei, in etwas hineinzugeraten.«

»Und was war das?«

»Das einzige, das Lopez ihr hinterlassen hat.«

»Spucken Sie's schon aus«, sagte Carella.

Quadrado griff wieder in den Spind, brachte ein Paar

Unterhosen zum Vorschein und zog sie sich an. »Lopez' Geschäfte«, sagte er und pflügte seine Jeans vom Haken.

»Seine Dopegeschäfte?«

»Ja – sie hatte die Liste.«

»Welche Liste?«

»Die seiner Kunden.«

»Wie kam sie dazu?«

»Schließlich lebte sie mit ihm.«

»Ist das eine konkrete Liste? Mit Namen und Adressen? So richtig auf einem Stück Papier?«

»Nein, nein. Was für ein Stück Papier? Aber sie lebte mit ihm und wußte, wer seine Kunden waren. Sie hat es mir gesagt: Sie wollte da einsteigen, den Schnee bei seiner Connection holen und Kohle machen ...«

»Wann hat sie Ihnen das gesagt?« fragte Meyer.

»Gleich nachdem man ihn umgelegt hatte«, sagte Quadrado.

»Warum haben Sie das letzte Mal nichts davon erzählt?«

»Sie haben mich nicht danach gefragt.«

»War das etwas Neues für Ihre Cousine?« fragte Carella.

»Was?«

»Drogenhandel.«

»Oh. Ja – sicher.«

»Bevor er erschossen wurde, hatte sie damit nichts zu tun? Sie waren keine Partner oder so was?«

»Bestimmt nicht. Lopez? Glauben Sie, der hätte mit 'ner Frau geteilt? Niemals!«

»Aber er hat ihr seine Kunden verraten.«

»Ganz sicher hat er ihr nicht gesagt: Der Typ nimmt vier Gramm und dieser sechs – oder so ähnlich. Er hat ihr diese Informationen nicht aus freien Stücken gegeben. Aber wenn man im selben Zimmer lebt, in einem Bett schläft, dann sagt man schon mal ein Wort zuviel – wenn Sie wissen, was ich meine? Wie zum Beispiel: ›Heute muß ich Luis noch vier Gramm bringen‹ – oder so was Ähnliches. Man redet ...«

»Bettgeflüster?« fragte Meyer.

»Ja. Bettgeflüster ...«, sagte Quadrado. »Ist 'n guter Ausdruck dafür. Judite war nicht auf den Kopf gefallen. Machte Lopez schon mal den Mund auf, dann hörte sie zu. Ich sage Ihnen, wie es war: Judite wußte ganz genau, daß die Beziehung mit Lopez nicht ewig dauern würde – wenn Sie wissen, was ich meine. So fies, wie der zu ihr war! Eine Frau kann so was nicht ewig schlucken. Er war ein fieses Schwein, das steht fest … Und er hatte nebenher noch 'ne Menge anderer Frauen. Judite war ihm scheißegal. Also sperrte sie die Ohren auf – nehme ich an. Natürlich konnte sie nicht wissen, daß er den Löffel abgeben würde, aber wahrscheinlich dachte sie, es könnte nicht schaden …«

»Woher wollen Sie das wissen?«

»Was wissen?«

»Daß sie *nicht* wußte, daß er ins Gras beißen würde?«

»Das nehme ich an. Stört es Sie, wenn ich rauche?«

»Nur zu«, sagte Meyer.

»Ich stehe drauf – nach dem Spiel«, sagte Quadrado, griff in die Tasche, die am Boden des Spinds stand, und holte ein Blechdöschen hervor. Noch bevor er das Döschen öffnete, wußten sie, was es enthielt. Sie waren überrascht, doch nicht allzu sehr. Heutzutage rauchten die Kinder bereits auf der Parkbank direkt gegenüber dem Revier Marihuana. Sie sahen zu, wie Quadrado den Joint ansteckte. Er inhalierte tief, dann blies er den Rauch lächelnd zur Decke.

»Auch 'nen Zug?« fragte er und reichte Meyer den Joint.

»Danke«, lehnte Meyer ab, »nicht im Dienst.«

Carella grinste.

»Und wer waren diese anderen Frauen?« fragte er.

»Mein Gott – unzählige«, sagte Quadrado. »Da war diese einbeinige Nutte, der er es besorgte, Anita Diaz. Kennen Sie die? Ein Prachtweib. Hat allerdings nur ein Bein. Sie nennen sie La Mujer Coja – in unserem Viertel. Der beste Fick der Welt – falls Sie ihr mal begegnen sollten … Lopez hatte was mit ihr. Außerdem war da … Kennen Sie den Typen, der die Konditorei an der Ecke Mason und Zehnte hat? Seine Frau. Lopez hatte auch mit ihr was. Alles, während er mit Judite zusammenlebte. Ich verstehe auch nicht, warum sie sich das gefallen ließ.« Er zog an seinem Joint. »Wahrscheinlich hatte sie Angst vor ihm. Er drohte ihr die ganze Zeit und hat sie ja auch schließlich mit 'ner Zigarette verbrannt. Das hat ihr den Rest gegeben, nehme ich an. Und sie dachte sich, daß es besser ist, den Rand zu halten und sich nicht in seine Weibergeschichten einzumischen.«

»Wie stellte sie sich das vor, seine Kunden zu beliefern?«

»Ich verstehe nicht.«

»Lopez' Kunden. Wo wollte sie den Stoff herkriegen?«

»Wo ihn Lopez her hatte.«

»Und wo war das?«

»Von dieser Anglomieze.«

»Welcher Anglomieze?«

»Mit der Lopez mal zusammen war. Judite dachte sich: Vergeben und vergessen, und Geschäft bleibt Geschäft. Wenn sie an Lopez geliefert hatte, warum nicht auch an sie?«

»Eine Frau, eh?«

»Die Blonde, die mal mit Lopez zusammen war, ja.«

Carella warf Meyer einen kurzen Blick zu.

»Welche Blonde?«

»Ich sagte doch: die Anglomieze, mit der Lopez zusammen war.«

»Eine Blonde«, sagte Meyer.

»Ja. Eine Blonde«, sagte Quadrado. »Was ist los mit Ihnen? Sind Sie schwerhörig?«

»Wann war das?« fragte Meyer.

»Vor 'nem Jahr etwa. Wer behält schon so was? Bei Lopez kamen und gingen sie – wie die U-Bahn-Züge.«

»Erinnern Sie sich vielleicht an ihren Namen?«

»Nein«, sagte Quadrado und nahm den letzten Zug aus der Kippe, ehe er sie auf den Boden warf. Beinahe hätte er sie ausgetreten, doch gerade noch rechtzeitig fiel ihm auf, daß er immer noch in Strümpfen war. Meyer trat sie für ihn aus. Quadrado setzte sich wieder, schlüpfte in ein Paar schwarze Schuhe und schnürte sie zu.

»Und wo haben die beiden gelebt?« fragte Carella.

»In der Ainsley. 'n paar Anglos wohnen da immer noch; meist solche, die nicht viel Kohle haben. Billige Mieten – genau das richtige für Leute, die am Hungertuch nagen und auf die große Chance warten: Maler, Musiker und diese Typen, die Statuen machen.«

»Bildhauer«, sagte Meyer.

»Genau, Bildhauer«, sagte Quadrado. »Ist 'n guter Ausdruck dafür.«

»Also noch mal von vorn«, sagte Carella. »Sie sagten, vor einem Jahr.«

»Ungefähr.«

»... lebte Lopez mit einer blonden Cokedealerin ...«

»Nein. Damals noch nicht.«

»Er lebte gar nicht mit ihr?«

»Doch, das schon, aber damals hat sie noch nicht mit Kokain gedealt. Damals nicht.«

»Was machte sie dann?«

»Wartete auf die große Chance, den großen Erfolg – wie all die anderen.«

»Womit hat sie es versucht? Was machte sie?«

»Sie war 'ne Tänzerin oder so was – glaube ich.«

Meyer und Carella tauschten erneut einen Blick aus.

»Sie ist dann weggezogen, weil sie 'n Job in 'ner Show bekam, glaube ich«, sagte Quadrado. »Letzten Sommer irgendwann. Zog weiter ins Zentrum.«

»Und tauchte dann wieder als Cokedealerin auf«, sagte Carella.

»Ja.«

»Wann?«

»Der Koks? Muß so im Herbst gewesen sein. Oktober oder so.«

»Seit damals belieferte sie Lopez mit Kokain?«

»Ja.«

»Woher haben Sie das?«

»Von Judite.«

»Sind Sie sicher, daß das Mädchen nicht bei Lopez kaufte?«

»Klar. Sie brachte den Stoff. Deshalb kam ja Judite auf die

Idee, Lopez' Geschäfte weiterzuführen. Mit denselben Konsumenten und derselben Quelle.«

»Wie oft hat sie Lopez besucht?«

»Die Blonde? Einmal pro Woche.«

»Wissen Sie das genau?«

»Ich weiß nur, was Judite mir erzählt hat.«

»Und das Ganze fing letzten Oktober an?«

»Ja. Damals stieg Lopez in das Geschäft ein – laut Judite. Ich selbst hatte davon keine Ahnung.«

»Und wann besuchte sie Lopez?«

»Meistens sonntags.«

»Um das Coke zu liefern.«

»Das – und noch 'n paar Kleinigkeiten.«

»Was meinen Sie damit?«

»Im Bett. Die guten alten Zeiten aufwärmen – wenn Sie wissen, was ich meine …«

»Mit Lopez?«

»Das sagte zumindest Judite. Aber vielleicht stimmt das auch nicht. Wenn 'ne Frau soviel zu schlucken hat wie Judite bei Lopez, dann fängt sie an, sich Sachen einzubilden. Unter jedem Kissen findet sie Höschen, die ihr nicht gehören – wenn Sie wissen, was ich meine. Sie fängt an, andere Frauen in ihrem Bett zu riechen. Das macht sie fertig. Um ehrlich zu sein, meine Cousine war leicht bescheuert. Man muß bescheuert sein, um mit einem Typen wie Lopez zu leben.«

»Aber den Namen des Mädchens kennen Sie nicht?«

»Nein.«

»Wissen Sie, in welcher Show sie auftrat?«

»Nein.«

»Aber Sie wissen genau, daß sie früher mal mit Lopez gelebt hat.«

»Ja. Nicht von Anfang an. Sie hatte ein Apartment in dem Haus, wo noch einige Anglos wohnen. Aber dann zog sie zu ihm. Das weiß ich genau; das habe ich mit eigenen Augen gesehen.«

»Was haben Sie gesehen?«

»Na, wie die beiden zusammen aus dem Haus kamen oder

reingingen – zu allen möglichen Zeiten. Außerdem wußte jeder, daß sich Lopez 'ne kleine Blonde aufgerissen hatte.«

»Von welchem Haus sprechen Sie?«

»Na von dem, in dem er wohnte.«

»Als er erschossen wurde?«

»Nein. Da lebte er ja mit Judite zusammen. In der Culver Street. Das Haus, wovon ich rede, war in der Ainsley.«

»Haben Sie die Adresse im Kopf?«

»Nein. Aber das ist gleich neben dem Drugstore. An der Ecke Ainsley und Sechste. Der Tru-Way-Drugstore.«

»Würden Sie das Mädchen wiedererkennen?«

»Die Blonde? Na klar. Ein hübscher Käfer. Was die an Lopez fand, bleibt mir ewig ein Rätsel.«

»Alonso, würden Sie uns einen Gefallen tun?« sagte Meyer.

»Würden Sie auf 'nen Sprung mit uns aufs Revier kommen? Dauert nicht lange.«

»Wieso? Was haben Sie gegen mich?« begehrte Quadrado auf.

»Nichts«, beruhigte ihn Meyer. »Wir wollen Ihnen nur ein paar Fotos zeigen.«

12. KAPITEL

Arthur Brown hatte absolut keine Lust auf die Arbeit, die vor ihm lag. Arthur Brown hatte Lust, mit seiner Frau fernzusehen.

Er war kein bißchen darauf versessen, sich durch den ganzen Wust von Papieren zu wühlen, den er und Kling beschlagnahmt hatten – zunächst bei Marvin Edelmans Witwe und dann aus Marvin Edelmans Bankschließfach. Hätte Arthur Brown Buchhalter werden wollen, dann hätte er sich während all der Jahre kaum den ständigen Prüfungen und

Tests an der Polizeischule unterzogen. Buchhaltung langweilte Brown. Sogar seine Steuererklärung langweilte ihn zu Tode. Meist bat er Caroline, die Steuererklärung und ähnliche Arbeiten zu übernehmen – übrigens machte sie das ganz ausgezeichnet.

Es war zwanzig nach elf.

In zehn Minuten würden die Nachrichten vorbei sein, und Johnny Carson würde anfangen. Manchmal hatte Arthur Brown den Eindruck, daß es nur zwei Dinge gab, die die Menschen der Vereinigten Staaten zu einer Einheit zusammenschweißten: Johnny Carson und das Wetter. Diesen Winter war das Wetter überall im ganzen Land beschissen. Man konnte von hier nach Minneapolis fliegen, das Wetter blieb das gleiche. Es vermittelte einem den Eindruck, daß es zwischen hier und Minneapolis keinen Unterschied gab. Es vereinte die Menschen in ihrer Not und Einsamkeit. Man konnte von hier nach Cincinnati fliegen, und das Wetter blieb beschissen. Es gab einem – sobald man das Flugzeug verlassen hatte – dieses erhebende Gefühl der Zusammengehörigkeit. Und wenn man dann im Hotel war, beim Zimmerkellner einen Drink bestellt und den Koffer ausgepackt hatte und den Fernseher anknipste, dann flimmerte der gute alte Johnny Carson über den Bildschirm – pünktlich um 23 Uhr 30, überall im ganzen Land –, und man hatte die beruhigende Gewißheit, daß sie auch in Los Angeles Johnny Carson zusahen, ebenso in New York und in Kalamazoo, in Atlanta und in Washington, D. C.; alle sahen Johnny Carson, und es gab ihnen das Gefühl, ein Teil der größten Nation der Welt zu sein – überall saßen sie sich die Ärsche breit, bohrten in der Nase und sahen Johnny Carson.

Würde Johnny Carson bei der Präsidentschaftswahl kandidieren, er würde sie mit Leichtigkeit gewinnen – dessen war sich Arthur Brown absolut sicher. Im Moment – oder vielmehr in zehn Minuten – hatte er wirklich Lust, Johnny Carson anzusehen. Ganz bestimmt hatte er keine Lust – und dessen war er sich ebenfalls sicher –, die Papiere aus Mr. Edelmans Bankschließfach mit Edelmans Bankauszügen des letzten Jahres oder so zu vergleichen. Das hätte vielleicht einem Buchhalter Spaß gemacht. Einem Cop wie ihm würde es wesentlich besser zu Gesicht stehen, auf dem Sofa zu sitzen, den Arm um Caroline gelegt, und Lola Falama zu bewundern, die heute abend Johnny Carsons Stargast sein sollte und die für Arthur Brown die hübscheste schwarze Lady der Welt war – außer Caroline natürlich. Er hatte Caroline gegenüber nie erwähnt, wie gut ihm Lola Falama gefiel. In all den Jahren seiner Dienstzeit hatte er sehr wohl gelernt, daß es klüger war, manche Türen nicht zu öffnen – vor allem, wenn man nicht genau wußte, was sich dahinter verbarg. Übrigens war er gar nicht so scharf darauf herauszufinden, was hinter *dieser* Tür Carolines lauerte. Irgendwann einmal hatte Brown ganz beiläufig erwähnt, daß Diana Ross gar nicht schlecht aussah, und Caroline hatte einen Aschenbecher nach ihm geworfen. Er hatte ihr gedroht, sie wegen Mordversuchs zu verhaften, und sie hatte nur geantwortet, die Scherben könne er selbst zusammenkleben. Das war schon ziemlich lange her, aber seither hatte er nie mehr versucht, hinter diese gewisse Tür zu sehen. Irgendwie hatte er den Eindruck, daß dort noch immer eine ihm unbekannte Tigerin lauerte.

Sie hatten Glück gehabt, daß Mrs. Edelman den Zweitschlüssel zum Bankschließfach ihres Gatten gefunden hatte, denn das hatte ihnen die ganze Lauferei erspart, die ein Antrag auf eine gerichtliche Genehmigung gewöhnlich mit sich brachte – dahingestellt blieb, ob sie die Genehmigung überhaupt bekommen hätten, denn das lag wiederum ganz im Ermessen des Schreibtischhengstes, an den man gerade geriet. Bei manchen dieser Richter konnte man fast den Eindruck bekommen, daß sie auf der Seite der Ganoven standen. Bekam man einen Richter wie Freigänger-Harris, dann konnte man im Gerichtssaal auch mit einem Burschen aufkreuzen, der in der einen Hand eine blutige Machete und in der anderen einen abgeschlagenen Kopf hatte, und der gute alte Wilburn würde verständnisvoll mit der Zunge schnalzen und sagen: »Aber, aber – was für ein garstiger Junge warst du heute wieder. Du solltest dich was schämen ... Angeklagter auf Bewährung entlassen!« Oder er setzte eine lächerliche Kaution von vielleicht zehntausend Dollar fest – für jemanden, der seine Mutter, seinen Vater, seinen Cockerspaniel und seine sämtlichen Goldfische umgebracht hatte. Wenn man einen Richter wie Freigänger-Harris bekam, dann fiel es einem oft schwer, einen Sinn in der Arbeit als Polizist zu sehen. Man riß sich den Arsch auf bei der Arbeit, man kriegte jemanden am Schlafittchen zu fassen, und Wilburn ließ ihn laufen – manchmal bis nach China oder sonst wohin. Was sollte also das Ganze? Er war heilfroh, wegen des Schließfachs nicht um eine gerichtliche Genehmigung betteln zu müssen.

Als er die Ausmaße des Bankschließfachs gesehen hatte, war ihm der Schreck in die Glieder gefahren, der noch um einiges wuchs, als er und Kling entdecken mußten, welche Mengen an Papieren in diesem verdammten Ding verborgen waren. Diese Papiere bedeckten nun seinen Schreibtisch – zusammen mit Edelmans Bankauszügen nebst einer Dose Bier. Aus dem Nebenzimmer – dem Spielzimmer seiner Tochter Conny, das er mit Caroline am Abend als Fernsehzimmer benutzte – konnte er die Titelmelodie der Johnny-Carson-Show hören. Er spitzte die Ohren. Ed McMahon stellte die Gäste der Show vor – und Lola Falama war darunter, ausgerechnet –, und dann hörte er das vertraute ›Hiiier ist Johnnnnny!« Er seufzte und nahm einen kräftigen Schluck aus der Dose; dann machte er sich daran, die verschiedenen Dokumente aus dem Schließfach zu sortieren.

Es würde eine lange Nacht werden.

Kling zuckte zusammen, als das Telefon schrillte.

Es stand auf einem Kästchen neben dem Bett, und der erste Ton zerfetzte die Stille des Raums wie ein Pistolenschuß. Kling fuhr hoch, und sein Herz klopfte wild. Er nahm den Hörer ab.

»Hallo?« sagte er.

»Hallo, hier ist Eileen«, sagte sie.

»Oh, hallo«, sagte er.

»Du bist ja ganz außer Atem.«

»Nein. Nein. Ich ... es war nur so still hier. Ich bin erschrocken, als das Telefon klingelte.« Sein Herz klopfte immer noch stark.

»Du hast doch noch nicht geschlafen? Oder habe ich ...«

»Nein, nein. Ich hab' nur so herumgelegen.«

»Auf dem Bett?«

»Ja.«

»Ich bin auch schon im Bett«, sagte sie.

Er schwieg.

»Ich wollte mich entschuldigen«, sagte sie.

»Wofür?«

»Ich hatte keine Ahnung von der Scheidung«, sagte sie.

»Ist schon okay.«

»Ich hätte das nicht gesagt, wenn ich es gewußt hätte.«

Was sie eigentlich meinte, dachte er, war, daß sie nichts über die Umstände gewußt hatte, die zur Scheidung geführt hatten. Seit gestern hatte sie ja genügend Gelegenheiten gehabt, sich zu informieren; jeder im Revier und in der Verwaltung wußte darüber Bescheid. Und nun wollte sie sich dafür entschuldigen, daß sie – wie sie es nannte – ein ›Aha!‹-Klischee zum besten gegeben hatte: die Ehefrau im Bett mit ihrem Geliebten, und der ahnungslose Trottel von Ehemann kam fröhlich pfeifend nach Hause – haargenau die verdammte Standardszene, die ihm passiert war.

»Ist schon okay«, sagte er.

Nichts war okay.

»Ich hab' nur alles noch schlimmer gemacht, oder?« sagte sie.

Er wollte sagen: Nein, nein – red dir da nichts ein; ich bin froh, daß du angerufen hast. Doch dann wurde ihm plötzlich klar, daß es stimmte: Sie hatte alles noch schlimmer gemacht, und er sagte: »Um die Wahrheit zu sagen – ja.«

»Das tut mir leid. Ich wollte doch nur ...«

»Was hat man dir erzählt?«

»Wer?«

»Du weißt genau, was ich meine, wer immer dir die Geschichte erzählt hat ...«

»Nur daß es Probleme gegeben hat ...«

»Ach ja? Was für Probleme?«

»Irgendwelche Probleme halt ...«

»Daß meine Frau mich betrogen hat, stimmt's?«

»Nun gut, ja, das hat man mir erzählt.«

»Na schön«, sagte er.

Es entstand eine lange Pause.

»Ich wollte ...«, setzte sie an und seufzte tief. »Ich wollte dir nur sagen, daß ich dich gestern nicht verletzen wollte.«

»Du hast mich nicht verletzt«, sagte er.

»Du klingst aber so.«

»Na schön, es hat mich verletzt«, sagte er.

»Bert ...«, sagte sie und zögerte. »Bitte sei mir nicht böse, okay? Bitte nicht!« Und er hätte schwören können, daß sie mit einemmal weinte. Dann hörte er das Klicken in der Leitung.

»Was war *das*?« sagte er in die Stille seines Zimmers.

Das Problem mit Edelmans Bankauszügen war, daß sie hinten und vorn nicht stimmten. Vielleicht hatte Brown auch nur verlernt, richtig zu addieren. Wie dem auch sein mochte – die Rechnung ging auf keinen Fall auf. Offenbar fehlten in den Berechnungen beträchtliche Summen. Brown kam immer wieder auf die dreihunderttausend Dollar zurück, die sie in Edelmans Safe gefunden hatten. Zumindest *ein* einziger entsprechender Zahlungsvermerk mußte in den Buchungen doch zu finden sein; oder noch wahrscheinlicher: eine ganze Reihe von Bareinzahlungen – zu je fünfzigtausend etwa –, die er dann in seinem Safe aufbewahrt hatte, bis ... Bis *was*?

Aus Edelmans Bankauszügen ging hervor, daß er während des letzten Jahres weder nennenswerte Einzahlungen getätigt noch höhere Beträge abgehoben hatte. Die meisten Abbuchungen umfaßten Geschäftskosten, die auf Reisen nach Amsterdam, Zürich und anderen europäischen Städten angefallen waren: Flugkosten, Hotelrechnungen und Schecks, mit denen er Edelsteinhändler in Holland bezahlt hatte. Doch für jemanden, dessen Geschäft es war, Edelsteine zu kaufen und zu verkaufen, bewegten sich seine Ausgaben in relativ bescheidenem Rahmen: fünftausend Dollar hier, zehntausend da, ein einziger, vergleichsweise hoher Scheck über zwanzigtausend Dollar an einen holländischen Händler. Die aus dem Verkauf der Steine resultierenden Einzahlungen auf sein Konto ließen den Schluß zu, daß Edelman einen guten, wenn nicht sogar sehr guten Profit mit seinen Edelsteingeschäften gemacht hatte.

Soweit Brown es überblickte, kam Edelman auf einen Umsatz von zweihunderttausend bis dreihunderttausend Dollar pro Jahr. Die diesjährige Einkommensteuererklärung hatte er zwar noch nicht gemacht – es war schließlich erst Februar, und vor dem 15. April war sie nicht fällig, doch in der Steuererklärung des letzten Jahres hatte er ein Einkommen von 265 523,12 Dollar angeführt und das zu versteuernde Einkommen, nach Abzug der Freibeträge, mit 226 523,12 Dollar angegeben. Mit Hilfe einer kurzen Zwischenrechnung stellte Brown fest, daß Edelman etwa fünfzehn Prozent Einkommensteuer abgeführt hatte. Mit Uncle Sam ließ er sich auf keinerlei Risiken ein: Eine Überweisung vom 14. April letzten Jahres bestätigte, daß Edelman seinen Steuerverpflichtungen pünktlich und bis auf den letzten Cent nachgekommen war – zumindest, was sein offiziell angegebenes Einkommen betraf.

Es waren die dreihunderttausend Dollar in bar, die Brown keine Ruhe ließen.

Er blieb hartnäckig und wandte sich dem Stapel von Papieren zu, die sie aus dem Bankschließfach beschlagnahmt hatten.

Kling starrte unverwandt das Telefon an.

Hatte sie tatsächlich geweint?

Das hatte er nicht gewollt; er kannte das Mädchen ja kaum. Er ging ans Fenster und starrte in die Dunkelheit hinaus. Die Lichter der Wagenschlange, die über die Brücke kroch, zerschnitt die Nacht. Es hatte wieder angefangen zu schneien. Wollte dieser Winter denn nie zu Ende gehen? Er hatte sie nicht zum Weinen bringen wollen. Was zum Teufel war nur mit ihm los? Augusta – das war es. Er legte sich wieder auf das Bett.

Bestimmt wäre es einfacher gewesen, sie zu vergessen, wenn er nicht an jeder Ecke ihrem Gesicht begegnet wäre. Die Wege eines normalen Ehepaares, das sich scheiden ließ, besonders wenn sie keine Kinder hatten, kreuzten sich nach dem letzten Gerichtstermin in der Regel nie wieder. Man begann zu vergessen. Oft vergaß man sogar die guten Dinge, die man miteinander geteilt hatte. Das war zwar traurig, doch das war der Lauf der Welt. Mit Augusta war das anders. Augusta war Fotomodell. Er konnte an keinem Zeitungskiosk vorbeigehen, ohne ihr Gesicht auf einer der Illustrierten – manchmal auf mehreren – zu erkennen. Er konnte den Fernseher nicht anmachen, ohne ihr in den Werbespots zu begegnen. Zahnpastareklame, Shampooreklame – sie hatte so wunderschönes Haar – oder letzte Woche dieser Nagellackspot: Augustas Hand berührte ihr wunderschönes, makelloses Gesicht, die langen Nägel leuchtend rot, als habe sie sie zuvor in frisches Blut getaucht, das Lächeln auf ihrem Gesicht – o Gott, dieses bezaubernde, peinigende Lächeln! Das ging bereits so weit, daß er nicht mehr wagte, den Fernseher anzumachen – aus Angst, Augusta würde ein weiteres Mal vom Bildschirm in sein Leben springen, die Erinnerungen heraufbeschwören und ihn zur Verzweiflung bringen.

Er lag vollständig angezogen auf dem Bett des kleinen Apartments, das er in der Nähe der Brücke gemietet hatte. Er hatte die Hände unter dem Kopf verschränkt, starrte aus dem Fenster und beobachtete die Lichter der endlosen Wagenkolonne, die sich über die Brücke nach Calm's Point wälzte. Die Rush-hour der Theaterbesucher. Die Show war zu Ende, und die Menschen fuhren nach Hause – gemeinsam. Er atmete tief und seufzte.

Seine Pistole lag auf der Kommode, gleich neben der Tür.

Er dachte sehr oft an seine Pistole.

Wenn er nicht an Augusta dachte, dachte er an seine Pistole.

Warum hatte er eigentlich zugelassen, daß Brown diesen ganzen Papierkram mit nach Hause genommen hatte? Er hätte selbst liebend gern diese Arbeit erledigt und die Gelegenheit ergriffen, sich von Augusta oder der Pistole abzulenken. Er wußte, Brown haßte Schreibtischarbeit, und er hätte sie ihm gern abgenommen. Aber Brown war um ihn herumgeschlichen wie die Katze um den heißen Brei – alle taten das. »Nein, Bert – ist schon okay, Bert. Geh nur und mach dir einen schönen Abend.« Sie verhielten sich, als sei jemand aus seiner nächsten Umgebung gestorben. So war es ja irgendwie auch. Er machte sie verlegen – so wie einen Hinterbliebenen verlegen machen, weil einem die passenden Beileidsworte nicht einfallen wollen und man nicht weiß, wohin mit den Händen. Er würde ihnen allen einen Gefallen tun – nicht nur sich selbst. Eigentlich sollte er die Pistole nehmen und …

Scheiße, dachte er.

Er drehte den Kopf und starrte zur Decke.

Er kannte die Decke auswendig. Er kannte jede Erhebung und jede Vertiefung in der Landschaft aus Gips; kannte jeden Schmutzfleck und jede Spinnwebe. Manche Menschen kannte er nicht annähernd so gut wie diese Decke. Manchmal, wenn er an Augusta dachte, verwischte sich dieses altbekannte Bild, und die Decke, sein alter Freund, verschwamm hinter seinen Tränen. Wenn er die Pistole benutzte, mußte er auf den Winkel achten. Es wäre doch zu schade, wenn die Kugel durch seinen Schädel treten und ein Loch in die Decke schlagen würde – die Decke sollte sie nicht ruinieren! Er mußte lächeln. Jemand, der noch lächeln konnte, würde wohl kaum seine eigene Kanone schlucken. Noch nicht – wenigstens.

Verdammt! Er hatte sie wirklich nicht zum Weinen bringen wollen.

Er setzte sich mit einem Ruck auf und griff nach dem Telefonbuch von Isola, das auf dem Schränkchen über dem Bett lag. Er blätterte darin und war nicht sehr überrascht, ihren Namen nicht zu finden – er hatte es gar nicht anders erwartet.

Heutzutage, wo die Ganoven – zehn Minuten nachdem man sie hinter Schloß und Riegel gebracht hatte – bereits wieder auf freiem Fuß waren, sind nicht sehr viele Polizisten darauf versessen, ihre Privatnummer in den Telefonbüchern der Stadt bekanntzugeben. Er wählte die Zentrale im Präsidium. Er wußte die Nummer auswendig und verlangte die Nebenstelle zwölf.

»Registerauskunft«, meldete sich eine Frauenstimme.

»Die Privatnummer einer Polizeibeamtin, bitte«, sagte Kling.

»Sind *Sie* Polizeibeamter?«

»So ist es«, sagte Kling.

»Ihr Name bitte?«

»Bertram A. Kling.«

»Dienstgrad und Personalnummer, bitte?«

»Detective Third Grade, sieben-vier-fünf-sieben-neun.«

»Und der Teilnehmer?«

»Eileen Burke.«

Einen Augenblick lang war es still in der Leitung.

»Soll das ein Witz sein?« sagte die Frau.

»Wieso ein Witz?«

»*Sie* hat hier vor zehn Minuten angerufen und wollte *Ihre* Nummer.«

»Wir arbeiten zusammen an einem Fall«, sagte Kling und wußte nicht, warum er gelogen hatte.

»Hat sie Sie nicht angerufen?«

»Doch.«

»Warum haben Sie *sie* nicht selbst nach ihrer Nummer gefragt?«

»Ich habe es vergessen«, sagte Kling.

»Wir sind hier kein Eheanbahnungsinstitut«, bemerkte die Frauenstimme spitz.

»Ich sagte doch, wir arbeiten zusammen an einem Fall.«

»Natürlich«, erwiderte die Frau ironisch. »Einen Moment bitte.«

Er wartete. Er wußte, sie überprüfte jetzt seine Daten im Computer – ob er auch wirklich im Polizeidienst war. Er sah aus dem Fenster. Das Schneetreiben war stärker geworden. Mach schon! dachte er.

»Hallo?« meldete sich die Frauenstimme wieder.

»Ja. Ich bin noch dran«, sagte Kling.

»Unser Computer streikt. Ich mußte im Handregister nachsehen.«

»Und? Bin ich auch wirklich ein Polizist?«

»Man kann nie wissen«, erwiderte die Frau. »Ich habe die Nummer. Haben Sie was zum Schreiben?«

Er notierte die Nummer, dankte ihr für ihre Freundlichkeit und drückte auf die Gabel. Sofort ertönte das Freizeichen. Er setzte an zu wählen, hielt dann aber inne. Was tue ich eigentlich! dachte er. Ich will nirgends einsteigen. Ich bin noch nicht soweit. Er legte den Hörer auf die Gabel zurück.

Der Inhalt des Bankschließfachs entpuppte sich als äußerst interessant. So wie es sich Brown schließlich darstellte, war Edelmans Edelsteinhandel nichts als ein kleiner Nebenverdienst, verglichen mit seinen wirklichen Geschäften: dem Ankauf von Grund- und Immobilienbesitz in verschiedenen europäischen Ländern. Die älteste der Besitzurkunden für Grundstücke, Häuser und Geschäftsgebäude in diversen Ländern wie Italien, Frankreich, Spanien, Portugal und England war fünf Jahre alt, die letzte war im vergangenen Sommer ausgestellt worden. Allein im Juli des letzten Jahres hatte Edelman an einem Ort namens Porto Santo Stefano vierzigtausend Quadratmeter Land gekauft – für zweihundert Millionen italienische Lire. Brown wußte nicht, wo Porto Santo Stefano lag, auch hatte er keine Ahnung, wie der Kurs für italienische Lire vor einem halben Jahr war, doch ein Blick in die Finanzspalten der Morgenzeitung verriet ihm, daß der momentane Kurs bei zwölf Cent für hundert Lire stand. Für den Augenblick mußte Brown die Kursschwankungen der letzten sechs Monate unberücksichtigt lassen, doch den heutigen Wechselkurs zugrunde gelegt, hatte Edelman so an die zweihundertvierzigtausend Dollar für das Grundstück bezahlt.

Alles schön und gut, dachte Brown. Warum sollte sich ein Mann keinen Olivenhain in Italien kaufen? Zumindest gab es kein Gesetz dagegen. Aber wo war der Scheck abgebucht, in Lire oder in Dollar, für das Geschäft, das Edelman am 8. Juli letzten Jahres in Rom abgeschlossen hatte? Zweihundertvierzigtausend Dollar hatten den Besitzer gewechselt – oder mehr, wenn man die amtlichen Gebühren, die Notarkosten und die Steuern mit in Betracht zog, die Edelman für den Kaufvertrag bezahlt hatte.

Woher stammten die zweihundertvierzigtausend Dollar?

Kling wanderte ruhelos durchs Zimmer. Er schuldete ihr zumindest eine Entschuldigung. Oder? Ach zum Teufel! dachte er, ging ans Telefon und wählte ihre Nummer.

»Hallo!« meldete sie sich. Ihre Stimme klang sehr leise und ein bißchen erstickt.

»Hier ist Bert«, sagte er.

»Hallo«, sagte sie mit brüchiger Stimme.

»Bert Kling«, wiederholte er.

»Ich weiß«, sagte sie.

»Es tut mir leid, daß ich dich angeschrien habe.«

»Ist schon okay«, sagte sie.

»Wirklich. Es tut mir leid.«

»Ist schon okay«, sagte sie noch einmal.

Es entstand eine lange Pause.

»Ahh ... wie fühlst du dich?« fragte er schließlich.

»Ganz gut, glaub' ich.«

Eine weitere, längere Pause.

»Ist es in deiner Wohnung auch so kalt?« fragte sie.

»Nein, angenehm warm.«

»Ich friere mich hier zu Tode«, sagte sie. »Morgen früh werde ich als erstes den Ombudsmann anrufen. Die dürfen doch die Heizung gar nicht so früh abstellen, oder?«

»Um elf, glaub' ich.«

»Ist es schon so spät?«

»Es ist fast zwölf.«

»Ein neuer Tag, ein neues Glück«, sagte Eileen und seufzte tief.

»Aber ganz dürfen die sie nicht abstellen, oder?«

»Auf fünfzehn Grad, glaube ich.«

»Die Heizkörper sind eiskalt«, sagte sie. »Ich habe vier Decken über dem Bett.«

»Du solltest dir 'ne elektrische Heizdecke besorgen«, sagte Kling.

»Ich habe Angst vor solchen Decken; Angst, sie könnten Feuer fangen – oder was.«

»Nein, nein. Die sind sehr sicher.«

»Hast du eine?«

»Nein, aber ich habe mir sagen lassen, daß sie sehr sicher sind.«

»Ich habe Angst, auf dem Elektrobett hingerichtet zu werden«, sagte sie.

»Eigentlich wollte ich nur sehen, ob du auch okay bist. Wirklich, mir tut es leid, daß ich ...«

»Mir auch.« Sie zögerte. »Das alte ›Mir-tut-es-leid-dir-tut-es-leid‹-Klischee, oder?« sagte sie und lachte unsicher.

»Sieht ganz so aus.«

»Ja ...«

Wieder Schweigen.

»Es ist wirklich spät«, sagte er. »Ich möchte nicht ...«

»Bitte bleib noch dran«, sagte sie. »Bitte rede noch ein bißchen mit mir.«

Beim Umrechnen der französischen Francs, spanischen Peseten, portugiesischen Escudos und englischen Pfund in US-Dollar kristallisierte sich allmählich heraus, daß Edelman beim Kauf diverser Immobilienprojekte während der letzten fünf Jahre mehr als vier Millionen Dollar in bar investiert hatte. Brown summierte seine im gleichen Zeitraum legal abgebuchten Ausgaben und kam auf den Gesamtbetrag von 1 275 000 Dollar. Es blieben also fast drei Millionen Dollar, die nicht in den Büchern auftauchten – und die vor allem nie versteuert worden waren. Mit einemmal ergaben für Brown auch die Reisen nach Zürich einen Sinn – fünf an der Zahl allein im letzten Jahr; besonders wenn man die Tatsache berücksichtigte, daß sich Edelmans offizielle Angaben lediglich auf Ticket, Hotel und Essen beschränkten. Offenbar hatte Edelman in Zürich keine Geschäfte abgeschlossen – kein Edelsteingeschäft zumindest. Warum war er dann nach Zürich geflogen? Und warum war er von dort mit schöner Regelmäßigkeit in andere Städte des Kontinents geflogen? Den Abbuchungen der ausgestellten Schecks zufolge schien seine Reiseroute immer dem gleichen Muster zu folgen: Amsterdam, Zürich, Paris, London und manchmal ein Abstecher nach Lissabon. Brown hatte den Verdacht, daß hinter Edelmans Reisen nach Zürich weniger sein Wunsch stand, die Alpen zu sehen als vielmehr die Sehnsucht, bei seinem Geld zu sein.

Es bestand keine Möglichkeit herauszufinden, ob er ein Nummernkonto in der Schweiz besaß; Schweizer Bankiers hüteten die Kontonummern ihrer Kunden wie Callgirls die Telefonnummern ihrer Freier. Vielleicht wußte Mrs. Edelman mehr über die Reisen ihres Gatten und dessen Besitztümer in fünf verschiedenen europäischen Ländern. Vielleicht wußte sie, warum er auf all seinen Reisen jedesmal in Zürich Station gemacht hatte? Aber wahrscheinlich würde sie – mit der Tatsache konfrontiert, daß ihr Mann der Steuerhinterziehung überführt werden könnte – die unschuldige Ehefrau spielen, die keine Ahnung von den Geschäften ihres Mannes gehabt hatte. Höchstwahrscheinlich war dem auch so.

Auf jeden Fall sah es mittlerweile so aus, als hätten sie es hier mit einem mäßig erfolgreichen Edelsteinhändler zu tun, der über den Kleinkram, mit dem er hie und da Geschäfte machte, gewissenhaft Buch führte und von den bescheidenen Gewinnen, die er damit erzielte, seine Geschäftsausgaben abzog und das verbleibende Nettoeinkommen pünktlich versteuerte. Gleichzeitig allerdings investierte derselbe Mann große Summen Bargeldes in unversteuerte Käufe von Edelsteinen. Diese Steine machte er zu Hause, in den Staaten, zu Geld – wiederum ohne dies in seinen Büchern zu erwähnen –

und investierte die beträchtlichen Gewinnspannen in neuerliche Edelsteineinkäufe und in Immobilienanlagen. Man mußte kein Finanzgenie sein, um zu erkennen, daß bei den astronomischen Hypothekenzinsen in aller Welt Bargeld überall auf dem internationalen Immobilienmarkt höchst willkommen war. Edelman hatte gekauft wie ein betrunkener Araber, und seine eigentlichen Geschäfte brachten ihm Millionen Dollar ein, von denen Uncle Sam keine Ahnung hatte.

Brown griff nach dem Telefon auf seinem Schreibtisch und wählte Klings Privatnummer.

Die Leitung war besetzt.

Sie hatte ihn gebeten, dranzubleiben und mit ihr zu reden, aber mit einemmal fiel ihm absolut nichts mehr ein. Das Schweigen wurde allmählich unerträglich. Von der Straße ertönte das Heulen eines Notarztwagens. Irgendein armer Teufel war wieder von der Brücke gesprungen oder unter die U-Bahn gekommen.

»Hast du auch manchmal Angst?« fragte sie.

»Ja«, sagte er.

»Ich meine, bei der Arbeit.«

»Ja.«

»Ich habe furchtbare Angst«, sagte sie.

»Weshalb?«

»Wegen morgen nacht.«

»Die Krankenschwesterngeschichte?«

»Ja.«

»Aber du solltest ...«

»Ein bißchen Angst habe ich immer, aber nicht so sehr wie diesmal.« Sie unterbrach sich und fuhr dann fort: »Er hat einer von ihnen die Augen ausgestochen! Einer der Krankenschwestern, die er vergewaltigt hat.«

»O Gott«, sagte Kling.

»Ja.«

»Du mußt unheimlich vorsichtig sein. Das ist alles, was du tun kannst.«

»Ja, aber das bin ich immer.«

»Wer ist diesmal dein Schutzengel?«

»Es sind zwei. Ich habe diesmal zwei.«

»Das ist gut.«

»Abrahams und McCann. Kennst du die?«

»Nein.«

»Sind vom Revier in Chinatown.«

»Kenne ich nicht, nein.«

»Die sind schon in Ordnung, aber ... ein Schutzengel kann einem in der Regel nicht direkt auf den Fersen stehen, er würde den Typen nur vertreiben, ehe der in die Falle geht.«

»Aber die beiden werden doch im Notfall da sein.«

»Ich hoffe.«

»Ganz bestimmt sogar.«

»Wie kann ich nur meine Augen schützen?« fragte sie.

»Zerbrich dir darüber nicht den Kopf; das bringt dich jetzt auch nicht weiter. Wirklich. Vor allem solltest du immer die Hand an der Waffe haben.«

»Auch wenn sie in meiner Handtasche steckt – ja.«

»Egal, wo du sie hast.«

»Ich habe sie in der Handtasche.«

»Laß sie nie los. Und halt immer den Finger am Abzug.«

»Ja, das tue ich auch.«

»Vielleicht solltest du irgendwo noch 'ne zweite Waffe haben.«

»Wo denn?«

»Vielleicht am Unterschenkel, wenn du eine Hose anhast. Schwestern dürfen doch Hosen tragen, oder?«

»Sicher. Aber sie wollen eine Beinshow. Ich trage die Uniform – also ein Kleid. Die weiße Schwesternuniform.«

»Wie heißt das? Ist das ein Befehl? Wer hat dir befohlen, in Schwesterntracht zu gehen?«

»Nein, nein, was ich ...«

»Du hast doch gesagt, die wollen eine Beinshow ...«

»Nein. Ich meinte die Verrückten draußen. Die Irren, die Sexfreaks – die wollen 'ne Beinshow. 'n bißchen Po, und vergiß nicht, mit den Titten zu wackeln – lock sie aus den Büschen, Mädchen!«

»Verstehe, ja ...«

»Ich trage eine dieser gestärkten Uniformen; dazu ein weißes Häubchen, weiße Strumpfhosen und einen schwarzen, weiten Umhang. Ich hab' heute bereits alles anprobiert. Ich ziehe mich dann morgen im Krankenhaus um.«

»Um wieviel Uhr steigt die Sache?«

»Wann ich im Krankenhaus ankomme, meinst du, oder wann ich losgehe?«

»Beides.«

»Um elf muß ich dort sein, und in den Park werde ich kurz nach zwölf gehen.«

»Bitte sei vorsichtig!«

»Bin ich!«

Es entstand wieder eine längere Pause.

»Vielleicht könnte ich sie in meinen BH stecken? Die zweite Waffe, meine ich.«

»Genau. Besorg dir eine von diesen kleinen Dingern.«

»Eine Derringer oder so was, ja.«

»Nein, die kannst du gleich vergessen, das ist nur Spielzeug. Ich meine schon eher 'ne Browning oder 'ne Bernardelli – eine kleine Automatik.«

»Gut, die werde ich in meinem BH stecken«, sagte sie.

»Nur für alle Fälle.«

»Ja.«

»Die kannst du überall in der Stadt kaufen«, sagte Kling. »Für dreißig, vierzig Dollar – oder so.«

»Aber das sind Kleinkaliberwaffen, oder?« fragte sie. »Zweiundzwanziger? Oder fünfundzwanziger?«

»Das Kaliber hat nichts zu sagen. 'ne Zweiundzwanziger kann mehr Schaden anrichten als 'ne Achtunddreißiger. Als auf Reagan geschossen wurde, sagten alle, er hätte Glück gehabt, daß der Typ nur 'ne Zweiundzwanziger benutzt hatte – aber damit waren sie ganz schön auf dem Holzweg. Ich hab' mit einem von der Ballistikabteilung gesprochen ... Dorfsman – kennst du den?«

»Nein«, sagte Eileen.

»Auf jeden Fall hat der mir erzählt, man müsse den menschlichen Körper so ähnlich wie ein möbliertes Zimmer betrachten: Jagt man 'ne Achtunddreißiger oder 'ne Fünfundvierziger durch die eine Wand des Zimmers, dann geht die Kugel direkt durch die gegenüberliegende Wand wieder raus. Wenn man aber eine Zweiundzwanziger oder Fünfundzwanziger in das Zimmer jagt, hat die Kugel nicht mehr genug Kraft, auf der anderen Seite wieder auszutreten. Verstehst du? Sie trifft das Sofa, prallt ab und trifft den Fernseher und dann die Lampe. Das sind, bildlich gesprochen, die Organe im Körper des Menschen: das Herz, die Nieren, die Lunge ... Eine abprallende Kugel kann 'ne Menge Schaden anrichten, verstehst du? Mach dir also keine Gedanken über das Kaliber. So ein kleines Ding kann böse Verletzungen verursachen.«

»Ja«, sagte Eileen und stockte. »Ich habe trotzdem Angst.«

»Mach dir keine Sorgen. Alles wird gut laufen.«

»Vielleicht ist es auch wegen dem, was ich dir gestern erzählt habe«, sagte sie. »Wegen meiner Phantasien. Du weißt doch ... Ich hab' sonst noch nie jemandem davon erzählt. Und jetzt kommt es mir vor, als würde ich damit das Schicksal herausfordern. Weil ich es laut ausgesprochen habe, daß ich ... du weißt schon ... vergewaltigt werden will.«

»Ja – aber das willst du doch nicht wirklich.«

»Ja – ich weiß.«

»Das hat also gar nichts damit zu tun.«

»Außer wenn es Spaß macht und ein Teil des Spiels ist.«

»Ich verstehe nicht ...«

»Na – vergewaltigt zu werden.«

»Oh.«

»Nein – wenn man so tut als ob ...«, sagte sie. »Wenn ich es auch will: jemand reißt mir das Höschen vom Leib und den BH, und ich tue so, als würde ich mich wehren ... als Spiel.«

»Ach so ...«, sagte er.

»Um ein bißchen Pfeffer ins Spiel zu bringen«, erklärte sie.

»Ja.«

»Aber nicht im Ernst.«
»Nein.«
Sie schwieg – länger diesmal. Dann sagte sie: »Schade, daß es morgen blutiger Ernst ist.«
»Nimm 'ne zweite Waffe mit«, sagte Kling.
»Ganz bestimmt! Mach dir keine Sorgen.«
»Also«, sagte er. »Ich glaube ...«
»Nein! Leg noch nicht auf«, sagte sie. »Erzähl mir etwas.«
Plötzlich fiel ihm wieder nichts mehr ein.
»Erzähl mir doch, was damals passiert ist«, sagte sie. »Die Scheidung.«
»Ich glaube, das möchte ich nicht«, sagte er.
»Vielleicht irgendwann einmal?«
»Vielleicht.«
»Nur wenn du es wirklich willst«, sagte sie. »Bert ...« Sie unterbrach sich. »Danke. Ich fühle mich jetzt schon viel besser.«
»Gut«, sagte er. »Hör mal zu, wenn du möchtest ...«
»Ja?«
»Ruf mich doch morgen abend an. Wenn du zurück bist, meine ich. Wenn alles vorbei ist. Und sag mir, wie es gelaufen ist. Okay?«
»Das wird aber wahrscheinlich ziemlich spät werden.«
»Ich gehe nie früh schlafen.«
»Okay. Wenn du meinst.«
»Ja, bitte.«
»Aber es wird erst nach Mitternacht sein.«
»Das macht nichts.«
»Vielleicht sogar noch später. Wenn wir ihn kriegen. Bis wir den Bericht fertig haben ...«
»Das ist egal«, sagte Kling. »Ruf mich an – egal wann.«
»Okay«, sagte sie. »Also ...«
»Also ... gute Nacht«, sagte er.
»Gute Nacht, Bert«, sagte sie und legte auf.
Er legte den Hörer auf die Gabel. Fast im selben Augenblick klingelte das Telefon erneut. Er nahm ab.
»Hallo?« meldete er sich.

»Bert! Hier Artie«, sagte Brown. »Du hast noch nicht geschlafen, oder?«

»Nein, nein.«

»Ich versuche seit 'ner halben Stunde, dich zu erreichen. Ich dachte schon, vielleicht hast du den Hörer danebengelegt. Willst du hören, was ich herausbekommen habe?«

»Schieß los«, sagte Kling.

13. KAPITEL

Es war neun Uhr morgens, und die vier Detectives hatten sich im Büro des Lieutenant eingefunden und versuchten, Klarheit in das zu bringen, was sie bisher wußten. Über Nacht waren zwanzig Zentimeter Schnee gefallen, und für den Nachmittag waren weitere Schneefälle angekündigt. Byrnes hätte gern gewußt, ob es in Alaska ebensoviel schneite. Er hätte darauf gewettet, daß das nicht der Fall war. Seine Detectives hatten ihm Bericht erstattet, und er hatte sich währenddessen Notizen gemacht, und nun erwarteten sie von ihm wahrscheinlich, daß er eine Lösung aus dem Ärmel schütteln und im Handumdrehen die Fäden entwirren sollte. Das letzte Mal, als ihm das gelungen war, das war ... das war eigentlich noch nie vorgekommen ...

»Quadrado hat also das Mädchen identifiziert«, stellte er fest.

»Ja, Pete«, sagte Meyer.

»Sally Anderson, also?«

»Ja, Pete.«

»Ihr habt ihm ihr Bild gestern nachmittag vorgelegt?«

»Vier Bilder«, sagte Meyer. »Eines von ihr und drei aus dem Archiv – alle drei ebenfalls blond.«

»Und er hat sie sofort erkannt?«

»Ja.«

»Und bestätigt, daß sie mit Lopez zusammengelebt und ihn mit Kokain beliefert hat?«

»Ja.«

»Das weiß er alles von seiner Cousine? Dem Mädchen, das unters Messer geraten ist?«

»Nur das mit dem Koks. Das andere stammt von ihm selbst.«

»Daß Lopez und die Kleine zusammengelebt haben?«

»Das wurde auch bestätigt, Pete. Wir fanden das Haus, in dem die beiden wohnten – direkt neben dem Drugstore an der Ecke Ainsley und Sechste Straße –, und der Hausmeister erinnert sich genau, daß Lopez und das Mädchen bis letzten August dort gewohnt haben.«

»Genau die Zeit, als die Proben für *Fatback* begannen.«

»Richtig.«

»Dann haben wir ja die Verbindung zwischen den Fällen«, sagte Byrnes.

»Vielleicht«, sagte Meyer.

»Wieso vielleicht?«

»Eine der Tänzerinnen hat ausgesagt, Sally Anderson fuhr jeden Sonntag nach Uptown, um Koks zu *kaufen.*«

»Und jetzt sieht es so aus, als sei sie dahin gefahren, um Koks zu *verkaufen*«, sagte Carella.

»Ein großer Unterschied«, sagte Meyer.

»Und Quadrado weiß das alles von seiner Cousine?« fragte Byrnes.

»Ja.«

»Glaubwürdig?«

»Möglich.«

»Sie hat ihm erzählt, das Mädchen kam jeden Sonntag, um Lopez Koks zu bringen?«

»... und die alten Zeiten wieder aufleben zu lassen.«

»Und wie verträgt sich das mit dem, was ihr Freund ausgesagt hat?« fragte Byrnes.

»Wie meinst du das?« fragte Carella.

»In einem eurer Berichte ... wo zum Teufel steckt er denn?« Byrnes wühlte in den Papieren auf seinem Schreibtisch. »Hat er nicht mal was von einem Delikateßladen in Uptown erwähnt? Daß das Mädchen jeden Sonntag Delikatessen einkaufen ging?«

»Das stimmt. Aber sie kann doch dabei auch zwei Fliegen mit einer Klappe geschlagen haben.«

»Hier ist er ja«, sagte Byrnes und las laut vor: »Moore identifizierte D-li in dem Kalender als ...«

»Stimmt«, sagte Carella.

»Als Abkürzung für Delikatessen. In Cohens Delikateßladen Ecke Stem und North Rogers besorgte sie jeden Sonntag Lachs, frische Feigen, Pasteten und so weiter ...«

»Das schließt aber keineswegs aus, daß sie nicht vorher oder nachher weiter nach Uptown gefahren ist, um den Koks bei Lopez abzuliefern.«

»Und ihr Freund, der hatte von all dem keine Ahnung?«

»Vom Koks meinst du? Oder daß sie immer noch mit Lopez rumspielte?«

»Nimm es, wie du willst«, sagte Byrnes.

»Er erzählte uns, es gab keine anderen Männer in ihrem Leben, und stärkere Drogen als Marihuana nahm sie angeblich auch nicht.«

»Glaubwürdig?« fragte Byrnes.

»Er hat uns immerhin den Hinweis auf die Eisgeschäfte gegeben«, sagte Meyer.

»Und was hat sich da ergeben?« hakte Byrnes nach. »Irgendeine Verbindung zu den Mordfällen?«

»Wahrscheinlich nicht. Die Anderson hatte nur ein einziges Mal damit zu tun.«

»Verfolgt ihr diese Sache weiter?«

»Keine Beweise«, erklärte Meyer. »Carter ist gewarnt.«

»Wird ihn kaum bessern«, sagte Byrnes und seufzte. »Was ist mit Edelman?« wandte er sich an Brown. »Bist du sicher, du hast diesen Papierkram richtig verstanden?«

»Ich hab' ihn dreimal durchgeackert«, sagte Brown. »Er hat Uncle Sam ganz schön gelinkt – das ist mal sicher. Machte damit 'ne Menge Geld in den letzten Jahren.«

»Und damit kaufte er sich die Grundstücke in Europa?«

»Genau«, sagte Brown und nickte.

»Du glaubst, dafür war auch das Geld in seinem Safe gedacht?«

»Für seinen nächsten Trip nach Europa – ja.«

»Hast du 'ne Ahnung, wann er wieder fahren wollte?«

»Irgendwann im nächsten Monat, sagt jedenfalls seine Frau.«

»Dafür war das Geld gedacht – so meinst du doch?«

»So sieht es zumindest aus«, sagte Brown.

»Und woher hatte er so plötzlich die dreihundert Riesen?«

»Möglicherweise ging das gar nicht so plötzlich«, warf Kling ein. »Vielleicht hat er das Geld über eine gewisse Zeitspanne hinweg angehäuft. Nehmen wir an, er kommt von Holland zurück mit einem Plastiksäckchen Diamanten im Hintern, die er dann nach und nach verkauft. Hier fünfzig Riesen und da sechzig Riesen – das summiert sich.«

»Und dann flog er zwischendurch nach Zürich und zahlte das Geld dort auf ein Nummernkonto ein«, sagte Brown.

»Bis sich wieder eine Gelegenheit bot, es in Steine oder Grundbesitz zu investieren«, fügte Kling hinzu.

»Okay«, sagte Byrnes. »Ein rühriger Spekulant und Steuerhinterzieher. Aber wie paßt er zu den anderen zwei Morden?«

»Drei, wenn man Judite Quadrado dazurechnet.«

»Das war ein Messerfreak«, sagte Byrnes. »Könnte Zufall gewesen sein. Wir sollten uns auf die Morde mit der Achtunddreißiger konzentrieren. Irgendwelche Ideen?«

»Genau da liegt der Hund begraben«, sagte Carella.

»Wo liegt der Hund begraben?«

»Wir finden keine Verbindung! Außer der zwischen Lopez und dem Mädchen. Aber sogar die ...« Er schüttelte den Kopf. »Wir reden hier über Eierdiebe, Pete! Lopez hatte vielleicht 'ne Handvoll Konsumenten, und das Mädchen brachte ihm vielleicht ... na ja – wieviel? Zwanzig bis dreißig Gramm pro Woche – allerhöchstens ... Rechne das dazu, was sie ihren Freunden in der Show verkaufte, und es bleibt immer noch in ziemlich kleinem Rahmen. Welchen Grund gab es dann, sie zu töten? Oder Lopez? Wo ist das Motiv?«

»Vielleicht ist es tatsächlich ein Verrückter gewesen«, sagte Byrnes und seufzte.

Die vier Männer schwiegen.

»Wenn es ein Verrückter ist«, sagte Byrnes, »dann können wir nichts tun, als auf seinen nächsten Schritt warten. Ist sein nächstes Opfer eine Waschfrau in Majesta oder ein Lastwagenfahrer in Riverhead, dann wissen wir, daß es ein Wahnsinniger ist, der vollkommen willkürlich vorgeht.«

»Was wiederum bedeutet, daß die Verbindung zwischen Lopez und Sally Anderson ...«

»... Zufall wäre«, sagte Byrnes. »*Falls* das nächste Opfer eine Waschfrau oder ein Lastwagenfahrer ist.«

»Mir gefällt der Gedanke, hier rumzusitzen und auf die nächste Leiche zu warten, überhaupt nicht«, sagte Meyer.

»Und ich glaube nicht an Zufälle«, sagte Carella. »Schon gar nicht, wenn Kokain im Spiel ist – wie bei Lopez und der Anderson. Sonst vielleicht ... Der Kerl sucht sich sein erstes Opfer hier bei uns, das zweite im Zentrum, sein drittes wieder hier – kreuz und quer durch die Stadt, und sein Opfer ist jemand, der ihm zufällig in einer x-beliebigen Nacht über den Weg läuft. Aber nicht, wenn Kokain im Spiel ist. Nein, Pete.«

»Eben hast du noch gesagt, daß es nur um kleine Deals ging«, sagte Byrnes.

»Trotzdem – es geht um Kokain«, sagte Carella.

»War Lopez der einzige, den sie belieferte?« fragte Byrnes.

Die Männer schwiegen.

»Oder gab es da vielleicht noch größere Fische, als wir bisher ahnen?«

Die Männer schwiegen immer noch.

»*Woher* hatte das Mädchen denn eigentlich den Stoff?« fragte Byrnes. Er nickte knapp. »Da fehlt nur ein Glied in der Kette«, sagte er. »Findet es.«

Emma und Bruder Anthony feierten im voraus.

Er hatte eine Flasche Wein zu vier Dollar gekauft, und nun saßen sie zusammen und tranken auf ihr Glück. Emma hatte den Brief gelesen und war zu demselben Schluß gekommen wie er: Der Mann, der Sally Anderson diesen Brief geschrieben hatte, war derselbe Mann, der sie mit Kokain belieferte. Das ging ganz klar aus diesem Brief hervor.

»Er kauft acht Kilo Koks«, sagte Bruder Anthony, »streckt es kräftig und macht daraus die doppelte Menge.«

»Bis es in der Szene im Umlauf ist«, sagte Emma, »ist es das Zigfache wert.«

»Sicher. Jeder Zwischenhändler streckt das Zeug noch mal, und wenn es dann die Kids auf der Straße kriegen, ist es nur noch zu zehn oder fünfzehn Prozent rein. Die acht Kilo, die dieser Typ gekauft hat ... er klingt wie ein Amateur, findest du nicht auch? Ich meine – ganz allein! Mit vierhundert Riesen in der Tasche!«

»Scheint so, ja«, sagte Emma.

»Sind wir ja auch – irgendwie«, überlegte Bruder Anthony.

»Sehr großzügig«, sagte Emma und lächelte.

»Auf jeden Fall – bis die acht Kilo hier bei uns auf der Straße vertickt wurden, waren sie schon so weit verpanscht, daß es vielleicht mittlerweile zweiunddreißig Kilo waren. Der normale Schnupfer hat doch keine Ahnung, was er da kauft. Die Hälfte seines Rushs kommt allein davon, daß er daran denkt, *wieviel* er für sein Gramm bezahlt hat.«

Emma nahm den Brief und las vor: »Als erstes wollen wir den schönen Erfolg zusammen feiern. Auf dem Freemont Building gibt es ein neues Restaurant. Wir sollten Samstag abend dort hingehen. Sehr elegant, sehr europäisch. Aber bitte kein Höschen, Sally! Du sollst zwar sehr elegant und mondän wirken – aber ohne Höschen! Okay? Wie damals, als wir bei Mario waren – erinnerst du dich? Wenn wir dann nach Hause kommen ...« Emma zuckte die Achseln. »Liebesgeflüster«, sagte sie.

»Die Kleine hatte mehr Höschen als ein ganzes französisches Kaufhaus«, sagte Bruder Anthony. »Ganze Schubladen voller Höschen.«

»Und er bittet sie, ohne zu gehen«, sagte Emma und schüttelte den Kopf.

»Ich werde dir eines dieser winzigen Ballettröckchen kaufen«, sagte Bruder Anthony.

»Oh, vielen Dank, Sir«, erwiderte Emma und machte eine elegante Verbeugung.

»Was glaubst du; warum hat sie den Brief aufgehoben?« fragte Bruder Anthony.

»Weil es ein Liebesbrief ist«, sagte Emma.

»Warum hat sie ihn dann im Kragen ihres Anoraks versteckt?«

»Vielleicht war sie verheiratet?«

»Bestimmt nicht.«

»Oder sie hatte noch einen Liebhaber.«

»Ich glaube eher, sie wollte ihm damit irgendwann einmal die Daumenschrauben ansetzen«, sagte Bruder Anthony. »Mit dem Brief konnte sie beweisen, daß er acht Kilo Kokain gekauft hatte. Blutiger Laie«, sagte er und schüttelte verständnislos den Kopf.

»Versuch es noch einmal«, sagte Emma.

»Du hast recht«, sagte Bruder Anthony. Er erhob sich schwerfällig, ging zum Telefon, rückte den Zettel mit der Nummer zurecht, die er im Telefonbuch nachgeschlagen hatte, und wählte.

Emma beobachtete ihn.

»Das Freizeichen«, sagte er.

Sie ließ kein Auge von ihm.

»Hallo?« meldete sich eine Stimme am anderen Ende der Leitung, und Bruder Anthony legte sofort wieder auf.

»Er ist zu Hause«, sagte er.

»Gut«, sagte sie. »Besuch ihn, Darling.«

Das Pikante an dem mittäglichen Imbiß, den das Team vom Siebenundachtzigsten im Rahmen einer Lagebesprechung gemeinsam einnahm, war, daß jemand – allerdings kein Polizist – dieses fehlende ›Glied in der Kette‹, von dem der Lieutenant gesprochen hatte, bereits gefunden hatte. Es hätte sie einen Riesenschritt weitergebracht, wenn sie ebenfalls

Bescheid gewußt hätten – doch sie hatten keine Ahnung. Sie tappten noch immer im dunkeln, während Bruder Anthony bereits fündig geworden war. Allem Anschein nach war ihnen Bruder Anthony um einige Schritte voraus, während sie auf ihren Schinkentoasts, ihrem Thunfisch-mit-Ei-Brötchen, Hamburgern mit Chilisauce beziehungsweise Cheesburgern herumkauten. Sie tranken Kaffee aus Plastikbechern, den sie ebenfalls aus dem Schnellrestaurant an der Ecke bestellt hatten – eine Angewohnheit, die Miscolo mit Mißtrauen verfolgte, da er sie als eine Beleidigung seines eigenhändig zubereiteten und gratis ausgeschenkten Spezialkaffees empfand. Während sich Bruder Anthony kaum sechs Blocks entfernt durch das Drehkreuz der U-Bahn zwängte, auf den mit Graffiti bedeckten Zug zusprintete und es gerade noch schaffte, in den Wagen zu schlüpfen, ehe sich die Türen schlossen, kauten die Männer vom Siebenundachtzigsten den Fall (und ihre Brötchen) noch einmal gründlich durch – von Anfang an – und versuchten angestrengt, das fehlende Glied in der Kette zu entdecken, das sie dort hinbringen würde, wohin Bruder Anthony bereits unterwegs war. Kein Ruhmesblatt für Revier acht-sieben.

»Ich glaube, der Alte hat recht«, sagte Meyer. »Wir sollten Judite Quadrado streichen.«

»Obwohl sie Lopez' Geschäfte übernehmen wollte?« sagte Kling.

»*Deshalb* wurde er bestimmt nicht umgebracht«, sagte Carella. »Wegen dieser paar Grämmchen? Wir haben's hier doch nicht mit der kolumbianischen Mafia zu tun, wir ...«

»Woher willst du das eigentlich wissen?« unterbrach ihn Brown.

»Keiner von denen würde wegen eines kleinen Fisches wie Lopez auch nur das Bein heben.«

»Bitte nicht während des Essens«, sagte Meyer.

»Sorry«, sagte Carella und biß in seinen Hamburger mit Chilisauce.

»Also gut, streichen wir vorläufig die Quadrado«, sagte Kling.

»Und beginnen wieder bei Sally Anderson«, sagte Meyer. »Über sie wissen wir mehr als über irgendeines der anderen Opfer.«

»Das stimmt nicht ganz«, sagte Brown.

»Relativ mehr«, sagte Meyer.

»Relativ – okay«, lenkte Brown ein. »Aber wir sollten auch die dreihundert Riesen in Edelmans Safe nicht ganz vergessen.«

»Ja, schon gut. Du hast prächtige Arbeit geleistet, Kleiner«, sagte Meyer. »Was willst du noch? Einen Orden?«

»'ne Beförderung zum Detective First Grade«, grinste Brown.

»Gib ihm seinen Detective First Grade«, sagte Meyer zu Carella.

»Sollst ihn haben«, feixte Carella und drückte Brown den Daumen aufs Revers.

»Also, zurück zu dem Mädchen ...«, sagte Meyer.

»Über wen reden wir eigentlich?« fragte Kling. »Judite Quadrado oder Sally Anderson?«

»Über die Anderson. Die fährt also jeden Sonntag nach Uptown, nachdem sie bei Cohen ihre Delikatessen besorgt hat, und schlüpft zu Lopez unter die Decke ...«

»Wissen wir das eigentlich genau?« unterbrach ihn Carella.

»Es ist doch nicht so wichtig, ob sie noch mit ihm geschlafen hat«, warf Kling ein. »Wichtig ist, daß ...«

»Wichtig ist, daß sie ihm Koks verkauft hat«, sagte Meyer. »Das ist mir auch klar.«

»Wovon ihr Freund keine Ahnung hatte«, fügte Carella hinzu.

»Der kann nicht mal 'nen Arsch von 'nem Ellbogen unterscheiden«, sagte Brown. »Der dachte doch auch, daß sie bis zum Hals im Eis steckt, oder?«

»Ja«, sagte Carella.

»Hat euch wahrscheinlich in den Wald geschickt damit«, brummte Brown.

»Es ist doch egal, was *er* wußte oder nicht wußte«, sagte Kling.

»Wir wissen, daß sie regelmäßig zu Lopez ging und ihm Koks verkaufte.«

»Ein bißchen Haschisch und Sex«, sagte Meyer, »und dabei 'ne Menge Kokain verticken – ein netter Zeitvertreib für Sonntag nachmittags.«

»Es ist komisch, daß er nichts davon wußte«, sagte Carella.

»Von wem redet ihr eigentlich?« fragte Kling.

»Von Moore. Ihrem Freund.«

»Daß sie mit Lopez was hatte?«

»Und daß sie ihm Koks brachte. Es ist doch wahrscheinlich, daß sie ihm zumindest *das* erzählt hat, oder nicht?«

»Ja, aber sie hat's ihm offenbar nicht erzählt.«

»Es sei denn, er hat uns angelogen.«

»Apropos, warum hat er uns eigentlich wegen der Eisgeschichte angelogen?« fragte Kling.

»Wer sagt denn, daß er gelogen hat?« fragte Brown. »Vielleicht dachte er, sie hätte tatsächlich regelmäßig die Karten verteilt?«

»Aber sie hat das nur ein einziges Mal getan«, sagte Carella. »Das hätte er doch eigentlich wissen müssen; schließlich lebte er quasi mit ihr zusammen.«

»Das sind schon zwei Dinge, von denen er keine Ahnung hatte«, resümierte Meyer.

»Nämlich, daß sie in Uptown Koks verdealte«, sagte Kling, »und daß sie die Sache mit den Karten nur einmal gemacht hat.«

»Drei Dinge, wenn man das Techtelmechtel mit Lopez dazurechnet.«

»Außerdem wußte er nicht einmal, daß sie selbst schnupfte.«

»Angeblich rauchte sie nur ab und zu.«

»Lebte praktisch mit der Braut unter einem Dach und hatte keine Ahnung, daß sie Coke nahm.«

»Oder es verkaufte.«

»Mir will nicht aus dem Kopf, daß ein Typ mit dreihunderttausend Mäusen im Safe eines der Opfer war«, sagte Brown.

»Nun kommt er schon wieder mit dem Safe!« seufzte Meyer.

»Du denkst dabei an Kokaingeld, stimmt's?« fragte Kling.

»Ich denke, jemand mußte soviel Kohle in der Hand haben, um sie Edelman zu geben. Und ferner denke ich, daß bei diesem verdammten Fall Koks im Spiel ist und daß solche Summen typisch für Koks sind.«

»Nicht bei solchen Deals, wie die Anderson sie gemacht hat«, sagte Meyer.

»Jedenfalls wissen wir nur von diesen Kleindeals«, sagte Carella.

»Wir haben keinen Grund anzunehmen, daß es um größere Mengen ging«, sagte Meyer. »Es sei denn ...«

»Ja?«

»Nein. Vergiß es. Mir fiel nur ein ...«

»Was ist dir eingefallen?«

»Er hat gesagt, sie waren sonntags fast nie zusammen. Während des Tages, weil sie sonntags immer unterwegs war.«

»Wer sagt das?« fragte Brown.

»Moore. Ihr Freund.«

»Und was heißt das?«

»Weshalb war sie also unterwegs?« fragte Meyer.

»Um Einkäufe zu erledigen«, sagte Kling.

»Und um es mit Lopez zu treiben.«

»Und um ihm einen Haufen Nasenpulver zu verkaufen.«

»Und damit war sie den ganzen Tag beschäftigt?« fragte Meyer skeptisch.

»Das kann 'ne Braut schon 'ne Weile beschäftigen«, sagte Brown. »Lopez alleine konnte 'ne Frau schon auf Trab halten.«

»Die Sache ist nur, wenn sie den ganzen Sonntag über so verdammt beschäftigt war ...«

»Ja, genau«, sagte Carella.

»Was?«

»Was hat sie dann den ganzen verdammten Tag über getrieben? Sie schreibt D-li in ihren Kalender – und zwar jeden Sonntag. Ist so 'ne Besorgung derart wichtig, daß man sie jede Woche notieren muß? Nur um ein paar Delikatessen nicht zu vergessen. Ich gebe ja zu, daß Cohen ein phantastischer Laden ist, aber warum mußte sie das so gewissenhaft notieren?«

»Steve, sie hat alles gewissenhaft notiert: Treffen mit ihrem Manager, Anrufe bei Moores Mutter in Miami, Tanzstunden und so fort – warum nicht auch die Delikatessen?«

»Warum hat sie dann nicht Del, Deli oder Delik. geschrieben? Kennt ihr jemanden, der Delikatessen D-li abkürzt? Es geht nur um diesen komischen Bindestrich. Warum hat sie nie Del. geschrieben – immer nur D-li?«

»Ja, warum?« fragte Brown.

»Das weiß ich auch nicht; ich frag' ja nur.«

»Moore sagt, es bedeutet ›Delikatessen‹.«

»Aber Moore hat sich nicht gerade als glaubwürdig erwiesen«, warf Kling ein.

»Zuerst behauptet er, daß sie nur Gras geraucht hat, dann, sie wäre in Carters Eisgeschäft verstrickt, und schließlich erzählt er uns was von Delikatessen.«

»Zu beschäftigt, sich um sie zu kümmern.«

»Zu beschäftigt mit Schularbeiten.«

»Zu beschäftigt, Herzen und Nieren zu prüfen.«

»Beschäftigt, beschäftigt!«

»Womit, verdammt?« wollte Brown wissen.

»Am heiligen Sonntag – meinst du?«

»Ja.«

»Das Mädchen mit Delikatessen und Koks«, sagte Kling.

»Und mit ihrem Schäferstündchen mit Lopez.«

»Aber warum sollte Moore uns belügen«, überlegte Meyer. »Vielleicht hat sie ihn getäuscht.«

»Trotzdem«, sagte Carella. »Sie waren sehr eng befreundet.«

»Sehr eng.«

»Die Kleine rief sogar seine Mutter einmal pro Woche an.«

»Die nette, wohlhabende Witwe in Miami.«

»Wenn sie also so eng befreundet waren, wie konnte er sich derart in ihr täuschen?«

»Miami, sagst du?« fragte Brown.

»Wie?«

»Lebt dort seine Mutter?«

»Ja.«

»Miami«, sagte Brown nachdenklich.

»Was ist damit?«

»Mir gehen die dreihundert Riesen in Edelmans Safe nicht aus dem Kopf.«

»Kannst du nicht für einen Augenblick diesen Safe vergessen?«

»Nur mal angenommen«, überlegte Brown.

»Angenommen – was?«

»Die dreihundert Riesen waren Koksgeld.«

»Eine reichlich gewagte Annahme.«

»Nicht unbedingt – wenn man bedenkt, daß zwei der Opfer mit Koks gedealt haben.«

»Also gut – nehmen wir an, das Geld war Koksgeld.«

»Was fällt dir zu Miami ein?«

Die drei starrten Brown unverwandt an.

»Na klar«, sagte Meyer schließlich.

»Das ist allerdings eine wilde Vermutung«, sagte Kling.

»Also, Augenblick mal«, sagte Carella.

»Nur weil seine Mutter in Miami lebt ...«

»Das bedeutet noch nicht ...«

»Wenn er Lateinamerikaner wäre ...«, sagte Meyer. »Wenn er nach Miami gefahren wäre, um Kokain zu kaufen ...«

»Und wenn es so wäre!« sagte Kling. »Wir reden von den dreihunderttausend Dollar im Safe. Um hier soviel Kohle zu machen, hätte er in Miami für hundertfünfzigtausend Dollar Stoff kaufen müssen.«

»Sein Vater ist vor kurzem gestorben«, sagte Carella.

»Wann?« fragte Brown.

»Im Juni. Moore hat uns erzählt, er hätte einiges Geld geerbt – genug, um sich nach der Uni 'ne Praxis einzurichten.«

»Wieviel hat er eigentlich genau geerbt?« fragte Kling. »Vergeßt nicht, mit welchen Summen wir es hier zu tun haben! Im Safe waren dreihundert Riesen in bar.«

»Also Moment mal!« sagte Meyer und schüttelte den Kopf. »Nur weil seine Mutter in Miami lebt, können wir nicht davon ausgehen, daß er einfach runtergefahren ist und seine Erbschaft in Koks angelegt hat ...«

»Warum eigentlich nicht?« fragte Brown. »Das klingt doch gar nicht so übel.«

»Hat alles in Koks investiert«, sagte Carella.

»Muß ziemlich viel Koks gekauft haben«, sagte Brown. »Genug jedenfalls, um dreihundert Riesen zu machen.«

»Die schließlich in Edelmans Safe landeten.«

»Kaufte sich dafür Diamanten von Edelman – oder was.«

»Eine Buchung existiert darüber allerdings nicht.«

»Saubere Sache – für beide. Moore legt seine überschüssige Kohle in Diamanten an und Edelman in Grundbesitz in Europa.«

»Sehr schön«, spottete Meyer. »Wenn man an den Weihnachtsmann glaubt.«

»Was gefällt dir daran nicht?« fragte Carella.

»Erstens wissen wir nicht, wieviel Moore geerbt hat. Können ja auch nur zehn- oder zwanzigtausend gewesen sein. Wenn überhaupt soviel. Und zweitens gehen wir davon aus, daß ein Medizinstudent mit einem Sack voll Geld nach Miami fährt und in diesem Dschungel zwischen kolumbianischer Mafia und erbarmungslosen Geldhaien und Ausgeflippten einen sauberen Deal abzieht, ohne daß er am Ende im Hemd dasteht.«

»Es wäre zumindest denkbar«, sagte Carella.

»Alles ist denkbar«, sagte Meyer. »Auch daß die Sonne nachts scheint – warum nicht. Außerdem würde diese Theorie voraussetzen, daß er ohne Schwierigkeiten einen Edelsteinhändler auftreibt, der unter dem Ladentisch verkauft.«

»Na, hör mal«, sagte Brown. »Das ist doch das einfachste. Ich bin davon überzeugt, es gibt Hunderte von Typen wie diesen Edelman in dieser Stadt.«

»Schon möglich«, sagte Meyer. »Nehmen wir also an, daß das alles möglich ist, daß Moore 'ne Menge Geld geerbt hat, in Miami irgendwie den richtigen Mann traf, sein Geld durch Strecken verdoppelt und es dann in Diamanten oder Rubinen anlegte – nehmen wir das alles mal als möglich an, okay?«

»Das klingt doch nicht schlecht«, sagte Carella.

»Nein – und es würde auch erklären, warum Moore von dem Koks angeblich keine Ahnung hatte«, fügte Kling hinzu.

»Also gut«, sagte Meyer. »Aber könnt ihr mir verraten, wie er gleichzeitig an zwei Orten sein konnte?«

»Was meinst du damit?« fragte Carella verständnislos.

»Wie konnte er zur gleichen Zeit vor dem Haus Sally Andersons sein und sie niederschießen und zu Hause in seiner Wohnung? Du hast selbst mit diesem Loeb gesprochen, Steve. Er hat dir doch bestätigt, daß sie beide die ganze Nacht gearbeitet und Radio gehört haben und sich sogar mehrere Male anriefen. Loeb hat doch ausgesagt, daß Moores Radio gespielt hätte, während sie telefonierten!«

In diesem Augenblick spazierte Detective Third Grade Richard Genero in den Dienstraum. Sein japanisches Transistorradio baumelte an seinem Handgelenk. Die vier starrten ihn mit großen Augen an. Genero ging zu seinem Schreibtisch, stellte das Radio neben sein Telefon, warf einen Blick auf die offene Tür zu Byrnes Büro – ein sicheres Zeichen, daß der Lieutenant noch beim Essen war – und drehte das Radio auf volle Lautstärke.

»Das ist es!« sagte Meyer. »Gehen wir.«

Aus der Wohnung drang laute Musik. Bruder Anthony klopfte erneut und stärker – offenbar war sein bisheriges Klopfen nicht gehört worden.

»Wer ist da?« rief eine Stimme von drinnen.

»Mr. Moore?« sagte Bruder Anthony.

»Einen Augenblick!« rief die Stimme. Die Musik wurde leiser, und Bruder Anthony konnte Schritte hören, die zur Tür kamen.

»Wer ist da?« fragte die Stimme erneut; diesmal direkt hinter der Tür.

Bruder Anthony wußte ganz genau, daß die Menschen in dieser Stadt Fremden ihre Tür nicht öffneten. Er war unschlüssig. Er wollte vermeiden, die Tür mit Gewalt aufzubrechen. »Polizei!« rief er.

»Oh.«

Er wartete.

»Einen Augenblick, bitte«, sagte die Stimme.

Er hörte, wie sich die Schritte entfernten, und preßte das Ohr gegen das Holz der Tür. Hektische Aktivität war von drinnen zu hören. Er überlegte, ob er nicht doch die Tür aufbrechen sollte, entschloß sich jedoch, abzuwarten. Die Schritte näherten sich wieder der Tür. Er hörte, wie das Schloß geöffnet wurde und die Sicherheitskette herabfiel. Die Tür öffnete sich.

»Mr. Moore?« fragte er.

Als er ihn sah, wollte Moore die Tür wieder zuschlagen, doch Bruder Anthony warf sich mit seinem ganzen Gewicht dagegen. Moore taumelte ins Zimmer zurück, und Bruder Anthony sprang ihm nach, warf die Tür hinter sich zu und schloß ab. Moore stand in der Mitte des Raumes, rieb sich die Schulter und starrte Bruder Anthony entgeistert an. Hinter ihm auf dem Tisch stand ein Transistorradio und spielte leise. Er würde es mitnehmen, wenn er hier fertig war, entschied Bruder Anthony.

»Sind Sie allein?« fragte er.

»Wer, zum Teufel, sind Sie?« fragte Moore.

»Ich hab 'nen Brief von Ihnen«, sagte Bruder Anthony.

»Ein Brief? Wovon reden Sie?«

»Aus Miami. An eine gewisse Sally Anderson«, sagte Bruder Anthony. »Sie weilt nicht mehr unter Lebenden – Gott sei ihrer armen Seele gnädig.«

Moore sagte nichts.

»Sally bekam Kokain von Ihnen«, sagte Bruder Anthony.

»Ich weiß nicht, wovon Sie reden.«

»Sie bekam Kokain von Ihnen und verkaufte es in Uptown«, sagte Bruder Anthony. »An Paco Lopez.«

»Ich kenne keinen Paco Lopez.«

»Aber Sally Anderson kennen Sie doch, oder? Sie haben ihr im August aus Miami 'nen Brief geschrieben, in dem Sie erzählen, daß Sie 'ne Menge Koks gekauft haben. Wo ist der Koks jetzt, Mr. Moore? Der Koks, den Sally verhökert hat.«

»Ich habe keine Ahnung von irgendwelchem Kokain, das Sally ...«

»Mr. Moore«, sagte Bruder Anthony gelassen, »ich möchte Ihnen nicht weh tun müssen. Wir haben Sallys Namen von einer gewissen Judite Quadrado, der es gar nicht gut bekommen ist, daß sie unsere Fragen nicht schnell genug beantwortet hat.«

»Wer ist wir?« fragte Moore.

»Das ist nicht Ihr Problem«, sagte Bruder Anthony. »Ihr Problem ist es, mir ganz schnell zu sagen, wo der Koks ist. Das ist das einzige wirkliche Problem, das Sie im Moment haben.«

Moore starrte ihn an.

»Ja, so ist das, Mr. Moore«, sagte Bruder Anthony und nickte bekräftigend.

»Es ist alles weg«, sagte Moore.

»Sie haben acht Kilo gekauft ...«

»Wo haben Sie diesen Brief her?« fragte Moore. »Sie hat mir gesagt, sie hätte ihn verbrannt.«

»Da hat sie gelogen – genau wie Sie, Mr. Moore. Wenn Sie die ganzen acht Kilo verkauft haben, woher hatte sie dann den Koks, den sie verkaufte?«

»Okay, nicht alles. Ich hab' nur sechs verkauft.«

»Und die anderen zwei?«

»Ich hab' sie Sally gegeben. Sie hat sie mitgenommen, und Ich hab' keine Ahnung, wo sie sind.«

»Sie wollen so einfach zwei Kilo Kokain aus der Hand gegeben haben? Für die Sie hunderttausend Mäuse hingeblättert haben? Sie haben den Arsch offen, Mr. Moore!«

»Aber das ist die Wahrheit! Sie war meine Freundin. Ich hab' ihr ...«

»Nein«, sagte Bruder Anthony und schüttelte den Kopf.

»Ich weiß nicht, was sie damit ...«

»Nein, Mr. Moore. Sie haben die *zwei* Kilo nicht aus der Hand gegeben. So sehr *kann* man eine Frau gar nicht lieben. Also – wo sind sie?!«

»Sally hat sie mitgenommen, wahrscheinlich sind sie noch in ihrer Wohnung. Es sei denn, die Polizei hat sie beschlagnahmt.«

»Das ist durchaus möglich«, sagte Bruder Anthony. »Ich weiß genau, daß sie nicht in Sallys Wohnung sind, also hat sie die Polizei vielleicht gefunden, wer kann das schon sagen – bei diesen Langfingern?« Bruder Anthony grinste böse. »Aber ich glaube es nicht. Ich glaube nicht, daß Sie Koks im Wert von hunderttausend Dollar aus der Hand geben, Mr. Moore. Bestimmt nicht, wenn man bedenkt, daß er ja inzwischen doppelt soviel wert war, wie Sie in Miami bezahlt haben. Nein, Sir! Also – wo ist er?!«

»Ich sagte doch ...«

Bruder Anthonys Rechte schnellte urplötzlich vor und ergriff Moores rechte Hand. Bruder Anthony legte seine Linke auf Moores Hand, als wollte er ihn herzlichst und beidhändig begrüßen. Bruder Anthony drückte langsam zu. Moore begann zu schreien. »Scht!« machte Bruder Anthony und drückte fester. »Kein Geschrei hier, mein Freund! Wir brauchen keine Neugierigen«, sagte er und verstärkte den Druck. »Keine Sorge, ich breche Ihnen nur ein bißchen die Hand, wenn Sie mir nicht sagen, wo der Koks ist. Nur so zum Aufwärmen. Was ich Ihnen dann als nächstes breche, muß ich mir noch überlegen.«

»Bitte!« keuchte Moore. »B ... bitte ... hören Sie auf.«

»Der Koks!« lächelte Bruder Anthony.

»Im ... im Schlafzimmer«, stöhnte Moore, und Bruder Anthony ließ los.

»Ich möchte ihn sehen«, sagte er. »Wie geht's Ihrer Hand?« erkundigte er sich freundlich und schob Moore zur offenen Schlafzimmertür hinüber. Auf dem Bett lag ein Koffer.

»Wollten Sie verreisen?« fragte Bruder Anthony.

Moore sagte nichts.

»Wo ist er?«

»Im Koffer«, sagte Moore.

Bruder Anthony versuchte, den Koffer zu öffnen. »Verschlossen«, stellte er fest.

»Ich hole den Schlüssel«, sagte Moore und ging zu der Kommode an der Wand.

»Ein kleiner Ausflug, wie?« Bruder Anthony grinste, doch das Grinsen gefror auf seinem Gesicht, als sich Moore umdrehte. Eine Pistole lag in seiner Hand. »Heh! Wa...«, sagte Bruder Anthony, doch das war alles, was noch über seine Lippen kam, denn Moore drückte ab – einmal, dann noch einmal. Beide Kugeln aus der .38er trafen Bruder Anthony ins Gesicht: die erste direkt unter seinem linken Auge, die zweite zerschmetterte seine Zähne und den Oberkiefer. Bruder Anthonys Hände krallten in der Luft reflexartig nach einem Halt, dann brach er zusammen – ein braunes, regloses Bündel zu Moores Füßen.

Moore sah auf ihn nieder.

»Du schwachsinniges Arschloch, du!« flüsterte er heiser und schob den Revolver hinter seinen Gürtel. Dann ging er aus dem Schlafzimmer, durchs Wohnzimmer in die Küche. Er hatte jetzt keine Zeit mehr, noch groß zu packen. Die Schüsse würden neugierige Nachbarn anlocken. Er mußte schleunigst von hier verschwinden! Die Diamanten noch und den Rest des Kokains – und dann nichts wie weg hier!

Er öffnete die Klappe zum Gefrierfach des Kühlschranks.

Ganz hinten in dem vereisten Fach standen zwei Schalen für Eiswürfel. Er brach die linke davon los und drehte den Warmwasserhahn an. Er wartete, bis das Wasser heiß war, und stellte die Eisschale unter den Strahl. Es dauerte eine Ewigkeit! Er lauschte angestrengt in den Korridor nach Schritten, nach Stimmen – und wartete, bis diese verdammten Eiswürfel endlich schmolzen. Schließlich drehte er den Hahn zu, goß das Wasser vorsichtig ab und nahm das Plastikgitter aus der Schale. Die Diamanten glitzerten naß. Er schüttete sie auf ein Küchentuch und klopfte sie auf der Anrichte trocken. Das Splittern von Holz ließ ihn herumfahren. Er rannte ins Wohnzimmer. Eine Stimme schrie: »Moore!«

Er hatte die Pistole in der Faust und erkannte Meyer und Carella, die in der zerborstenen Tür standen, sah, daß sie ihre

Waffen ebenfalls im Anschlag hatten, sah zwei weitere bewaffnete Polizisten hinter den beiden – einen Weißen und einen Schwarzen. Er hätte es auf einen Kampf ankommen lassen – selbst jetzt noch –, hätte nicht Carella ganz leise und ruhig gesagt: »Lassen Sie es!«

Er ließ es.

14. KAPITEL

Gegen 23 Uhr an diesem Donnerstagabend war ihnen klar, daß er ihnen nur das erzählen würde, was er ihnen erzählen wollte – und kein Wort mehr. Das war der Grund, warum er auf sein Recht verzichtete, während des Verhörs einen Anwalt in Anspruch zu nehmen. Aus demselben Grund war er auch so mitteilsam, was das in seiner Wohnung gefundene Kokain und den Brief vom August an Sally Anderson betraf. Ihm war klar, daß sie ihn wegen der Kokaingeschichte bei den Eiern hatten, doch er versuchte, sich von der Mordanklage freizubluffen. *Sie* versuchten, ihm in vier Fällen – in fünf, wenn er Judite Quadrado ebenfalls getötet hatte – kaltblütigen Mord nachzuweisen. *Er* versuchte, die Anklage auf das Betäubungsmittelgesetz zu beschränken, das den Besitz von vier oder mehr Unzen einer zum Handel nicht freigegebenen Substanz mit einer Mindeststrafe von fünfzehn bis zwanzig Jahren und einer Höchststrafe von lebenslänglich ahndete. Ein geschickter Anwalt konnte vielleicht einige Punkte der Anklage abschmettern, und bei mildernden Umständen konnte er, wenn er Glück hatte, mit drei Jahren davonkommen und nach zwei Jahren wieder auf freiem Fuß sein. In Bruder Anthonys Fall machte er Notwehr geltend und hoffte, damit durchzukommen. *Sie* versuchten, ihn wegen wenigstens vier Morden hinter Schloß und Riegel zu bekommen. Er hoffte, in absehbarer Zeit wieder auf freiem Fuß zu sein. Sie waren ein wenig in Verlegenheit, wie er an ihren unterschiedlichen Rekonstruktionen der Geschehnisse der letzten neun Tage und an ihrer unterschiedlichen Strategie des Verhörs unschwer feststellen konnte.

»Also, nochmals von vorn«, sagte Carella.

»Wie oft soll ich Ihnen das noch erzählen?« sagte Moore. »Ich hätte doch auf einem Anwalt bestehen sollen.«

»Das steht Ihnen immer noch frei«, sagte Carella entgegenkommend. Aus dem Tonbandprotokoll sollte klar hervorgehen, daß Moore ohne Druck und aus freien Stücken aussagte. Sie saßen im Vernehmungsraum. Auf dem Tisch zwischen den vier Detectives und Moore drehten sich gleichmäßig die Spulen eines Tonbandgerätes. Von seinem Platz aus konnte Carella in den Einwegspiegel in Moores Rücken sehen. Soviel er wußte, war zur Zeit niemand im Beobachtungsraum hinter dem Spiegel.

»Wozu brauche ich einen Anwalt?« fragte Moore. »Das Kokain gebe ich zu. Sie haben den Koks gefunden, und wieso sollte ich es noch abstreiten?«

»Zwei Kilo«, sagte Meyer.

»Nicht ganz«, verbesserte Moore.

»Aber Sie haben acht Kilo in Miami gekauft. In dem Brief ...«

»Ich hätte diesen verdammten Brief nie schreiben sollen«, sagte Moore.

»Aber Sie haben ihn geschrieben.«

»Dumm von mir«, nickte Moore.

»Genauso dumm wie Mord«, sagte Kling.

»Ich habe einen Mann getötet, der bewaffnet in meine Wohnung eindrang«, erwiderte Moore. Er konnte es fast schon auswendig. »Wir haben gekämpft, ich entriß ihm die Waffe und schoß ihn nieder. Es war Notwehr.«

»Mit derselben Waffe, mit der drei weitere Morde begangen wurden«, sagte Brown.

»Ich weiß nichts von irgendwelchen anderen Morden. Und das hier war kein Mord, es war Notwehr!«

»Ich dachte, Sie sind Medizinstudent«, sagte Kling.

»Was?«

»Studieren Sie auch Jura?«

»Ich kenne den Unterschied zwischen kaltblütigem Mord und Notwehr.«

»War es kaltblütiger Mord, als Sie Sally Anderson erschossen?« fragte Carella.

»Ich habe Sally nicht erschossen.«

»Und Paco Lopez?«

»Ich kenne keinen Paco Lopez.«

»Und Marvin Edelman?«

»Nie gehört.«

»Wie kommen Sie dann zu den Diamanten, die wir in Ihrer Küche fanden?«

»Die habe ich von dem Geld gekauft, das ich mit den sechs Kilo verdient habe.«

»Von wem haben Sie sie gekauft?«

»Was soll diese Frage? Ist es vielleicht verboten, Diamanten zu kaufen?«

»Nur wenn man später den Mann umlegt, von dem man die Diamanten gekauft hat.«

»Ich habe sie von jemandem, dessen Name ich nicht kenne.«

»Ach ja? Der unbekannte Diamantenhändler«, sagte Meyer spöttisch.

»Er war auf der Durchreise – aus Amsterdam«, sagte Moore und nickte bekräftigend.

»Wie sind Sie mit ihm in Kontakt gekommen?«

»Er kam zu mir. Hatte gehört, daß ich Bargeld hatte.«

»Wieviel Bargeld?« fragte Carella.

»Ich hab' die acht Kilo für vierhunderttausend gekauft.«

»Nicht schlecht«, sagte Brown.

»Ich sagte Ihnen doch schon: Der Mann wollte mir einen Gefallen tun.«

»Der Mann in Miami?«

»Ja.«

»Wie heißt er?«

»Das brauche ich Ihnen nicht zu sagen. Er hat mir einen

Gefallen getan; also warum sollte ich ihn in die Pfanne hauen?«

»Weil Sie das Leben seines Sohnes gerettet haben?« fragte Meyer.

»Genau. Der Junge wäre beinahe erstickt. Ich wandte den Heimlich-Handgriff an. Und sein Vater sagte, er wolle sich irgendwie erkenntlich zeigen.«

»So sind Sie also in das Drogengeschäft eingestiegen?« fragte Brown.

»Genau so.«

»Woher hatten Sie die vierhunderttausend?«

»Von meiner Mutter. Das Geld, das mein Vater ihr hinterlassen hatte.«

»Sie hatte vierhunderttausend Mäuse unter der Matratze, was?«

»Nein. Einiges lag auf Konten fest, der Rest steckte in Wertpapieren. Sie bekam so um die dreizehn Prozent, und ich garantierte ihr fünfzehn Prozent innerhalb eines Monats.«

»Haben Sie ihr das Geld zurückgezahlt?«

»Bis auf den letzten Cent.«

»Plus die Zinsen.«

»Fünfzehn Prozent.«

»Sie haben also ... wieviel ist das, Artie?«

»Fünfzehn Prozent von vierhunderttausend?«

»Für einen Monat.«

»Das sind fünftausend Dollar«, sagte Moore.

»Sie zahlten die vierhunderttausend zurück – plus fünftausend. Ist das richtig?« fragte Carella.

»Ja.«

»Wann?«

»Ende September. Ich gab meiner Mutter das Geld, gleich nachdem *Fatback* anlief.«

»So lange hat es gedauert, bis Sie die acht Kilo verschnitten und verkauft hatten?«

»Nur sechs davon.«

»Wieviel haben Sie aus den sechs Kilo gemacht?«

»An die zwölf – nachdem ich sie verschnitten hatte. Sechzigtausend pro Kilo.«

»Wieviel macht das, Artie?«

»Siebenhundertundzwanzigtausend«, sagte Moore.

»Und Sie gaben vierhundertundfünf Ihrer Mutter zurück?«

»Ja.«

»Und Ihnen blieben ...«

»Dreihundertfünfzehntausend.«

»Und für dreihunderttausend davon kauften Sie die Diamanten von Edelman?«

»Ich kenne keinen Edelman«, erwiderte Moore.

»Aber das war die Summe, die Sie in Diamanten anlegten?«

»Etwa – ja.«

»Bei diesem Händler, der nur auf der Durchreise war, richtig?«

»Richtig.«

»Wieviel haben Sie für das Geld bekommen?«

»Fünfundzwanzig Karat ungefähr. Ein guter Kauf, weil ich Bargeld hatte.«

»Wieviel Steine sind das?«

»Drei Dutzend ungefähr. Die meisten viertel- oder halbkarätige Exemplare, ein paar einkarätige Steine sind auch dabei. Verschiedene Größen, verschiedener Schliff – amerikanische und europäische ... Sie haben sie ja gesehen.«

»Gerade so viele, wie in die Eisschale paßten.«

»Auf die Idee kam ich erst später.«

»Der erstbeste Platz, an dem ein Einbrecher suchen würde«, sagte Meyer.

»Ich verstehe nichts von Einbrüchen.«

»Warum sind Sie auf Diamanten gekommen?«

»Eine gute Investitionsmöglichkeit. Ihr Wert ist in den letzten dreißig Jahren um mehr als tausend Prozent gestiegen. Ich bin überzeugt, dieser Trend setzt sich fort.«

»Ein rühriger, cleverer Geschäftsmann – wie er im Buche steht«, knurrte Brown.

Moore schwieg.

»An wen haben Sie die sechs Kilo verkauft?«

»Das brauche ich Ihnen nicht zu sagen.«

»Warum haben Sie die restlichen zwei behalten?«

»Das war Sallys Idee. Sie wollte sie im kleinen an Grammdealer verkaufen, um einen besseren Schnitt zu machen.«

»Wie zum Beispiel Paco Lopez?«

»Ich kenne keinen Paco Lopez. Sie wußte zwar, es würde länger dauern, aber wir hätten im Endeffekt an den zwei Kilo fünfzigtausend zusätzlich verdient. Indem wir es in kleinen Mengen an Straßenhändler verkauften.«

»Noch ein junger aufstrebender Unternehmer«, sagte Brown.

»Eine *Unternehmerin«*, sagte Meyer.

»Ein Unternehmensmensch«, sagte Kling.

»Aus welchem Grund haben Sie eigentlich all diese Leute umgebracht?« fragte Carella beiläufig.

»Ich habe niemanden umgebracht! Außer diesen Typen, der in meine Wohnung eindrang«, erwiderte Moore. »Und das war Notwehr. Er war bewaffnet. Es kam zu einem Kampf; ich konnte ihm die Waffe entreißen und schoß ihn nieder. Es war ein Überfall, und ich habe in Notwehr gehandelt.«

»Er wußte, daß Sie zwei Kilo gebunkert hatten, oder?«

»Ich habe keine Ahnung, *was* er wußte. Außerdem waren es weniger als zwei Kilo. Seit ich aus Miami zurück war, haben wir andauernd davon geschnupft.«

»Und hie und da einiges davon verkauft?«

»Darum hat sich Sally gekümmert.«

»Sie erledigte die Lieferungen am Sonntag; so war es doch?«

»Ja.«

»Das war es auch, was das D-li bedeutete, oder? Es war keine Abkürzung für Delikatessen, sondern für Dopelieferung, nicht wahr?«

»Dopelieferung – ja.«

»War es Paco Lopez, der ihr die anderen Grammdealer vermittelte?«

»Ich kenne keinen Paco Lopez.«

»Warum haben Sie ihn als ersten erschossen?«

»Ich hab' keine Ahnung, wovon Sie reden.«

»Warum haben Sie Sally umgebracht?«

»Ich war es nicht!«

»Und Edelman?«

»Ich kenne keinen Edelman. Was wollen Sie denn noch? Sie haben mich mit dem Dope; genügt das nicht für eine Anklage? Ja – ich habe einen bewaffneten Einbrecher in Notwehr erschossen. Ich verstehe nicht ganz, wessen Sie mich also beschuldigen wollen.«

»Wie wär's mit Mord?« sagte Carella.

»Wenn Sie Notwehr als Mord bezeichnen – bitte. Aber kein Gericht der Welt ...«

»Ein Experte in Rechtsfragen sind Sie also auch noch?« sagte Meyer.

»Ich bin keineswegs Experte«, widersprach Moore. »Mir wurde ein gutes Geschäft angeboten, und ich habe die Gelegenheit ergriffen – das ist alles.«

»Und plötzlich mußten Sie dieses Geschäft durch Mord absichern.«

»Ich habe niemanden ermordet! Ich habe diesen Einbrecher erschossen – ja, aber das war Notwehr.«

»Wußte er, daß Sie Diamanten in der Wohnung hatten?«

»Ich habe keine Ahnung, was er wußte ...«

»Es war also reiner Zufall, daß er sich Ihre Wohnung ausgesucht hat? Das wollen Sie doch damit sagen.«

»So etwas kommt in dieser Stadt doch andauernd vor.«

»Er hatte also keine Ahnung, daß bei Ihnen Koks zu holen war – und Diamanten?«

»Ich habe diesen Mann noch nie in meinem Leben gesehen, wie soll ich also wissen, wieso er ausgerechnet mich aussuchte? Er drang mit Gewalt in mein Apartment ein; es kam zu einem Kampf ...«

»Ja, ja. Und Sie nahmen ihm die Waffe ab und schossen ihn nieder.«

»Ja.«

»Ein Kerl wie ein Grizzly – und Sie haben ihm so mir nichts, dir nichts die Kanone abgenommen?«

»Ich kann ganz gut auf mich aufpassen«, erwiderte Moore.

»Nur zu gut«, seufzte Carella. Er schielte zur Wanduhr empor. Es war zehn vor zwölf. »Okay«, sagte er. »Also noch mal das Ganze von vorne.«

Sie kam sich idiotisch vor – mit einer Pistole im BH.

Es war eine Llama Kaliber zweiundzwanzig, sechsschüssig und hoffentlich so tödlich, wie sie aussah – wenn es hart auf hart gehen sollte. Alles in allem war sie höchstens zwölf bis fünfzehn Zentimeter lang; gerade so klein, daß sie ziemlich genau – wenn auch etwas beengend – zwischen ihren Brüsten Platz fand. Sie wog höchstens ein halbes Pfund, aber sie fühlte sich eher an wie ein halber Zentner – und außerdem war das Metall kalt; denn sie hatte die oberen drei Knöpfe ihrer Uniform offengelassen, für den Fall, daß sie schnell an die Waffe kommen mußte. Der Wind blies ihr steif unter das wehende schwarze Cape, das sie trug – direkt vom Nordpol und direkt in den offenen V-Ausschnitt ihrer Uniform. Ihre Brüste froren, und ihre Brustwarzen waren kalt und außerdem steif – aber wahrscheinlich war das eine Folge der Todesangst, die sie empfand.

Ihr gefiel das ganze Konzept des Einsatzes nicht – das hatte sie ihnen gleich zu Beginn gesagt. Auch der Probegang durch den Park am Nachmittag hatte sie nicht beruhigen können. Sie hatte acht Minuten gebraucht auf dem sich mehr oder weniger diagonal durch den Park schlängelnden Pfad, und sie war etwas schneller als im normalen Schritt gegangen – so wie man es von einer Frau erwartet, die bei Nacht einen Park durchquert. Sie hatte eine klassische Überwachung durch ihre beiden Schutzengel gefordert: einer vor ihr und einer hinter ihr – jeweils in verhältnismäßig sicherem Abstand. Beide waren alte Hasen aus dem Chinatown-Revier, beides Detectives First Grade. Abrahahms (»Nennen Sie mich einfach Morrie«, hatte er sich im Revier vorgestellt, als sie die Strategie ihres Vorgehens diskutiert hatten) argumentierte damit, daß jemand, der vor ihr ging, den Angreifer abschrecken würde, wenn er von *vorn* käme. McCann (»Ich heiße Mickey«, hatte er sich vorgestellt) gab zu bedenken, daß ein Schutzengel in ihrem Rücken den Sexfreak warnen würde, wenn er sich von *hinten* an sie heranmachte. Eileen verstand zwar ihre Argumente, aber mit dem Plan, den die beiden im Kopf hatten, konnte sie sich trotzdem nicht so recht anfreunden. Sie schlugen vor, daß sie sich auf beiden Seiten des Pfads postierten. Sollte der Mann zuschlagen, wenn sie etwa in der Mitte des Parks war – wie er es die letzten drei Male getan hatte –, dann bedeutete dies, daß ihre beiden Beschützer jeweils vier Minuten von ihr entfernt sein würden – okay, drei Minuten, wenn sie in vollem Galopp ankämen.

»Wenn ich in ernsthafte Schwierigkeiten gerate«, sagte sie, »dann schafft ihr es nicht mehr rechtzeitig. Warum postiert ihr euch nicht irgendwo unter den Bäumen in der Mitte des Parks? Dort hat er die letzten drei Male zugeschlagen. Wenn ihr euch dort unter den Bäumen versteckt, dann sind es keine vier Minuten, die ich allein zurechtkommen muß.«

»Drei Minuten«, sagte Abrahams.

»Er hat alle drei Überfälle immer dort verübt«, erinnerte sie die beiden.

»Und wenn er diesmal das Terrain vorher sondiert?« fragte McCann.

»Und zwei Männer entdeckt, die unter den Büschen sitzen?« fügte Abrahams hinzu.

»Dann macht er sich aus dem Staub«, sagte McCann.

»Du hast doch den Sender in der Tasche«, beruhigte sie Abrahams.

»Der hilft mir einen Dreck, wenn er mir mit einem Eispickel die Augen aussticht«, sagte Eileen.

»Schallverstärkt«, fügte McCann hinzu.

»Phantastisch«, sagte Eileen. »Das macht euch auch nicht schneller. Ich kann Zeter und Mordio schreien, und ihr braucht trotzdem drei Minuten – Minimum. Und in drei Minuten kann ich bereits ein Fall für die Statistik sein.«

Abrahams mußte lachen.

»Sehr lustig«, zischte Eileen. »Aber es ist immer noch mein Luxuskörper, um den es hier geht!«

»Die Braut gefällt mir«, sagte Abrahahms und versuchte, sein Lachen zu unterdrücken.

»Diesem Sender entgeht im Umkreis von zehn Metern nicht das leiseste Flüstern«, sagte McCann.

»Na und?« erwiderte Eileen. »Deshalb braucht ihr trotzdem drei Minuten, um mir zu Hilfe zu kommen. Warum geht ihr nicht durch diesen verdammten Park, und ich mache inzwischen einen guten Eindruck – draußen, vor dem Park? Wie findet ihr das?«

»Die Braut gefällt mir wirklich«, versicherte Abrahahms noch einmal und schien sich köstlich zu amüsieren.

»Also was schlägst du vor?« fragte McCann.

»Das sagte ich doch bereits. Ihr versteckt euch unter den Bäumen.«

»Hat keinen Sinn. Wenn der Kerl sich vorher im Park umsieht, weiß er ganz genau, daß wir ihm eine Falle stellen. Darauf läuft es hinaus, und wir können die ganze Sache genausogut abblasen.«

»Lassen wir ihm seinen Spaß mit den Krankenschwestern«, schlug Abrahahms vor.

Beide Männer sahen sie erwartungsvoll an.

Darauf lief es also hinaus. Darauf lief es im Endeffekt immer hinaus. Sie mußte ihnen beweisen, daß sie genauso mutig war wie ihre männlichen Kollegen, daß sie ebenfalls bereit war, ihre Haut zu Markte zu tragen. »Okay«, sagte sie und seufzte.

»Du solltest besser die Ohrringe abnehmen«, sagte McCann.

»Ich behalte die Ohrringe an«, sagte sie.

»Schwestern tragen keine Ohrringe. Ich hab' noch nie eine mit Ohrringen gesehen. Ihm wird es auffallen ...«

»Ich trage die Ohrringe«, erwiderte sie entschlossen.

Hier bin ich also, dachte sie. Direkt auf dem Präsentierteller, aber mit meinen Glücksbringern und mit einer Pistole im

BH und einer weiteren in der Handtasche, dazu dieser batteriebetriebene Mittelwellensender – schallverstärkt, wie McCann gesagt hatte, dem im Umkreis von zehn Metern nicht das leiseste Flüstern entgeht. Nach ihrer Schätzung war McCann im Augenblick etwa zweieinhalb Minuten von ihr entfernt – an der südöstlichen Ecke des Parks; und Abrahahms demzufolge dreieinhalb Minuten – an der Nordwestecke.

Wenn er es versucht, überlegte sie, dann hier, genau hier – in der Mitte des Parks, weit weg von den Lichtern der Straße. Bäume an beiden Seiten des Wegs – Tannen, Kiefern, Fichten, dahinter schneebedeckter Rasen. Springt hinter den Bäumen hervor, zerrt mich vom Weg weg, wie er es mit den anderen gemacht hat – hier hat er die letzten drei Male zugeschlagen, hier wird er es auch jetzt tun. Die Beschreibungen des Mannes hatten einander widersprochen – wie es bei Vergewaltigungen gang und gäbe war. Eines der Opfer hatte ihn als einen Schwarzen beschrieben, ein anderes als einen Weißen. Das Mädchen, das ihr Augenlicht bei dem Überfall verloren hatte, hatte den Kollegen schluchzend berichtet, der Mann sei klein und gedrungen gewesen, mit dem Körperbau eines Gorillas. Die beiden anderen Schwestern beharrten darauf, er sei sehr groß gewesen und habe den durchtrainierten, muskulösen Körper eines Gewichthebers. In der Beschreibung trug er entweder einen grauen Zweireiher, eine schwarze Lederjacke und Jeans oder einen Jogginganzug. Eine der Schwestern sagte aus, er sei Mitte Vierzig, eine andere behauptete, er sei nicht älter als fünfundzwanzig, und die dritte hatte überhaupt keine Vorstellung von seinem Alter. Sein erstes Opfer sagte, er sei blond, sein zweites war überzeugt, er habe eine Baseballmütze getragen, und die dritte, die jetzt blind war … Eileens Hand begann auf dem Griff der .38er in ihrer Umhängetasche zu schwitzen.

Komisch – immer wenn sie sich in einer unerquicklichen Situation befand, begannen ihre Hände zu schwitzen. Ob McCanns Hände wohl ebenfalls schwitzten? Drei Minuten hinter ihr mittlerweile – und Abrahahms genauso weit vor ihr, am anderen Ende des Parks. Sie überlegte, ob der Sender wohl das Klappern ihrer Absätze auf dem Asphaltweg übertrug. Er war vom Schnee geräumt, doch hie und da waren einige Eisplatten übriggeblieben. Vorsichtig vermied sie, auf eine dieser Eisplatten zu treten, und ihre Augen versuchten, die Dunkelheit vor ihr zu durchdringen. Sie wäre vor Angst beinahe zur Salzsäure erstarrt, als sie glaubte, eine Bewegung unter den Bäumen rechts vor ihr zu erkennen – doch ein guter Lockvogel durfte sich so etwas nicht erlauben. Ein guter Lockvogel marschierte ohne zu zögern mitten hinein, ein guter Lockvogel wartete, bis der Täter über sie herfiel, ein guter Lockvogel ...

Zuerst glaubte sie, ihr Gehör spiele ihr einen Streich.

Ihre Hand krampfte sich um die Waffe.

Pfiff da jemand?

Wie bitte?

Sie ging weiter und starrte angestrengt in die Dunkelheit. Sie hatte jetzt mehr als die Hälfte zurückgelegt. McCann war über dreieinhalb Minuten hinter ihr, und Abrahahms zweieinhalb Minuten vor ihr – immer noch zu weit weg ... Sie erkannte einen Jungen auf einem Skateboard, der pfeifend auf sie zukam und sein Brett in eleganten Kurven an den Eisplatten vorbeisteuerte. Er war nicht älter als dreizehn oder vierzehn; ein junger Bursche, ohne Kopfbedeckung, in Skianorak und Jeans. Er hatte die Hände auf die Hüften gestützt und flog pfeifend heran – ein Junge, der mit seinem Skateboard die dunkle Stille des mitternächtlichen Parks genoß. Sie lächelte, und ihre Hand am Griff der Waffe entspannte sich.

Und dann, urplötzlich, warf er sein Brett herum und raste in sie hinein. Er ging in die Knie und zwang das Skateboard zu einer derart scharfen Kurve, daß es unter ihm wegrutschte und mit voller Wucht gegen ihre Schienbeine prallte. Sie versuchte, ihre Waffe freizubekommen, als sie sein brutaler Schlag ins Gesicht traf. Noch in der Tasche löste sich ein Schuß aus der Pistole und zerfetzte Leder, Zigaretten, Kaugummi und Kleenextücher – nicht den Sender, hoffte sie. O Gott! Bloß nicht auf den Sender!

Ihr Finger zog ein zweites Mal den Abzug durch – reflexartig, und ein Schuß zerriß zum zweiten Mal die Stille der Nacht. Der weiße Dunst ihres Atems vermischte sich und trieb mit dem Wind davon. *Nie das psychologische Moment vergessen,* erinnerte sie sich. Er stieß sie gegen die Brust. *Begeben Sie sich nie unnötig in Lebensgefahr!* Ein dritter Schuß löste sich. Seine Faust knallte auf ihren Mund. *Aber er ist doch noch ein Kind!* Sie schmeckte Blut und fühlte, wie ihr die Knie weich wurden. Er bekam ihren rechten Arm zu fassen und wirbelte sie herum. Hinter ihr jetzt, zwang er sie zu Boden. Er würde ihr den Arm brechen. »Laß los!« Er zerrte und riß an ihrem Arm. »Laß los!« zischte er wieder, und ihre Finger öffneten sich, und die Waffe klapperte auf den Asphalt.

Sie versuchte, wieder auf die Beine zu kommen, als er sie losließ, aber er warf sie hart auf den Asphalt zurück, und ihr blieb die Luft weg. Als er sich auf sie warf, stieß sie mit den Füßen nach ihm. Ihre Uniform blitzte weiß, und sie erwischte ihn mit dem Absatz ihres linken Stiefels am Oberschenkel – etwas zu tief für das Kleingeld. Wie viele Sekunden kämpfte sie bereits mit ihm? Wo blieben McCann? Abrahahms? Sie hatte ihnen ja gesagt, der Plan sei nicht gut. Sie hatte es ihnen gesagt ... Er schlug auf sie ein. Saß auf ihr und schlug auf sie ein – mit beiden Händen. Es tat mehr weh als seine Faustschläge. Seine großen, schwieligen Hände brannten auf ihrem Gesicht – immer wieder. Seine Schläge warfen ihr Gesicht hin und her – ihre Sinne begannen zu schwinden. Sein Gewicht lastete auf ihrer Brust, und die Pistole drückte in ihr Fleisch. Die Pistole in ihrem BH!

Sie versuchte, sich seiner Umklammerung zu entwinden, doch ihre Arme wurden von seinen Knien wie von einem Schraubstock an ihren Körper gepreßt. Um dem Hagel seiner Schläge zu entgehen, drehte sie den Kopf, doch das einzige, was sie erkennen konnte, war die weiße Schwesternhaube, die mitten auf dem schwarzen Weg lag, dort, wo sie beim ersten Schlag hingefallen war. Sie bekam ihre Arme und Hände nicht frei. Sie konnte die Llama nicht erreichen.

Plötzlich hörten die Schläge auf.

Für einen Augenblick nahm sie nur noch die Dunkelheit wahr und das stoßweise Keuchen seines Atems. Seine Hände tasteten nach dem Ausschnitt ihrer Uniform und bekamen ihre Bluse zu fassen. Der Stoff zerriß, Knöpfe flogen, und er griff nach ihrem BH und nach ihrem Busen. Er hielt inne. Er hatte die Pistole entdeckt – er mußte die Pistole entdeckt haben! Die Stille jagte ihr mehr Angst ein, als seine brutale Wildheit es getan hatte. *Eine* Pistole, das konnte noch irgendwie eine ängstliche Frau bedeuten, die wußte, daß die Parks der Stadt bei Nacht gefährlich waren. Aber eine zweite Waffe, noch dazu im BH versteckt, das konnte nur eines bedeuten – die Frau war von der Polizei. Er bewegte sich. Sie fühlte, er griff nach etwas in seiner Tasche. Die Angst schnürte ihr die Kehle zu. O Gott! Meine Augen! dachte sie.

Plötzlich fiel die Angst von ihr ab, und sie wurde völlig klar – glasklar und eiskalt. Im selben Moment wurde ihr bewußt, daß ihr niemand zu Hilfe kommen würde, nicht die Kavallerie und nicht die Ledernacken; sie war auf sich selbst gestellt, auf sich ganz allein, und niemand konnte ihr aus der Patsche helfen – niemand außer ihr selbst. Er verlagerte sein Gewicht nach links, um mit der Rechten leichter in seine Hosentasche zu gelangen, und für den Bruchteil einer Sekunde war sein Körper aus dem Gleichgewicht. Sie nutzte die Gelegenheit, und ihr Körper folgte seiner Bewegung; ihre linke Schulter folgte der Neigung seines Körpers – beide Körper im Gleichklang und in selbstverständlicher Harmonie, wie beim Akt eines Liebespaares. Mit einem Ruck warf sie mit aller Kraft jedes Gramm ihrer Muskeln gegen sein Gleichgewicht – und er kippte zur Seite.

Seine Rechte war immer noch in seiner Tasche gefangen, und es gelang ihr, wieder auf die Beine zu kommen. Er rollte sich über den Gehweg, und seine Rechte kam aus der Tasche. Die Klinge des Stiletts schnappte im gleichen Moment auf, als sie die Llama aus ihrem BH freibekam. Sie würde ihn wegpusten, wenn er sich bewegte – das wußte sie glasklar. Er sah die Waffe in ihrer Hand, geradewegs auf seinen Kopf gerichtet, und vielleicht sah er auch den Ausdruck in ihren Augen –

obwohl kein Mond schien. Sie war überzeugt, seine Reaktion hatte nichts mit den Schritten zu tun, die von Norden und von Süden den Gehweg heranhallten – McCann und Abrahahms.

Er ließ das Messer fallen.

»Tun Sie mir nichts«, flehte er.

Und dann: »Verraten Sie mich nicht.«

»Bist du okay?« fragte Abrahahms.

Sie nickte mechanisch und rang nach Atem. Die Waffe in ihrer Hand zitterte.

»Ich hätte ihn umgebracht«, flüsterte sie tonlos.

»Wie?« fragte Abrahahms.

»Ein Kind«, flüsterte sie.

»Wir sollten vielleicht einen Krankenwagen rufen«, sagte McCann. »Sieht so aus, als wär' sie ...«

»Ich bin in Ordnung«, zischte sie wild, und die beiden Männer starrten sie an. »Ich bin in Ordnung«, wiederholte sie ruhiger und fühlte gleichzeitig, wie das Blut aus ihrem Gehirn wich. Sie hoffte verzweifelt, sie würde vor diesen beiden Bären aus dem Chinatown-Revier jetzt nicht in Ohnmacht fallen. Sie stand da und sog in tiefen Zügen die Luft in ihre Lungen, bis die Benommenheit und das Schwindelgefühl sie verließen. Sie brachte ein schwaches Lächeln zustande und fragte: »Was hat euch so lange aufgehalten?«

Bis Viertel nach eins hatten sie Moore in die Zange genommen, und es war bereits zwei Uhr, als Kling nach Hause kam. Sie hatten von ihm nicht mehr erfahren, als sie erwartet hatten: nämlich nicht eine Silbe mehr, als er bereit war zuzugeben. In etwa acht Stunden würden Carella und Meyer Moore dem Haftrichter vorführen, und ein Justizangestellter würde die vorläufige Anklageschrift formulieren. Dieses sogenannte ›Gelbe Blatt‹ würde auch bei seiner Anhörung durch den Haftrichter, später am Vormittag, zugegen sein und für immer zu einem Teil seiner Strafakte werden. Bis sich die Mühlen der Gerechtigkeit langsam in Bewegung setzten, konnten sie nicht viel tun.

Er war hundemüde, doch kaum war die Tür hinter ihm ins Schloß gefallen, griff er nach dem Telefon und wählte Eileens Nummer. Sie nahm nicht ab. Er ließ es zehnmal klingeln, legte auf und wählte erneut – konzentriert und ruhig diesmal und ließ es wieder zehnmal klingeln. Sie nahm immer noch nicht ab. Er nahm sein Adreßbuch und schlug es bei R auf. Frank Riley war mit ihm zusammen auf der Polizeischule gewesen. Er war inzwischen Detective Second Grade und war dem Chinatown-Revier zugeteilt. Er wählte die Nummer des Reviers, erklärte dem Wachhabenden Sergeanten, wer er war, und erkundigte sich, ob er etwas über den Ausgang der Aktion im Park des Worth Memorial Hospitals wisse. Der Wachhabende wußte von nichts – schon gar nicht von irgendeiner Aktion in irgendeinem Park. Er verband Kling mit dem Dienstzimmer, und ein schlaftrunkener Detective Second Grade der Friedhofschicht teilte ihm mit, daß – seines Wissens – alles nach Plan verlaufen sei; allerdings wisse er keine Einzelheiten. Als ihn Kling fragte, ob mit Detective Burke alles okay sei, antwortete er, daß es im ganzen Chinatown-Revier keinen Detective Burke gäbe.

Er zerbrach sich den Kopf darüber, wen er noch anrufen könnte, als es an seine Tür klopfte. Er ging an die Tür.

»Wer ist da?« fragte er.

»Ich«, antwortete sie. Ihre Stimme klang müde und sehr leise.

Er nahm die Sicherheitskette ab, schob den Riegel zurück und öffnete die Tür. Sie trug ein erbsengrünes Navyjackett, Bluejeans und schwarze Stiefel. Ihr rotes Haar fiel bis über die Schultern herab. Im trüben Licht der verstaubten Birne des Korridors konnte er erkennen, daß ihr Gesicht zerschunden und blau unterlaufen war. Ihre Lippen waren geschwollen.

»Darf ich reinkommen?« fragte sie.

»Bitte«, sagte er und fragte sogleich: »Bist du okay?«

»Müde«, sagte sie.

Er schloß die Tür hinter ihr und legte die Sicherheitskette wieder vor. Als er sich umdrehte, saß sie auf der Bettkante.

»Wie lief es?« fragte er.

»Wir haben ihn«, sagte sie. »Vierzehn Jahre alt. Ich hätte ihn beinahe umgebracht.«

Ihre Augen trafen sich.

»Würde es dir sehr viel ausmachen, mit mir zu schlafen?« fragte sie leise.

15. KAPITEL

In manchen Städten bezeichnete man es als ›erste Vorführung‹ – in dieser Stadt allerdings wurde es ›Anhörung‹ genannt. Egal, mit welchem Namen man es belegte, es handelte sich um die erste Konfrontation eines Angeklagten mit dem Gericht – oder vielmehr mit einem Haftrichter.

In Zusammenarbeit mit dem Assistent District Attorney hatten sie sich eine Strategie zurechtgelegt, nach der sie den Fall darlegen wollten. Sie wußten, Moores Rechtsanwalt würde ihm raten, in allen Punkten der Anklage auf ›nicht schuldig‹ zu plädieren. Mit der Anklage wegen Rauschgifthandels würden sie durchkommen, dessen waren sie sich sicher, doch hinsichtlich der Mordfälle bewegten sie sich auf unsicherem Terrain. Sie befürchteten, sie könnten an einen konzilianten Richter geraten, der Moores Behauptungen akzeptierte, der Mord an Bruder Anthony sei in Notwehr geschehen, und der Moore wegen der Drogengeschichte gegen eine Summe, die er als angemessen betrachtete, auf Kaution freilassen würde. Obwohl die ballistischen Untersuchungen der .38er Smith & Wesson nicht vor nächster Woche abgeschlossen sein würden – wenn der Fall endgültig der Anklagekammer vorgelegt werden sollte –, entschieden sie sich, in ihrer Anklage auf keinen Fall auf die dreifache Mordanklage zu verzichten. Sie hofften, durch den Umfang und das Gewicht ihrer Beschuldigung den Haftrichter zu beeinflussen, Moore nicht gegen Kaution auf freien Fuß zu setzen.

Sollte sich herausstellen, daß Bruder Anthony mit derselben Waffe umgebracht worden war, aus der auch die tödlichen Schüsse auf Paco Lopez, Sally Anderson und Marvin Edelman abgegeben wurden, sahen sie eine Chance, daß die Anklagekammer die Anklage auf alle vier Mordfälle ausdehnte. Bei dem dann später folgenden Prozeß stünde dann lediglich Moores eigene Darstellung gegen die Wahrscheinlichkeit, daß er mehr Zeit im Knast verbringen würde, als es Tage auf dem Hundertjährigen Kalender gab. Für den Augenblick war es wichtig, daß er nicht gegen Kaution auf freien Fuß gesetzt wurde. Wenn der Antrag auf Kaution durchging, würden sie Moore nie wiedersehen – dessen waren sie sich sicher.

Der Haftrichter war ›Freigänger-Harris‹.

Der Gerichtsschreiber las den Namen des Angeklagten und die gegen ihn vorgebrachten Beschuldigungen laut vor. Harris spähte über seine randlose Brille hinweg und fragte: »Sind diese Beschuldigungen richtig, Officer?«

»Ja, Euer Ehren«, sagte Carella.

Alle vier standen in einer Reihe unterhalb der Bank des Richters: Carella und der Stellvertretende Bezirksstaatsanwalt sowie Moore mit seinem Anwalt. Harris wandte sich an Moore.

»Es liegt an Ihnen, ob Sie den heutigen Termin wahrnehmen wollen, oder ob Sie eine Vertagung beantragen, um einen Rechtsanwalt und eventuelle Zeugen zu beantragen. Sie können auch auf das heutige Hearing verzichten und direkt vor die Strafkammer gehen. Haben Sie einen Anwalt?«

»Ja, Euer Ehren«, sagte Moore.

»Ist er anwesend?«

»Ich vertrete den Angeklagten«, sagte Moores Anwalt.

»Ah, ja – Mr. Wilcox«, sagte Harris. »Ich habe Sie gar nicht erkannt.«

Wilcox lächelte. »Euer Ehren«, sagte er geschmeichelt und neigte ehrerbietig den Kopf.

»Wie äußert sich die Verteidigung zu der erhobenen Anklage?« fragte Harris.

»Erster Punkt der Anklage: Besitz einer zum Handel nicht freigegebenen Substanz in nicht unerheblichen Mengen. Verstoß gegen das Strafgesetz, Paragraph zwei/zwanzig, Absatz einundzwanzig.«

»Nicht schuldig, Euer Ehren«, sagte Moore.

»Zweiter, dritter, vierter und fünfter Punkt der Anklage: Mord ersten Grades. Verstoß gegen das Strafgesetz, Paragraph einhundertfünfundzwanzig, Absatz siebenundzwanzig.«

»Nicht schuldig, Euer Ehren«, sagte Moore.

»Dieser Punkt muß anhängig bleiben bis zur Verhandlung vor der Strafkammer, Euer Ehren«, sagte Wilcox und kam direkt zum Wesentlichen: »Darf ich bei dieser Gelegenheit beantragen, meinen Mandanten gegen Kaution zu entlassen?«

»Ihr Mandant wird des vorsätzlichen Mordes in vier Fällen beschuldigt!« sagte Harris und schien überrascht.

»Im ersten Fall handelte er in Notwehr, Euer Ehren, und mit den übrigen drei Fällen hatte er nicht das geringste zu tun.«

»Mr. Delmonico?« wandte sich Harris an den Staatsanwalt.

»Wir besitzen triftige Gründe zu der Annahme, daß für alle vier Morde dieselbe Waffe benutzt wurde, Euer Ehren.«

»Welche triftigen Gründe?« fragte Harris.

»Detective Carella verfügt über den ballistischen Bericht, aus dem hervorgeht, daß Paco Lopez, Sally Anderson und Marvin Edelman mit derselben Waffe erschossen wurden.«

»Und was ist mit dem vierten?« fragte Harris. »Anthony Scalzo?«

»Dieser Mann wurde ...«

»Die Waffe befindet sich ...«

»Der Reihe nach, bitte«, mahnte Harris.

»Dieser Mann wurde in Notwehr getötet«, sagte Wilcox. »Er war bewaffnet, als er in die Wohnung meines Mandanten eindrang. Es fand ein Kampf statt, in dessen Verlauf mein Mandant ihn entwaffnete und niederschoß. In Notwehr.«

»Mr. Delmonico?«

»Die Waffe befindet sich zur Zeit im Ballistischen Institut, Euer Ehren. Wir erwarten den Bericht nächste Woche – noch vor der Verhandlung vor der Strafkammer.«

»Woraus schließen Sie, daß es sich um dieselbe Waffe handelt?« fragte Harris.

»Es ist eine Smith & Wesson, Kaliber achtunddreißig, Euer Ehren. Auch bei den ersten drei Mordfällen war es eine Waffe des gleichen Fabrikats und Kalibers. Die gleiche Waffe in allen drei Fällen.«

»Aber Sie sind sich nicht sicher, ob auch im vierten Fall dieselbe Waffe benutzt wurde?«

»Noch nicht, Euer Ehren.«

»Euer Ehren ...«, sagte Wilcox.

»Euer Ehren ...«, sagte Delmonico.

»Moment, bitte«, sagte Harris. »Mr. Wilcox?«

»Euer Ehren«, sagte Wilcox, »es existiert keinerlei ballistischer Beweis, der die Waffe, aus der in den drei ersten Mordfällen geschossen wurde, eindeutig als die Waffe identifiziert, mit der gestern ein Mann in der Wohnung meines Mandanten niedergeschossen wurde. Aber selbst wenn ein solcher Beweis existierte, erschüttert das nicht unsere Behauptung, daß die Waffe Anthony Scalzo gehörte und nicht meinem Mandanten.«

»Mr. Delmonico?«

»Euer Ehren«, sagte Delmonico, »wir gehen davon aus, daß dieser Beweis erbracht werden wird. In Anbetracht der zahlreichen schwerwiegenden Anklagepunkte möchte ich in aller Form darauf hinweisen, daß von einer Entlassung gegen Kaution in diesem Fall abzuraten ist.«

»Gut. Na gut; doch das habe ich zu entscheiden, nicht wahr?« sagte Harris.

»Ja, Euer Ehren. Natürlich.«

»Die Kaution wird auf hunderttausend Dollar festgesetzt«, sagte Harris.

»Sehr gut. Bis zur Anberaumung der Hauptverhandlung wird der Angeklagte gegen Kaution freigelassen.«

»Darf ich ein paar Worte mit meinem Mandanten wechseln?« fragte Wilcox.

»Bitte. Der nächste Fall!«

Während Carella zusah, wie sich Moore und Wilcox flüsternd unterhielten, las der Gerichtsschreiber den Namen des Angeklagten im nächsten Fall vor sowie die gegen ihn vorgebrachten Anklagepunkte. Wilcox war ein guter Anwalt. Sicher hatte er mit Moore bereits vorher die Summe abgesteckt, die dieser in der Lage war, als Kaution zu hinterlegen. Für den Augenblick mußten sie lediglich zehntausend Dollar in bar aufbringen und den Rest durch eine Bürgschaft absichern. Nichts leichter als das – wenn man Diamanten im Wert von dreihunderttausend Dollar sein eigen nannte. Oder genügte vielleicht auch ein lapidarer Anruf bei Moores Mutter in Miami, sie möge die Kleinigkeit von zehntausend Dollar überweisen? Wie auch immer – Moore würde einen ruhigen Tag im Gewahrsam der Städtischen Haftanstalt in der Daley Street oder auch im Parsons Island Jail verbringen, und gegen Abend würde er wieder auf freiem Fuß sein. Carella beobachtete, wie Moore nach draußen gebracht wurde; beobachtete, wie Wilcox ein paar Worte mit dem Mann wechselte, der die Kaution regelte. Er dachte selten auf italienisch, aber die Worte ›La comedia è finita‹ spukten ihm durch den Kopf, als er zum Eingang des Gerichtssaals ging, wo Delmonico und Meyer auf ihn warteten.

»Hab ich's nicht gleich gesagt? Es gibt keine Gerechtigkeit auf der Welt«, knurrte Meyer.

Oder vielleicht am Ende doch?

Es war kaum mehr etwas zu packen.

Den Großteil hatte er bereits gestern nachmittag gepackt, ehe er von diesem Typen in der Mönchskutte unterbrochen worden war. Anthony Scalzo war sein Name gewesen – wie er mittlerweile wußte. Nichts hatte sich geändert. Er hatte noch immer vor, so schnell wie möglich von hier zu verschwinden, der Stadt, dem Bundesstaat und vielleicht dem ganzen Land den Rücken zu kehren. Lediglich seine Mutter würde die hunderttausend in den Kamin schreiben können, die sie für seine Kaution aufgebracht hatte – kein allzu großes Opfer für seine Freiheit. Er nahm sich vor, es ihr zurückzuzahlen, sobald er irgendwo Fuß gefaßt hatte.

Während er seine Toilettensachen aus dem Schränkchen im Bad räumte, spielte er in Gedanken das kleine Plauderstündchen, das er mit diesen Klugscheißern vom 87. Revier gehabt hatte, noch einmal durch. Sie hatten versucht, mit ihm ihr Katz-und-Maus-Spiel aufzuziehen, und wußten doch gleichzeitig, daß sie nicht die geringste Chance hatten, ihm die drei Morde anzuhängen – es sei denn, er wäre zusammengebrochen und hätte ihnen auf Knien liegend ein Geständnis geliefert. Fast war er versucht, seine Fluchtpläne fallenzulassen und sich statt dessen der Strafkammer zu stellen. Vielleicht würden sie ihm die Notwehr abkaufen, und er käme mit ein oder zwei Jahren Knast wegen der Drogengeschichte davon. Doch er ging davon aus, daß auch eine relativ kurze Zeit im Knast 'ne Menge Zeit war. Da war es schon besser, die Fliege zu machen. Die Kaution würde er sausen lassen, sich den Staub dieses ungastlichen Landes von den Stiefeln schütteln, die Diamanten zu Geld machen und … Mein Gott, was für eine Verschwendung! Zwei Jahre Medizinstudium – was für eine Verschwendung! Was sein Vater wohl dazu gesagt hätte, wenn er noch lebte. Du mußt das verstehen, Dad, dachte er. Ich hab' die Chance gesehen und sie beim Schopf gepackt. Es wäre alles gut gelaufen: das Geld und mein Staatsexamen obendrein – niemandem hätte es geschadet, Dad, keiner hätte dumme Fragen gestellt, wenn nicht …

Der einzige Mensch, dem ich vertraut habe.

Sally.

Hätte ich ihr sonst diesen Brief geschrieben?

Ich dachte, ich kann ihr vertrauen. Sie hatte diese Idee, nicht gleich alles auf einen Schlag zu verkaufen. Ich hatte doch keinen blassen Dunst von Kokain. Naiv wie ein Konfirmand bin ich da reingeschlittert, und Portoles hat unten in Miami alles bestens geregelt: Ich mach' dich reich, Amigo, du hast meinem Sohn das Leben gerettet, Amigo. Hat das Zeug für mich getestet, denn ich selbst hatte ja davon keine Ahnung. Fünfzigtausend das Kilo, und ich hab' nicht einmal gefragt, ob es wirklich Kokain ist ... Kobaltschwefelcyanat. Blaue Reaktion. Was hat er doch gleich gesagt? Je intensiver das Blau, desto besser die Braut. Meinte den Koks damit. Nannte ihn Braut. Die beste Qualität, die zu kriegen war, sagte er. Gehört jetzt dir ... Mir. Sally auch, natürlich. Meinte, wir sollten zwei Kilo zurückbehalten, sie unzenweise verkaufen. Sie kannte jemanden irgendwo in Uptown, der interessiert sein würde und alles locker weiterverkaufen könnte. Wußte mehr über Koks, als ich in meinem ganzen Leben je wissen werde. Sie erzählte mir, daß sie ihn sich schon geschossen hat, als er noch nicht in war, als sie noch in London Tanz studierte und mit einem Oboespieler – wie sie es nannte – 'ne Menge guter Koks-Ficks hatte. Auch mit diesem Typen in Uptown, aber wer konnte das denn ahnen? Er hatte ihr vertraut. Man sollte nie einer Frau im Bett trauen. Öffne ihre Schenkel, und die Geheimnisse kommen aus ihr herausgeflattert wie 'n Schwarm Schmetterlinge. Hat ihm alles erzählt. Von den zwei Kilo, die wir auf die hohe Kante gelegt hatten. Von unserer Versicherung – wie sie es nannte. Sicher ...

Er klappte das Reisenecessaire zu und verstaute es im Koffer, der auf dem Bett lag. Er starrte in den Koffer und hatte den Eindruck, als hätte er etwas vergessen. Die Pistole? Komisch, wie man sich daran gewöhnte, eine Waffe zu haben – und sie zu benutzen. Im Besitz der Polizei inzwischen – als Beweismittel mit einem Schildchen versehen. Konnten sie sich in den Arsch schieben, ihr Beweismittel, wenn ihnen aufging, daß er seine Zelte abgebrochen hatte. Fünfundzwanzig Karat Diamanten, die überall auf der Welt versilbert werden konnten. Wenn nur ...

Wenn sie nur unser Geheimnis nicht ausgeplaudert hätte, und wenn nur dieser Arsch, dieser schleimige kleine Puertoricaner nicht bei mir aufgetaucht wäre und ein Stück vom Kuchen wollte – forderte! Drohte, er gehe zur Polizei, wenn er nicht beteiligt würde ... An unserer immer kleiner werdenden Versicherung. Habgierige, kleine Ratte. Wollte das haben, wofür ich Kopf und Kragen riskiert hatte. Wußte über die Diamanten Bescheid und wollte auch *die* haben – sonst gehe er zur Polizei. Sagte, er habe Beweise. Sagte, er könne sich Beweise verschaffen. Der Brief natürlich – sie hatte den Brief aufgehoben. Ich habe ihr vertraut! Was hätte ich tun sollen? In den Knast gehen, weil Sally beim falschen Liebhaber gequasselt hatte? Sally in der Glut der Leidenschaft hatte ... O Gott, war sie gut im Bett! Tänzerinnen – mein lieber Freund ...

Kaufte die Kanone zwei Tage nach Lopez' erstem Besuch. Kontaktierte den Mann, dem ich die sechs Kilo verkauft hatte, und sagte ihm, ich bräuchte 'ne Kanone. Nichts einfacher als das, sagte er. Zweihundert Dollar. Hatte noch nie zuvor eine Waffe in der Hand gehabt. Wollte Chirurg werden – gute Hände, ruhig ... Wußte, wo er wohnte; schließlich brachte sie ihm jeden Sonntag das Dope – dazu ihre Möse und unsere Geheimnisse. Brauchte nur vor dem Haus zu warten, folgte ihm, legte ihn um. Kinderleicht. Weg mit ihm.

Aber dann fängt man an zu überlegen. Man überlegt, wie man alles in Sicherheit bringt. Nicht nur den Koks oder die Diamanten – alles. Die Zukunft. Ich wollte wirklich Arzt werden, Dad. Das war nicht nur eine Laune oder ein Job. Ich riß mir den Arsch auf, um deinen Traum zu erfüllen, Dad. Doktor Timothy Moore – der wollte ich sein. Ich mußte mich einfach absichern. Wenn sie es Lopez erzählt hatte, wie konnte ich ihr da noch trauen? Wie lange hätte es gedauert, und sie hätte herausgefunden, daß ich diesen kleinen habgierigen Schmierling abserviert hatte? Wie lange, bis sie selbst zu den Bullen gerannt wäre? Nein, ich mußte ... Das Radio, dachte er. Das hab' ich vergessen. Das Radio.

Er ging ins Wohnzimmer, wo das Radio noch immer neben dem Telefon stand. Er nahm es hoch und hielt es fast liebevoll in der Hand. So einfach, dachte er. Niemand wäre jemals auf den Gedanken gekommen, den Tod eines dilettantischen Koksdealers mit ihm in Verbindung zu bringen. Außer Sally natürlich. Sally wäre früher oder später dahintergekommen. Deshalb mußte ich, mußte ich ... mit ihr dasselbe ... Aber bei ihr würden sie einen Zusammenhang finden. Nachdem ich mit ihr fertig war, würden die Bullen anfangen, Fragen zu stellen. Also mußte ich mir was einfallen lassen … Das Radio. Brauchte jemanden, der bestätigte, daß ich mit ihm telefoniert hatte, daß er mein Radio gehört hatte … Guter alter Karl. Zuverlässig wie ein Fels in der Brandung. Gibt mal einen guten Arzt ab – eines Tages … Legte den Hörer neben das Telefon, als ich aus dem Haus ging, und rief von einer Zelle aus an – mit dem Radio im Arm … Rief ihn zweimal an, ehe ich sie erschoß … Wartete auf sie – natürlich kam sie zu spät, wie immer … Und dann … Danach rief ich Karl wieder an, und als ich zu Hause war, noch einmal – immer mit dem Radio als Untermalung … Guter alter Karl.

Er ging mit dem Radio ins Schlafzimmer und packte es in den Koffer. Noch etwas? überlegte er. Habe ich etwas vergessen? Man vergaß so leicht etwas, wenn man … wenn man sich auf etwas einließ wie das hier. Man mußte höllisch auf der Hut sein, das Ziel nie aus den Augen verlieren … Geld spielte keine Rolle … Diesen Edelman hätte ich beinahe übersehen – das letzte Glied in der Kette … Angenommen, bei ihm wäre irgendwann mal die Steuerfahndung aufgetaucht? An wen hatte er die Diamanten verkauft? Fünfundzwanzig Karat! An wen, Mr. Edelman? Und wieder wären sie bei ihm gewesen, die Bullen. Hätten rumgeschnüffelt und Fragen gestellt. Nein, nein – alles mußte abgesichert, alle Schwachstellen mußten beseitigt werden. Mußte ihn umlegen. Wie die anderen. Schließlich wollte ich Arzt werden. Wie mein Vater.

Er klappte den Koffer zu.

Fertig.

Er sah sich ein letztes Mal um.

Das war's.

Er nahm den Koffer, verließ das Schlafzimmer, verließ die Wohnung und ging die Treppe hinunter.

Sie wartete auf ihn in der engen, dunklen Eingangshalle.

Sie sagte nur: »Das Spiel ist noch nicht aus.« Er zog verdrossen die Stirn in Falten und wollte an ihr vorbei, denn er hielt sie für irgendeine ausgeflippte Alte – die Stadt war voll von solchen Irren. Er war verdutzt, als er das Rasiermesser in ihrer Hand sah – geschockt, als sie auf ihn zusprang – entsetzt, als er sein Blut aus der klaffenden Wunde am Hals spritzen sah. Seine Hände fuhren zum Hals, und das Blut schoß zwischen seinen Fingern hervor. »Verzeih mir«, sagte er, doch er war bereits tot, ehe das Wort ›Dad‹ über seine Lippen kam.

Der Anruf aus Fort Phyllis kam erst am Samstagmorgen. Im gesamten fünften Revier, zu dem das Viertel der Ramsey-Universität gehörte, gab es nur einen einzigen Schwulenstrich, doch die Kollegen des fünften Reviers nannten ihren Bezirk trotzdem fast großspurig Fort Phyllis. Der Mann am Apparat war ein gewisser Detective Third Grade namens Dawson. Er wollte Detective Carella sprechen.

»Hier Dawson«, meldete er sich. »Fünftes Revier.«

»Was kann ich für Sie tun?« erkundigte sich Carella.

»Wir hatten letzte Nacht einen Mord in der Chelsea – mit 'nem Rasiermesser oder was. Das Opfer heißt Timothy Moore.«

»Was?« sagte Carella.

»Ja«, sagte Dawson. »Der Grund, warum ich anrufe: Charlie Nichols von unserem Revier war gestern bei Gericht. Sagte, Sie hätten diesen Moore gestern dem Haftrichter vorgeführt. Nichols meinte, Sie wären vielleicht daran interessiert. Könnte möglicherweise mit den Mordfällen zu tun haben, die Sie diesem Moore anhängen wollten.«

»Und wie?« fragte Carella.

»Ich hab' keine Ahnung, wie«, sagte Dawson. »Deshalb frage ich ja Sie.«

»Rasiermesser, sagten Sie?«

»Ja. Von einem Ohr zum anderen. Saubere Arbeit.«

Er mußte plötzlich an Judite Quadrado denken.

»Irgendwelche Hinweise?« fragte er.

»Bisher nicht«, sagte Dawson. »Keine Zeugen – nichts. Der Typ hatte einen Beutel mit Diamanten im Koffer. Er war doch gegen Kaution auf freiem Fuß, nicht?«

»Ja«, sagte Carella.

»Sieht so aus, als wollte er sich aus dem Staub machen.«

»Sieht so aus, ja«, sagte Carella.

»Was sollen wir in dieser Sache unternehmen, Carella?«

»Ich verstehe nicht, was Sie meinen?«

»Sollen wir Ihnen den Fall übergeben?«

Wieder mal das alte Lied, dachte Carella.

»Da muß ich erst mal den Lieutenant fragen«, erwiderte Carella.

»Vielleicht haben Sie den Falschen auf die Anklagebank gebracht?« sagte Dawson. »Charlie erzählte mir, er war wegen vierfachen Mordes angeklagt.«

»Ja, das stimmt«, sagte Carella.

»Vielleicht steckt da jemand anderer dahinter, wäre doch möglich, oder?« sagte Dawson. »Vielleicht war es gar nicht dieser Moore?«

»Er war es«, sagte Carella bestimmt. »Dafür lege ich die Hand ins Feuer.«

»Na ja«, sagte Dawson und ließ es dabei bewenden.

»Ich red' mal mit dem Lieutenant«, sagte Carella.

»Okay. Dann rufen Sie mich später zurück«, sagte Dawson und legte auf.

Für einen Samstagmorgen war es auffallend ruhig im Revier. Carella erhob sich und ging zum Wasserbehälter. Er blieb am Fenster stehen und blinzelte in das kalte Sonnenlicht des frühen Tages. Er nippte lustlos an dem Wasser, zerknüllte den Pappbecher und warf ihn in den Abfallkorb. Er ging zur Tür des Lieutenants und klopfte.

»Ja«, rief Byrnes.

Er trat ein und schloß die Tür hinter sich. Er berichtete dem Lieutenant von dem Anruf aus Fort Phyllis. Er erzählte ihm, daß man Timothy Moore gestern abend die Kehle durchgeschnitten hatte, daß es weder Spuren noch Zeugen gab und daß die Kollegen vom Fünften wissen wollten, was das Acht-Sieben darüber dachte – ob sie den Fall haben wollten.

Byrnes dachte angestrengt nach – ziemlich lange, dann fragte er:

»Keine Zeugen, wie?«
»Keine«, sagte Carella.
»Fünftes Revier, oder?«
»Ja.«
»Wir haben genug Probleme am Hals«, entschied Byrnes. »Sollen die sich damit herumschlagen.«

ENDE

Ed McBain-Magazin
11. Folge

Thomas Przybilka
Eine Auswahlbibliographie der Sekundärliteratur zum Werk von Ed McBain
1. Teil

Hört man sich bei Krimi-Lesern und -Sammlern um und fragt nach Lieblingsautoren, wird regelmäßig und immer wieder der Name Ed McBain genannt. Autor von »police procedurals«, so der Fachausdruck für den Polizeiroman, und Erfinder des 87th Precinct, des wohl berühmtesten und bekanntesten Polizeireviers in der (Kriminal-)Literatur. Daß der Name Ed McBain nur eines der fünf Pseudonyme [Curt Cannon / Hunt Collins / Ezra Hannon / Evan Hunter / Richard Marsten] des amerikanischen Schriftstellers Evan Hunter ist, war wohl bisher nur den wenigsten bekannt. So schmückten sich seine deutschen Verleger lange Zeit mit dem geheimnisvollen Hinweis, hinter dem Namen Ed McBain verberge sich ein bedeutender zeitgenössischer amerikanischer Autor.

Um so erstaunlicher ist es, wenn man die Sekundärliteratur zum Phänomen und Autor Ed McBain / Evan Hunter betrachtet. Trotz aller Geheimniskrämerei und – vor allem – der begeisterten Aufnahme seiner Krimis durch das Publikum liegt leider nur allzuwenig Material zum hochgepriesenen und von den Lesern äußerst geschätzten Autor vor. Die Artikel und Rezensionen in deutscher Sprache zu seinen Büchern kann man fast an den Fingern abzählen.

Um das Wenige dennoch zu präsentieren, sei an dieser Stelle eine Auswahlbibliographie der Sekundärliteratur aufgeführt. Grundlage dieser Auswahlbibliographie ist größtenteils die Sammlung verschiedenster Quellen, die im Bonner Krimi Archiv Sekundärliteratur [BoKAS] vorliegen und gesammelt wurden. Das BoKAS ist selbstverständlich daran interessiert, seine Sammlung zu Ed McBain / Evan Hunter zu vervollständigen. Sollte also dem einen oder anderen Leser noch weiteres, hier nicht aufgeführtes Material zu diesem Autor bekannt sein oder vorliegen, wäre das BoKAS für Hinweise bzw. Kopien dankbar [BoKAS c/o Thomas Przybilka, Buschstr. 14, D-53113 Bonn].

Die in der Auswahlbibliographie genannten Quellen sind in Teil I (deutschsprachige Länder) und Teil II (für Quellen aus dem Ausland) getrennt. Zur besseren Identifizierung wurden im Teil II jeweils die Länderkennungen notiert. Gleichfalls wurden [in Klammern] die englischsprachigen Buchtitel verzeichnet. Die Quellenangaben sind nach bestem Wissen wiedergegeben worden, Irrtümer können allerdings nicht ausgeschlossen werden, da nicht jede Quelle durch Autopsie recherchiert werden konnte. Auf Material zu Verfilmungen wurde verzichtet. Naturgemäß kann eine Auswahlbibliographie (leider) nie vollständig sein. Nicht verschwiegen werden soll aber auch, daß es sich bei dieser Bibliographie um die erste ihrer Art handelt. Sowohl im deutschen Sprachraum als auch im Ausland.

Abkürzungen:

A	Österreich
AUS	Australien
A. Z.	Abendzeitung (München) (?)
BamS	Bild am Sonntag
BiN	Bücher im Netz
BL	Bastei-Lübbe-Taschenbuch
CADS	Crime and Detective Stories
CDM	Crime, Detection & Mystery
CH	Schweiz
DAST	Detective – Agents – Science Fiction – Thriller magazine
DK	Dänemark
ed	editor / Herausgeber
ES	Spanien
F	Frankreich

FAZ	Frankfurter Allgemeine Zeitung
GB	Großbritannien
I	Italien
J	Japan
KS	Kansas
Lfg.	Lieferung
MRJ	Mystery Readers Journal
NDR	Norddeutscher Rundfunk
ORF	Österreichischer Rundfunk
rothriller	Rowohlt triller
S	Schweden
SF	Finnland
TAD	The Armchair Detective
taz	die tageszeitung
UK	Ullstein Kriminalromane
Ull	Ullstein Taschenbuch
USA	Vereinigte Staaten von Amerika
W. R.	Westfälische Rundschau

Teil I
(Rezensionen nach deutschen Buchtiteln alphabetisiert)

ARTIKEL:

Anonymus:	Ed McBain: Knallharte Stories à la Kojak. In: BamS v. 18.6.1989.
Compart, Martin	Ed McBain und das 87. Polizeirevier. in: Hitchcock, Alfred: Alfred Hitchcocks Kriminalmagazin 153. 1983, UK 10227.
Compart, Martin	Nachwort in: McBain, Ed: Schwarze Hochzeit. »Bis der Tod euch scheidet«. 1983, UK 10194.
Czarny, Horst J.	97. Polizeirevier in Isola überaltert und baufällig. in: Greif-Literatur-Magazin (1991) 3.
Horst, Sabine	Der Charme von Meyer Meyer. in: Frontal (1988) 11.
Kost, Rudi	Steckbriefe – Ed McBain. in: Klugmann, Norbert / Mathews, Peter: Schwarze Beute thriller-Magazin 1. 1987, rothriller 2753.
Kost, Rudi	Ed McBain. in: Kost, Rudi / Klingenmaier, Thomas: Steckbriefe. Die Krimi-Kartei von A–Z. 1995, rothriller 3181.
Middelhauve, Frieder	Nachwort. in: McBain, Ed: Polizisten leben gefährlich. 1986, UK 10412.
Peters, Jürgen	Polizistenhasser. Über Ed McBain und Kollegen. in: die horen (1993) 4 [No. 172].
Schmidt, Jochen	Polizei, dein Freund und Helfer (II). Der »police procedural« oder Ed McBains 87. Polizeirevier und andere Bullenställe.

	in: Schmidt, Jochen: Gangster, Opfer, Detektive. Eine Typengeschichte des Kriminalromans. 1989, Ull 34488.
Will, Wolfgang	28 knifflige Fälle klug gelöst. Ed McBain – erfolgreichster Krimi-Autor. in: Welt am Sonntag v. 26.5.1974.

HINWEISE / ERWÄHNUNGEN / MELDUNGEN:

Anderle, Helga	Crime Ladies first. in: Buchkultur (1993) 21. A
Anonymus	Ed McBain wieder bei Ullstein. in: Crime (1988) 1.
Anonymus	Feines Krimi-Futter. in: Kleine Zeitung v. 8.5.1995. A
Anonymus	Krimi und Thriller. [zu: Stirb, Kindchen, stirb]. in: buch aktuell (1992) 2.
Anonymus	Krimitelegramm. in: BuchJournal (1993) 3.
Anonymus	Mordsspaß zum Fest. in: Stern v. 25.11.1993 [No. 48].
Anonymus	Das Wort zum Mord [zu: Dies ist das Haus, das Jack baute]. in: Taschenbuch Tips v. 2.3.1992.
Huck, Steffen	ohne Titel. in: BiN (1995)
Jahn, Reinhard	Der Krimi war stets Massenware, sein Dogma – wie bei aller U-Literatur: »Du sollst nicht langweilen«. Zur Typologie des Kriminal-Romans. in: Buchreport v. 14.6.1995 [No. 24].
Karsunke, Yaak	Verbrechen zum Totlachen. Die Woche v. 11.11.1993.
Lhotzky, Kurt	Bullen, Cops & Kommissare. in: Buchkultur (1993) 21. A
Lhotzky, Kurt	Das jüngste Gericht. in: Buchkultur (1993) 21. A

Seelfeldt, Jürgen/ Metz, Claudia	Gattungen der Unterhaltungsliteratur unter besonderer Berücksichtigung ihrer Präsenz in öffentlichen Bibliotheken. in: Seelfeldt, Jürgen / Metz, Claudia: Unterhaltungsliteratur in öffentlichen Bibliotheken. 1991, Bock + Herchen.
Wopenka, Johan	Der schwedische Krimi. in: Walter, Klaus-Peter (Hg): Lexikon der Kriminalliteratur. 1995, (10. Lfg. Juli 1995), Corian.

INTERVIEWS:

Anonymus	Ed McBain – Ein Interview. in: .38 Special – Ein Kriminalmagazin 3. 1988, UK 10522.
Carr, John C.	Ed McBain. in: Carr, John C.: Mord ist ihr Geschäft. Gespräche mit Krimi-Autoren. 1986, Ull 36521.
Hultgren, Russell Wm.	Ed McBain. in: Crime (1988) 3.
Hultgren, Russell Wm.	Interview mit Ed McBain (1. Teil). in: Anton, Uwe: Ed McBain-Magazin. 5. Folge. in: McBain, Ed: Lange nicht gesehen. 1996, BL 13716.

MAGAZINE:

Anton, Uwe	Ed McBain-Magazin. 1. Folge: Das 87. Polizeirevier – Die Werkausgabe [mit Bibliographie]. in: McBain, Ed: Graffiti. 1994, BL 13595.
Anton, Uwe	Ed McBain-Magazin. 2. Folge: Würde der wirkliche Salvatore A. Lombino sich bitte erheben? in: McBain, Ed: Blutschwestern. 1995, BL 13616.
Anton, Uwe	Ed McBain-Magazin.

3. Folge: Der »andere« Ed McBain [mit Bibliographie].
in: McBain, Ed: Solange ihr zwei noch lebt. 1985, BL 13650.

Anton, Uwe — Ed McBain-Magazin.
4. Folge: Der »andere« Ed McBain [mit Bibliographie]. in: McBain, Ed: Mary, Mary. 1995, BL 13668.

Anton, Uwe — Ed McBain-Magazin.
5. Folge: Interview mit Ed McBain [1. Teil]. in: McBain, Ed: Lange nicht gesehen. 1996, BL 13716.

Anton, Uwe — Ed McBain-Magazin.
6. Folge: Interview mit Ed McBain [2. Teil]. in: McBain, Ed: Es war einmal ein kleines Mädchen. 1996, BL 13735.

Anton, Uwe — Ed McBain-Magazin.
7. Folge: Das 87. Polizeirevier im Film
in: McBain, Ed: Romanze. 1996, BL 13773.

Kempen, Bernhard — Ed McBain-Magazin.
8. Folge: Ed McBains 87. Precinct on TV
1. Teil: Die Serie im amerikanischen Fernsehen
in: McBain, Ed: Calypso. 1996, BL 13797.

Kempen, Bernhard — Ed McBain-Magazin.
9. Folge: Ed McBains 87. Precinct on TV
2. Teil: Die amerikanischen Folgen
in: McBain, Ed: Mordgespenster. 1996, BL 13825.

Kempen, Bernhard — Ed McBain-Magazin.
10. Folge: Ed McBains 87. Precinct on TV
3. Teil. Dic Serie im deutschen Fernsehen.
in: McBain, Ed: Hitze. 1997, BL 137853.

KURZREZENSIONEN / REZENSIONEN:

	Acht schwarze Pferde
	[Eight Black Horses]
Anonymus	ohne Titel.
	in: Mordslust (1988) 3.
Anton, Uwe	Ein Altmeister in Hochform.
	Crime (1988) 3.
Jahn, Reinhard	Krimi-Ecke.
	in: Ruhr-Nachrichten v. 26.3.1988 [No.73].
Sg	ohne Titel
	in: Goslarsche Zeitung v. 12.1.1988.
	Alarm in Chinatown
	[Another Part of the City]
Anonymus	ohne Titel.
	in: Goslarsche Zeitung v. 2.4.1988.
Middelhauve, Frieder	Das 5. Revier.
	in: Darmstädter Echo v. 29.10.1988.
	An einem Montagmorgen
Anonymus	ohne Titel.
	Westfälische Rundschau v. 21.12.1960 [No. 297].
chr.f.	ohne Titel
	in: Die Welt v. 7.5.1960 [No. 107].
K. H. K.	ohne Titel.
	in: Der werbende Buch- und Zeitschriftenhandel (1960) 1.
Ortlepp, Gunar	Eine sehr heiße amerikanische Story.
	in: Deutsche Zeitung v. 9.1.1960 [No. 7].
	Ausgetrickst
	[Tricks]
Feldmann, Joachim	Mord & Totschlag.
	in: AZ (1989) 10.
frim	Trouble in der Teufelsnacht.

[d.i. Frieder Middelhauve]	in: Schwäbische Zeitung v. 26.11.1989 [No. 272 A].
Middelhauve, Frieder	87. Polizeirevier. in: Darmstädter Echo v. 16.9.1989 [No. 215].

Die Axt / Puppe / Vor 80 Millionen Augen
[Ax / Doll / Eighty Million Eyes]

Anonymus	ohne Titel. in: Lektüre (1980) 6.

Blutschwestern
[Blood Relatives]

Anonymus	Ein Cop – ein Mörder? in: Alfelder Zeitung v. 7.2.1995.

Drei blinde Mäuse
[Three Blind Mice]

Anonymus	Crime and Thrill. in: Goslarsche Zeitung v. 5.10.1993.
Anonymus	Hannibalismus. Hannival Lecter und die Folgen. in: Ultimo v. 16.10.1993 [No. 21].
Anonymus	Lynchmord in: Das Magazin (1993) 10.
Esch, Walther	ohne Titel. in: Wochenpost v. 24.8.1993.
Haase, Wolf	Spätfolgen des Vietnamkrieges. in: Sächsische Zeitung v. 31.12.1993.
Müller-Wühler, . H.-P.	Der Mörder ist natürlich der, an den man am wenigsten denkt. in: Biebertal-Wettenberger Zeitung v. 5.11.1993.
J. Sch.	Trickspiel. in: Basler Zeitung v. 14.8.1993. CH
Schmidt, Jochen	Der Buchtip. in: Sendung Radio Bremen 2 v. 19.8.1993.

Seidel, Heinrich Ulrich	Das Taschenbuch der Woche. in: Sendung Radio Siegen v. 18.9.1993.
Wörtche, Thomas	Undercover-Agenten & Obsessionen. in: Plärrer (1993) 11.

Fatale Beweise
[Criminal Conversation]

Anonymus	Doppelleben. in: Focus (1995) 17.
Anonymus	ohne Titel. Bibliotheksdienst E. Hambuckers (1995) Frühjahr.
Anonymus	ohne Titel. in: buch aktuell (1995) 1.
Anonymus	ohne Titel. in: Buchkultur (1995) 2. A
Anonymus	ohne Titel. in: Literatur-Report (1995) 118.
Anonymus	ohne Titel. in: Ultimio (1995) 9.
Anonymus	ohne Titel. in: Sendung seitenweise – Die Ö 3-Büchersendung. ORF v. 9.7.1995. A
Anonymus	Staatsanwalt gegen Mafia. in: Oberösterreichische Nachrichten v. 10.5.1995. A
Bernardyn, A. Maximilian	ohne Titel in: Neue Wiener Bücherbriefe (1995) 3. A
Bindig	ohne Titel. in: BLS-Informationsdienst (1995) 3.
Boedecker, Sven	Leichen zum Dessert. Thriller auf dem Prüfstand. Polizei- und Mafia-Thriller. in: BuchJournal (1995) 2.
cj	Die zwei Welten eines Mafia-Bosses. Ein Thriller mit Widerhaken und einer nicht zu überbietenden Spannung.

	in: Harburger Anzeigen und Nachrichten v. 25.3.1995.
i–k	ohne Titel. in: Bücherschau (1995) 129. A
I.	Mafiajäger. in: Observer v. 26.5.1995. A
Löwa, Ortwin	ohne Titel. in: Sendung Buchtip NDR v. 27.3.1995.
Morsbach, Rendel	ohne Titel. in: ekz-Informationsdienst (1995) 7.
Sz.	Reise in den Abgrund. in: Frankenpost v. 31.3.1995.
ub	ohne Titel. in: Kommission für Schul- und Gemeindebibliotheken des Kanton Luzern v. 27.4.1995. CH

Festgenagelt
[The Jesus Case]
(Kurzgeschichte)

Kapper, Christof	ohne Titel. in: Bücherkommentare (1975) 4.

Graffiti
[Mischief]

Anonymus	Gefährliche Graffiti. in: Nürtinger Zeitung v. 17.2.1995.
Anonymus	ohne Titel. in: Oberhessische Presse v. 12.1.1995.
Löwa, Ortwin	ohne Titel. in: Sendung Buchtip NDR v. 24.10.1994.
J. Sch.	Alles Schwindel. in: Basler Zeitung v. 6.12.1994. CH
tsch	Mit Spaß an der Spannung. in: Die Welt v. 10.12.1994 [No. 228].

	Ich war's, ich war's
	[Lady, Lady, I did It]
Anonymus	ohne Titel.
	in: KIK-Magazin (1984) 11.
Wolf, Günther	Die neue Welle des Kriminalromans. Detektivgeschichten, Bücher, Reportagen, tiefenpsychologische Studien.
	in: Die Zeit v. 7.8.1964 [No. 32].
	Kalt bis ans Herz
	[Ice]
Jahn, Reinhard	Mord und Totschlag.
	in: Marabo (1985) 3.
Middelhauve, Frieder	Schonungslose Schilderung.
	in: Kieler Nachrichten v. 9.2.1985 [No. 34].
	Killers John
	[Killer's Payoff]
Sg	ohne Titel.
	in: Goslarsche Zeitung v. 1.6.1989.
	Lauf um dein Leben, Nigger
	[Runaway Black]
Kapper, Christof	Mein Vorschlag: Krimi.
	in: Bücherkommentare (1970) 3.
	Mary, Mary
	[Mary, Mary]
Anonymus	ohne Titel.
	in: Bildwoche v. 7.9.1995.
	Neugier macht Mörder
	[Even the Wicked]
Anonymus	ohne Titel.
	in: Bastel Boutique (1980) 3.

	Polizisten leben gefährlich
	[Cop Hater]
ste	ohne Titel.
	in: FAZ-Magazin v. 16.4.1987.
frim [d. i. Frieder Middelhauve]	Serienanfang mit »Cop Hater«.
	in: Schwäbische Zeitung v. 14.12.1986.
	Priester, Tod und Teufel
	[Vespers]
Haefs, Gisbert	Krimi-Ecke.
	in: Die Welt v. 1.2.1992 [No. 27].
Haefs, Gisbert	!Vorsicht! Lesensgefahr.
	in: Schnüss (1991) 11.
Haefs, Gisbert	!Vorsicht! Lesensgefahr.
	in: Esquire (1991) 12.
	Recht für Rafael Morrez
	[A Matter of Conviction]
Anonymus	Edelkrimi aus USA.
	Neue Ruhr Zeitung v. 14.2.1961 [No. 39].
Janus	Ein Mord in Harlem.
	die andere zeitung (1960) 47.
Lichtenstein, Erich	Sind die Mörder schuldig?
	in: Der Tagesspiegel v. 27.11.1960 [No. 4627].
Maier, Hansgeorg	Im Dschungel von Harlem.
	Ein neuer, ein heißer Halbstarken-Roman.
	in: Die Zeit v. 3.2.1961 [No. 6].
u	Die Saat der Gewalt.
	Ruhr-Nachrichten v. 7.1.1961 [No. 7].
	Schneeweißchen und Rose tot
	[Snow White and Rose Red]
Anonymus	ohne Titel.
	in: Mordslust (1988) 3.

Anton, Uwe	Ein Altmeister in Hochform. in: Crime (1988) 3.
Jahn, Reinhard	Krimi-Ecke. in: Ruhr-Nachrichten v. 26.3.1988 [No. 73].
Middelhauve, Frieder	Der Anwalt mit dem weichen Herzen. in: Darmstädter Echo v. 13.2.1988.

Schöne Bescherung
[Downtown]

HiG [d. i. Hildegard Ganßmüller]	ohne Titel: in: Kriminal Journal (1990) 3.
JS [d. i. Jochen Schmoldt]	ohne Titel. in: underground (1991) 3.
Sachs, Peter	O-oo-h du fröhliche, o-oo-oh du selige, Morde bringende Weihnachtszeit. in: speakeasy (1994) 3.
Wegmann, Karl	Weihnachtskrimis. in: taz v. 22.12.1990.

Schwarze Witwen
[Widows]

tsch	Realistisch. in: Die Welt v. 19.12.1992 [No. 296].

Selbstmord kommt vor dem Fall
[Like Love]

Anonymus	ohne Titel. in: Vorwärts (1981) 8.

So lang ihr zwei noch lebt
[So Long As You Both Shall Live]

Anonymus	ohne Titel. in: Goslarsche Zeitung v. 10.7.1995.
ktr	Höllenritt. in: Stadt-Anzeiger Hagen v. 13.9.1995.

Stirb, Kindchen, stirb
[Lullaby]

Puchalla, Werner/ Engelbrecht, M.	Der Detektiv in Koma. in: Prinz (Berlin) (1991) 7.
Wegmann, Karl	Polizeiberichte. in: taz v. 15.9.1990.

Todeskuß
[Kiss]

Anonymus	ohne Titel. in: Freundin v. 20.7.1994 [No. 16].
Anonymus	ohne Titel. in: Goslarsche Zeitung v. 18.8.1994.
Meier, Michael	O-Ton vom Polizeirevier. Ed McBains Krimis heben sich von platter Dutzendware ab. in: Nürnberger Nachrichten v. 18./19.2.1995.
Stegemann, Bernd	Bernd Stegemann empfiehlt neue Taschenbücher – Ed McBain: Todeskuß. in: Tips (1994) 8.
ewö [d. i. Eva Wösthoff]	Police Procedure und Courtroom Drama. in: speakeasy (1994) 2.

Teil II
Rezensionen nach Buchtiteln alphabetisiert)

ARTIKEL:

Baker, Robert A./ Nitzel, Michael T.	Curt Cannon and Benjamin Smoke – Ed McBain (Evan Hunter). in: Baker, Robert A. / Nietzel, Michael T.: Private Eyes: One Hundred And One Knights. A Survey of American Detective Fiction 1922 – 1984. 1985, Bowling Green State University Popular Press. USA
Baudou, Jacques	Isola Blues. in: Europe (1984) 664/665. F
Bergman, Ted	McBain och Hill Street Blues. in: jury (1985) 4. S
Borsa, Pike	Non di solo McBain. in: Giallo Mondadori v. 19.12.1993 [No. 2342]. I
Boucher, Anthony	Introduction. in: McBain, Ed: The 87th Precinct. 1959, Simon and Schuster. USA
Butts, Dennis	The Cop and the Machine. Technology and the 87th Precinct Novels of Ed McBain. in: Clues (1985) 2. USA
Caldiron, Orio	Guardie e ladri a Manhattan. in: Caldiron, Orio: Dossier Ed McBain. in: Giallo Mondadori (1989) 10. I
Conroy, Sara Booth	Ed McBain and the Art of the Whodunit. in: International Herald Tribune v. 14.11.1990. F/USA
O. C. d. i. Orio Caldiron]	L'eccezione e la regola. in: Caldiron, Orio: Dossier Ed McBain. in: Giallo Mondadori (1989) 10. I
O. C. [d. i. Orio Cadiron]	Matthew Hope, Avvocato. in: Caldiron, Orio: Dossier Ed McBain. in: Giallo Mondadori (1989) 10. I

DeAndrea, Willliam L.	McBain, Ed. in: DeAndrea, William L.: Encyclopedia Mysteriosa. A Comprehensive Guide to the Art of Detection in Print, Film, Radio, and Television. 1994, Prentice Hall. USA
Dove, George N.	Ed McBain. in: Dove, George N.: The Police Procedural. 1982, Bowling Green State University Popular Press. USA
Dove, George N.	ohne Titel. in: Henderson, Lesley (ed): Twentieth-Century Crime and Mystery Writers, ^{3}1991 , St. James Press. GB / USA
Dove, George N.	Personnel. in: The 87th Precinct Report 1 (1983) 1. USA
Dove, George N.	Personnel. in: The 87th Precinct Report 1 (1983) 2. USA
Dove, George N.	Personnel. in: The 87th Precinct Report 1 (1984) 3/4. USA
Farran, Jonathan	Trop McBain pour être Hunter. in: Polar (1980) 2. F
Ferrandière, Elisabeth Decenclière	Une lecture d'Ed McBain. Vie et travail d'un commissariat dans le 87e District. 1991, Universität Poitiers [Vorlesung]. F
Giorgi, Benedetta	Confessioni di un presidente all' 87° distretto di Ed McBain. in: Foglio Giallo (1994) 17. I
Holmberg, Bo	En häpnadsväckande produktivitet. in: jury (1977) 3. S
Holmberg, Bo R.	Hur berättar Ed McBain? in: DAST (1988) 2. S

Knight, Stephen — »... a deceptive coolnes« – Ed McBain's Police Novels.
in: Knight, Stephen: Form and Ideology in Crime Fiction. 1980, London GB

Knight, Stephen — »... a deceptive coolness« – Ed McBain's Police Novels.
in: Knight, Stephen: Form and Ideology in Crime Fiction. 1981, Indiana University Press. USA

LeSaux, Bernard — Connaissez-vous McBain?
in: Les Novelles littéraires v. 7.10.1979. F

McBain, Ed — The 87th Precinct.
in: Penzler, Otto (ed): The Great Detectives. The World's Most Celebrated Sleuths Unmasked by Their Creators. 1978, Penguin. GB; Little, Brown. USA

McClure, James — Carella of the 87th.
in: Winn, Dilys: Murder Inc. The Mystery Reader's Companion. 1977, Workman Publishing Company, Inc. USA; 1978, Westbridge Books. GB

Pescatore, John — Evan Hunter on Writing Mysteries.
in: Gorman, Ed / Greenberg, Martin H. / Segriff, Larry / Breen, Jon L. (ed.): The Fine Art of Murder. 1993, Carroll & Graf Publishers, Inc. USA

Pronzini, Bill — The »Mystery« Career of Evan Hunter.
in: TAD 5 (1972) 3. USA

Ravn, Ole — Ed McBain.
in: Ravn, Ole: Krimi-guide. 1989, Systime. DK

Strickland, William Bradley — Of Time and the River Harb.
The Chronology of the 87th Precinct.
1979, unveröffentlichtes Manuskript eines Vortrages vor der Convention of Popular Culture Association, Pittsburgh, 26.4.1979. USA

Valassaari, Risto S.	Ed McBain ja 87. piirin pojat. in: Ruumiin Kulttuuri (1985) 2. SF
Vanoncini, André	Le roman noir. II. – Policiers et agents spéciaus. Ed McBain. in: Vanoncini, André: Le roman policier. 1993, Presses Universitaires de France F
Vinberg, Björn	McBain febern fyller 20 å – En stående person på svensk bokmarknad. in: DAST Magazine (1995) 1. S

BIBLIOGRAPHIEN:

Albert, Walter	McBain, Ed. in: Albert, Walter: Detective and Mystery Fiction. An International Bibliography of Secondary Sources. 1985, Brownstone Books. USA
Anonymus	Ed McBain en bibliografi af Listenmageren. 1994, Bibliomanen. DK
Anonymus	Ed McBain's 87th Precinct Novels / Matthew Hope Novels. in: TAD (1994) 4. USA
Anonymus	Evan Hunter / Ed McBain. in: Enigmatika (1979) 12/13. F
Hedman-Morelius, Iwan	Cannon, Curt in: Hedman-Morelius, Iwan: Kriminallitteratur på Svenska 1749–1985. 1986, Dast Förlag. S
Hedman-Morelius, Iwan	Collins, Hunt. in: Hedman-Morelius, Iwan: Kriminallitteratur på Svenska 1749–1985. 1986, Dast Förlag. S
Hedman-Morelius, Iwan	Hannon, Ezra. in: Hedman-Morelius, Iwan: Kriminallitteratur på Svenska 1749–1985. 1986, Dast Förlag. S

Hedman-Morlius, Iwan	Hunter, Evan. in: Hedman-Morelius, Iwan: Kriminallitteratur på Svenska 1749–1985. 1986, Dast Förlag. S
Hedman-Morelius, Iwan	McBain, Ed. in: Hedman-Morelius, Iwan: Kriminallitteratur på Svenska 1749–1985. 1986, Dast Förlag. S
Hedman-Morelius, Iwan	McBain, Ed. in: Hedman-Morelius, Iwan: Kriminallitteratur på Svenska 1986–1990. 1992, Dast Förlag. S
Hedman-Morelius, Iwan	Marsten, Richard. in: Hedman-Morelius, Iwan: Kriminallitteratur på Svenska 1749–1985. 1986, Dast Förlag. S
Henderson, Lesley (ed)	McBain, Ed. [Bibliographie] in: Henderson, Lesley (ed): Twentieth-Century Crime and Mystery Writers. ^{3}1991 , St. James Press. GB / USA
Hubin, Allen J.	Cannon, Curt. in: Hubin, Allen J.: Crime Fiction 1749–1980. A Comprehensive Bibliography. 1984, Garland Publishing. GB / USA
Hubin, Allen J.	Cannon, Curt. in: Hubin, Allen J.: Crime Fiction II. A Comprehensive Bibliography 1749–1990. 1994, Garland Publishing. GB / USA
Hubin, Allen J.	Collins, Hunt. in: Hubin, Allen J.: Crime Fiction 1749–1980. A Comprehensive Bibliography. 1984, Garland Publishing. GB / USA
Hubin, Allen J.	Collins, Hunt. in: Hubin, Allen J.: Crime Fiction II. A Comprehensive Bibliography 1749–1990. 1994, Garland Publishing. GB / USA

Hubin, Allen J.	Hannon, Ezra. in: Hubin, Allen J.: Crime Fiction 1749–1980. A Comprehensive Bibliography. 1984, Garland Publishing. GB / USA
Hubin, Allen J.	Hannon, Ezra. in: Hubin, Allen J.: 1981–1985 Supplement to Crime Fiction 1749–1980. 1988, Garland Publishing. GB / USA
Hubin, Allen J.	Hannon, Ezra. in: Hubin, Allen J.: Crime Fiction II. A Comprehensive Bibliography 1749–1990. 1994, Garland Publishing. GB / USA
Hubin, Allen J.	Hunter, Evan. in: Hubin, Allen J.: Crime Fiction 1749–1980. A Comprehensive Bibliography. 1984, Garland Publishing. GB / USA
Hubin, Allen J.	Hunter, Evan. in: Hubin, Allen J.: 1981–1985 Supplement to Crime Fiction 1749–1980. 1988, Garland Publishing. GB / USA
Hubin, Allen J.	Hunter, Evan. in: Hubin, Allen J.: Crime Fiction II. A Comprehensive Bibliography 1749–1990. 1994, Garland Publishing. GB / USA
Hubin, Allen J.	McBain, Ed. in: Hubin, Allen J.: Crime Fiction 1749–1980. A Comprehensive Bibliography. 1984, Garland Publishing. GB / USA
Hubin, Allen J.	McBain, Ed. in: Hubin, Allen J.: 1981–1985 Supplement to Crime Fiction 1749–1980. 1988, Garland Publishing. GB / USA
Hubin, Allen J.	McBain, Ed. in: Hubin, Allen J.: Crime Fiction II. A

	Comprehensive Bibliography 1749–1990. 1994, Garland Publishing. GB / USA
Hubin, Allen J.	Marsten, Richard. in: Hubin, Allen J.: Crime Fiction 1749–1980. A Comprehensive Bibliography. 1984, Garland Publishing. GB / USA
Hubin, Allen J.	Marsten, Richard. in: Hubin, Allen J.: Crime Fiction II. A Comprehensive Bibliography 1749–1990. 1994, Garland Publishing. GB / USA
Naudon, Jean-François	Bibliographie de Evan Hunter et compagnie. in: Polar (1980) 2. F
Pirani, Roberto	Bibliografia. in: Caldiron, Orio: Dossier Ed McBain. in: Giallo Mondadori (1989) 10. I
Ravn, Ole	Udgivelser på dansk. in: Ravn, Ole: Krimi-guide. 1989, Systime. DK

BÜCHER / BROSCHÜREN:

Anonymus	Dossier Ed McBain. in: Polar (1980) 2. F
Bergman, Ted	The 87th Precinct Force. A Roll. The reader's index to Ed McBain's 87th Precinct novels: the policemen, their immediate families and regular associates. Compiled in 1995 by Ted Bergman for scholarly research and private circulation. [Limitierte Auflage] 1995, Grover Park. S
Dove, George N.	The Boys from Grover Avenue. Ed McBain's 87th Precinct Novels. 1985, Bowling Green State University Popular Press. USA

Wallin, Lena / Ed McBain och polisromaner om 87:e distriktet. Wennerlund, Staffan 1976, Boras Bibliothekshogskolan. S

(Fortsetzung und Schluß im nächsten Ed McBain-Magazin in:
DER LETZTE SPRINT,
Bastei 13902 im Oktober 1997!)